光明日報

看宁夏

2017 GUANGMING DAILY FOCUSING ON NINGXIA

光明日报宁夏记者站 编

黄河出版传媒集团
宁夏人民出版社

图书在版编目(CIP)数据

光明日报看宁夏. 2017 / 光明日报宁夏记者站编.
—银川:宁夏人民出版社,2018.2
ISBN 978-7-227-06862-4

I. ①光… II. ①光… III. ①新闻—作品集—中国—
当代 IV. ①I253

中国版本图书馆 CIP 数据核字(2018)第 037553 号

光明日报看宁夏 2017 光明日报宁夏记者站 编

责任编辑 丁丽萍 闫金萍
责任校对 杨 皎
封面设计 段 韬
责任印制 肖 艳

黄河出版传媒集团
宁夏人民出版社 出版发行

出 版 人 王杨宝
地 址 宁夏银川市北京东路 139 号出版大厦(750001)
网 址 http://www.nxpph.com http://www.yrpubm.com
网上书店 http://shop126547358.taobao.com http://www.hh-book.com
电子信箱 nxrmcbs@126.com renminshe@yrpubm.com
邮购电话 0951-5019391 5052104
经 销 全国新华书店
印刷装订 宁夏银报印务有限公司
印刷委托书号 (宁)0008491

开本 787 mm×1092 mm 1/16
印张 23.75 字数 250 千字
版次 2018 年 2 月第 1 版
印次 2018 年 2 月第 1 次印刷
书号 ISBN 978-7-227-06862-4
定价 42.00 元

版权所有 侵权必究

目 录
CONTENTS

第三部分　生态立区

第四部分　十九大时光

第五部分　红船初心

第六部分　文教·综合

第一部分

创新驱动

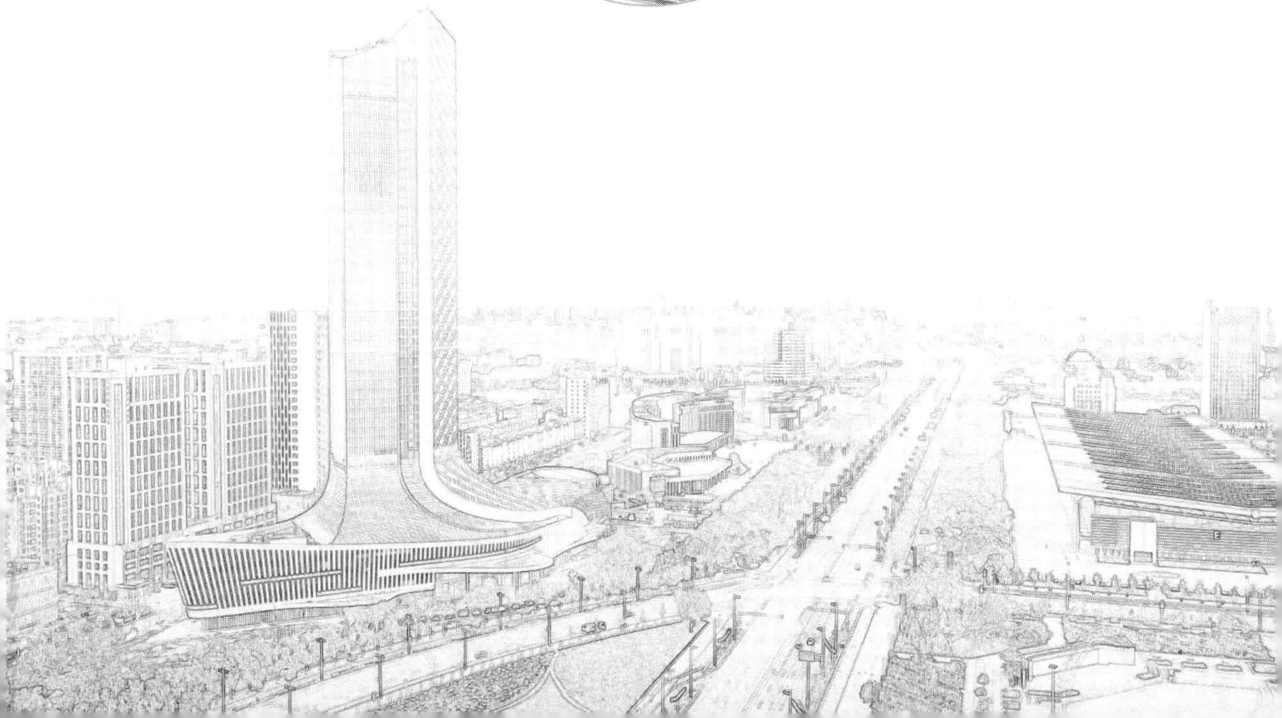

让创新成为新时代宁夏发展的鲜明特征

宁夏回族自治区党委书记、人大常委会主任　石泰峰

习近平总书记在党的十九大报告中，把实施创新驱动发展战略作为决胜全面小康的“七大战略”之一，强调创新是引领发展的第一动力，发出了加快建设创新型国家的号召。去年 7 月，习近平总书记视察宁夏时指出，“越是欠发达地区、越是需要实施创新驱动发展战略”。这些新论述新部署新要求，进一步明确了创新发展的战略意义、战略目标、战略任务，为我们推进各项事业创新发展指明了前进方向、提供了基本遵循。

宁夏作为西部欠发达省区，发展不足是最大的实际，创新不足是深层次原因。我们要认真学习贯彻党的十九大精神，深入学习贯彻习近平总书记新时代中国特色社会主义思想，特别是关于创新发展的一系列重要指示精神，把发展的基点放在创新上，大力实施创新驱动战略，以科技创新带动全面创新，以全面创新引领全面发展，让创新成为新时代宁夏发展的鲜明特征、成为宁夏未来发展的核心竞争力，为实现经济繁荣、民族团结、环境优美、人民富裕，与全国同步建成全面小康社会提供战略支撑。

光明日报　光明视野 09

创新驱动，点燃宁夏发展主引擎

让创新成为宁夏发展的鲜明特征

实施创新驱动战略，走特色创新、开放创新之路。党的十九大指出，创新是建设现代化经济体系的战略支撑，要强化战略科技力量，促进科技成果转化，不断增强经济创新力和竞争力。企业是创新的主体，产业是创新的主战场。宁夏创新力量弱、创新资源短缺、创新活力不强，集中体现在产业和企业发展上。必须立足区情实际，聚焦产业转型升级，强化企业主体地位，发挥市场机制作用，坚持走特色创新、开放创新之路。一方面，坚持有所为、有所不为，坚持质量第一、效率优先，抓住供给侧结构性改革的重大机遇，聚焦特色优势产业，实施传统产业提升、特色产业品牌、新兴产业提速、现代服务业提档产业转型“四大工程”，重点在引进消化吸收再创新、实用技术创新、创新成果转化应用上下功夫。坚持以新技术新工艺新设备改造提升产业，推动质量变革、效率变革、动力变革，催生新产业、新业态、新模式，让创新成果变成实实在在的产业活动、变成新的经济增长点。发挥好各类园区资源整合、引领创新作用，引导各类创新资源向企业聚集，着力培育一批“科技型小巨人”企业，发展一批有实力的高新技术企业，让企业在创新大潮中当主力、唱主角，推动科技与产业融合发展，形成有竞争力的产业创新集群，打造西部地区转型发展先行区。另一方面，坚持协同创新、借力创新，深入贯彻落实习近平总书记在东西部扶贫协作座谈会上的重要讲话精神，按照市场主导、政府引导、互惠互利、合作共赢的原则，以更加开阔的视野、宽广的胸怀，加强与东部科技强省的创新联动，加强与国内外科研院所、科技型企业的创新合作，共享创新资源、创新平台、创新成果，最大限度地汇聚国内外创新要素。以沿黄科技改革试验区建设为载体，拿出宁夏最好的创新资源、优势产业，推动“科技支宁”东西部合作，共同打造一批基础性、综合性、公益性技术转移中心、工程实验室、产业技术研究院等创新平台，借力实施一批影响力大、带动力强的协同创新和科技攻关项目，打造东西部科技合作样板。

实施创新驱动战略，最大限度地育才引才用才。党的十九大指出，人才是实现民族振兴、赢得国际竞争主动的战略资源，要坚定实施人才强国战略，聚天下英才而用之。创新驱动实质上是人才驱动，创新竞争说到底是人才竞争。宁夏创新发展的最大短板就是人才匮乏，实施创新驱动战略的根本发力点在聚集人才。必须把人才队伍建设放在优先位置、作为战略工程，坚持不求所在、不求所有、但求所用，实行更加积极、开放、有效的人才政策，努力打造引得进、稳得住、用得好的西部人才高地，真正汇集一批创新人才、创新团队。注重培养人才，坚持实践造就人才、生产锻炼人才，着眼经济社会发展需求，改进高校、科研院所和企业人才培养模式，重点培育本地人才、专业技术人才、各类实用人才，建设知识型、技能型、创新型劳动者大军。大力弘扬优秀企业家精神、工匠精神，增强企业家培训和市场化选聘力度，打造一支勇于创新、敢于拼搏、善于经营、乐于奉献的宁商队伍。依托科研项目、产业项目、民生项目，引导各类人才在生产一线中接受锻炼、在社会实践中成长成才、在创新创造中建功立业。善于引进人才，紧跟创新发展前沿领域，实行柔性引才机制，落实高层次人才优待制度，不拘一格引进高精尖人才、紧缺人才、领军人才。打开大门，立足全国、放眼全球，借助国内引才、海外引才计划和工程，探索“人才+项目+平台”的引才模式，鼓励海内外高层次人才带项目、带技术、带团队到宁夏创新创业。重视使用人才，以识才的慧眼、爱才的诚意、用才的胆识、容才的雅量、聚才的良方，下决心改革用才体制机制，优化人才管理方式，下放人才管理权限，畅通人才流动渠道，使各类人才活起来、动起来、干起来。坚持事业聚才、待遇稳才、感情留才，探索建立以市场为导向的人才评价机制，注重凭能力、实绩和贡献评价人才，大张旗鼓地宣传表彰科技功臣和创新典型，让有真才实学、做出重要贡献的人才实现“名利双收”，激发人才创新创造活力。统筹党内与党外、本地与外地等各类人才使用，既要用好本地人才，防止“招来女婿气走儿”，也要用好引进人才，防止“闭门只练自家拳”，让远者来、近者悦，做到人尽其才、才尽其用。

实施创新驱动战略，着力打造风生水起的创新生态。党的十九大强调，要倡导创新文化，鼓励更多社会主体投身创新创业，激发全社会创造力和发展活力。创新不是“管”出来的，而是“放”出来的，良好的创新生态能最大限度地挖掘创新潜力、释放创新活力、激发创新动力。优化管理服务，坚定不移推进“放管服”改革，不断深化科技体制改革，给企业、高校、科研院所更多的自主权，下大气力消除体制机制障碍，用简政放权的“减法”换取创新创业的“加法”。坚决去除行政化、“官本位”思想，把工作重心放在管宏观、管政策、管服务上，清障搭台、排忧解难、搞好服务，落实财税、金融、奖励等政策，努力打造创新优惠政策的“洼地”和创新优质服务的“高地”。培育创新文化，注重从物质保障、精神激励、法治环境等多个层面发力，鼓励创新、宽容失败，推动大众创业、万众创新，营造尊重劳动、尊重知识、尊重人才、尊重创造的社会氛围，形成人人参与创新、推动创新的生动局面，让创新成为一种价值取向、生活方式和时代标志。营造良好环境，实行严格的知识产权保护制度，坚决打击侵犯知识产权、阻碍创新创造的违法行为，切实保障创新主体利益，有效杜绝“劣币驱逐良币”现象，形成有利于产出创新成果、有利于创新成果产业化的工作格局，让各类创新企业、创新团队和创新人才放心地来、安心地干、称心如意地得，把创新成果书写在宁夏大地上。

（《光明日报》2017 年 12 月 11 日 09 版）

扫一扫
阅读全文

创新驱动，点燃宁夏发展主引擎

——看欠发达地区如何走出一条创新发展之路

光明日报记者　王建宏

11 月 29 日下午六点半，宁夏中宁北山渐渐隐在夜幕中。下山的公路上，一辆接一辆通勤车驶过，载着刚刚从宁夏天元锰业集团下班的上万产业工人回家。

10 年前，这里不仅人迹罕至，甚至连草都不长。全国锰业技术委员会专家组成员、办公室主任谭立群感慨，一个既不产原料又远离市场的地方，竟然“生长”出一个在全球同行业中规模最大、技术最先进、不断引领行业科技进步的现代化企业。

“无中生有”，原因何在？

“把创新视作生命！”宁夏天元锰业集团董事长贾天将在宁夏民营企业家座谈会上道出了秘诀。

欠发达地区在创新中往往扮演着跟随者的角色，要摆脱原有发展惯性，“跳级”跃入更高发展阶段，难之又难。

宁夏第十二次党代会提出，将创新作为驱动发展的新引擎，把创新驱动战略摆在了“三大战略”之首。这是地处西北一隅的宁夏，在近 60 年发展历程中，首次将创新提升至“第一战

以“前店后厂”模式建设的宁夏中关村科技产业园　资料照片

略”的重要地位。

一个欠发达的西部小省区，在人才、技术等各方面都处于竞争劣势，为何把“创新驱动”提至最高优先级？

越是欠发达地区，越需要实施创新驱动发展战略

2016年7月，习近平总书记在宁夏考察时强调，越是欠发达地区，越需要实施创新驱动发展战略。

在宁夏银川共享装备股份有限公司，工作人员在进行3D模具生产　　新华社发

努力探索一条欠发达地区创新发展之路，从根本上缩小东西部发展差距，是习近平总书记对宁夏的谆谆嘱托和殷切期望，是宁夏必须扛起的职责和使命，也是宁夏干部群众面对新时代转型发展的一道必答题。

宁夏回族自治区党委书记、人大常委会主任石泰峰说，我们要认真学习贯彻党的十九大精神，把发展的基点放在创新上，大力实施创新驱动战略，以科技创新带动全面创新，以全面创新引领全面发展，让创新成为新时代宁夏发展的鲜明特征、成为宁夏未来发展的核心竞争力。

11月13日上午，宁夏回族自治区党委、政府在银川悦海宾馆中心会场召开了一个重要会议。会议第一项“议程”是播放专题片《贺兰山在哭泣》，片中贺兰山腹地因采矿留下的满目疮痍，带给每一位参会者强烈的心灵震撼。会场外的展板上，宁夏5个地级市存在的种种环境问题也被全部“示众”。

11月16日，宁夏向社会通报了中央环境保护督察移交生态环境损害责任追究问题问责情况，全区125名责任人因环保问题被严肃问责。

11 月 23 日，宁夏环保厅向银川市政府发函，建议银川责令永宁县 3 家长期恶臭扰民的制药及生物发酵企业停产整治。

…………

这些问题，看似是环保问题，实质是经济结构问题，根子在于创新对发展的驱动力不足。自治区党委、政府毫不遮掩、直面问题、不留退路的坚定态度，让社会各界读到了实施创新驱动战略的坚强决心。

特色创新+开放创新，探索欠发达地区创新之路

创新力量弱、创新资源短缺、创新活力不强是欠发达地区面临的“创新之窘”。

在宁夏，创新短板显而易见：科技进步对经济增长的贡献率仅为 50%，低于全国平均水平 6.2 个百分点。

习近平总书记在宁夏考察时，不仅指明了创新驱动发展的方向，同时也给出了欠发达地区创新发展的实践路径。总书记强调，欠发达地区可以通过东西部联动和对口支援等机制来增加科技创新力量，以创新的思维和坚定的信心探索创新驱动发展新路。

要看银山拍天浪，开窗放入大江来。曾创造了东西部扶贫协作成功典范的宁夏，又一次开启东西部科技合作，走出一条开放创新之路。

8 月 18 日，宁夏与科技部在银川召开第一次“科技支宁”东西部合作推进会暨宁夏沿黄科技创新改革试验区建设启动会，北京、天津、江苏、浙江、福建、山东等 6 省市，中国科学院、中国农科院、西北农林科技大学等院校成为“科技支宁”首批重点合作对象。包括科技研发、创新平台建设、共建“双创”载体、结对共建园区的 4 大类共 104 个合作项目成功签约。

“目前，50 个科研攻关项目和 8 个平台、园区共建项目已经立项实施，剩余 46 个项目正在启动。”宁夏科技厅厅长马清贵说，我们要通过已经建立的“科技支宁”东西部合作长效机制，让东部丰富的创新资源持续向宁夏涌

入，争取5年内全区落地实施200项以上高水平合作项目，为产业转型升级提供有力支撑。

宁夏的创新发展，也是一条特色创新之路。

沿黄地区聚集了宁夏60%人口、创造了90%的GDP，是宁夏创新要素最富集的地区。在科技部支持下，银川、石嘴山、吴忠、中卫四市和宁东基地成为沿黄科技创新改革试验区，并被纳入国家区域创新布局，与现代农业科技创新示范区一起成为承载“科技支宁”项目的主要平台。

首府银川市积极链接北京中关村高端制造、研发孵化、科技金融、商务配套等新兴产业，加快建设银川丝路经济园、中关村双创园、北京经济技术开发区飞地工业园等创新平台，打造区域协同创新发展园区。

进入互联网时代，宁夏就是北上广深的“数据郊区”。沙漠城市中卫打起“云算盘”，在前几年发展基础上，已建成两个具有世界领先技术的大型绿色数据中心，完成15.7万台服务器布局，3.6万台服务器投入运营。与国际网络标准相接轨的云计算信息“高速公路”，吸引了中国移动、中国联通、阿里巴巴、京东、美团等140余家云制造、云服务、云应用项目落户中卫。

制度创新为科技创新提供沃土

创新是一个复杂的生态系统。只有厚植创新沃土，才能让创新“种子”落地生根、开花结果。

宁夏坚持问题导向，围绕制约创新发展的瓶颈，以科技创新为核心，以产业创新、企业创新、人才强区为重点，出台《关于推进创新驱动战略的实施意见》，明确提出助推创新驱动战略的“创新30条”。靶向明确、真金白银的政策支持，成为宁夏厚积创新优势的施工路线图。

“实施意见更加坚定了我们走创新发展之路的信心。”宁夏维尔铸造公司董事长王小宁原本是一名技术人员，离岗创业后，成功开发了汽车液力减速器关键零部件新产品，成为国内此类产品“独一家”。去年以来，该公司又成功研发“中国标准高速动车组大型铝合金零部件”，2018年将实现批量装车，替代进口。

市场需要什么样的创新，企业最敏感。宁夏突出以企业为创新主体，围绕“产业链”部署“创新链”，以恒天、如意公司为代表的智慧纺织，以共享铸钢、巨能机器人公司为代表的智能制造，以隆基硅、佳晶公司为代表的新材料，正以技术的群体性突破，从“追赶者”向“领跑者”跨越。

在宁夏银川市举办的双创周分会场，高校创新团队展示智能控制装置　新华社发

宁夏西部创业管理培训学院，培训师（左一）在给学员讲解手机淘宝创业的知识　新华社发

“创新驱动本质上是人才驱动。我们以人才创新为第一资源，不求所有、但求所用，区域人才‘引力场’正在形成。”银川市人才工作服务局局长杨银山说，自2016年起，银川每年安排1000万元活动经费，面向海内外开展“创意创新在银川活动”，同时配套1亿元设立“银川市创新创业投资基金”，支持落地银川的优质项目。两年来，累计征集各类优质创意创新项目3800余个，吸引了全国近两万名青年人才关注银川。

引才，引的是“智”，而非“脚”。宁夏吴忠仪表从一家濒临破产的老牌国企，用10年时间靠科技创新一跃成为我国控制阀行业的龙头企业。然而，高端人才引不来、留不住成为其做大做强道路上的最大难题。今年7月，宁夏大学机械工程学院与企业建立高端人才共享机制，双向破解了企业缺人才和人才无用武之地的问题。

放松管理的“手”，才能铺好创新的“路”。宁夏深化“放管服”改革，构建“不见面、马上办”的审批模式，大力简化科技项目和经费管理流程。科研人员只要有好项目就能得到支持，不再为争项目经费发愁；项目实施中能自主合理使用项目经费，不再为调账报销跑路；在成果转化、申报奖励中充分受益，不再为干多得少而郁闷。

在宁夏，风生水起的创新生态正在形成，各个创新主体、创新环节和创新因素之间的交互碰撞、汇聚交融，必将转化为未来发展的核心竞争力。

（《光明日报》2017 年 12 月 11 日 09 版）

扫一扫
阅读全文

“让创新成为宁夏最鲜明的时代特征”

光明日报记者　王建宏

“我们贯彻落实十九大精神，实施创新驱动发展战略，就是要把发展的基点放在创新上，以科技创新带动全面创新，以全面创新引领全面发展，让创新成为宁夏大地最鲜明的时代特征。”10月18日下午，在宁夏代表团媒体开放日上，宁夏回族自治区党委书记石泰峰代表的一席话引起中外媒体的强烈关注。

一个欠发达地区、西部小省份，在人才、技术等各方面都处于竞争劣势，为何把“创新驱动”列为第一发展战略？

“十九大报告将创新驱动发展战略确定为我国未来发展的七大战略之一，对宁夏有很强的针对性和指导性。”石泰峰代表说，宁夏是西部地区，创新水平比较低，与东部地区还有不小差距，继续走拼资源的老路肯定不行。2016年7月，习近平总书记视察宁夏时强调，越是欠发达地区，越需要实施创新驱动发展战略。在自治区第十二次党代会上，宁夏将创新驱动列为“三大战略”之首，有所为有所不为，努力探索一条开放创新的路子。

08 综合新闻
坚信中国的明天会更美好
——国际社会高度关注中共十九大召开
“城市管理要像绣花一样精细”
“让创新成为宁夏最鲜明的时代特征”
中国文联、中国文艺评论家协会关于表彰第二届“啄木鸟杯”中国文艺评论年度优秀作品的决定

具体来讲，就是在产业创新上下功夫，改造提升传统产业，做优做强特色

产业，加快形成以创新为引领的经济体系；突出企业创新主体地位，落实好已出台的创新30条政策，引导更多创新资源向企业集聚；提升科技创新水平，加强与东部科技强省的创新联动，加强与国内外科研院所、科技型企业的创新合作，努力在消化吸收再创新、实用技术创新、创新成果转化应用方面取得新突破；在体制机制上发力，深化行政管理体制改革，加大“放管服”改革力度，加快构建“不见面、马上办”的审批模式，大力营造有利于探索、鼓励创新的社会氛围，推动大众创业万众创新，努力打造风生水起的创新生态。

（《光明日报》2017年10月19日08版）

扫一扫
阅读全文

银川：

汇聚科技势能　激活发展动能

光明日报记者　王建宏　韩业庭

光明视野 07
银川：
汇聚科技势能　激活发展动能
解开思想的疙瘩　打开创新的大门
打造类中关村的银川特色创新生态系统
充分释放非公经济创新潜能

在中国，中关村是创新驱动发展的一个标志。近日，银川·中关村创新中心在宁夏银川市正式揭牌运营。首批24家企业意向签约银川·中关村创新中心。这些企业中，不乏甲骨文、联想等高科技公司。

中关村1区16园的物理空间不到北京市面积的3%，但每年创造的产值占北京经济总量的四分之一。近年来，中关村早已走出北京、走向海外，在创新要素相对集聚的美国硅谷、加拿大渥太华等地设立“分号”。

此次，中关村创新中心为何进驻创新要素相对贫瘠的西北？

银川与北京协同创新

中关村为什么进驻银川？

“创新始终是中关村的一面旗帜，中关村首先考量的是一个城市的发展理念和创新氛围。”面对记者的疑惑，北京中关村信息谷资产管理有限公司

银川智慧城市展廊　　光明图片

银川项目负责人姚建林说，宁夏第十二次党代会把创新驱动发展战略摆在了“三大战略”之首。作为宁夏首府，银川已有的科技基础和城市定位与中关村的发展理念完全同频。

宁夏第十二次党代会闭幕不久，2017 年 6 月，宁夏回族自治区党委副书记、银川市委书记姜志刚就北上中关村，寻求合作事宜——银川市准确务实的定位、合作共赢的情怀、良好的产业基础和投资环境打动了中关村。

此后，北京中关村科技园区管委会、中关村发展集团先后 4 次派人到银川对接考察。经过双方再三对接洽谈，2017 年 9 月 30 日，银川市人民政府与中关村管委会、中关村发展集团签订战略协议。

“不到 3 个月时间，银川·中关村创新中心便正式揭牌投入运营，这体现了银川与中关村创新合作的务实高效，更展示了银川蕴含的巨大潜力。”北京中关村信息谷资产管理有限公司总经理石七林说。

银川·中关村创新创业科技园由一中心和一基地组成。一中心即银川·中关村创新中心，选定宁夏创业谷 10 万平方米合作载体进行建设；一基地选址在宁夏高校聚集的西夏区。项目计划分三期建设，通过 1 年时间，在银川·中关村创新中心引进并聚集 50 家企业，创新服务体制机制初步形成；3 年引进 150 家

银川“互联网 + 教育”智慧教育模式　　光明图片

企业，初步形成产业集聚效应；5年引进300家企业，产值突破100亿元，成为北京—银川协同创新示范区。

“通过银川与北京的协同创新，汇聚强大发展势能，将推动区域间创新要素的高效流动与优化配置。”银川市市长杨玉经说，银川将最大限度地提供优质高效服务，推动银川·中关村创新创业科技园成为引领银川新兴产业发展的“策源地”，带动银川经济发展的“新引擎”，西北地区创新产业“新标杆”。

“两园三区”搭建创新驱动大平台

银川·中关村创新创业科技园是党的十九大召开以来银川市布局的创新驱动发展平台之一。该市还在其核心区启动规划建设银川丝路经济园，集中发展以非公经济为主的生产性服务业。目前园区已开工建设，首批签约企业20家，投资意向182亿元。

银川新能源“蓝色海洋”　光明图片

银川·中关村创新创业科技园、银川丝路经济园，加上已有的银川经济技术开发区、滨河新区、综合保税区，“两园三区”将形成协同发展。

位于银川经济技术开发区的共享集团，从传统铸造车间到铸造智能工厂，两者距离不到百米，却“穿越”了一个时代。通过自主研发的铸造3D打印技术，这个企业让整个行业从“傻大黑粗”进化至“窈窕淑女”。企业负责人介绍，以柴油发动机缸体铸件模具为例，过去需要5名高技能工人花费两周时间，用25块部件拼成，即使在最顺利的情况下，成品率也只有50%。如今通过3D打印技术，生产率提高5倍的同时，成品率也提高了20%至30%。目前，共享集团80%以上的客户都是世界500强和行业领先者。

同在这个园区的银川隆基硅材料有限公司，率先在国内同行业研究并规模化推广应用金刚线切割技术。企业负责人钟宝申说，仅这一项技术，就使硅材料使用率提升30%以上，硅片成本降低30%。2017年10月，由其母公司隆基股份牵头制定的《SEMI PV22-0817 硅片标准》向全球发布，该标准给全行业带来50亿元以上的价值贡献，是加快光伏“平价上网”的重要举措。

丝路经济园地处银川市金凤区，是目前宁夏政务效率、城市化率、国际化率最高的区域，中阿博览会、WCA世界电子竞技大赛、TMF全球智慧峰会等国际活动在这里常态化举办。园区将非公经济确定为核心主导产业，对标“一带一路”重要节点城市功能核心区和形象展示区建设要求，重点布局民营总部经济、金融贸易、现代服务、智慧产业等四大类非公经济，预计全面建成后可吸纳就业8万人、居住人口两万人，完成固定资产投资350亿元，实现地区生产总值200亿元，成为区、市重要的经济增长极。

在银川滨河新区，宁夏如意科技公司智能纺纱、高端面料、个性化服装定制及科研教育等多位一体的现代纺织全产业链已经形成。通过“互联网+”大数据等新技术的嫁接，量体裁衣实现了3D扫描剪裁，只要往机器前一站，30秒即可生成180个数据，最快2小时就可以成衣。在智能化生产水平方面已成为国内高端智能纺织产业发展的引领者。

银川市围绕“产业链”部署“创新链”，以恒天、如意公司为代表的智慧纺织，以共享铸钢、巨能机器人公司为代表的智能制造，以隆基硅、佳晶公司为代表的新材料，正以技术的群体性突破，从“追赶者”向“领跑者”跨越。

然而，作为欠发达地区的银川，创新土壤依然贫瘠，还必须通过东西部联动来增加科技创新力量。

“两园三区”对外科技协作的方向各有侧重：银川经济技术开发区重点深化与北京经济技术开发区的合作，目前，与中国航发北京航空材料研究院的军民融合项目——总投资40亿元的石墨烯项目年内开工建设，投产后可形成100亿元年产值；银川滨河新区与苏州工业园区深度合作，发展大数据、智慧制造、通用航空、大健康产业；银川综合保税区将复制国内自贸试验区创新政策，打造投资贸易便利化示范区。

放松管理的手，铺好创新的路

创新是一个复杂的生态系统。只有造就适合创新的“雨林”生态，才能进化出新的“物种”。

“去年10月份才开始跟银川市有关方面接触，11月份就完成了公司注册、项目落地的各种手续。尤其是公司注册，上午提交材料，下午就拿到了营业执照，办事效率很高。”玉汉尧石墨烯储能材料科技有限公司总经理周大桥说。

记者来到银川市民大厅，一层的展示柜里，被永久封存的59枚公章静静地躺在那儿。这59枚审批公章，既是曾经烦琐的行政审批流程的“亲历者”，也是行政审批制度改革的“见证者”。银川市在全国率先成立行政审批服务局，将发改、住建等26个部门153类审批事项及审批人员统一划归审批服务局，实现“一枚印章管审批”，时限压缩了86%，人员减少了90%。

商事制度改革惠及的不仅是大投资的高科技企业，也激发了大量中小企业创新创业的热情。“原来需要填4个表格，提交9个申请要件，如今一张表格解决所有问题。”在银川市民大厅行政审批服务局审批窗口，宁夏德晟泰大药房连锁有限公司的徐娟通过“一表通”申办零售药店《药品经营许可证》核发事项。从接件到受理仅12分钟，从受理到初审仅1小时58分钟。

创新生态不是“管”出来的，而是“放”出来的。据介绍，改革以来，银川吸引了46812家企业高效注册，同比增长48%，新增电子商务、游戏、信息化等8类新型产业860多家。

银川西部航展　　光明图片

“但这还是‘物理’整合，我们正启动新一轮改革，推动行政审批的‘化学’整合。”银川市行政审批服务局副局长强娟说，下一步的“投资项目大厅”和“商事服务大厅”建设，要实现“1 小时办结企业注册，1 天完成企业开户和税票办理，30 天完成工业企业投资项目审批，40 天完成政府投资项目审批”，即“113040”新模式。

创新驱动被置于最重要位置

沿黄河地区聚集了宁夏 60%的人口、创造了 90%的 GDP，是宁夏创新要素最富集的地区。2017 年 8 月，在科技部支持下，银川、石嘴山、吴忠、中卫四市和宁东基地成为沿黄科技创新改革试验区，并被纳入国家区域创新布局。

2017 年 12 月 22 日，宁夏回族自治区党委、政府召开银川都市圈建设工作推进会，提出打造以银川为核心，辐射带动石嘴山、吴忠、宁东基地协同发展的银川都市圈。

无论是沿黄科技创新改革试验区，还是银川都市圈，银川都是龙头，创新驱动都被置于最重要位置。在产业层面，聚焦高端装备制造、新材料、新能源、葡萄酒、现代服务业、新能源汽车和生命健康等十大产业，形成产业集群。2017 年 12 月 21 日，银川市政府与比亚迪股份有限公司签订投资合作协议，推动云轨生产基地、纯电动客车生产基地、纯电动乘用车生产基地“三个产业”落地银川。

互联网时代，最宝贵的资源是数据，最通畅的交通是带宽。银川都市圈加快布局 5G 等新一代通信技术，利用已经走在前列的“智慧银川”建设成果，建设高效的都市圈智慧服务平台，让数据多跑路，让群众少跑腿，为企业创新创业提供基础设施。

银川，在沿黄科技创新改革试验区和银川都市圈建设中走在前头，成为宁夏创新驱动发展的龙头。

（《光明日报》2018 年 01 月 24 日 07 版）

扫一扫
阅读全文

解开思想的疙瘩打开创新的大门

光明日报记者　韩业庭　王建宏

在银川采访期间，有一个政府部门引起我极大的兴趣，那就是银川市大数据管理服务局。大数据作为高科技“新贵”，与北、上、广、深等一线城市似乎更搭配，银川这样一个欠发达地区的城市缘何要成立这样一个机构？

银川市大数据管理服务局80后局长王川这样回答我的疑问：当全国很多地方都还没有起步的时候，银川主动将发展方向瞄向大数据，就是要先下手为强，创造发展优势。

虽然银川市大数据管理服务局成立才一年多，但大数据带来的变化在银川已经可触可感。在银川市智慧城市管理指挥中心，记者看到，从机动车的行驶轨迹到在线医疗的患者情况，从人口的迁徙到空气质量的变化，从家政服务到餐饮购物，几乎所有能够量化的信息都汇集到了同一个大屏幕上。这些不仅提升了城市管理者的决策效率和质量，也方便了市民的生活。接下来，银川将继续挖掘沉睡中的数据资源，发展大数据产业，将冰冷的数据转化成发展的活力。

光明视野 07

银川：

汇聚科技势能　激活发展动能

解开思想的疙瘩　打开创新的大门

打造类中关村的银川特色创新生态系统

充分释放非公经济创新潜能

银川地处西北内陆，在发展大数据行业方面，按说人才、区位、资金、市场等各方面均没有任何优势。如果按照传统思维，银川大可不必发展大数据，只要守着省会城市的牌子过着“小富即安”的日子即可，但那样永远只能跟人脚步，仰人鼻息。幸运的是，银川的干部群众没有故步自封，没有不思进取，没有怯于竞争，而是勇敢抢占发展制高点，从而取得了创新发展的新突破。银川在大数据方面的成功实践说明，只有解开思想的疙瘩，才能打开创新的大门。

解放思想与勇于实践、勇于创新密切相关，没有思想的先导，就不会有行动的跟进；思想上能否破冰，直接决定行动上能否突围。很多欠发达地区之所以长期发展不起来，固然有自然资源不足、区位优势不明显等客观因素，但主观上的求稳怕变思想更让其在“不敢想、不敢做、不敢碰”的瞻前顾后中错失了大量发展良机。所以，欠发达地区要想发展，必须创新，而要创新首先得解放思想。

当然，解放思想不是坐而论道，不是纸上谈兵，而是要以观念的更新推动改革的突破，要以理念的提升带动发展的加速，把解放思想真正落实在办法的创新上，落实在跨越发展的推动上。对于欠发达地区，尤其要在“实干”上下功夫，在认准的新领域，要首先干起来，在干中探索和开拓，努力走出新路子，总结新经验。

落后并不可怕，可怕的是甘于落后、习惯于落后、麻木于落后。希望更多欠发达地区能够像银川一样，奋起直追，敢为人先，在新时代的伟大征程中书写属于自己的辉煌。

（《光明日报》2018 年 01 月 24 日 07 版）

扫一扫
阅读全文

打造类中关村的银川特色创新生态系统

姚建林

银川·中关村创新中心是银川市与中关村在创新文化理念相互融合、城市创新发展理念高度认同的前提下齐心协力共同搭建的创新平台，中关村信息谷资产管理有限公司作为创新中心的运营单位，深感责任重大，使命光荣。中关村信息谷公司根据宁夏产业特点，制订了以聚集新一代信息技术、大健康等为主的产业发展规划；银川市、西夏区两级政府快速搭建以服务为主的工作体系，成立银川·中关村项目服务办公室；协同联想、甲骨文等首批 24 家行业领先企业达成落地意向，聘请 16 位一流双创导师组建智库团队，双方的通力合作保证了项目的顺利启动。

我们将引入中关村海内外创新资源，会聚人才、技术、金融资本，厚植创新土壤，与宁夏本地企业高效融合协同发展，打造类中关村的银川特色创新生态系统。

（作者：姚建林，北京中关村信息谷资产管理有限公司银川项目负责人）

（《光明日报》2018 年 01 月 24 日 07 版）

扫一扫
阅读全文

充分释放非公经济创新潜能

刘学礼

党的十九大报告指出，创新是引领发展的第一动力，是建设现代化经济体系的战略支撑。

在宁夏，创新驱动发展正在成为经济社会发展的主要动力。银川丝路经济园正是银川市推动创新驱动发展战略落地的重要平台，也是积极落实、主动融入“一带一路”建设的重要载体。园区重点布局非公有制总部经济、智慧产业等创新驱动产业，充分释放非公经济创造新技术、新产品、新业态、新模式的潜能，打造宁夏乃至全国最优的非公经济集聚区。

银川丝路经济园的建设，将对宁夏回族自治区、银川市经济创新发展、转型升级起到积极作用，成为吸引民营企业投资，促进经济增长的重要引擎。

（作者：刘学礼，银川丝路经济园建设服务办公室主任）

（《光明日报》2018 年 01 月 24 日 07 版）

扫一扫
阅读全文

银川：变“跟跑”为“领跑”

光明日报记者　王建宏

3D 扫描剪裁，两个小时即可成衣，位于宁夏银川的如意服装有限公司已经实现了个性化私人订制、智能化生产。目前，中国纺织工业联合会已和银川市签订“国家智慧型纺织基地建设”战略协议，要将银川打造成全球智慧纺织的样板。

“互联网”“智能化”“智慧型”，这些代表着新经济发展的热词不断在银川转化为现实成果，并在一些领域引领全国，很多人不禁会问：为什么是银川？

思想是行动的先导。近年来，银川市提出“反梯度”战略，一步到位发展新产业新业态，变“跟跑”为“领跑”。

光明日報
GUANGMING RIBAO
944 名专家入选第 13 批国家“千人计划”
银川：变“跟跑”为“领跑”
一季度文化及相关产业实现较快增长
地理标志产品屡被侵犯之忧
昔日“驼队经过的地方”：新疆霍尔果斯焕发新生机
从桑麻翳野到春风几度：现代农业播绿“一带一路”

2014 年，银川将分散在 26 个行政部门的 153 项行政审批事项，集中划转到银川市行政审批局，“一枚公章管审批”成为国家简政放权的成功经验，为新经济的迅速起航开辟绿色通道。短短 3 年，银川“智慧城市”迅速起步，并成为与贵阳大数据、乌镇互联网齐名的大数据时代“中国名片”。

“银川市在公安部门成立了全国首支侵犯知识产权犯罪侦查支队，打击私服外挂，规范电竞市场，吸引了各地版权企业向银川集中。”银川市副市长郭柏春说，这些措施吸引了盛大游戏、完美世界等一批知名游戏企业来银川发展，带动数百家游戏公司落户，撬动了以赛事为枢纽的千亿元电竞产业。

健康休闲产业正在成为发达国家国民经济重要支柱。银川市敏锐抓住这一国际趋势，在滨河新区规划建设银川国际医疗城，计划于今年年底试营业。总投资不低于200亿元的丝绸之路“生命谷”项目，将重点开展基因测序、分子育种，发展生物医药和大健康产业链，目前一期工程已经启动。

“反梯度”战略也体现在金融业上。银川市建立投资群、金融群、人才群、产业群等共同参与的全产业链联盟，恒天、如意、中兴通讯等8家企业共同注资288亿元，建设恒天科技城。银川市还发起设立21支产业基金，总规模380亿元，投资项目涉及新能源、战略性新兴产业、高端装备制造等产业。

“反梯度”战略推动了银川实体经济持续发力，规模以上工业增加值跃居西北5省会城市第二。5年来，银川市经济保持了年均9.6%的较高速度增长，财政收入翻了一番。今年1月至2月，新经济税收增长34.8%，占到全部税收收入的19%。

（《光明日报》2017年04月29日01版）

扫一扫
阅读全文

宁夏成中阿国家技术转移主通道

光明日报记者　王建宏　　光明日报通讯员　王　丹

中国高铁、大型压水堆核电机组、在线交易处理性能最强的单机服务器系统天梭 M13、全球应用推广最多的中国新能源汽车……9 月 6 日至 9 日，在宁夏银川举行的 2017 中国—阿拉伯国家博览会上，科技合作和技术转移已成为重要议题。

2015 年，中阿技术转移中心成立，约旦、阿曼、阿联酋、沙特等国的科技机构以及阿盟下属的高校与中阿科技转移中心达成协议，成立 5 个分中心，一起推动中阿国家的技术交流与合作。本届博览会上，中阿技术转移综合服务信息平台正式启动。这些，都推动着宁夏在国家战略中逐步扮演起中国与阿拉伯国家技术转移主通道的角色。

光明日报　要闻　03
办更高水平教育　育更多优秀人才
为促进经济社会健康发展提供坚实支撑
坚持创建为民惠民
不断深化群众性精神文明创建活动
在审计一线为党员"充电"
宁夏成中阿国家技术转移主通道
首次开展一流网络安全学院示范高校评选
防治荒漠化　青年在行动

开展科技合作与交流，有助于促进"一带一路"沿线国家经济要素有序自由流通、资源高效配置和市场深度融合。在以"推动'一带一路'建设，促进高铁共建共享"为主题的高铁分会上，阿拉伯国家联盟各国及阿富汗、约旦、印度尼西亚等的机构代表、政府官员、企业家都对中国高铁表现出浓厚兴趣。目前，土耳其伊安高铁、麦加至麦地那的"麦麦高铁"等一批项目都和中国有着紧密合作。中国铁建股份有限公司副总裁汪文忠说："我们公司的海外业务覆盖了 15 个阿拉伯国家，目前共有在建合作项目 100 多个，合同金额超过 120 亿美元。"

9 月 7 日，在 2017 中阿博览会高新技术及装备展上，工作人员向观众讲解"蛟龙号"模型　新华社记者李任滋摄

不仅是高铁，中国在各个领域的技术突破早就吸引了全球的目光。

"真诚希望中国的遥感技术早日进入苏丹。"苏丹高教科研部部长缇嘉妮·萨利赫与中国科技部副部长黄卫见面时提出了具体的科技需求，希望通过遥感技术，为苏丹的农业发展提供支撑。

毛里塔尼亚经济与财政部部长穆克塔尔·乌尔德·迪耶则表示，他最感兴趣的是宁夏在生态治理、新能源、农业和渔业方面的先进技术。其中，让他印象最为深刻的是宁夏在稳定粮食生产的基础上，加快发展特色优势产业、设施农业、现代畜牧水产业方面取得的成效。

在 2017 中国—阿拉伯国家农业合作论坛上，宁夏的现代农业技术将借助中国—阿拉伯国家博览会这个平台签署了 10 多项合作协议，走进多个阿拉伯国家。

宁夏农牧厅厅长王文宇说："借力'一带一路'建设和中国—阿拉伯国家博览会平台，宁夏积极鼓励有实力的企业到境外开展农业开发，带动了水稻栽培、旱作节水等现代农业技术、装备、人才输出。特别是依托毛里塔尼亚、约旦、阿联酋'中阿农业技术转移分中心'，加快了宁夏特色优势农业技术'走出去'的步伐。"

2017 中国—阿拉伯国家技术转移暨创新合作大会吸引了 15 个国家的近

500人参加。其项目对接主体不是政府官员，而是高校、科研机构、企业与商业协会。先后有共建中阿技术转移分中心、中阿科技创新平台和中阿技术合作三个方面的19个科技合作项目在会上签约。同期举行的科技合作项目推介对接会上，共有现代农业、智慧城市、工业科技等领域的30多个项目对接交流。

“中国—阿拉伯国家技术转移中心在推动中阿技术转移中肩负着重要使命，该中心在助推中阿双方科学家、企业家共同开展技术研发和创新合作，让中国的新技术、新装备更快进入中亚、中东和北非地区，进而助力中国政府在‘一带一路’建设中发挥更大作用。”和阿联酋沙迦美国大学首席执行官侯赛因·马哈茂迪一样，大家对宁夏在中国—阿拉伯国家技术转移中的角色充满期待。

（《光明日报》2017年09月10日03版）

扫一扫
阅读全文

宁夏“煤制油”项目重构世界煤化工技术格局

——全球单套装置最大的煤制油项目在宁东产出合格油品

光明日报记者　王建宏

公元2016年12月28日，中国宁东。

下午3时许，神华宁夏煤业集团400万吨/年煤炭间接液化示范项目成功产油，全球单套装置最大煤制油项目正式投入运营。

这一刻，全球煤化工行业都在屏息凝神，倾听封存地下数亿年的“植物骨骼”化为“工业血液”的汩汩流响。

宁夏“煤制油”项目的投运，标志着中国已打破国外技术垄断，登顶煤化工技术珠峰——世界煤化工产业技术格局因此重构。

这是一个世纪工程，历时十多年、跨越两世纪，体现中国能源安全的“宁夏担当”

“缺油、少气、富煤”是我国一次能源的基本结构，早在20世纪末的1999年，神华宁煤集团的前身——宁夏煤业集团公司就意识到挖煤卖炭不可持续，唯有将“煤炭转化为清洁能源，实现煤炭的可持续发展”，才能实现煤炭产业的转型升级，保障国家能源安全。

然而，当时的大部分核

心技术都被外国巨头垄断，宁煤集团与南非沙索尔公司就引进煤制油技术展开了一场旷日持久的谈判。

“历经10年，对方开出的条件愈发苛刻，使神华宁煤人深刻认识到，核心技术不是拿钱买来的，引进国外技术的路子走不通。”神华宁煤集团副总经理姚敏说。

在此期间，国内煤炭间接液化项目的技术环境正在悄然变化。中科合成油技术有限公司开发出百万吨级工业化项目的设计工艺包，具备了利用国内自主知识产权的费托合成技术建设大型煤炭间接液化工业化项目的技术基础。

基于此项技术，2013年9月，神华宁煤集团400万吨煤制油项目获国家发改委核准，同月28日正式全面开工建设。

这是迄今为止，人类在石油化工及煤化工行业一次性投资建设规模最大的化工项目。估算投资550亿元，是青藏铁路投资的1.7倍，比三峡大坝枢纽工程静态投资还多50亿。项目规模之大、投资数之高、工艺之复杂、技术创新点之多，在任何一个化工项目中都极为少见。

在这里，几乎所有的计数单位都要用“万”：工艺设备1.3万台，仪表设备约11万台，电气设备约1.5万台，阀门25万台；总桩基约3.6万根，混凝土浇筑约173万立方，钢结构约27万吨；电气、仪表电缆敷设约1.8万公里，相当于目前我国高铁的运营里程数……在施工高峰期，施工人员多达3万人。

神华宁煤集团构建强矩阵式的项目组织管理体系，牢牢抓住计划统筹的“牛鼻子”，细化节点目标，严格节点考核，针对不同时期施工特点，开展“土建收尾会战”“安装工程百日会战”“冬季施工会战”“工程收尾会战”等施工会战及“劳动竞赛”活动，工程顺利推进——

2014年11月，首台“神宁炉”吊装就位。

2014年12月，土建主体工程施工完成。

2015年11月，动力站首台锅炉点火成功。

2016年6月，甲醇合成装置建成中交。

2016年9月，油品第一条线建成中交。

2016年10月26日，首台气化炉投料成功。

2016年10月29日，甲醇线打通全流程，产出合格甲醇。

2016年12月6日，油品第一条线费托合成反应器投料、产出轻质油和重质油，12月9日产出合格蜡。

2016年12月21日，油品第一条线打通全流程，产出合格油品。

在国内外专家看来，需要5年才能建成的超级工程，在3年3个月基本建成，并使整体投资下浮了12%。

项目探索建立基建期“11311”安全管控模式，建设全程“零死亡”、杜绝了重伤以上安全事故，安全工时累计达到1.6亿人工时。

这是一个世界工程，引领一批民族企业在国外技术封锁中突出重围，推动我国重大技术、装备国产化

2016年4月，神华宁煤集团副总经理姚敏在会见全球领先的特种化学品公司科莱恩化工公司代表时要求科莱恩公司降低催化剂价格：“我们正在国内给你们培育竞争对手。”这种强硬的态度，源自于国产催化剂的成功研发。

与国产催化剂一样，国内一批企业都借助400万吨/年煤炭间接液化示范项目提供的平台，实现了关键和重大技术、装备及材料国产化，打破了国外企业技术垄断，有了与西门子、壳牌、法液空、三菱重工等世界级企业同台竞争的入场券。

“神宁煤制油项目承担了37项关键和重大技术、装备及材料国产化攻关任务，在实际上发挥了‘国家示范实验室’的作用。”神宁煤制油项目建设指挥部总指挥蔡

力宏说。

市场需求是企业创新的原动力。河北钢铁集团舞阳钢铁公司、杭氧公司、沈鼓集团、寰球工程公司等在国内相关行业的顶尖企业，迅速聚集到宁东。在560多公顷的“国家实验室”，国内37家顶尖设计、制造、施工单位，800余家供货单位“抱团创新”。

按工艺技术、装备台套数统计，煤制油项目国产化率达到98.5%，按投资额统计达92%以上，助推了民族装备制造企业走出国门，加快终结了进口技术和装备制造产品的暴利时代。

沈鼓集团研制的压缩机组，倒逼西门子、GE等老牌压缩机厂商主动大幅下调国内投标的产品报价。

杭氧公司为神宁煤制油项目研发的10万标方级大型空分成套设备，1小时生产氧气可充满14座北京奥运“水立方”，已成为目前世界上最大的单机容量制氧装置，杭氧公司因此一跃成为世界空分强企。

依托煤制油项目研发成果，河钢集团舞阳钢铁公司的钢板出口到中亚、中东地区，用中国钢板推动中国制造“走出去”。

江苏海鸥冷却塔公司通过在煤制油项目中研发大型环保型冷却塔群的经验，成功中标土耳其速马电厂项目，进入西门子全球采购系统，打入美国市场，还收购了马来西亚、台湾等国家和地区的企业。

宁夏本土企业吴忠仪表公司研制的阀门，不仅使用寿命较国外知名品牌长，价格也仅为其的1/3。

煤气化是煤制油项目的龙头装置，也是关键装置。在全球范围，煤气化技术屈指可数，且工业化运行成功业绩少之又少。

2012年，神华宁煤集团拟与西门子共同开发全新设计的新型气化炉，但西门子始终坚持继续使用烯烃项目改造升级版的GSP气化炉，为此，西门子中方代表还“拍过桌子”。经几轮谈判，双方放弃共同开发，由神华宁煤集团自主设计研发新型气化炉。

经艰苦攻关，日投煤2200吨干煤粉全套气化技术于2013年横空出世，一举获得15项发明专利，打破了国外技术垄断，神华宁煤集团为其命名“神宁炉”。

直径4米，高21.6米，总重289.25吨的“神宁炉”解决了GSP气化技术只能吃“精煤”的缺陷，能“通吃”各种煤，为劣质煤清洁利用提供途径，该项技术全面用于神宁煤制油项目，节省资金约两亿元。

“神宁炉”的研发使西门子公司在我国煤气化市场失去竞争力，西门子公司从此退出了中国气化市场。

2016年9月23日，神华宁煤集团在美国德克萨斯州与美国顶峰集团CEO签署了“神宁炉”气化技术许可合同，实现技术输出走出国门零的突破。从此，“神宁炉”已成为继美国GE、德国西门子、鲁奇加压气化、壳牌气化炉之后，最具发展潜力和提升空间的新型气化炉成套装置。

这是一个绿色工程，项目始终追求“近零排放”，环保节能投资62亿元，占总投资11.23%

煤炭间接液化项目生产的合成油品，具有超低硫（接近零）、低芳烃、高十六烷值、低灰分的特点，这些指标均优于国V和欧V标准，有助于解决城市汽车尾气污染和雾霾问题。

“煤制油项目始终把发展循环经济、推进节能减排、加强资源综合利用作为运营的重要方向，从严、从高、从实开展各项环保节能工作。”神宁集团董事长邵俊杰说。

该项目环保节能投资高达62亿元，占总投资11.23%，在国内外化工项目环保投资中实属罕见。项目选择先进的节水技术，最大化使用空冷器，循环冷却水采用节水消雾型冷却塔，蒸发损失率可减少19%，冷却水循环使用率为99.1%。

通过工艺技术的系统集成和优化，对项目生产过程中大量余热分级回收和利用，余热回收发电装机为264MW，项目综合能效为43.2%，均优于国家限定值。

项目工艺尾气硫回收率达到99.96%，年可回收硫磺20.2万吨。对不同污水进行分类处理并最大化回收再利用，污水回用率97%，含盐废水回用率为98%，水的重复利用率达到98.3%，采用盐场蒸发工艺，最终实现工业废水“近零排放”。

创新永无止境，400万吨/年煤炭间接液化示范项目成功产油，只是万里长征的第一步，目前神华宁煤集团又在积极申报4000吨级“神宁炉”的开发工作，打造煤炭间接液化项目的升级版，为适应后石油时代、抢占技术制高点提供技术战略储备。

（《光明日报》2016年12月29日03版）

扫一扫
阅读全文

煤制油的环保效益值得期待

庄电一

编辑部：

日前，位于宁夏黄河东岸的宁东能源化工基地传出好消息：神华宁煤集团年产400万吨煤炭间接液化项目，一次试车成功、打通全流程，并产出各类合格的油品及相关产品。原来黑乎乎的煤炭转变成了晶莹透明的油料和其他产品。神华宁煤集团自主研发的、可以“消化”各种煤炭的“神宁炉”，还被国家能源局列入煤炭安全绿色开发、清洁高效利用先进技术与装备的推荐目录。

记者在采访中了解到，煤制油在我国具有重大战略意义，对确保我国的能源安全将产生重大作用，而由此产生的环保效益同样值得我们关注和期待。

06 教科新闻

我科学家发现 消除烟瘾新方法

弹性离校 让教育更加人性化

武汉大学领衔研发 “珞珈一号”卫星

煤制油的环保效益值得期待

师生关系，难以言说的背后

回归本真的师生关系

神华宁煤集团煤炭间接液化生产出来的合格油品，与我们目前大量使用的、由石油炼成的各种标号的汽油、柴油相比，具有许多优良品性：煤制油的油品，因为在转化过程中已将硫黄等许多成分提取、分析出来，所以具有超低硫（接近于零）、低芳烃、低灰分、高十六烷值的优点，不仅是优质的汽车用油，而且可以满足航空、舰船等特殊需要。如果改用这些油品，就可以减少二氧化硫、氮氧化物、碳氢化合物和颗粒物等污染物的排放，进而在很大程度上降低空气的污染。

近年来，治理雾霾、减轻污染的呼声越来越强烈。而治理环境、降低污染的途径不外乎两个方面：一方面，要通过各种限制措施减少污染的排放；另一方面，就是从源头着手，用清洁能源替代容易造成污染的能源，也只有这样，才能从根本上解决问题。如果目前车辆过多、污染过重的城市都能普遍使用煤制油的清洁能源，那么，汽车尾气污染及由其他能源过度使用所带来的雾霾，都将大幅度减少。

煤制油，为我们展示了一幅净化空气的美好前景，它将产生的环保效益，值得我们期待。

（《光明日报》2017 年 02 月 08 日 06 版）

扫一扫
阅读全文

第二部分

脱贫富民

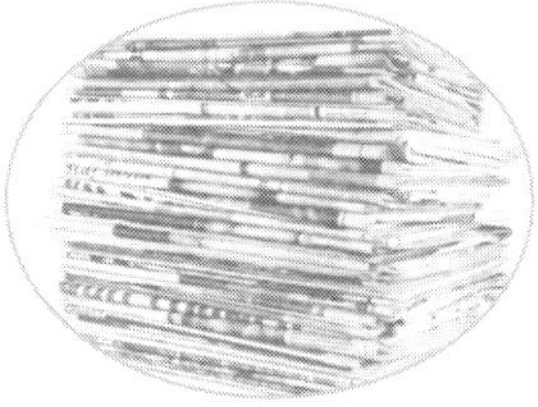

徐有银脱贫翻身记

光明日报记者　王建宏

在外面打工20来年的徐有银回来了。

几年前，这条消息在宁夏盐池县最偏远的乡镇——麻黄山乡成了一条大新闻。

“20多岁撇下老婆孩子到外面闯世界，一年到头都不知道人在哪里，有时候混得连吃饭的钱都没有，到快50岁了还能干个啥？”很多人都等着看这个“烂杆子”的笑话。

记者坐着平庄村村主任董国泰驾驶的皮卡车翻山越沟，前往徐有银家。

“到了！”一下车，坐北朝南两孔窑洞映入眼帘，西侧是新建的两间彩钢房。我们坐在窑洞前的窨台上，徐有银家女主人李兴花热情地端出香蕉和核桃。

光明日報
GUANGMING RIBAO
我国提前实现《生物多样性公约》2020年目标
为人民做学问
——全国高校贯彻落实习近平总书记哲学社会科学座谈会讲话精神一周年纪实
徐有银脱贫翻身记
浙江：严守生态环境高压线
农历编算有了国家标准
推动文化资源全民共享

“刚刚回来时，穷到连做饭的锅都没有。”徐有银说，乡干部、村干部、第一书记、包村干部，一遍一遍进村入户做工作、讲政策。一次，两次，三次……徐有银动心了。

麻黄山乡耕地全部都是“望天田”，年降雨量只有两三百毫米，蒸发量却高达两千多毫米。但这里地广人稀，只要肯干，撂荒的土地多得是，三五年里只要有一年风调雨顺就能有一个好收成。

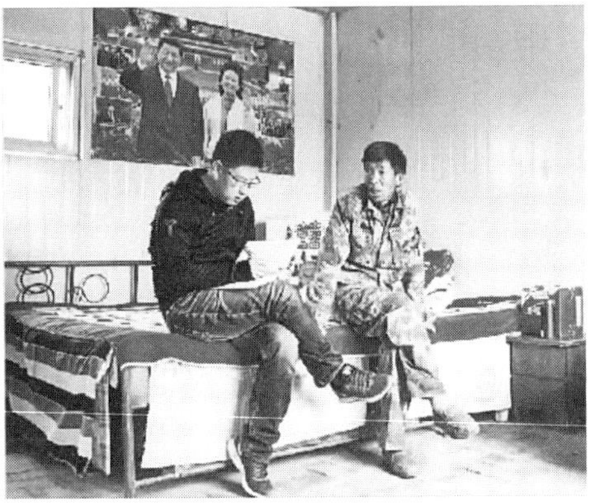
徐有银和记者（左）聊起往事，无限感慨
光明图片

最让徐有银兴奋的是，盐池县与保险公司合作开展了一系列农业保险政策，种荞麦减产、养羊羊肉价格太低都有理赔，保险费由政府补贴。

徐有银思谋着，与其苦熬，不如苦干。他把周边撂荒的300多亩土地都流转下来，种上了荞麦、玉米、油菜等。仅苏丹草就种了80亩，政府1亩补160元，秋后，打下的草籽又卖了1.5万元，这一项徐有银就收入了2.7万元。

徐有银这两年买了拖拉机、购置了客货两用汽车，养了100多只羊，儿子还在相邻乡镇盘下了一个汽车修理店，日子充满希望。

“脱贫攻坚不养懒汉，种杂粮、盖羊圈、盖猪棚，养鸡种地都有补助，干得多收获也多，不干，一分钱也没有。”徐有银深有感触地说，去年秋收，他凌晨4点多爬起来，晚上10点多才回家，两头不见太阳。但看看收成，“这么苦也值了，今年县上还出台了脱贫奖励政策，我信心很大，越干越有劲”。

去年6月，平庄村村支书范殷贵有感而发，写了一首打油诗：

多年打工徐有银，挣少花多生活贫。
可喜脱贫带福荫，回乡务农过光景。
租赁田园五十顷，滩羊百只能经营。
风骏皮卡拖拉机，奔上小康笑盈盈。

这首打油诗通过微信在当地广为传播，被平庄文艺社编成了本地特色的“道情”，作为麻黄山乡精准扶贫文艺演出队的主打节目在13个村巡回演出。“烂杆子”回头金不换的故事成了精神脱贫带动物质脱贫的典型，激励着更多乡亲依靠勤劳双手创造幸福生活。

（《光明日报》2017年05月23日01版）

扫一扫
阅读全文

松记水村的水

光明日报记者　王建宏

光明日报
GUANGMING RIBAO
让创新智慧和创造活力竞相涌现
——写在国家首个"全国科技工作者日"
在新起点上勇攀世界科技高峰
——落实习近平总书记在"科技三会"上的重要讲话一周年述评
老教授　新乡贤
——记助学扶困教化乡邻20年的方敬教授
松记水村的水
阅读建筑　留存历史

在宁夏盐池县麻黄山乡松记水村的山路边，72岁的饶文珠来到水窖旁，他想最后看一眼曾连天连夜打出来的水窖。

2014年，自来水通到了饶文珠家的灶台旁，水窖也结束了使命。最近，盐池县开展乡村环境整治，按照大家的意愿，一些靠近路边、存在安全隐患的水窖将被填埋。

“这是最后一眼。那些年，房门可以不锁，但水窖家家户户都得上锁。”饶文珠说，很多人早上起来的第一件事，就是到水窖前转一圈。

宁夏盐池县麻黄山乡因极度缺水而闻名。民谚说：“上了麻黄山，咸菜就干饭。干吃别犟嘴，犟嘴不给水。”“天旱窖枯河断流，渴得麻雀喝柴油。”

从前的松记水村人只有沟底的苦咸水可用。“十几公里从沟底用驴驮上来，做饭都不用再放盐。”村民饶峰说。

“遇到大旱，沟里的苦咸水都快干了。有的人直接带着被子睡在沟里，渗出一点点，就连泥汤子一起刮到桶里。有时候相邻的村庄还会因争水打架。”麻黄山乡水管所所长包海森说。

水源直接决定着村庄选址。20世纪80年代前，松记水村的老村落都在山沟里，一方面是没有建筑材料，沿沟好挖窑，更重要的则是距离沟底近，取水更方便。

1985年前后，盐池县从六七十公里外的大水坑镇红井子引井水，在松记水村村头建了个供水点，沟里的人们渐渐在开阔亮堂的塬上夯土建房。然而到了冬天，穿山越沟的水管封冻，直到第二年4月才能恢复供水。很多人就下沟挖冰，人背驴驮，放进锅里化成水救急。

饶文珠在水窖旁　　王建宏摄/光明图片

“最远到四五十公里外的大水坑镇拉过水。拉回来一方水能到80块钱。”松记水村委会副主任饶文明说。

为了解决吃水问题，在政府支持下，几十年来，松记水村先后有过多次有组织的“打窖运动”。村支书计治国说：“各个年代的水窖都有，堪称水窖博物馆。”

精准脱贫，水是最大的瓶颈。如果连干净的水都喝不上，何谈小康？

麻黄山乡党委书记罗刚告诉记者，2014年，盐池县开工建设麻黄山地区农村饮水安全工程，从刘家沟水库引黄河水，穿越沟壑梁峁，通过6级泵站加压，送到松记水村。

2014年9月30日是这个村庄有史以来最重要的日子，当溅着白花的自来水从水龙头奔涌而出，幸福感瞬间漫过了每个人的心田。

政府还启动“阳光沐浴”工程，每户只掏71元，市场价1800多元的太阳能热水器就有专人安装到位。

“太舒服了！”去年12月，66岁的饶清生平第一次洗了一回热水澡。想到那些从呱呱坠地到长眠黄土、一生都未曾洗过一次澡的祖辈，他发自肺腑地说：“共产党好，黄河水甜。”

扫一扫
阅读全文

（《光明日报》2017年05月31日01版）

宁夏盐池麻黄山：

让小乡村四季有看头

光明日报记者　王建宏

经过两三年犹豫，宁夏盐池县麻黄山乡松记水村村民饶文明毅然拆掉了2009年辛辛苦苦盖起来的4间砖房。“盖这房子时请不起工人，累出来的腰疼病去年才做了手术。”妻子周彩琴在拆房子时，十分不舍。

是什么让他们下了这么大的决心？

这几年，随着宁夏全域旅游示范区的创建和人们旅游观念的变化，乡村游正在成为一种新时尚。“我要建一个农家乐，有水冲式卫生间的，等这几天安顿好庄稼就开工。”饶文明几年前就开始办特禽养殖场，每年养殖几千只珍珠鸡、野鸡、呱呱鸡，纯收入8万多元。要是能做成美食卖出去，一只鸡还能增值30元。

光明日报　要闻　03

李克强主持召开国务院常务会议

刘云山会见金砖国家媒体高端论坛媒体代表

创新引领　共同行动

推动世界清洁能源高效智能共享发展

为建设科技和教育强国奠定坚实基础

京津冀三地法院试点跨域立案

让小乡村四季有看头

松记水村位于陕甘宁交界处，村东头有一个三省界碑，旁边有一座明长城烽火台。村民们发现，从几年前开始，时常会有一些城里人前来观光探秘。由于周围都没有餐馆，游客们就给村里农户掏点钱，让做点当地特色的荞面、滩鸡和羊肉。这些纯天然食材做出的农家饭征服了城里游客的味蕾，加之民风淳朴、价格公道，口

到麻黄山住窑洞，成为城里人的别样体验　王建宏摄 / 光明图片

口相传，这里便积累了很好的口碑。

这种现象引起了麻黄山乡党委书记罗刚的注意，他说：“麻黄山封闭偏僻，但从另外一个视角看，恰好具有独特的神秘感和吸引力。司空见惯的烽火古台、窑洞民居、民风民俗，吸引来很多都市人。”

麻黄山曾为明代庆王朱栴的放牧草场，在明清时期草茂林葱、山峦锦绣。麻黄山乡对境内的李塬畔革命遗址、宁夏工委会议遗址等历史遗存和休闲农业资源进行了梳理，提出了“魅力省域边城”的旅游定位，进而挖掘出“春赏杏花”“夏营原野”“秋望星空”“冬观雪景”四个旅游主题，规划出两条旅游线路，按月开展杏花节、徒步露营等 12 项活动。

即使在最偏僻的角落，只要接入互联网就可以融入整个世界。用手机微信扫一扫村东头路边一个电子地标指示牌上的二维码，“四季麻黄山”微平台便跳了出来，自驾指南、风物特产……不一而足。记者看到，饶文明的“饶氏农家乐”也在这里上了线，除了在线订餐，还可以邮购这里的土特产。饶文明说，去年端午以后的一段时间，基本上天天有人来，北京、西安、银川、吴忠的都有。

隔壁何新庄村，以村集体经济形式建设的窑洞农家乐——何家大院颠覆了人们对窑洞的印象，不仅传承了窑洞冬暖夏凉的优点，通了上下水、设置了现代化的卫生间之后，舒适度不亚于城里的酒店客房。

黄羊岭村村民宋景善的 28 亩大接杏去年成了香饽饽，很多城里人慕名前来。“连采摘费、运输费都省了，五六斤装一箱，坐在地头上只管过秤收钱就行。”宋景善看着树上的累累青杏眉开眼笑。今年，宋景善又扩大了种植规模。在乡政府补贴政策撬动下，全乡大接杏种植面积达到两万亩，还申报了“麻黄山大接杏”注册商标。

发展乡村旅游离不开相应的基础设施支撑，但麻黄山乡的街道依然是三四十年前砖土结合的老旧房，小城镇功能极不完善。宁夏住房和城乡建设厅挂职麻黄山村第一书记的路修堂积极向上汇报争取，麻黄山乡被纳入今年的美丽小城镇建设，获得项目支持资金 1500 多万元，将于近期开工。

5 月 11 日，中国旅游总评榜颁奖典礼上，盐池县麻黄山乡经层层竞争，最终拿下“年度乡村旅游示范奖”。

5 月底，一个工程队住进了饶文明家。两个月后，一段柏油路将直通三省界碑处。

6 月初，一场大雨滋润了干渴的大地。通往三省界碑的十几公里道路两边的土地将全部种上荞麦，待到荞麦花俏时，一段充满诗意的花海长廊将直通明长城烽火台。

麻黄山，正在期待着一次乡村旅游的“荷塘效应”。到那时，“魅力省域边城”将踏歌而来。

（《光明日报》2017 年 06 月 08 日 03 版）

扫一扫
阅读全文

村里有了“滩羊银行”

光明日报记者　王建宏

改变，源于5月底一场别开生面的会议。

以5月26日为界限，宁夏盐池县麻黄山乡松记水村的滩羊养殖户开始从原始模式进入“滩羊+金融”和“滩羊+互联网”时代。

来参会的都是“羊司令”。上午9点，村里养殖量30只以上的养殖户把村部会议室挤了个满满当当。盐池县是宁夏唯一的牧区县，也是著名的“中国滩羊之乡”，全县农民人均纯收入的三分之一源于滩羊产业。会议只有一个议题，把大家的滩羊存入“银行”。“为什么要把滩羊存入‘银行’呢?”村民惠兴茂的问题代表了大家的疑虑。

光明日报　要闻　03

十二届全国人大常委会
第九十六次委员长会议在京举行
决定十二届全国人大常委会第二十八次会议6月22日至27日在京举行
张德江主持会议

俞正声会见巴基斯坦参联会主席

刘延东会见国际足联主席因凡蒂诺

伟大时代孕育伟大故事

对接“一带一路” 共创合作共赢

村里有了“滩羊银行”

“盐池滩羊”公元1755年就被列入当时宁夏最著名的五大物产之一，300年来因肉质鲜美、皮毛珍奇一直是西部商帮最青睐的货品。近年来，“盐池滩羊”还成为《舌尖上的中国》、G20杭州峰会上的美味佳肴。但“盐池滩羊”产羔率低、生长周期长，在过去很长一段时间里优质却不能优价，甚至这个在特定条件下经自然驯化和长期选育而成的独特品种，一度被“外来羊”挤压到需要“保种”的地步。

“建立‘滩羊银行’既可以保护滩

羊种群，也有利于通过产业脱贫致富。”盐池县溯源滩羊产业科技发展有限公司负责人赵鑫说。

“我的羊存到你的‘银行’，我能得到什么?”养殖户刘仲武问到了所有人的关心处。

“我们的专家要对滩羊按只认证、标识、拍照、记录、存档，进入数据库的纯正盐池滩羊，就相当于进入了‘滩羊银行’，我们会按月兑付利息。”赵鑫说，“滩羊银行”付息方式分为贫困户和非贫困户两种，贫困户一只羊每月付息 3.2 元，非贫困户 2.6 元。对于合作农户符合销售条件的羊只，公司按照市场价格进行无条件收购。在邻近的大水坑镇，“滩羊银行”已为 65 户合作农户支付利息 75487 元。

“既然是银行，就该有存有贷，‘滩羊银行’能贷款吗?”养殖大户景兴山问。

“能!”赵鑫解释说，“滩羊银行”的对接资金服务不分贫困户与非贫困户，100 只羊可贷 6.4 万元，随时可贷，随时可还。到期后按市场价把羊卖给溯源滩羊公司，公司还会把利息全部返还，实际上是无息借款。

“那可就美咂啦!”惠兴武的喜悦写在脸上。养殖大户贺军选说：“这个办法好！不能让那些杂牌羊坏了行市，把我们正宗的盐池滩羊搞没了。”

松记水村村民担心的问题并非一家一户乃至一村一镇能够解决的。事实上，滩羊产业的发展问题，早就列入了盐池县委的重要议事日程。“滩羊产业是我们农业农村的‘一号产业’、精准脱贫的有力抓手。”这两年，盐池县委书记滑志敏亲赴北京、上海、杭州、深圳等地为盐池滩羊代言，被村民们称为“滩羊书记”。由于在标准体系、质量追溯、品牌保护、市场开拓、饲草料储备等关键环节的持续用力，目前，盐池滩羊饲养量已达 305.4 万只，年出栏滩羊 180.57 万只，“盐池滩羊肉”品牌价值达 67.28 亿元。在全县，由龙头企业、基地、合作社、农户、协会、金融、保险等共同参与的滩羊养殖利益共同体已经形成，一个从养殖到餐桌的产业链也基本完备。

麻黄山乡是盐池县最偏远的乡镇，很长一段时间也处于产业发展的边缘，包括滩羊产业。6月以来，村民们在专家带领下给自家滩羊打耳标、签协议，忙得不亦乐乎。他们期待着，以这次“滩羊银行”进驻为开端，松记水村的优质滩羊肉能通过已经覆盖全国90%以上省区的线上线下销售网络，卖上一个好价钱。

（《光明日报》2017年06月16日03版）

扫一扫
阅读全文

都有一股战胜贫困的干劲

光明日报记者　王建宏

麻黄山是盐池县乃至全宁夏最偏远的一个乡镇，这里地广人稀，没有一寸水浇地，村民的生计完全得看老天爷的脸色。在松记水村大梁小组，李飞帮就有两三百亩连片的荒漠草场。他在草场上建了两间彩钢房，搭起了一个养殖大棚，接回从广州空运来的6000多只小鸡仔。面对这些远道而来、叽叽喳喳的小家伙，他又是喂水又是添食，忙得团团转。李飞帮说，刚孵出来的小鸡苗需要24小时不间断悉心呵护，他已经有一天一夜没有吃饭、睡觉了。

本来只是在手术期间短暂使用的导尿管和引流袋，却几乎成为村民李凤虎身体的一部分。七年，两千多个日日夜夜，他都这样度过——插着导尿管，拎着引流袋，蹒跚于麻黄山乡松记水村的山道、羊圈之间。

“出了车祸，做手术需要上百万元。”李凤虎说，这么多钱，想都不敢想。于是，他选择了放弃治疗。面对脱贫攻坚，每天都插着导尿管的他坚毅果决、不等不靠。他用政府补贴盖了羊圈，养了120多只山羊。提不动水，他就给羊圈接上水管。在记者通过光明日报融媒体发出报道后，李凤虎的事受到很多热心读者的关注。希望能通过公益的力量，为他解除病痛，让他在脱贫路

光明视野 05

最美风景是贫困户发自内心的笑容

——本报蹲点贫困村调研采访记者所见所闻所思所感

心若在，梦就在

八个字里的感动

都有一股战胜贫困的干劲

在宁夏盐池县麻黄山乡松记水村蹲点调研的光明日报记者王建宏（右）走访村民贺艳锋　　光明图片

上轻装前行。

这样的故事，村里还有很多。麻黄山虽然僻远，但这里的村民们都有一股上下同心、战胜贫困的干劲，相信乡亲们的日子一定会越过越好。

（《光明日报》2017年05月18日05版）

扫一扫
阅读全文

要把黄土变成金

——宁夏回族自治区盐池县麻黄山乡蹲点手记

光明日报记者　王建宏

宁夏盐池县麻黄山乡位于陕甘宁三省交界地带，我蹲点的松记水村更是一脚踏三地，“鸡鸣醒三省”，与陕西定边县姬塬镇和甘肃环县秦团庄乡只有一两公里。

麻黄山是盐池县唯一的纯山区乡镇，没有一寸水浇地，人们的生计完全得看老天爷的脸色。从某种意义上说，这里的自然条件甚至差于“苦瘠甲天下”的西海固。

一方水土养活不了一方人，很多人都外出自谋生路。全乡1万多户籍人口，实际常住的只有四五千人。贺塬自然村只剩下贺军选夫妻两个人。全乡唯一的一所小学里，加上学前班也只有52个学生。

10·11
在充满希望和
秦岭深山里的变迁
要把黄土变成金
鲜花盛开塔木村
通溪桥的美与潜力

留下的人当中，大多年龄偏大或因病因残无法走出大山。在这样的自然条件下，让这部分人脱贫奔小康，是最难啃的硬骨头。

在蹲点的近一个月里，我真切感受到从中央到县乡村，各级组织凝结在脱贫攻坚中的心血，深刻体味到贫困户改变贫困面貌的决心——这是社

松记水村的这座明代烽火台吸引了很多城里人探秘赏景　　王建宏摄/光明图片

会主义制度优势的具体体现。

夜深人静，松记水的黄土塬上，风过四野，树叶婆娑。有几组镜头在脑海里不断闪现——

镜头一：李凤虎背起背篓，装上草料，艰难地走进羊圈。他的腰间插着一根导尿管，挂着引流袋。这种生活他已经过了7年。

“打工归来的路上出了车祸，后尿道破裂，从银川转到兰州，后来说要去北京，做手术需要上百万。”李凤虎选择了放弃治疗。

在家里躺了几年，他想，人总要活下去。在乡党委书记罗刚的鼓励下，李凤虎用政府补贴盖了羊圈，养了120多只山羊。提不动水，他就给羊圈接上水管。他说，要自力更生，过上更好的生活。

镜头二：“要不是心态好，我早死了!”张淑峰取下眼罩，左脸深深塌了下去，因患鼻癌左颧骨被整体切除，左眼也失去支撑而塌陷进去。双眼无法聚焦，看东西全是重影，于是自制了一个眼罩，遮上了左眼。

张淑峰在2014年做了手术，出院回家，发现家里的75只羊没了，粮食没了，妻子离家出走，甚至连碗筷也没留下。没筷子吃饭，只好折两段树枝当筷子。

皮影戏是麻黄山乡人们对文化生活的最初记忆　王建宏摄/光明图片

疾病和背叛并没有打垮他。“只要活着，精神还得有。农村能挣钱的地方太多了，就看你干不干。”张淑峰在政府脱贫政策支持下买了70只羊，如今已繁育到110只。前几天，在乡党委领导担保下，他还贷了5万元，买下一台拖拉机，种了80多亩地。

政府为每孔窑洞补贴1万元，很多农家都在加固修葺　王建宏摄/光明图片

镜头三：晚上8时55分，山顶上的风力发电机呼呼声响。依稀可以看到院子里停放着卡车、播种机、大型拖拉机。57岁的何彦彬刚刚从二十多公里外的流转地里回到家。

“今天犁了150亩地。”何彦彬种地上了瘾，一直种到了临近的大水坑镇，耕种的土地总量已经超过4000亩，农忙季节光用工就得50多人。去年遭了风灾，粮食还是卖了50多万元，刨除成本，还能净落20多万元。

坚守在黄土深处的人们，脱贫奔小康的愿望无比强烈，他们抱定“要把黄土变成金”的信念，埋头苦干。可喜的是，这种苦干精神并不是只管低头拉车、不顾抬头看路的蛮干，而是正在与现代金融、“互联网+”、全域旅游等相结合。麻黄山乡按月开展春游踏青、杏花观赏、金秋采风、星空露营、实物展销、观雪迎新等12项活动，探索将原生态的农产品及自然景致与农村电商、乡村旅游相加相融。

（《光明日报》2017年06月04日10版）

扫一扫
阅读全文

闽宁协作：山海牵手再出发

光明日报记者　高建进　王建宏

福建与宁夏，一个在我国东南沿海、一个在我国西北内陆，相隔千山万水。然而，在过去的20多年里，闽宁两省区山海牵手、不忘初心，亲如一家、情如兄弟。

闽宁结缘，缘于习近平同志亲手开启的闽宁协作。1996年，中央确定福建对口帮扶宁夏，同年10月，由时任福建省委副书记习近平为组长的“福建省对口帮扶宁夏领导小组”正式成立。5个月后，带着闽宁扶贫协作的使命、带着福建人民的深情厚谊，习近平同志率团来到宁夏，连续6天深入贫困地区考察，为闽宁对口扶贫协作作出顶层设计。自此，闽宁两省区展开了一场倾情帮扶，也创造了我国东西部扶贫协作的典范。

10 光明日报 人文地理 光明文化周末

闽宁协作：山海牵手再出发

党的十九大报告提出：“深入实施东西部扶贫协作。”近日，本报记者随同福建省第十批援宁工作队，来到位于六盘山集中连片特困地区的宁夏回族自治区固原市，探访闽宁协作的最新举措，亲历脱贫攻坚之战。

“‘为什么我的眼里常含泪水？因为我对这土地爱得深沉’，我想用这句诗，来表达一份深深的情感。今天，有一群人又回到了西海固，而且不管多久，他们都会想着回来。因为他们跟我们一样热恋着这块黄土地，他们曾在这里付出了艰辛和汗水。”10月31日，在固原见到“深化闽宁协作·福建省各界人士固原行”代表团成员时，十九大代表、宁夏回族自治区党委常委、固原市委书记张柱用这样的开场白，说出了福建援宁干部对宁夏的心里话。

肉牛养殖产业　　光明图片

固原市五河流域治理改善了生态环境，也改善了农村人居环境　　光明图片

“是八闽真情，换来了西海固的发展。”张柱的真情表白，感动了在场的每个人。闽宁一家亲，不只是一句口号，更是一份真正的兄弟情。

海风拂绿黄土地。如今，行走在宁夏大地，从南到北，处处都有闽宁协作的深深印迹，各个领域、各个行业，无不体现着“闽宁一家亲”的深情厚谊。闽宁扶贫协作，正在党的十九大精神指引下，步入新时代，再谱新篇章。

福州固原首通航　山海牵手路更广

10月30日下午5点，一架银鹰降落在宁夏固原六盘山机场——厦门航空MF8263航班首飞固原，标志着厦航第六条宁夏航线开通。

志合者，不以山海为远。在闽宁扶贫协作步入第21个年头之际，这条从福州飞往固原的航线，把“海上丝绸之路”枢纽城市与“陆上丝绸之路”重镇紧密地连接在一起，也使八闽大地与宁夏西海固这个脱贫攻坚的主战场实现了“空中直通”。

固原市境内没有高铁，从固原到福州，主要靠 2010 年启用的六盘山机场。没有直航前，转机要 10 个小时左右。由于西安到固原的航班隔天才有，有时遇上飞机晚点，还要在西安等候两天。

厦门航空班机停靠在固原六盘山机场停机坪上
高建进摄 / 光明图片

今年 3 月，福建省第十批援宁工作队领队、福建省妇联副主席陆菁接到固原市政府的特殊任务：争取尽早开通固原至福州直达航班。为此，她多次往返福建宁夏陕西三省区协调，有一次曾在三天内奔波了 5000 多公里，不懈的努力终于促成了新航线的开通。

近年来，厦门航空公司积极投入闽宁协作事业，架起两地空中桥梁，先后开辟了厦门、福州、泉州至宁夏的航线。目前，厦航已开通宁夏相关航线 6 条，通航 10 个城市，每周执行 68 个航班，闽宁航线年运输旅客接近 50 万人次。厦门航空公司福州分公司副总经理庄晓辉表示，厦航将通过自有航线网络，吸引更多中转旅客到固原投资、经商、旅游，同时，还将开辟更多的闽宁航线，积极促进两地经贸合作、人员往来和文化交流。

宁夏机场固原分公司总经理兼党委书记马春惠说：“闽宁协作空中通道的搭建，是六盘山区群众对美好生活的向往和期盼，也是宁夏机场公司的不懈追求。固原六盘山机场将全力以赴做好航班保障相关工作，让闽宁扶贫协作空中通道成为脱贫攻坚的幸福天路。”

大数据项目启动　产业协作更紧密

11 月 1 日，闽宁信息扶贫产业园项目论证会暨宁夏闽宁云信息扶贫产业开发有限公司成立揭牌仪式在固原市彭阳县举行。该项目由彭阳县众创投资开发有限公司同福建康众畅想信息科技有限公司合作建设，通过开发数据

农村电商带动产业发展　光明图片

固原市现代设施蔬菜生产基地　光明图片

灾备公共服务平台、在线创业创新孵化平台、在线软件开发交易平台、网络安全运维平台等，引导线下园区企业进驻，打造线上线下信息产业园新模式，以大数据产业助力宁夏经济转型升级，进一步拓宽了深化闽宁协作的渠道。

此次闽宁信息扶贫产业园项目是固原市彭阳县与厦门市思明区第十批闽宁对口帮扶的一个重要成果项目。揭牌仪式上，宁夏闽宁云信息扶贫产业开发有限公司和企业代表签订了入驻协议。

产业协作，一直是闽宁协作的重头戏，是帮扶机制从“输血”升级到“造血”的关键。

在固原市彭阳县，蓬勃发展的菌草产业早已成为闽宁协作的代名词，有人称为“致富菇”，也有人称为“闽宁草”。彭阳县福泰菌业有限责任公司经理祁登荣透露：“可能不久后，我们的菌菇将走出国门、打入中东市场。”

固原市彭阳县福泰菌业公司的生产车间
高建进摄/光明图片

在泾源县大湾乡杨岭村，60岁的马克俊把牛棚改成茶馆办起了农家乐，这是马克俊到福建厦门学习发展乡村旅游经验后带来的改变。

去年7月18日，习近平总书记在西海固考察时来到马克俊家，说起当时的情景，马克俊至今也难以掩饰激动的心情。一年前，马克俊还是杨岭

固原市的美丽乡村建设　　光明图片

村精准识别确定的贫困户，养了5头牛。后来，根据宁夏发展全域旅游的规划，杨岭村被泾源县列为20个美丽村庄之一，马克俊把家里的5头牛全部托管到了合作社，把牛棚拆了，建起“老马茶馆”、办起了农家乐。

“老马茶馆”开张以来，马克俊夫妻两人整天忙得不可开交，今年旅游旺季时，马克俊还让在县城开餐厅的大女儿回来帮忙经营。马克俊一年脱了贫，日子越过越红火。

21年来，闽宁协作从单向的扶贫解困，发展到经济合作、产业对接、互利共赢的新阶段；从单一的经济援助，发展为教育、文化、医疗等多领域合作的新格局；从单纯的政府行为，发展成政府、企业、社会相结合的对口协作新机制。

据介绍，近8个多月来，福建援宁队已邀请44批次企业家到宁夏考察，联系在宁夏有代表性的闽商投资企业，推介招商项目，已签约项目32个，总投资139.7亿元，其中签订合同项目13个，总投资62.7亿元；签订协议项目19个，总投资77亿元。

聚焦打赢攻坚战　闽宁协作再升级

“我已经喜欢上了这里的土豆与咸韭菜，但仍适应不了这里的气候，晚上还是经常睡不踏实。”克服高原反应与寒冷干燥气候影响，是每个队员必须面对的，但这并不影响他们“不到长城非好汉”“不破楼兰终不还”的工作冲劲儿。

距离银川市不远处的闽宁镇是21年前命名的移民区。20年斗转星移，流年成画。今天的闽宁镇，已从昔日的干沙滩变成了如今的金沙滩。当年

“天上无飞鸟，地上不长草，风吹石头跑”的景象为一座现代化的“江南小镇”所取代。

隆德人造花工艺公司打造就地就近实现就业的脱贫新模式　　高建进摄/光明图片

不忘初心，方得始终。2016 年 11 月，福建省第十批援宁工作队 21 名同志，接过了闽宁对口扶贫协作的接力棒。他们深刻领会习近平总书记就脱贫攻坚提出的一系列新理念新思想新战略，把脱贫攻坚作为新一轮闽宁协作的核心，统领第十批援宁工作队的各项工作，翻越脱贫攻坚这个全面建成小康社会的最后一座高山。

为了加快脱贫步伐，援宁队计划用三年时间建设 100 个闽宁示范村，2017 年已确定 42 个村为第一批共建示范村。在工作措施上，他们协助两省区扶贫办编制《十三五闽宁扶贫协作规划》，按照每年度两省区《互学互助对口扶贫协作联席会议纪要》的要求，开展“两着力两推动”，即着力改善民生、着力产业协作，推动智力帮扶、推动社会参与四个方面十大任务。在工作目标上，工作队已明确两年援助各类帮扶资金 1.25 亿元（不含福建省财政援宁资金），实施帮扶项目 134 项。在招商引资的同时，开展各类培训 5000 人次以上、结对帮扶 100 对以上。

21 年水滴石穿，福建与宁夏携手奋进在共同富裕的道路上，造就了国家扶贫攻坚的典范。如今，在习近平新时代中国特色社会主义思想指引下，为了打赢脱贫攻坚战，为了共圆美好生活的中国梦，闽宁协作，山海牵手再出发，开启了全新的征程。

扫一扫
阅读全文

（《光明日报》2017 年 11 月 12 日 10 版）

宁夏移民马进忠的“四代房”

光明日报记者　王建宏

宋元丰年间，在今宁夏中部连绵起伏的山峦之间发生过一场惨烈的宋夏之战，其地史称“元丰战迹”，百姓俗称“大战场”，即如今的宁夏中宁县大战场镇。

近日，记者走进这个具有诸多历史传说的山区小镇，发现有一个村延续历史，仍叫“元丰村”。不同于历史上人类之间腥风血雨的残酷战争，如今这里正在进行着另外一场激烈“战斗”——全面建成小康社会前夜的脱贫攻坚战。

大战场镇的集市上熙来攘往、年味渐浓。从主街拐进巷道不远，路边一栋造型别致的两层小楼格外显眼，院子里金灿灿的玉米棒子堆成小山。村民马进忠闻声迎了出来，笑盈盈地把大家迎进了与两层小楼紧挨着的平房。

04 综合新闻
搬入安置房　进城过春节
12万老人乐享“智慧养老”
宁夏移民马进忠的“四代房”
去宁夏看“我们的村晚”
传递爱的好民警

窗外寒风凛冽，屋内暖意盈怀。“我的老家在固原市原甘城乡，吃水得靠驴驮人背，十多里路上驮回来的还都是苦咸水。”马进忠说，20世纪七八十年代，国家实施固海扬水工程，大战场有了黄河水，我就是撵着这股子黄河水来的。据考证，大战场也曾草木繁盛，后经历代战乱和人为破坏，加之腾格里沙漠侵袭，成为一片沙海戈壁。

与马进忠有着同样经历的马兴旺在一旁说：“刚来时，只能吃上白水煮面条，吃完饭满嘴都是沙子。”有人受不了苦，把土地卖掉离开了。马进忠坚持了下来，和同样留下来的村民开始对房屋整体“升级”。由于没有瓦，一到阴天下雨，家家户户都得上房铺覆塑料薄膜防漏。那些年，雨前雨后，房顶上总是站满了人，这一独特景象成为这里的人们在一个特殊时代的集体记忆。

“这是我家的第三代房。”马进忠所住房屋的“3.0 版本”，除了外部看着是农房，屋内瓷砖铺地、石膏吊顶，浴室、冰箱、洗衣机等一应俱全，与城市的一般家庭并无区别。

近几年，中宁县实施山川共济战略，大战场镇人口不断聚集，达 8.3 万人。占比 63%的回族群众历来有经商传统，镇政府因势利导，建设了 3 个交易市场，其中牛羊活畜交易市场辐射周边的甘肃、内蒙古等省区的临近市县，每逢集市，上千头牛、数千乃至上万只羊都在这里交易。市场的活跃，带动了农业银行、邮储银行、黄河银行等金融机构在这里开设网点。

有了一些积蓄的马进忠开始从事牛羊贩运，如今每年都会有 10 多万元的家庭收入。去年，他又开工建设第四代房，就是记者一进门看到的那栋两层小楼，总面积有 400 多平方米。

“有肉吃肉、没肉喝汤，粗茶淡饭、顺口就行，在回族看来，洗澡有时候比吃饭更重要。”马进忠说。走进储藏间，从传统的吊罐、汤瓶，到煤气热水器、电热水器一字排开，房屋升级换代的同时也伴随着洗浴用具的更新迭代。

如今，随着宁夏“阳光沐浴工程”的实施，清洁节能的太阳能热水器已成为家家户户的标配。

年关将近，走在宽阔平整的水泥路上，不时有小轿车开过，路两旁整齐排列的路灯，随风摇曳的灯笼，给元丰村增添了十足的年味儿。

一番春意换年芳。宁夏是中国的移民博物馆，从 20 世纪最初的吊庄移民，到近年来的生态移民，加上自发移民，这个群体已有百万之众，占宁夏总人口近 1/6，马进忠只是其中的一个鲜活样本，用自己勤劳的双手创造着新的幸福生活，以全新的内涵诠释着属于这个伟大时代的“元丰战迹”。

（《光明日报》2017 年 01 月 24 日 04 版）

扫一扫
阅读全文

全面建成小康社会，不让一个人掉队

——党的十八大以来脱贫攻坚成就掠影

光明日报记者　李　慧　唐湘岳　王　瑟　鲁元珍　叶乐峰
王建宏　赵斌艺　李玉兰　杨　珏

开栏的话

党的十八大以来，以习近平同志为核心的党中央团结带领全国各族人民统筹推进“五位一体”总体布局，协调推进“四个全面”战略布局，开辟了治国理政的新境界，开创了中国特色社会主义事业新局面，中国社会面貌和中国人民生活发生了巨大变化。今天起，本报开设《砥砺奋进的五年》专栏，推出系列报道，全景展示以习近平同志为核心的党中央治国理政新理念新思想新战略的生动实践和伟大成就，充分展现人民群众生活的新变化和实实在在的获得感，深入挖掘在攻坚克难、改革发展中涌现出来的典型经验和先进人物。

光明日报
GUANGMING RIBAO
习近平同阿根廷总统马克里举行会谈
习近平致信祝贺中国社会科学院建院40周年
习近平会见柬埔寨首相洪森
与时代同发展　与人民齐奋进
——中国社会科学院建院40周年巡礼
全面建成小康社会，不让一个人掉队
——党的十八大以来脱贫攻坚成就掠影

4335万人，是2016年底我国农村贫困人口数量，也是全面建成小康社会最难啃的“硬骨头”。

“在扶贫的路上，不能落下一个贫困家庭，丢下一个贫困群众。”农历猴年春节即将来临时，习近平总书记在江西省井冈山市茅坪乡神山村，用这样一句庄严承诺给贫困群众带来满满的希望。

全面建成小康社会，不让一个人掉队。党的十八大以来，在党中央、国务院的高度重视下，各地瞄准贫困人口，实施精准扶贫精准脱贫方略，农村贫困人口从2012年末的9899万人锐减到2016年末的4335万人，农村贫困发生率从2012年末的10.2%降到2016年末的4.5%，减贫成效举世瞩目。

脱贫攻坚战的冲锋号已经吹响，全面建成小康社会的动员令已经下达。在脱贫攻坚的理念创新和模式创新中，我国脱贫攻坚的顶层设计日益清晰；在因地制宜、精准"滴灌"的部署和举措中，一份份满载牵挂的援助，正翻山越岭，风雨兼程。

理念创新、模式创新：脱贫攻坚顶层设计日益清晰

5月的河南省新县周河乡西河村凉风习习，空气中夹杂着青草的气息。新县位于大别山腹地，是全国贫困县，长期的封闭让西河村成为贫困村。

3年前，在发展全域旅游，打造旅游经济带动下，西河村成为全县重点规划的26个村落之一。在政府和合作社的引导下，村民陆续开始开办农家乐和民宿，西河村民的生活有了翻天覆地的变化。

"如今村里的路平整宽阔了，管网都铺到地下，合作社修建了特色大食堂，开了咖啡厅，酒店也对外营业了。"受益于乡村旅游的村民刘玉梅满面笑容。

西河村的变化源自中央确定的精准扶贫精准脱贫方略，源自不断进行的扶贫理念创新和模式创新。

"党中央、国务院高度重视扶贫开发工作。中央把扶贫作为全面建成小康社会最实际、最重要的工作来抓，政治上高位推动，在世界上很少有国家能够做到。"国务院扶贫办主任刘永富接受采访时说。

2015年6月，习近平总书记到贵州考察并召开部分省区市党委主要负

责同志座谈会，他在会上强调，“十三五”时期是我们确定的全面建成小康社会的时间节点，全面建成小康社会最艰巨最繁重的任务在农村，特别是在贫困地区。各级党委和政府要把握时间节点，努力补齐短板，科学谋划好“十三五”时期扶贫开发工作，确保贫困人口到2020年如期脱贫。2015年12月，中共中央、国务院印发《关于打赢脱贫攻坚战的决定》，重申了这一目标。

为打赢脱贫攻坚战，中央不断创新机制，加强顶层设计。中办、国办印发《关于打赢脱贫攻坚战的决定》重要政策措施分工方案、《关于建立贫困退出机制的意见》、《脱贫攻坚督查巡查工作办法》、《省级党委和政府扶贫开发工作成效考核办法》；国务院扶贫开发领导小组印发《关于建立重大涉贫事件处置反馈机制的意见》；中组部和国务院扶贫办部署加强基层党建促脱贫，联合下发《关于脱贫攻坚期内保持贫困县党政正职稳定的通知》……党的十八大以来，我国脱贫攻坚的责任体系、政策体系、投入体系、监督体系、考核评估体系逐步确立，脱贫攻坚的顶层设计日益完善。随着建档立卡、驻村帮扶、资金监管的深入，脱贫攻坚“四梁八柱”的制度框架已经确立。

对症下药、精准滴灌：因地制宜找准发展路子

扶贫开发贵在精准，重在精准，成败也在精准。

“十三五”期间，精准扶贫、精准脱贫成为扶贫工作的战略部署，也成为推进整体脱贫目标完成的重要保障。

区别于之前的“大水漫灌”式的扶贫方式，精准扶贫通过精准聚焦、精准发力，实现了落实扶贫对象精准、项目安排精准、资金使用精准等目标，提高了扶贫实效。宁夏盐池县麻黄山乡就从中受益。

作为盐池县唯一的纯山区乡镇，麻黄山乡没有一寸水浇地，村民的生计完全要看老天爷的脸色。这里地广人稀，在脱贫攻坚战中，当地瞄准本地资

源优势做文章，在大片的山地上发展生态养殖，帮助村民走上脱贫致富路。

“这叫乌骨鸡，是新良种，小鸡苗6.8元一只，鸡肉市场价1公斤卖到150元，鸡蛋2.5元一个，还供不应求。”谈起养殖前景，村民李飞帮信心满满。

而在新疆克孜勒苏柯尔克孜自治州阿克陶县克孜勒陶乡塔木村，由于自然环境十分恶劣，这里的百姓脱贫致富面临重重困难，73岁的麦麦提亚合普家是村中最贫困的一家。针对他家的情况，村委会制订了精准帮扶方案。谈起今后，麦麦提亚合普黑红的脸上露出了笑容。

扶持对象精准、项目安排精准、资金使用精准、措施到户精准、因村派人精准、脱贫成效精准——十八大以来，在精准扶贫、精准脱贫指导下，一项项举措瞄准贫困“病根”，实施“靶向治疗”，实现从“大水漫灌”到“精准滴灌”的飞跃。

扶贫资金怎么给，金融扶持怎么扶，产业怎么发展？几年来，各地在体制机制上进行了诸多有益探索——

通过建档立卡、正向激励等措施，健全贫困人口精准识别与动态调整机制、精准施策机制、驻村帮扶机制和贫困退出机制，实现精准扶贫、精准脱贫；抓住贫困问题的“公共性”，发挥政府投入的主导作用，广泛动员社会力量参与，建立起扶贫资源动员机制，发挥出政府、市场、社会各自的优势；充分发挥村组干部的引领作用和致富带头人的示范作用，弘扬自力更生、艰苦奋斗精神，强化贫困人口参与机制和组织保障机制；优化财政涉农资金供给，支持贫困县围绕突出问题整合使用相关资金，并加强扶贫资金项目监管，保障扶贫资金在阳光下运行；实施脱贫攻坚责任制，落实贫困县约束机制，建立健全第三方评估机制、建立年度脱贫攻坚逐级报告和督查巡查制度，为完善脱贫攻坚考核问责激励机制注入了强劲动力……

在体制机制创新中，中央与地方的权责日益清晰，政府、市场、社会协同推进的脱贫攻坚格局正在形成。

扶贫先扶志，治贫先治愚：坚决阻止贫困代际传递

青海互助县五峰镇石湾村是青藏高原上一个普通的村庄，这里山大沟深，交通不便。

“我们就是吃了没文化的亏。”谈到发展的障碍，许多石湾村的老人都发出这样的感慨。

为了阻断贫困的代际传递，石湾村对教育的重视程度前所未有。如今，学前教育已经在这里普及开来，去年村道硬化后，幼儿园的校车开到了村头。

习近平总书记到河北阜平县考察扶贫开发工作时强调：“治贫先治愚。要把下一代的教育工作做好，特别是要注重山区贫困地区下一代的成长。”在第31个教师节到来之际，习近平总书记在给“国培计划（2014）”北京师范大学贵州研修班参训教师的回信中再次强调：“扶贫必扶智。让贫困地区的孩子们接受良好教育，是扶贫开发的重要任务，也是阻断贫困代际传递的重要途径。”

精准扶贫要先精神脱贫。在中国人民大学反贫困问题研究中心主任汪三贵看来，“精神贫困”是扶贫攻坚的最大敌人，“等、靠、要”思想不破除，精准扶贫、精准脱贫目标就不可能如期实现。让贫困地区的孩子接受良好教育，是拔掉穷根、阻断贫困代际传递的重要途径。

从中央到地方，从雪域高原到戈壁大漠，围绕教育扶贫中的薄弱环节，各级政府精准发力、综合施策——

从2012年起，我国启动实施面向贫困地区定向招生专项计划。2017年，国家专项计划定向招收贫困地区学生，实施区域覆盖所有集中连片特殊困难县和国家级扶贫开发重点县，招生计划由2012年的1万人增至6.3万人。

2013年7月，国务院办公厅转发了教育部等部门《关于实施教育扶贫工程意见的通知》，明确了教育扶贫的总体思路、主要任务和保障措施等，

充分发挥教育在扶贫开发中的重要作用。

2015年1月，教育部会同国家卫生计生委等部门制定《国家贫困地区儿童发展规划（2014—2020年）》，对片区内从出生开始到义务教育阶段结束的农村儿童的健康和教育实施全过程的保障和干预，编就一张保障贫困地区儿童成长的安全网。

教育扶贫的一系列扎实行动，正在创造世人瞩目的“减贫奇迹”。

脱贫攻坚是一场持久战，这场战役承载着百姓福祉、凝结着民族梦想。“授人以鱼不如授人以渔，这就需要一种长远眼光和规划。”汪三贵指出，既要着力解决贫困地区农民科学文化素质整体偏低、精神生活比较匮乏、经济落后等现实问题，又要放眼长远，从儿童教育抓起，阻断精神贫困的代际传递；既要注重产业扶贫，又要从提高农民的科学文化素质入手，注重信息、知识和技术等方面的输入，激发其用自己的双手摘掉贫困帽的信心和决心。

（《光明日报》2017年05月18日01版）

扫一扫
阅读全文

宁夏：

文化扶贫助物质精神“双脱贫”

光明日报记者　王建宏

8家合作社入驻，2000万元年产值，数千名妇女就业，产品远销中东、东南亚等地区——这是宁夏海原县刺绣剪纸手工艺品孵化基地大院展板上的“成绩单”。

过去当地妇女农闲时节打发时间的“玩意儿”成为颇有规模的“炕头经济”，经政府引导培育，正在形成朝气蓬勃的产业。

宁夏文化厅积极支持该县与上海牡丹苑非遗文化公司合作成立海原县牡丹苑非遗文化公司，并挂牌成立“苏绣研究所结对帮扶海原回绣基地”，统一注册“海原回绣”“海原剪纸”商标。今年，海原县还将与苏州刺绣研究所等联合建立回族刺绣、剪纸层次化、常态化的人才培训，利用农闲时间深入乔畔村、李俊村、红羊村等12个贫困村开展刺绣剪纸培训，同时选派技能人才到全国“四大名绣”知名刺绣公司进行技能提升和装裱培训。

08 经济社会新闻

就业稳定 养老保险 可持续发展

宁夏：文化扶贫助物质精神“双脱贫”

“陕北枣王”的致富经

以文化产业推动农民“富口袋”只是文化扶贫的一个微观切面。在宁夏，以文化为先导推动思想观念变革，从而激发脱贫致富的内生动力，是文化扶贫更重要的使命。

宁夏回族自治区党委、政府从顶层设计上，把“文化扶贫惠民工程”作为脱贫攻坚的一项重要内容。在自治区层面，成立文化扶贫工程实施领导小组，由自治区党委宣传部牵头，文化、新闻出版广电、体育、发改、财政、扶贫等各部门参与，建立部门统筹协调、齐抓共管、共建共享文化扶贫工作机制。精准制定《关于加快构建现代公共文化服务体系的实施意见》《自治区贯彻落实“十三五”时期贫困地区公共文化服务体系建设规划纲要实施方案》等一系列文化扶贫政策规划，明确了文化扶贫责任分工、时间表和路线图。

文化扶贫的落脚点是大力完善公共文化基础服务建设。2016 年，宁夏总计投入四个方面项目资金 42360 万元，推进贫困地区公共文化基础设施建设：协调推进市、县级文化场馆建设，贫困地区县乡村公共文化设施配套完善达 75%；支持乡镇综合文化站建设，隆德县、泾源县、盐池县、红寺堡区等的 7 个综合文化站标准化建设项目全部完成；依托贫困地区“百县万村”综合性文化服务中心建设示范工程，支持建设 110 个村综合文化服务中心和 100 个农民文化大院；扶持贫困地区村综合文化服务中心、农民文化大院和民间文艺团队 150 个，按需配备了文化活动器材。

在六盘山集中连片特困地区的固原市，动辄十几万元乃至二十多万元的高价彩礼成为脱贫路上的“绊脚石”，该市在“文化惠民助脱贫”“文明创建树新风”等六项工作中“以文化人”，加快对固有习惯、风俗、心态及价值理念的解构与重构。

“宁夏今年将实施包括‘文化扶贫惠民工程’在内的‘十大工程’，要像抓经济、抓工程一样抓好宣传思想文化工作，使重点工作项目化、项目推进清单化、清单落实责任化，从规划、实施、推进、验收等各环节抓起，化虚为实，变软为硬。”宁夏回族自治区党委常委、宣传部部长赵永清说，在文化扶贫上要坚持重心下移、资源倾斜、服务落地，抓好重大文化扶贫项目建设，加快构建公共文化服务体系，加大送文化和种文化力度，做到文化设施到村、文化服务到户、文化普及到人、文化扶贫到“根”。

宁夏文化厅厅长阮教育说：“到2020年，宁夏要实现区、市、县、乡镇（街道）、村（社区）五级公共文化设施标准化，城乡和区域公共文化服务项目均等化，基本建成覆盖城乡、便捷高效、保基本、促公平，具有宁夏特色的现代公共文化服务体系，主要指标达到或高于全国平均水平，实现县域范围内的城乡文化一体化。”

（《光明日报》2017年03月02日08版）

扫一扫
阅读全文

推动“产业上山” 引导“移民下山”

宁夏中宁“山川共济”冲刺全面小康

光明日报记者　王建宏

“过去一年四季都穿一件皮袄，白天穿、晚上盖，下起雨来毛朝外。”4月20日，在位于宁夏中部干旱带上的中宁县大战场镇元丰村，65岁的马志祥侍弄着满屋花草，忆苦思甜般说起从老家彭阳搬迁来之前的岁月。这两年，他盖的新房装上了地暖，一屋子花草四季常青。

宁夏因两句完全相反的话而闻名：一句是“天下黄河富宁夏”，指的是沃野千里的北部引黄灌区；另一句是“苦瘠甲天下”，说的是“十年九旱”的中南部贫困带。而因“中华杞乡”声名远播的中宁县就位于宁夏北部引黄灌区与中南部贫困带的交接处，京藏高速途经中宁鸣沙，路西的富庶繁荣，与路东的贫瘠干渴形成鲜明对比。

光明日报
要闻 03
更大力度推动新旧动能转换
在转型升级中巩固经济社会发展向好势头
民族团结之花遍地开
宁夏中宁“山川共济”冲刺全面小康
“老战士、老朋友、老同志”

马志祥所在的大战场镇是典型的山区，为了更好地“以川济山”，宁夏党委、政府一方面实施生态移民，将一些生活在不适宜居住地区的贫困群众易地安置到川区县，另一方面通过区划调整，将原属山区县的喊叫水乡、徐套乡划归中宁县，在地理空间上形成“犬牙交错”“肥瘦相间”的态势。至此，中宁县这个宁夏传统意义上卫宁平原的精华区，成为山地面积占国土面积近一半的“山川相济”县，全县陆续接收各类山区移民 15.8 万人，占全县总人口的 46.3%。

过去作为川区的优势被“稀释”近半，面对巨大的压力，中宁县坚持“山川共济”的脱贫攻坚战略，一方面，推动“产业上山”，围绕“有土”扶持发展枸杞、硒砂瓜、草畜等特色产业，以每个贫困村都有 1 至两个特色优势产业、每个建档立卡贫困户有 1 至两个稳定增收产业项目为标准，在 31 个村精心培育特色优势产业。

记者在徐套乡撒不拉滩移民区看到，由县政府出资建成的 50 座菇棚一字排开，珧兴生物公司作为技术示范企业，吸纳移民周学莲、马秀莲等边打工边学习，学会后由移民自主经营、实现脱贫。来自安徽的技术员高平告诉记者：“一年 3 茬，1 茬能卖 12 万元，每个棚净收入十多万元。”

“不怕你们笑话，到 2000 年的时候，我们全乡镇还只有一部电话。”大战场镇镇干部马占仁说，区划调整使很多移民脱离了原先“宁可苦熬不愿苦干”的文化环境，开始学当地农民种枸杞、做买卖，如今很多家庭一半以上收入来自于枸杞产业。

同时，中宁县委县政府通过职业技能培训等方式引导“移民下山”，围绕“离土”帮助贫困户务工就业。“过去外出打工，活难找、钱难要，如今我们老两口不用出远门就能挣到 6000 多元。”今年 53 岁的移民杨彦海每天用电动车载着妻子到附近的源海公司养牛，离土不离乡，回得早还能领着孙子玩一会儿。

政府还有意识地推动工业企业“以工济农”，在中宁工业园区，仅宁夏天元锰业一家企业就吸纳山区员工 8800 多名，他们的年收入平均达 6.5 万元。这不仅解决了企业用工难题，还带动近万个贫困家庭实现脱贫。据测算，附近劳务移民安置区的移民收入已由 2012 年搬迁时的 2300 元增长到 2016 年的 8900 元，增长 387%。

数据显示，2016 年中宁县贫困地区农民人均可支配收入达到 7800 元，比上年增长 12%。贫困发生率由 2015 年的 12.3%下降到 7.6%。

扫一扫
阅读全文

（《光明日报》2017 年 04 月 23 日 03 版）

山村“当家人” 脱贫“催化剂”

——记党的十九大代表、宁夏盐池县王乐井乡曾记畔村党支部书记朱玉国

光明日报记者 王建宏

宁夏盐池，本已僻远。从盐池县城到王乐井乡曾记畔村，还需上山下沟再走几十公里。就是这么一个偏远山村，却由于金融扶贫走上了致富路。

在这里，贫困户与金融的“化学反应”，成就了这样一个成绩单：曾记畔村从一个一穷二白的“后进村”成为全国闻名的“致富村”“信用村”，贫困户数由原来的385户减少到19户。

而这个“化学反应”的“催化剂”，则是村党支部，最关键的还是“当家人”。

光明日报 综合新闻 03
带着问题学 充满激情干
——全国社区工作者培训综述
《十八大以来新发展新成就》出版发行
为“小巷总理”提供更多学习锻炼平台
知百姓情 解难心事
“中共十八大以来非常有成就的五年”
电视剧《黄大年》首播
湘西：传承特色种植 发展文化旅游
山村“当家人” 脱贫“催化剂”

曾记畔村是一个2000多人的村子，之前，贫困就像一块大石，压得村民喘不过气来。

朱玉国大胆尝试，在村里掀起了“头脑风暴”，不断健全村里的各项规章制度和村规民约，调动老党员、村干部、大学生村官的干事激情，让有知识、有文化、有能力且积极上进的党员“挑起大梁”。

2006年10月，曾记畔村被国务院确定为全国首批村级互助资金试点村。

当时，国家拨付给曾记畔村20万元扶贫互助启动资金。朱玉国多次召集村委会听取各方意见，商量如何用好互助资金，把贫困群众“等救济睡着吃”的观念变为“靠双手干着吃”。最后村委会和全体村民定下规矩：村民从互助基金贷款，要入股互助社，按4:6的比例发放贷款，贷款实行五户联保，党员和贫困户“一帮一”。

在宁夏盐池县曾记畔村，朱玉国（右）在工地查看村饲料加工厂的建设情况　　新华社发

就这样，曾记畔村一些村民依靠一两千元的互助资金借款起步，滚动发展，通过养殖、种植，有了人生“第一桶金”。

互助资金解决了贫困户的燃眉之急，但三五千元贷款并不能扶持贫困户实现规模发展、产业致富。朱玉国利用扶贫小额信贷政策，将互助资金和“千村信贷”捆绑，将“双到资金”注入互助社，撬动了数倍的发展资金，并采取“支部+产融保+党员”“一帮一”的模式，扩大贷款额度。有了更加充足的资金，村民们增收致富的积极性空前高涨。

目前，曾记畔村的互助资金发展到800万元，朱玉国也通过互助资金实现了向全村村民描绘的教育、医疗、养老“三个梦想”。

在朱玉国的带领下，2016年，曾记畔村甩掉了贫困村的帽子。他又积极张罗、倡导农民群众树立文明新风尚，在村里搞文艺活动，扭秧歌、评选好婆婆好媳妇、奖励十佳创收户。

（《光明日报》2017年10月14日03版）

扫一扫
阅读全文

宁夏彭阳：

配好“两个带头人” 按下脱贫“快捷键”

光明日报记者　王建宏

经济社会新闻 07

为何要研发速度更慢的“复兴号”动车组

人人参与公益 人人享有公益

配好“两个带头人” 按下脱贫“快捷键”

“养两箱蜂的效益抵得上养一头牛。”宁夏彭阳县孟塬乡小石沟村的90后大学生陈泽恩原本在重庆从事雕塑行业，受到党组织召唤后返乡养蜂，如今已成为年收入50万元以上的致富带头人。

“致富带头人和党组织带头人是农村先进生产力的优秀代表，也是全面实现脱贫、全面建成小康社会的中坚力量。”彭阳县委书记赵晓东说，通过唤醒、扩量、提质、融合、增效五大行动，“两个带头人”已成为每个贫困村的标配，在脱贫攻坚中形成了头雁高飞雁成行的“雁阵效应”。

宁夏回族自治区党委组织部及时总结上述经验，前不久，《关于在全区农村基层推广“两个带头人”工程经验的意见》印发，“两个带头人”工程经验在宁夏农村基层得到全面推广。

抓能人强产业——典型示范带动增收致富

“我们按照不同的产业类型，对全县1379名致富带头人进行精细分类，并按照产业规模、带动能力强弱和年度收入等指标，把致富带头人划分为A、B、C 三种类别，量身订制发展计划，你追我赶、竞相发展。”彭阳县委常委、组织部部长杨军说。

彭阳县地处黄土高原传统农耕区，延续了上千年旱作农业。一开始，人们对发展现代设施农业畏难犯怵，即使政府建好温棚白给村民种，也没有人愿意。

2012 年，徐塬村有大专学历、“胆子大”的秦秉儒在红河镇宽坪设施农业园区承包了 12 栋温棚，种上了辣椒、西红柿。当年，一个棚的纯收入就超过 1 万元。2013 年春节，正好赶上一茬辣椒上市，短短 3 天就卖了 7 万元。这个“传奇”在村里传疯了。不少村民来给秦秉儒打工，更多人希望能学到种棚的技术，秦秉儒总是倾囊相授。其间，一些“学有所成”的村民开始承包温棚自己种，很快，曾经无人问津的大棚被抢包一空。

当前，秦秉儒稳定经营着 104 栋温棚，用工高峰期吸纳 120 多个村民打工，其中建档立卡贫困户有 58 人。

在彭阳，根据全县南、中、北 3 个片区的产业不同，致富带头人形成了龙头企业引领、专业组织带动等 8 种帮带模式，突出帮志、扶技、带业 3 个重点，采取 1 名致富带头人帮扶两户发展户、帮带若干贫困户的“1+2+X”点对点精准帮扶措施，帮助贫困群众换脑子、找路子、学样子、鼓袋子。

一定程度上，农村“空心化”是脱贫攻坚有别于自然条件和资源禀赋的最大挑战。彭阳县为此开展“情系家乡·献力脱贫”研讨等活动，搭建平台，倡议一些在外打拼，有资金、有技术、有路子的彭阳籍致富带头人回家乡创业、回农村发展。先后召回致富带头人 55 人，有的已经成长为养殖大户、营销大户和农民企业家。

抓组织壮队伍——坚强班子引领脱贫攻坚

“你看，就那条路，从 2006 年修到 2016 年，10 年都没有修通。去年村

‘两委’换届后，一年时间修成了 3 横 1 纵 4 条路。”站在彭阳县孟塬乡赵山庄村新建村部顶楼的观景台上，乡党委书记郭耀武指着远处说。

赵山庄村与草滩村仅一路之隔，两个村的自然条件完全一样。但赵山庄村村班子没威信、说话没人听，上面给到村里的项目也实施不下去。几年下来，草滩村发展中药材 2000 多亩，赵山庄村却一亩也没有。表现在农民人均纯收入上，两村相差 200 多元。

孟塬乡下决心调整赵山庄的“两委”班子，由乡纪委书记挂职村支书、副乡长包村，并配强第一书记，在脱贫攻坚实践中选出致富带头人苏军进入村领导班子，改造村活动场所、发展中药材、万寿菊等特色产业，村容村貌和产业发展实现了一年翻身。

“限定村内选人、固定本村选配”是村领导班子配置的一贯做法，面对有的村实在无人可选的窘境，彭阳县创造性开展跨村任职。在王洼镇，李寨村原村支书田志军就到了相邻的王洼村任村支书，花芦村的村支书马志福与山庄村村支书马义虎交叉任职。跨村任职扩大了党组织带头人来源渠道，打破了旧有生态，使贫困村党支部的战斗力大大增强。

彭阳县通过开展“把党员和村党组织带头人培育成致富带头人、把致富带头人培养成党员和村党组织带头人”为内容的“双带四培”活动，实现两个带头人“双合一”。

“两个带头人”积累的乡村人才势能正在脱贫攻坚中得以转化。2016 年年底，彭阳县有 64 个贫困村出列、4.19 万贫困人口脱贫，贫困发生率降到 9.6%，小康社会实现程度达 83.44%。

（《光明日报》2017 年 10 月 27 日 07 版）

扫一扫
阅读全文

宁夏村级党组织“三大三强”行动

为脱贫富民和乡村振兴筑牢根基

光明日报记者 王建宏

04 综合新闻

掀起解码“深圳奇迹”传播热潮

为脱贫富民和乡村振兴筑牢根基

一个90后的爱国主义情怀

提升县域治理现代化水平

“过去这是个有名的上访村，10年都修不通一条路，经过抓阵地、调班子，一年就翻了身，成了先进村。”12月6日，在宁夏固原市彭阳县孟塬乡赵山庄村，一栋新建成不久、集村部和村民服务中心于一体的小楼里，孟塬乡党委书记郭耀武告诉记者，这是开展农村村级党组织“三大三强”行动带来的新变化。

郭耀武所说的“三大三强”，是宁夏回族自治区党委组织部在全区农村开展的“筑基行动”，主要内容为：加大投入力度，强化基本保障；加大培训力度，增强能力素质；加大选拔力度，选优配强基层党组织。

筑牢堡垒，确保有场所议事

在乡村振兴和脱贫富民战略中，基层党组织既是“指挥所”，更是“先锋队”。近年来，由于生态移民、征地拆迁等原因，宁夏一些农村基层党组织没有办公场所，有的议事场所年久失修，正常工作无法开展。

六盘山下，固原市按照“村级建档、市级建库”的思路，通过实地拍摄和拉尺统计，给每个村的活动阵地办理“身份证”，详细记录建设时间、外形构造、室内布设、阵地面积、地理位置5项信息，再将806个村的资料统一汇总整理，建立起全市村级组织活动阵地“数据库”，全面掌握“家底”。

对于缺阵地的，区市县三级共投入60万元，一次性建设不小于200平方米的活动室并完善配套；面积小于90平方米的，区市县财政共投入50万元，建设标准不小于200平方米；面积大于90平方米、不足200平方米的，在整合民政部门城乡社区服务站、文化部门村综合文化服务中心等建设项目的基础上，市县两级共投入20万元，新建设标准不小于150平方米。

宁夏北部的石嘴山市惠农区对38个村开展党组织阵地“一规范两整治三提升”活动，对沿河村、上营子村等22个村活动场所进行集中改建、维修、粉刷，实现阵地标准化、管理规范化、活动经常化。

经过建设规范，如今每到一村，只见院落整洁、国旗飘扬，村级组织活动场所在党员活动、办公议事、教育培训、便民服务、文体娱乐、信息交流等方面发挥重要作用。

提高待遇，增强党组织“引力”

武金宝在当选彭阳县王洼镇李寨村党支部副书记以前，依托附近的王洼煤矿开卡车、跑货运，年收入在10万元以上，是村里提前过上小康生活的致富能人。在他的带动下，这个村买了30多辆货车，许多人都跟着他脱了贫。

武金宝为人热心、有担当，得到了大家的信赖和认可，村民一致推荐他担任村干部。但一开始，武金宝打了退堂鼓。

彭阳县王洼镇党委书记赵坤说：“现在农村党组织工作量很大，加上工资低、待遇差，对年轻人和能人没有吸引力，影响了基层党组织作用的发挥。”

今年，自治区党委组织部出台文件，明确提出提高村干部报酬待遇，全区9个贫困县（区）的村党组织书记、村委会主任任职补贴，从之前“不低于上年度当地农民人均可支配收入的2倍”提高到3倍，有效激发了基层干部全身心投入脱贫攻坚的积极性和主动性。

在开展“三大三强”行动中，宁夏各地注重从35周岁以下、高中以上学历的致富能手、非公经济组织负责人、专业合作组织负责人、农村实用人才、外出务工经商返乡人员、大学生村官中选拔培养村级后备干部，农村基层党组织的战斗力大大增强。

宁夏回族自治区党委组织部有关负责人说，“三大三强”行动的开展，使宁夏农村特别是贫困地区村级部分党组织缺人、缺钱、缺场地的“三缺”问题得到有效缓解，部分村干部文化程度偏低、能力偏低、群众公认度偏低的“三低”问题逐步得到改变，推动了力量、投入、资源和工作向基层下沉，使基层党组织有人干事、有钱办事、有场所议事，为实施脱贫富民战略和乡村振兴战略提供了坚强的基层组织保证。

（《光明日报》2017年12月08日04版）

扫一扫
阅读全文

宁夏固原：

“两个带头人”带富十五万贫困群众

光明日报记者　王建宏　　光明日报通讯员　何小红

近日，宁夏西吉县吉强镇龙王坝村，几声鸡鸣唤出了红彤彤的太阳。松软的煮洋芋蛋、金黄甜糯的玉米棒子、红得惹眼的胡萝卜，就着腌制的咸韭菜，热气腾腾地被端上餐桌——这种西海固最地道、原生态的吃法，“征服”了很多城里人的味蕾。

当天，全国贫困村创业致富带头人培育工作现场会在固原市召开，来自国务院扶贫办、科技部、农业部等国家相关部委及全国28个省区市的140多位代表参会。眼前这个村庄在致富带头人焦建鹏的带动下，建成千亩林下油用牡丹基地、万羽林下生态鸡基地、林下梅花鹿养殖中心、农家餐饮中心、文化小广场和生态观光园，辐射带动周边500多户农民在林下种药材、养鸡，抱团发展。

宁夏西海固是全国贫困程度最深、脱贫攻坚难度最大的区域之一。近年来，固原市深入实施“两个带头人”工程，选优配强村党组织带头人，培育壮大农村致富带头人队伍，以产业为纽带，把基层党组织力量、村民群众力量、能人市场主体力量这三种力量凝聚到产业链上，使农村基层党组织的战斗堡垒作用在产业链上得到发挥，形成了“穷人跟着带头人走，带头人跟着产业走，产业跟着市场走”的产业扶贫格局。

固原市市长马汉成说，从2015年9月以来，固原市农村“两个带头人”工程已带动建档立卡贫困户5.28万户14.9万贫困人口走上致富路，在加强农村基层组织建设、调动群众内生动力等方面取得了显著成效。

（《光明日报》2017年12月23日03版）

扫一扫
阅读全文

宁夏回族自治区同心县王团镇罗家河湾村村医马玉花代表：

脱贫攻坚先要拔掉思想“穷根”

光明日报记者　王建宏

08 两会特刊
从“政府端菜”到“群众点菜”
民有所呼　我有所应
脱贫攻坚先要拔掉思想“穷根”
“美丽乡村”建设一举数得
让旅游助力脱贫攻坚

“地方穷，但精神不能穷。”全国人大代表、宁夏同心县王团镇罗家河湾村村医马玉花表示，物质脱贫首先要精神脱贫，要先从思想上拔掉穷根。

位于宁夏中部干旱带上的同心县，是典型的老少边穷地区。马玉花表示，国家实施的精准扶贫精准脱贫政策，在家乡取得了很大成效，老百姓的生活有了盼头。但同时，一些不好的现象依然存在。比如，在确定建档立卡户时，有的人开着小车到政府门前，抢着要当贫困户；有的人婚丧嫁娶大操大办，使本就不富裕的家庭负担更重。

对此，马玉花代表建议，脱贫攻坚要更加重视精神的力量，以民风建设推动精准脱贫。要坚决清除不良陋习，倡导文明新风尚，把精准扶贫与道德扶贫、文化扶贫相结合。同时要抓好社会治安，并依托乡镇综合文化站、农村广播，宣传好人好事、道德模范，让好风气深入人心。还要实施文化惠民工程，既推进农村文化体育广场、文化大院、农家书屋建设，又培养本土人才，形成稳定的文化扶贫队伍。

（《光明日报》2017 年 03 月 04 日 08 版）

扫一扫
阅读全文

中国侨联副主席、宁夏侨联主席朱奕龙委员：

让旅游助力脱贫攻坚

光明日报记者　王建宏

“宁夏泾源县有一个村叫冶家村，70多户农家乐经营总收入超过1000万元，户均纯收入10多万元，最高的达50万元，农民人均纯收入比2000年提高了20倍。”全国政协委员、中国侨联副主席、宁夏侨联主席朱奕龙说，旅游扶贫是一条投资少、见效快、返贫率低的造血式扶贫道路，应发挥旅游业产业链长、关联度强、综合效益高、涵盖服务业众多行业和门类的优势，加强旅游扶贫，助力脱贫攻坚。

朱奕龙委员说，近几年，国家不断加大旅游扶贫工作力度，出台了《乡村旅游扶贫工程行动方案》《关于大力发展休闲农业的指导意见》等一系列政策措施。早在2000年4月，国家旅游局、国务院扶贫办等8部门在宁夏设立了全国第一个国家级旅游扶贫试验区——六盘山旅游扶贫试验区。十几年来，经过不懈努力，六盘山连片贫困地区旅游从业人数不断增加，对促进农民增收的作用也愈加明显。到2016年年底，宁夏乡村旅游直接从业者1.2万余人，间接带动就业人数8万人。

08 两会特刊
从“政府端菜”到“群众点菜”
——公共文化服务如何更得人心
民有所呼 我有所应
脱贫攻坚先要拔掉思想“穷根”
“美丽乡村”建设一举数得
让旅游助力脱贫攻坚

朱奕龙委员表示，尽管旅游扶贫方

面取得了积极成果，但在资源整合、群众参与度、基础设施、人才培育等方面仍存在全国性的共性问题。为此他建议，研究出台支持贫困地区旅游项目建设的差别化用地政策，并对合理安排旅游扶贫用地的规模、布局和时序提出细化措施；设计与旅游扶贫特点相匹配的金融产品，为贫困户发展旅游业提供小额贷款，着力破解旅游扶贫融资难题；加大对贫困村及贫困村周边景区旅游投入，优先支持景点景区到干线公路的连接路建设，支持贫困村实施综合环境整治、接待服务能力提升等方面的项目。

（《光明日报》2017 年 03 月 04 日 08 版）

扫一扫
阅读全文

教育扶贫挖穷根　产业扶贫戳靶心

——访宁夏回族自治区工商联副主席、宁夏宝丰集团有限公司董事长党彦宝委员

光明日报记者　王建宏

“扶贫先扶智、治贫先治愚。我相信，扶贫扶智能够挖断穷根、阻断贫困代际传递。”宁夏回族自治区工商联副主席、宁夏宝丰集团有限公司董事长党彦宝委员在接受记者采访时表示。

宁夏南部的六盘山集中连片特困区，目前还有 58 万贫困人口。2011 年，党彦宝委员和夫人边海燕共同发起成立了燕宝慈善基金会，每年拿出 3 亿元，对宁夏南部贫困地区 9 县区 5 乡镇考入大学的孩子全部予以资助。燕宝基金会统一办理银行卡，每年 8 月将年度 4000 元资金汇入卡内，实现点对点发放，连续 4 年直至学子大学毕业。截至目前，燕宝基金会累计资助 11.7 万人，近 3 万名学子走上了工作岗位。

10 两会新闻

教育，如何改革发展

——教育部部长陈宝生答记者问

新闻发布厅

保护生态就是保护文化

为学生成长创造良好人文环境

教育扶贫挖穷根 产业扶贫戳靶心

最高人民检察院工作报告

党彦宝委员说，他们每年资助学生存量稳定在 9.2 万人，毕业 3 万人左右，新增约 3 万人，为 9 万余个家庭减轻了经济负担，3 万余个家庭有了新的经济增长点。

“即使在南部山区，也有城乡差别，少数县城的孩子并不是贫困生，为何要

全部资助?”面对记者的疑惑，党彦宝委员坦言，早期助学主要面向家庭困难的孩子，2012 年去高校调研后，发现有的贫困生自尊心很强，不愿被扣上贫困生的帽子。为避免只资助贫困生容易产生“标签化”的负面效应，燕宝基金会决定实行全覆盖无差别资助。

作为企业家，党彦宝委员最关心两个数字，一个是资助人数，另一个是企业利润。他说：“前一个数字让我更有成就感。”2015 年，随着经济下行压力加大，助学经费一度占到企业总利润的 20%。面对公司内部的激烈争议，党彦宝委员说，企业的困难是暂时的，“我们不能帮人帮到半道上”。

相对教育扶贫，产业扶贫见效更快。近年来，在持续加大教育扶贫投入的同时，宝丰集团在产业扶贫方面也开始发力。

党彦宝委员说，他们对宁夏黄河东岸 16 万亩荒漠化土地进行生态治理，并逐步种植 10 万亩枸杞，通过“企业+贫困农户和下岗职工”合作生产组织方式戳中产业扶贫的“靶心”。企业承担全部投资，贫困户和下岗职工负责田间管理和采摘，企业统一回购、加工、销售，贫困户不用承担风险，也不用担心枸杞卖不出去，不仅可以掌握一门技术，还可以提高经济收入、增强生活信心。枸杞特色产业在实现产业转型升级的同时，保障了 1.7 万户约 8 万贫困人口脱贫致富。

党彦宝委员说，做“社会企业”是他的不懈追求，做“公益慈善”是他家风传承的最高境界，公益慈善之路将永远延续。

（《光明日报》2017 年 03 月 13 日 10 版）

扫一扫
阅读全文

宁夏冲刺文化扶贫“四到”目标

光明日报记者　王建宏

22日，宁夏文化扶贫工程贫困地区村综合文化服务中心建设项目开工仪式在宁夏回族自治区西吉县震湖乡毛坪村举行。按照建设任务，宁夏将于今年8月底前全面完成贫困地区606个村综合文化服务中心建设，实现文化设施到村、文化服务到户、文化普及到人、文化扶贫到“根”的“四到”目标。

宁夏文化扶贫工程贫困地区村综合文化服务中心建设项目参照中宣部“百县万村”综合文化服务中心示范工程“七个一”标准，一村一策，精准建设。即：一个文化活动广场，一个文化活动室，一个简易戏台，一个图书（电子）阅览室，一套文化器材，一套广播影视器材，一套体育健身设施。该项目建成后，将成为集宣传文化、党员教育、科学普及、普法教育、体育健身等功能于一体的村综合文化服务中心，宁夏文化建设的重要阵地和提供公共服务的综合平台，党和政府联系群众的桥梁和纽带以及服务基层群众、带动增收富民的重要载体。

“只有解决精神的贫困，才能真正拔掉穷根。”宁夏回族自治区党委常委、宣传部部长赵永清表示，2018年，宁夏还将全面实施村综合文化服务中心服务提升工程，推动宁夏基层公共文化服务体系建设走在全国前列，把宁夏建成全国贫困地区基层公共文化服务体系示范省区。

扫一扫
阅读全文

（《光明日报》2017年03月23日09版）

让学生吃好饭上好学

——宁夏教育扶贫工作纪实

光明日报记者　刘博超

扶贫必扶智，治穷先治愚。发展教育是减贫脱贫的根本之举，而中西部地区尤膺重任。中央政策如何转化为地方扶贫的实效，记者日前实地走访了宁夏回族自治区的教育扶贫情况。

营养餐：让每一分钱都“吃到嘴里”

“吃馍喝水”曾是固原市原州区三营镇甘沟小学学生田能的午饭记忆。由于家在步程1小时开外的三营镇兰窝子，每天6点出发，几块干馍就是他一天的餐食。

教科新闻 09
药品不良反应报告不能被忽视
北京市新增34家科普基地
让学生吃好饭上好学

农村学生营养改善计划改变了这种情况。牛肉粉丝、炒土豆丝、菠菜汤，5月9日，记者在食堂见到田能时，他吃得正欢，“比家里吃得好，家里吃不到肉”。

在甘沟小学食堂采购明细上，记者发现，牛肉是每天都有的食材。对比某些地方给农村娃发零食、生鸡蛋的做法，这里保障餐食营养足、质量高。

“由自治区财政承担，宁夏将国家补助的4元标准提高为5.6元，另外将生均公用经费提高60元用于食堂水煤电支出，并按照学生同标准给予陪餐教师午餐补助，为的是保障每一分钱都‘吃到学生嘴里’。”宁夏教育工委专职副书记李秋玲说。

另一方面，农村学生营养餐的杠杆也提升了地方的就业和居民收入，教育扶贫产生了“乘数效应”。以原州区为例，157所农村中小学校共聘用了518名厨师，原州区财政拨付每人每月1300多元的工资。而在隆德县，牛肉需求拉动了农户的致富增收。

“这些年玉米价格低得很，家里二三十亩地只挣一万块钱，现在做成饲料养牛，一年能收入三四万元。”隆德县张程中心小学家长马晓红有4个孩子在上学。“现在没有负担了，住宿免费，还有补助，放到学校吃住都不用管。”

据宁夏回族自治区教育厅统计，仅营养改善计划，每年就有2.17亿元的主副食采购资金流向市场。“这对于有效推进中南部地区的蔬菜种植、畜牧业养殖等相关产业发展，带动经济增长有很大的促进作用。”教育厅相关负责人说。

办给山村孩子的优质高中

国家“十三五”规划提出：“普及高中阶段教育。”4月出台的《高中阶段教育普及攻坚计划（2017—2020年）》又明确将中西部贫困地区、家庭经济困难学生列为攻坚重点。贫寒学子如何享受优质的高中教育？在宁夏，一所办给山村孩子的城市高中——六盘山高级中学引起了记者的注意。

“我们要保证学生用3块钱就能吃饱吃好，因此有三分之一的菜是不赚钱的。”校长金存钰介绍，“自治区2003年设立这所学校就是要专门招收南部山区的贫困学子，给予山区孩子和城市孩子一样的优质高中教育。校名也是取于孩子们的家乡——六盘山区。”

“爸爸务农，姐姐在固阳上农校。妈妈就在银川打工，但她不识字也找不到学校，一般都是我去看她。”说话的小伙叫高乔，来自彭阳县阳城乡的贫困村落。“五一”前，成绩优异的他刚刚在“农村贫困地区定向招生专项计划”中报考了中国人民大学，距离自己的“人大梦”又近了一步。

面向山区择优招收农村初中毕业生，全部免收学费、住宿费，并为每生每年发放 1000 元生活补助，另有 40%的学生享受生均 2000 元的国家助学金。“在这里，70%的学生来自贫困家庭，学校还会联系社会企业和爱心人士，千方百计保证这些学生完成学业，现在企业捐助每年就有 600 万元左右。”金存钰透露。

初心不改，桃李自繁。近十年，该校二本以上升学率保持在 70%以上。而在宁夏，六盘山高中与育才中学两所面向南部山区招生的高中共计培养大学生两万余名。“这相当于为南部山区每个县区建了一所优质高中。”宁夏教育厅相关负责人表示。

“天高云淡，望断南飞燕”的六盘山已不再僻远，而是成了教育扶贫的热土。从小学、初中到高中，从农村学生营养改善计划、学费住宿费减免到特殊政策学校与各类奖助学金，学子享受着教育扶贫的惠泽，也反哺着这片土地。“大学毕业的六盘山高中校友中，已经有 6000 多名回到了宁夏，带动着家庭的致富和村庄的发展，这将从根本上为山村造血，阻断贫困的代际相传。”金存钰说。

（《光明日报》2017 年 05 月 23 日 09 版）

扫一扫
阅读全文

文化扶贫扶到“根”上

宁夏大力实施文化扶贫工程

光明日报记者　王建宏

光明视野 07
牡丹江市涌现网络文学“东北军团”
兵团文化事业稳步推进
宁夏大力实施文化扶贫工程

宁夏六盘山下，山窝里的隆德县陈靳乡，气温已低至零下8摄氏度。2017年年末，65岁的王登科老人听说隔壁的新和村又有马社火表演，便匆匆赶来。古色古香的街道上，喧天的锣鼓，斑斓的油彩，高头大马上的各类历史传奇人物，演绎着一个个忠烈节义的精彩故事，让这个原本十分静谧的小山窝变得热闹非凡。

“这个村子山大沟深、靠天吃饭，前几年村里人都盘算着往外搬，这没几年光景，村子里竟然来了这么多旅游的人，收入很不错，看得人眼热哩。”王登科所说的这些变化，源于文化扶贫工程的实施。这个山村的蜕变，还吸引了国务院扶贫办、科技部、农业部等国家部委及28个省区市140多位代表观摩。

村综合文化服务中心全达标全覆盖

“我们依托马社火这一独特的文化资源，建立了马社火非物质文化遗产传习基地，建成农家乐20家，牵头创办专业合作社3家，采取‘支部+合作社+基地+致富带头人+贫困户’的模式，依托基础设施建设和产业基地，发展形成了以民俗文化、农家乐、生态养殖等为主的乡村民俗文化旅游产业。”新和村党支部书记赵小龙说，一年多时间就接待各地游客5万余人，带来直接经济效益近30万元。

在宁夏隆德县陈靳乡新和村，村民正在举办社火巡游
新华社发

文化扶贫，不仅体现在将传统的文化资源转化为旅游产业，从而带动村民致富。更重要的是，扶贫扶志，成风化人，激发出贫困地区村民打赢脱贫攻坚战的内在动力。

宁夏率先在全国贫困地区实现村综合文化服务中心全达标全覆盖，9县（区）606个村和555个功能提升村达到文化设施到村、文化服务到户、文化普及到人、文化扶贫到“根”的四到目标。

2017年12月18日至12月22日，宁夏文化馆“十九大精神下基层”巡展在红寺堡区、海原县、同心县、原州区、彭阳县5个贫困地区举行，新建设的文化服务场所成为演出主阵地，音乐快板《颂歌高唱十九大》、宁夏坐唱《文化扶贫乐万家》、情景诗朗诵《不忘初心》等新创排的节目赢得阵阵喝彩。

在彭阳县王洼镇李寨村，“小舞台演绎大文化、新民风凝聚精气神”的巨幅对联悬挂在戏台两侧。正在篮球场上挥汗如雨的村民们说，这里早已成为辐射周边乡村、矿区的文化客厅。村干部武金宝深有感触地说：“门口有了村综合文化服务中心，村部的人气也被带旺了，干群关系也更紧密了。”

"文化阵地+"成为乡村治理综合平台

"家家种草，户户养畜。搞养殖，咱们现在既有充足的饲草料，也有大量的劳动力资源。基础母牛、基础母驴，一头补2000元，黑山羊补500元，其他羊补200元，鸡100只以上500只以下一只补20元，就看你会养啥、能养啥……"在西吉县吉强镇龙王坝村，文化礼堂同时也是农民的田间学校。课堂上，西吉县委副书记王林接地气的授课，让全县120多名农村党组织带头人、致富带头人直呼过瘾。

基层文化阵地既是党和政府服务基层群众、带动增收富民的重要载体，同时也成为党和政府联系群众的桥梁和纽带。

2017年12月15日，冬日暖阳下，吴忠市盐池县王乐井乡官滩村的文化广场上响起《好运来》明快的曲调，20多位乡亲随着节奏舞起扇子。在这个村，"支部+老年饭桌""支部+乡村大舞台""支部+红白喜事集中待客点""支部+文化长廊"，基层组织建设与文化建设深度融合。王乐井乡党委副书记朱娜告诉记者："只要彩礼、随礼符合相应的规定，就可以免费使用红白喜事待客点，通过移风易俗进乡村，攀比少了，风气也好了。"

在银川市的郊县，有不少从南部山区整体搬迁的移民村，贺兰县欣荣村就是一个。贺兰县文广局在这里建设了村图书馆、文化馆分馆，并针对移民群众经常外出务工、留守儿童课业无人辅导的情况，开办"四点半学堂"，聘请大学生志愿者开展留守儿童课业辅导；贺兰县为欣荣村的综合文化活动室、农家书屋配置了电脑、展柜等硬件设施，增加了电商产业服务功能；这个村还被纳入"宽带乡村"项目，建设有线电视骨干网，安装了免费WIFI，农民足不出户就可以享受到便捷的互联网医疗服务。

在宁夏，基层文化阵地集宣传文化、党员教育、电商产业、普法教育等功能于一体，已经成为宁夏文化建设的重要阵地和提供公共服务的综合平台。

东西协作奏响文化扶贫“交响乐”

宁夏各级各部门还多方位整合社会资源，把“请进来”和“走出去”相结合，集智聚力、奏响文化扶贫“交响乐”。

在宁夏回族自治区旅发委的支持协调和福建省第十批援宁工作队的牵线搭桥下，地处六盘山下的泾源县2017年12月20日迎来了浙江传媒学院主动上门、千里结亲帮扶协作。浙传将发挥传媒教研优势，帮助泾源县全面做好传媒人才培训、广电节目采编等工作，写好文化扶贫新文章；随行的浙传教师还现场进行新闻、播音、摄像、制作等业务教学，令基层广电从业者受益匪浅。泾源县文体广电局局长马志清十分激动：“有浙传这样大力支持，我们将创作更多更好的精神文化精品，去满足脱贫攻坚一线干部群众日益增长的美好生活需要。”

文化扶贫正与闽宁协作深度融合。2017年12月底，福建省援宁领队陆菁带领固原市代表团到福建的文化、广电部门、文创基地学习交流，汲取新的精神文化力量。

“作为西部贫困地区，能够动这么多脑筋，把资源挖掘得这么好，以‘富脑袋’带动‘富口袋’，这使我们很受启发、很受教益。”来自江苏省扶贫办的干部丁国明这么评价。

（《光明日报》2018年01月16日07版）

扫一扫
阅读全文

宁夏盐池

扶贫资金从“输血”到授信之变

光明日报记者　王建宏

04 综合新闻

宁夏盐池

扶贫资金从“输血”到授信之变

“忧居”变宜居

以蓝天碧水融入京津冀一体化

让农民既富脑袋又富口袋

业主应加强物业纠纷举证能力

“心里像用鸡翎子扫过一样舒坦。”8月1日，宁夏盐池县王乐井乡一个山梁上，村支书朱玉国看着夜幕下灯火通明的曾记畔村，喃喃说道。6月中旬，这个偏远小山村装上了路灯，在夜色下登高观景成了朱玉国最大的享受。

“过去，不光屋外是黑的，屋子里也不亮。”山大沟深的曾记畔村直到1998年才通上电。很多年来，为了省电，村里人都舍不得装瓦数大的电灯泡。

如今，曾记畔村的人均纯收入已从2006年的1500元增加到8258元。是什么点亮了他们的生活？

“依托创新推动产业发展、依靠产业发展带动贫困群众增收。”盐池县委书记滑志敏的答案是，充分发挥“中国滩羊之乡”“中国甘草之乡”的品牌优势，将财政扶贫资金和富民主导产业有效嫁接，构筑现代农业产业体系，走一条特色富民之路。

破解农民贷款难——贫困村的信用生态之变

朱玉国清晰记得，曾记畔村推动“互助资金”试点时所经历的思想风暴。此前，扶贫资金的使用基本以“输血”为主。习惯了“白给”的村民听说用这个钱还要还，一时无法接受。他们说：“过去给了就不往回要了，这个不仅要还，还要入股、收利息。”这一年，国家拨款的20万元加上村民入股的股金，总额只有31万元的互助资金，却有八九万元在账户中从年头趴到了年尾。

“今年，村里的互助资金已发展到800万元，早早就被一订而光。”朱玉国说，互助资金的“五户联保”根植于传统农村长达数代人的信任关系，谁也不想被人“戳脊梁骨”，几年下来，村民们慢慢形成了良好的信用习惯。

“过去村民贷款非常难，有段时间还需要公职人员担保才能贷上。”在花马池镇惠泽村，村支书官玉说，由于少数人不按时还款，金融机构在贷款上非常谨慎。

如今，“信用能当钱花”“失信寸步难行”……这些村民随口蹦出的鲜活语言恰好折射出农村信用生态的改变。

盐池县进而建立乡、村、组、户“四信”评定系统，按照“1531”的比例（即精神文明10%、信用情况50%、家庭资产30%、基本情况10%），将全县所有农户的信用情况由低到高分为A、A+、AA、AAA四个信用等级，实行贷款额度、利率优惠与信用等级挂钩，推行免担保免抵押贷款。金融机构共同评定、共同认可、共同应用，破解了农村信用体系共建共享难题。

“根据授信金额，拿上‘金扶卡’，就可以随贷随还，特别方便。”惠泽村村民陈占山说。

去年4月份以来，盐池县扶贫小额信贷资金总量由28亿元增加到目前的35亿元，受益群众从2万户增加到2.9万户。十分难得的是，全县小额信贷始终保持“零”违约。

产业信贷深度结合——资金跟着穷人走，穷人跟着产业走

脱贫靠产业，产业靠信贷支持。

盐池滩羊早在公元1755年就被列入当时宁夏最著名的五大物产。该县近年来在标准体系、产销机制、宣传推介方面的持续用力，使得盐池滩羊成为该县贫困群众脱贫致富的头号产业，品牌价值高达67.28亿元。全县80%的贫困群众都在从事滩羊相关产业，一半以上收入也来自于此。

“人穷志不能穷，只要肯吃苦、肯努力，日子肯定会越过越好。”曾记畔村村民牛生虎站在自家羊棚前，眼睛笑得眯成一条缝。几年前，牛生虎穷得叮当响，一座土坯房、一沿土炕、一口锅就是他的全部家当。这几年，他通过贷款，使滩羊养殖数迅速达到130只，家庭年收入也达到4万多元，不仅自己脱了贫，还积极给同村9户贫困户担保贷款达45万元。

2015年底，冯记沟乡建档立卡户薛虎只能看着持续攀升的羊肉价格干着急。老薛是个养羊的好手，但因年龄超过了60岁，多次跑到信用社想贷款，都被拒绝了。对此，盐池县有针对性地与金融机构协商，将贫困户贷款年龄上限放宽到70岁。老薛终于贷到了3万元，将养羊规模扩大到80只，他一算账，年底出栏的时候，他养羊的纯收入就能达到3万元。

除此之外，盐池县在信贷扶贫中还创造性地解决了非恶意“黑名单”贫困户无法贷款等“十大难题”，使信贷扶贫覆盖了各个层面，最大限度地实现了“资金跟着穷人走，穷人跟着产业走”。

首创2+X“扶贫保”——贫困群众脱贫路上“零风险”

农产品价格的大起大落，曾使贫困群众的脱贫之路充满变数。为此，盐池县创新推出了滩羊肉价格指数保险，保费由县财政和扶贫专项资金全额补贴，市场价低于合同约定的每公斤40元时就要给予赔付。此举有效稳定了

滩羊肉的价格，增强了贫困户养殖滩羊的信心。

“我养了20多年羊，最怕的不是羊生病，而是羊肉价格暴跌。现在有了滩羊肉价格指数保险，我就什么都不怕了。”盐池县暴记春村养殖户杨科说，滩羊肉价格现在稳定在每公斤50元，预计年底，养羊纯收入就可达5万余元。

盐池还推出了基础母羊、种公羊养殖保险。2016年，全县共承保滩羊17万只，理赔467.5万元，受益农户达3161户。事实上，羊肉价格指数保险只是盐池县2+X“扶贫保”内X中9个险种之一。“2”是两个基本险，即家庭意外综合保险和大病补充医疗保险，可以保证建档立卡贫困群众在宁夏住院个人合规医疗费用支出控制在5000元以内，一般农户在宁夏住院个人合规医疗费用支出控制在10%以内。

盐池县信贷扶贫工作得到国务院督查表扬，享受“免督查”和六项激励措施。“盐池模式”在宁夏推广后，贫困地区54.33万农户贷款337.41亿元，其中14.7万建档立卡贫困户扶贫小额信贷贷款69.67亿元，户均4.74万元。宁夏在全国率先实现“扶贫+保险”全省域覆盖，2017年将为全部贫困户和贫困人口投保。

（《光明日报》2017年08月03日04版）

扫一扫
阅读全文

推动共同发展实现共同富裕的重大战略举措

——深入学习习近平总书记关于东西部扶贫协作的重要论述

中共宁夏回族自治区委党校、宁夏回族自治区行政学院理论学习中心组

理论 11

推动共同发展实现共同富裕的重大战略举措

——深入学习习近平总书记关于东西部扶贫协作的重要论述

中国共产党是时代大潮的引领者

把思想建党作为全面从严治党的重要任务

2016年7月20日，习近平总书记在银川主持召开东西部扶贫协作座谈会并发表重要讲话。讲话指出，东西部扶贫协作和对口支援，是推动区域协调发展、协同发展、共同发展的大战略，是加强区域合作、优化产业布局、拓展对内对外开放新空间的大布局，是实现先富帮后富、最终实现共同富裕目标的大举措，必须认清形势、聚焦精准、深化帮扶、确保实效，切实提高工作水平，全面打赢脱贫攻坚战。习近平总书记的重要论述为推进东西部扶贫协作，推进精准脱贫指明了方向、提供了遵循。

“闽宁模式”是东西部扶贫协作的生动范例

由于区位、历史、人才、资金、技术等方面的差异性，东西部地区发展长期呈现不平衡状况。开展东西部地区对口扶贫协作的主要目的和任务是支持和帮助西部欠发达地区及少数民族地区摆脱贫困，促进经济社会全面发

展，逐步缩小地区差距，最终实现共同发展和共同富裕。东西部扶贫协作是通过动员、组织东部沿海省市对西部地区提供资金、技术人才等多方面援助为基础，以经济协作为主要手段，促使西部地区经济社会全面发展和贫困人口脱贫致富为根本目的的一种特殊区域发展政策，是党和国家为消灭贫困，实现共同富裕提出的一项重要战略举措。

1996 年 9 月中央确定闽宁对口扶贫协作关系以来，福建、宁夏两省区按照习近平同志当时倡导的“优势互补、互惠互利、长期协作、共同发展”方针，探索建立党政主导、市县结对、部门合作、企业参与、社会帮扶五大机制，通过建立联席会议制度，持续推动帮扶协作；实行市县结对帮扶，发挥优势注重实效；选派干部挂职锻炼，跟踪落实扶贫项目；部门合作带动八方，深入推进社会扶贫；市场导向企业合作，因地制宜不断发展。20 年来，两省区坚持把扶贫开发作为重点，把产业协作扶贫作为关键，把生态环境改造作为重心，把激发内生动力作为根本，从单向的扶贫解困发展到经济合作、产业对接、互利共赢的新阶段，从单一的经济援助发展为教育、文化、医疗等多领域合作的新格局，从单纯的政府行为形成政府、企业、社会三者相结合的对口协作新机制，实现了优势互补、互利共赢。闽宁协作的实践证明，东西部扶贫协作这条道路走对了。

习近平总书记指出，人民对美好生活的向往，就是我们的奋斗目标。我们必须把增进人民福祉作为工作追求，把打赢脱贫攻坚战作为全面建成小康社会的底线任务，把脱贫富民作为发展的价值取向和工作导向。我们要在既有成绩的基础上，紧紧抓住“一带一路”建设机遇，解放思想，拓宽思路，创新平台和载体，把新发展理念贯穿扶贫协作全过程，发挥双方各自优势，推动两省区开展现代农业发展、资源能源开发、基础设施建设、金融服务、文化旅游等方面合作，让人民群众充分富裕起来。

东西部扶贫协作是我国扶贫模式的重要创新

习近平总书记指出，创新是一个民族进步的灵魂，是一个国家兴旺发达的不竭源泉，也是中华民族最鲜明的民族禀赋。东西部扶贫协作的实施及其取得的显著成就，就是我国扶贫模式的重要创新。

东西部扶贫协作是扶贫与开发的有机结合。帮助贫困地区脱贫是扶贫协作的主要目标和价值追求，借助东部地区人才、资金、技术等优势，通过多方面协作开发，充分利用西部地区资源禀赋和区域比较优势，加快推动当地经济社会发展。

东西部扶贫协作是政府主导与企业、社会广泛参与的有机结合。扶贫开发是各级政府的重要工作，在扶贫协作中，各级政府充分发挥职能作用，组织、引导、动员企业和社会各界积极参与，开展多种形式的合作。除此之外，企业和各种社会力量积极投入到扶贫开发中来，开展捐资助学、慈善公益医疗救助、支医支教、社会工作和志愿服务等扶贫活动，从而形成政府带头、企业参与、社会关心支持的多层次、全方位、宽领域的扶贫协作局面。

东西部扶贫协作是内容的多样性与扶贫领域的全方位的有机结合。东西部扶贫协作是在各级党委和政府的重视和领导下，以政府部门层层结对、企业合作、民众广泛参与为主要方式，开展以基础设施建设、劳动力培训与转移、企业产业转移、文化教育扶持等多方面内容的扶贫开发，也是多层次、多渠道、多形式的经济技术合作，所涉及的不仅是资金、技术领域，而且逐步向经济、科教、卫生等多个领域全方位拓展。

东西部扶贫协作是“输血”与“造血”的有机结合。东西部扶贫协作不仅是党中央、国务院和东部发达地区对西部贫困地区在物资、人才、资金、技术、项目上的无偿支持与帮助，同时还充分调动西部地区干部群众积极性创造性，坚持扶贫开发与智力开发同步原则，把提高教育水平、加强卫生和技能培训援助、提高西部贫困地区劳动力素质作为对口帮扶的重要内容，不断激发贫困人口的内生动力，帮助和带动他们苦干实干，走自我发展的路子，实现光荣脱贫、勤劳致富。

东西部扶贫协作是东部帮扶西部与东西部优势互补、互惠共赢的结合。东西部扶贫协作不仅仅是单纯的东部帮扶西部度过眼前或者一时的困难，而是在此基础上实现“优势互补、互学互助、共同发展”深层次的帮扶。既带动西部脱贫，又拓展东部产业发展空间，真正实现双赢。

东西部扶贫协作彰显我国政治优势、制度优势，提供了解决贫困问题的中国方案

党的坚强领导成为东西部扶贫协作得以实施的最为有力的保证和强大的政治优势。同时，我们充分发挥社会主义的制度优势，有效整合与协调各方利益，最大限度地把现有资源最大程度调动起来、整合起来，采取超常规举措，拿出过硬办法，举全社会之力，推动东部发达地区向西部欠发达地区进行资金、技术、人才、物资、教育、医疗等方面的对口支援。通过地区之间的扶贫协作，消除贫困，实现共同富裕，这在世界上只有中国共产党和中国特色社会主义制度才能够做到，它充分彰显了我们的政治优势和制度优势，集中反映了中国特色社会主义本质特征，是中国特色社会主义制度优越性的具体体现。

同时还要看到，东西部扶贫协作也是当今中国为全球视野下解决地区发展不平衡和欠发达地区贫困问题提供的“中国方案”。东西部扶贫协作突破了只有依靠中央政府或单纯依靠社会慈善活动才能解决贫穷与落后的固有思维，为中国乃至世界的反贫困事业提供新的扶贫模式。东西部扶贫协作的有效实施表明，通过国家的较发达地区与欠发达地区的帮扶合作，可以较快动员和集中社会扶贫资源与社会各界共同参与扶贫，可以在较短时间内取得较大效果。这对世界上许多发展中国家缓解国内贫困问题具有重要而特殊的借鉴价值。

构建全面系统协调的良性推进机制是深化东西部扶贫协作关键

好的机制具有全局性、稳定性和长期性的特点，能达到事半功倍的效果。构建全面系统协调的良性推进机制，是东西部扶贫协作坚持做下去，进一步提高水平并确保真抓实干的关键所在。

构建东西部扶贫协作的动力机制。不断优化中央和东西部地区政府引导力量，提升市场主体地位，加强与“一带一路”建设、供给侧结构性改革等国家发展战略的协作互补与主动契合。

构建东西部扶贫协作的传导机制。以政府主导项目和政府财政资金为中心，带动以企业为投资主体的资本要素、中高端人力要素和科技要素向西部地区集聚；通过税费减免和政府补贴的规模扩大、结构优化与方式创新，降低东西部扶贫协作企业的经营成本。

构建东西部扶贫协作的保障机制。统筹东西部扶贫协作挂职干部人才选派管理工作，建立东西部扶贫协作人才的考核奖惩制度和管理制度，加大西部地区人才服务平台建设力度；把东西部扶贫协作工作纳入国家脱贫攻坚考核范围，突出目标导向、结果导向，瞄准建档立卡贫困人口精准发力。

构建东西部扶贫协作的调节机制。严格实施产业准入制度，以产业负面清单的制定推动西部地区原有产业和东西部扶贫协作引进产业的优化升级；发挥市场机制在东西部扶贫协作中的作用，使企业尽快成为东西部扶贫协作的核心主体，同时提升非政府组织、群众团体等社会力量在东西部扶贫协作中的作用；把握好“输血”和“造血”的关系，注重由“输血式”扶贫向“造血式”扶贫转变，增强西部地区的内生动力，实现互利共赢、共同发展。

（执笔：蒋文龄　郝　彤　李　喆）

（《光明日报》2017 年 07 月 28 日 11 版）

扫一扫
阅读全文

第三部分

生态立区

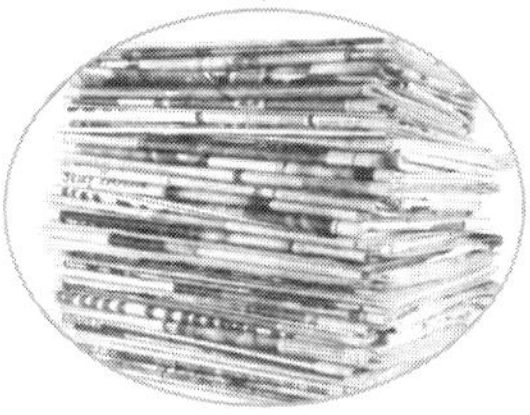

宁夏：“生态立区”构筑西北绿色屏障

光明日报记者　王建宏

公元1272年前后，贺兰山北部发现一种可燃烧的石头，后来成为闻名遐迩的“太西煤”。

公元2017年6月下旬，宁夏回族自治区人民政府一纸公告，贺兰山宁夏境内自元代以来数百年的煤炭开采史就此终止。

光明日報

GUANGMING RIBAO

中办国办就甘肃祁连山国家级自然保护区生态环境问题发出通报

宁夏：“生态立区”构筑西北绿色屏障

扛起生态文明建设的政治责任

将改革进行到底是我们义不容辞的责任

——大型政论专题片《将改革进行到底》引起社会各界热烈反响

环保督察就该动真格办实事

“雪龙号”将首次环北冰洋航行

公告指出，自2017年6月20日起，宁夏贺兰山国家级自然保护区范围内所有煤炭、砂石等工矿企业关停退出，并进行环境整治和生态修复，保护区内矿产资源开采和建设项目审批停止。

这是对党中央关于生态文明建设的决策部署的坚决贯彻，在眼下的经济增长和长远的生态保护之间，宁夏回族自治区党委毅然决然选择后者，体现了实施宁夏第十二次党代会提出的“生态立区”战略、构筑西北绿色屏障、打造西部地区生态文明建设先行区的坚定决心。

“习近平总书记去年7月在宁夏考察，为我们大力加强绿色屏障建设，建设天蓝、地绿、水美的美丽宁夏，指明了方向。”宁夏回族自治区党委书记、人大常委会主任石泰峰说，“我们必须立足生态环境脆弱的实际，牢固树立尊重自然、顺应自然、保护自然的绿色发展理念，像保护眼睛一样保护生态环境，像对待生命一样对待生态环境，承担起维护西北乃至全国生态安全的重要使命，让宁夏的天更蓝、地更绿、水更美、空气更清新。”

划定生态红线

宁夏居中国北方防沙带、丝绸之路生态防护带和黄土高原—川滇修复带“三带”交汇点，在全国生态安全战略格局中有特殊地位，构筑祖国西北重要的生态安全屏障，承担起维护西北乃至全国生态安全的重要使命，迫切需要一个体系完整的顶层设计。

2016 年 4 月 18 日，中央全面深化改革领导小组第 23 次会议批准宁夏开展空间规划（多规合一）试点，宁夏成为中央确定的第二个省级空间规划试点省区。

一年多来，宁夏把空间规划（多规合一）作为全区“头号改革”全力推动，为全国提供了可复制可推广的“宁夏经验”。

宁夏以主体功能区规划为基础，整合经济社会发展、城乡、国土、环保、林业、交通、农牧、水利 8 类规划，编制完成了自治区、5 个地级市和平罗、泾源、中宁 3 个试点县空间规划，初步形成了自治区、市县两级空间规划体系。空间规划将宁夏全域划定为生态、农业、城镇三类空间，明确了生态保护红线、永久基本农田保护红线、城镇开发边界，并以三区三线统筹国土空间布局，管控开发建设行为。

划定生态红线是空间规划的重要内容，是保障和维护生态安全的底线。

在宁夏，以黄河及其支流为脉络，以贺兰山、六盘山、罗山为支点，具有特殊重要生态功能、必须强制性严格保护的自然保护区等禁止开发区域，具有重要水源涵养、生物多样性维护、水土保持、防风固沙等生态功能的重要区域，以及水土流失、土地沙化、盐渍化等生态环境敏感脆弱区域均被划入生态保护红线。目前，宁夏生态红线划定工作已走在全国前列。

“生态红线划定是基础，严守是关键。”宁夏回族自治区主席咸辉说，

“我们认真贯彻习近平总书记在宁夏考察时的重要指示精神，突出生态红线的优先地位，不越雷池一步，杜绝各类破坏生态环境行为的发生。”

护佑“父亲山”

“贺兰山下果园成，塞北江南旧有名。”如果没有贺兰山的巨大山体阻挡沙漠及西北寒冷气流东侵，“田开沃野千渠润”的宁夏平原将是另外一番景象。

贺兰山亦是一座著名“煤山”，煤田于元代被发现并开采，至清初有“取之不尽”的记载，20 世纪初有“甲天下”之誉。新中国成立前，仅汝箕沟一带就有近百小煤窑。1955 年起，贺兰山煤田开始大规模开发，为国民经济发展作出重要贡献。

然而，矿产资源的开发也对贺兰山生态功能造成巨大破坏，特别是 2003 年扩界后新划入贺兰山自然保护区的贺兰山北部，开采方式由过去的井工开采改为露天开采，山体的剥离导致保护区内生态系统日渐碎片化。

鲜为人知的是，即使在世界范围内，贺兰山都具有极高的科学、生态和经济价值。由于强大的燕山运动作用，贺兰山平地拔起，形成了巨大的逆掩断层山地，记载了地球形成史一半以上的地质记录，是解读我国主要中朝板块地质历史教科书。

万木常笼青嶂日，孤嶒倒映白云天。贺兰山还是我国北方荒漠地区极为珍贵的集水山地，是青藏高原连接阴山山脉、大兴安岭以至西伯利亚的生物山地廊道，保存着我国北方第四纪生态环境的变化信息。

2016 年 1 月，国家环保部西北环境保护督查中心约谈宁夏有关部门、地市，要求对贺兰山国家级自然保护区内非法人类活动进行清理整顿，严肃查处保护区内的违法违规行为。同年 7 月，中央第八环保督察组在宁夏督察，反馈意见再次聚焦贺兰山保护区，提出了严肃的整改要求。

宁夏立即对贺兰山国家级自然保护区非法人类活动进行了地毯式排查，确定整治点位 169 处。但这些非法人类活动点由于政策变化、种类繁多、涉及审批部门多、利益错综复杂，整治难度异常大。

石泰峰、咸辉对贺兰山整治的态度十分坚决，多次现场调研、听取汇报、作出批示，要求从政治、战略和全局高度认识和推动贺兰山环境整治工作，并成立由多位副省级以上领导同志参与的整治工作领导小组，对贺兰山自然保护区生态环境开展彻底综合整治。

“宁夏投入阶段性整治资金 15 亿元，169 处整治点中，133 处工矿、农林牧等设施，已经全部关停退出，其余 36 处旅游、农林牧、殡葬服务、交通道路及管护等设施，正在进一步规范管理和开展环境综合整治。”宁夏林业厅厅长、贺兰山生态环境综合整治办公室主任马金元说，截至目前，整治点已完成自查初验的 44 处，占 26%；已开展生态修复的 25 处，占 14.8%；正在拆除整治的 88 处，占 52.1%。

整治工作启动以来，仅石嘴山一个市就出动 6600 多人次，机械、车辆 4800 余台次，拆除房屋和厂房 1713 间 6 万余平方米，拆除矿石生产机械 400 台（套），平整覆土 280 万平方米。

宁夏宣布，贺兰山自然保护区内今后不允许再新批准任何资源开发项目，不得擅自新增建任何旅游设施。

宁夏决定，构筑包括贺兰山、六盘山、罗山在内的“三山”生态安全屏障，提升生态环境承载能力，形成体系完整、功能完善的绿色生态廊道，再造宁夏发展新优势。

保护“母亲河”

天下黄河富宁夏。宁夏历来唯黄河而存、唯黄河而兴，是沿黄唯一全境属于黄河流域的省区。

秦渠、汉渠、唐徕渠……这些至今仍流淌在宁夏平原的古渠系，造就了引黄灌溉这一可与埃及尼罗河沿岸绿洲相媲美的千年奇迹，使宁夏平原即使在历史上的大灾之年也旱涝无虞、谷稼殷积。正因如此，“母亲河”这三个字在宁夏人民心里，有着不可言说的特殊分量。

“万顷清波映夕阳，晚风时骤漾晴光。”中国古人的驭水才能还造就了宁夏独特的湿地生态系统。首府银川历史上就有“七十二连湖”之美称，明清时期，“月湖夕照”“汉渠春涨”“连湖渔歌”成为当时西北胜景。

历届自治区党委、政府高度重视黄河和湿地保护，10 多年来，通过湿地恢复、水系建设、栖息地修复、湖泊综合整治和能力建设等工程，宁夏湿地面积增加了 30 万亩，是全国为数不多湿地面积不降反增的省区之一。

保护黄河，意在河，根在岸。

多年来，宁夏不断扩大绿色空间、实施节水优先，成为全国首个实行全省域禁牧封育的省区、全国首个实现沙漠化逆转的省区，也是全国唯一的省级节水型社会示范区，不仅为我国生态建设作出了宁夏贡献，也为全球治理体系提供了中国经验。

沿黄地区是宁夏自然条件最优越、人文资源最深厚、民生资源最富集的精华地带。未来，宁夏要全力打造生态优先、绿色发展、产城融合、人水和谐的沿黄生态经济带，限制和转变粗放的发展方式，让“母亲河”永远健康。

7 月 4 日，宁夏总河长第一次会议召开。自此，由自治区党委书记担任总河长，自治区主席担任副总河长，区市县乡四级河长负责治水的“首长责任链”开始形成。从这一天起，全区流域面积在 50 平方公里以上的 406 条河流、常年水面面积 1 平方公里以上的 30 个重点湖泊都有了河长，保障和维护黄河安澜有了生命线。

全面推行河长制，宁夏正在建立水利、国土、农业、环保、发改、财税等部门协同治水的“部门共治圈”。过去“环保不下河，水利不上岸”“九龙治水水不治”的尴尬将不再继续，而代之以岸下治标、岸上治本，山水田林湖综合治理的联治共治。

绝好荆关图卷在，绿云天外白云家。以“生态立区”为战略的宁夏，正在承担起维护西北乃至全国生态安全的重要使命。

（《光明日报》2017 年 07 月 21 日 01 版）

扫一扫
阅读全文

宁夏打造西部地区生态文明建设先行区

光明日报记者　王建宏　韩业庭

光明日报
GUANGMING RIBAO
习近平会见出席中日执政党交流机制第七次会议的日方代表
习近平接见2017年度驻外使节工作会议与会使节并发表重要讲话
心无百姓莫为官
宁夏打造西部地区生态文明建设先行区
新年致读者

“贺兰山下果园成，塞北江南旧有名。”冬日的贺兰山，矗立在松涛白云间。12月上旬，记者随宁夏石嘴山市联合执法人员走进石炭井矿区大磴沟，只见道路两旁的数十家洗煤厂已悉数拆除。过去，这里曾是一个嘈杂的煤炭洗选加工基地，附近盗挖开采来的煤炭大多被卖到这里加工出售。洗煤厂拆除后，覆土上都撒了草籽，如果今冬下几场雪，明年春天，草籽就会破土而出、染绿山峦。

宁夏不要黑色的GDP。如今，贺兰山自然保护区内上百家工矿企业悉数关闭。而这，只是宁夏推进生态立区战略的一个缩影。

决不能再让贺兰山哭泣——一系列铁腕治污举措压茬推进

“良好的生态环境”曾是宁夏的一张金字品牌。党的十九大刚刚闭幕后，宁夏回族自治区实施生态立区战略推进会即在银川召开。会议开始前，与会人员用半个小时集体观看了纪录片《贺兰山在哭泣》。当大家看到贺兰山腹地因长期采煤、采矿，部分区域只剩光秃秃的山包和裸露的山体，都感到心痛不已。数千年来为宁夏平原遮风挡沙的“父亲山”，竟然在“靠山吃山”的传统发展方式中，被折磨得遍体鳞伤、满目疮痍。

决不能再让贺兰山哭泣！这次会议印发了“生态立区 28 条”——此后，一系列铁腕治污举措压茬推进。以“蓝天、碧水、净土”三大行动为代表的环保攻坚战在宁夏打响：

完善大气污染防治联控联防机制，开展燃煤、烟尘、机动车、扬尘污染协同治理；

加强黄河支流、重点湖泊保护和入黄排水口整治，加快建设人工湿地等综合治理工程，全面取缔工业企业直排口，推进污水集中治理、废水深度治理；

加快推进土壤污染详查，实施土壤环境监测全覆盖，严格整治农业面源污染，从源头保障人居环境安全。

今年以来，宁夏查处企业环保违法违规问题 611 起，依法责令企业限产停产 88 起，问责追责党政干部 125 人。

决不要“黑色增长”——深入推进绿色发展，促进经济转型升级

生态环境保护的成败，最终归结于经济结构和发展方式。作为“生态立区”战略的姊妹篇，宁夏第十二次党代会“三大战略”同时提出“创新驱动”战略，出台“创新驱动 30 条”，以科技创新推动经济实现绿色转型，构建市场导向的绿色技术创新体系，从源头上为生态环境减负。

培育发展新产业新业态不仅是保护环境的需要，也是自身转型发展的必然要求。

石嘴山市利用部分房地产库存，设立科技金融广场，培育发展科技金融产业。自今年 10 月开业以来，入驻科技金融企业 18 家、相关服务机构 6 家，实现交易额 17 亿元，初步形成聚合支付、征信服务、科技金融信息服务等各类金融新业态聚集发展的态势。

“坚持生态优先，推动绿色发展”已经成为宁夏各地的思想自觉。据自

治区发展改革委主任许宁介绍，宁夏正以打造沿黄生态经济带为抓手，大力推动煤炭、电力、冶金、化工、建材等传统产业向高端化、绿色化方向发展，同时严格执行各开发区产业定位政策，推动沿黄经济带开发区的整合优化，推动资源节约循环发展。

决不触碰“生态红线”——构筑祖国西北重要的生态安全屏障

宁夏是祖国西北重要的生态安全屏障。只有规划先行，从顶层设计入手，才能从根本上承担起维护西北乃至全国生态安全的重要使命。宁夏第十二次党代会提出，打造西部地区生态文明建设先行区。

宁夏是中央确定的第二个省级空间规划试点省区，通过空间规划，宁夏全域被划定为生态、农业、城镇三类空间，明确生态保护红线、永久基本农田保护红线、城镇开发边界，并以三区三线统筹国土空间布局，管控开发建设行为。

宁夏以黄河及其支流为脉络，以贺兰山、六盘山、罗山为支点，划定生态红线。

站在石嘴山市中心的制高点俯瞰整座城市，星海湖冰封的水系镶嵌在城市中间，面积5倍于杭州西湖。虽是冬季，但成片的树木仍不乏生机和活力。

贺兰山脚下，有一个令石嘴山人自豪的森林公园，几乎每个石嘴山市的干部，都有在这里植树的经历。“先在山坡的岩石上打出一立方米的坑，再从山脚下背土填到坑里，然后在土里种上树苗。就这样，种出了今天的绿树成荫。”石嘴山市委宣传部副部长冯建国说，这几年，石嘴山市一连获得“全国绿化先进单位”“国家森林城市”“国家园林城市”三个“国字号”荣誉。大武口区已经形成了“500米公园圈”，不管住在城市的哪个角落，只要出门500米就能走进一个公园。

2018年，宁夏将启动大规模国土绿化行动，统筹实施一批植树造林、防沙治沙、湿地保护、水土保持等方面的重点工程，完成各类造林145万亩。

（《光明日报》2017年12月29日01版）

扫一扫
阅读全文

宁夏引黄古灌区：

一部流淌千年的水文化史

光明日报记者　王建宏

墨西哥城时间10月10日，国际灌排委员会第68届执行理事会上宣布，宁夏引黄古灌区入选2017年世界灌溉工程遗产名录。在“九渠渠首”的宁夏青铜峡市，人们聚集于元代由郭守敬最初主持修建的唐正闸，欢庆这一历史时刻。晚上，一场大型公益晚会呈现了一段敬水、驭水的恢宏历史——

12 光明视野

宁夏引黄古灌区：

一部流淌千年的水文化史

利用好就是最好的保护

开渠千年 分润万畦

距今10万至1万年间的晚更新世，黄河切开高山，逐步成为与大海贯通的大河。从青藏高原发源后，一路在峡谷内激荡奔流的母亲河，冲出黑山峡进入宁夏境内，顿觉风光旖旎、豁然开朗。

宁夏平原南高北低形成适度坡降，利用独特的地理条件，睿智的古人“天堑分流引作渠”，自此“一方擅利溉膏腴”，成就了“天下黄河富宁夏”的引黄灌溉传奇。两千多年古渠润溉，独特的经济、军事、生态地位，赋予了这一区域在中国北方版图形成、农耕文化、民族融合等方面的特殊意义。

古渠博物馆与长城博物馆相遇——重合并非偶然

宁夏有活的古渠博物馆之称，历代开凿的秦渠、汉渠、汉延渠、唐徕渠等 14 条古渠千秋流淌，惠泽至今。如今，宁夏引黄古灌区范围 8600 平方公里，引黄干渠 25 条，总灌溉面积达到 828 万亩。

宁夏亦有天然长城博物馆之称，自战国起，到秦、汉、隋、金、明等朝代都曾先后在宁夏境内修筑长城，6.64 万平方公里范围内几乎可以找寻到历史上各个朝代修筑的长城遗迹。

黄河宁夏青铜峡段的金沙湾　　卢清华摄 / 光明图片

古渠博物馆与长城博物馆，两者在“塞上江南”相遇，足以说明宁夏在中国古代政治、军事上的重要战略地位。

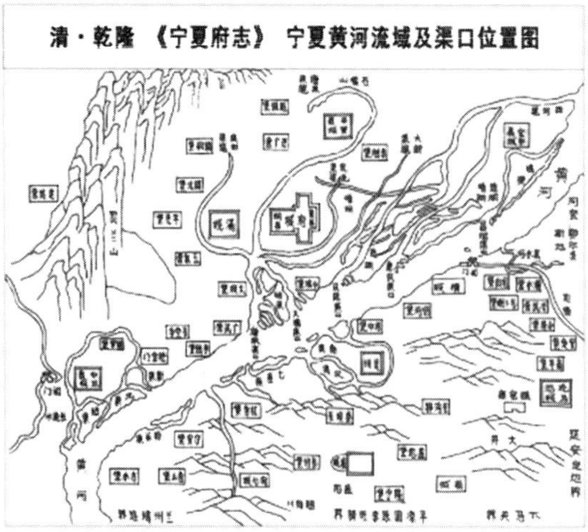

清・乾隆 《宁夏府志》 宁夏黄河流域及渠口位置图

资料图片

“宁夏引黄古灌区对汉代版图乃至汉唐盛世的形成作出了重大贡献。”宁夏著名史地专家、宁夏大学资源环境学院教授汪一鸣说，我国汉、唐时代，以黄河流域为核心形成的大中华帝国，在经济、社会、文化各方面都达到当时世界的顶尖水平。宁夏平原灌区和河套灌区一起，挺起了当时北方版图的“脊梁”。

如果说汉代是宁夏引黄灌溉开创时期，那么到唐代，宁夏平原即有了“塞上江南”的美誉。至明代，宁夏平原成为天下粮仓。清代，宁夏平原经过康、雍、乾三朝对渠道的修浚与开凿，灌溉农业进入鼎盛时期，出现了“川辉原润千村聚，野绿禾青一望同”的盛景。

铁骑踏成宁夏川。引黄古灌区作为历代王朝屯垦戍边经略的根本，维护了边疆稳定，巩固了王朝政权和疆域。

宁夏回族自治区政协原副主席、宁夏大学原校长、文史专家陈育宁认为：“宁夏平原成为对周边各民族有极强吸引力的经济中心和具有举足轻重作用的政治军事战略要地，许多重要的历史事件和历史人物都在这一区域留下了深刻印记。”

工程技术与灌溉文化交织——黄河文化的宁夏样本

时光回溯至1956年，甘肃省兰州市建设自来水厂。因黄河河床狭窄、水流湍急，第一水厂斗槽式预沉池进水口施工出现困难。

几经辗转，甘肃省从宁夏平原调河工前往支援，采用汉、唐时期修筑大渠的草土埽工即“草土围堰”法，只花费48万余元、50多天便如期完成进水口工程，为国家节约资金118.7万余元。

“草土围堰”只是2000多年沉淀下来的治水技术之一。汪一鸣经过深入研究认为，宁夏引黄灌区大型灌渠系的工程技术设计之巧妙，可与都江堰相媲美。无坝引水、渠首工程的选址、渠道坡度的设计等，都体现了古人对河流地貌、水文等自然规律的科学认知和精准掌控。

宁夏引黄灌溉在2000多年的持续运行、发展中，滋润了宁夏平原的农业文明，也孕育了灿烂的黄河文化。

黄河文化是中华文化的源头和主流。《新商务周刊》出品人白皋认为，宁夏因引黄古灌区而形成了宁夏特色的黄河文化。除了精妙的工程技术外，

由元代郭守敬最初设计建造的唐正闸依然在传承使用　　资料图片

还体现在历代文人墨客留下的众多文学作品、治水管水制度、杰出治水人物、亲水惜水敬水的观念和习俗，以及丰富而珍贵的历史遗存等方面。

宁夏文史专家吴忠礼也表示，黄河文化作为宁夏平原多元文化的源头和主干，还派生出农耕文化、移民文化、回族文化、长城文化、边塞文化等，这些都与历代对宁夏引黄古灌区的开发利用有着直接或间接的关联。

南有都江堰，北有青铜峡。青铜峡市委常委、宣传部部长杨旭年说："黄河文化有一石，青铜峡占八斗。每一条渠、每一处闸、每一座坝，无不展示着引黄古灌区厚重的历史文化。"

"最为难得的是2000多年来，宁夏平原虽历经治乱兴衰，但灌溉文明却仍然绵延不绝。"汪一鸣说，以宁夏引黄灌溉工程为杰出代表的中华文明，成为全球唯一没有中断、世代延续、生生不息的文明。

建设沿黄生态经济带——古老灌区持续焕发生机

而今，"塞上江南"稻香鱼肥，满眼锦绣。历代引黄灌溉的发展，造就了宁夏平原丰富而独特的农田生态系统，成为我国西部重要的生态屏障。

陈育宁说，宁夏引黄古灌区发展的历史事实表明，在干旱贫瘠的北方地区，也可以创造出环境、土地、人口协调发展的区域。如果发挥优势，遵循规律，选准方向，坚持不懈，使宁夏平原这样的绿洲不断扩大，"胡焕庸线"的突破也不是不可能。

新的时期，如何续写好引黄古灌区的历史成为摆在宁夏党委、政府面前的全新课题。宁夏第十二次党代会提出全力打造沿黄生态经济带，推动沿黄地区向生态优先、绿色发展、产城融合、人水和谐的方向发展。

“与引黄古灌区重合的沿黄地区是宁夏自然条件最优越、人文资源最深厚、民生资源最富集的精华地带。”宁夏水利厅厅长白耀华表示，将以此次宁夏引黄古灌区入选世界灌溉工程遗产为契机，科学制定宁夏引黄古灌区保护利用规划，大力挖掘“塞上江南”悠久的历史文化，加快推进水利现代化建设，传承水利历史、凝聚水利精神、弘扬水利文化，推动引黄古灌区在转型升级发展、建成小康社会的新征程中持续焕发新生机。

（《光明日报》2017 年 10 月 12 日 12 版）

扫一扫
阅读全文

利用好就是最好的保护

——专访国际灌排委员会荣誉主席、中国水科院总工程师高占义

光明日报记者　李　慧

宁夏引黄古灌区入选世界灌溉工程遗产对我国水利文化遗产保护具有怎样的意义？我国水利文化遗产保护的现状如何？如何保护好历经千年的水利文化遗产？对此，记者专访了国际灌排委员会荣誉主席、中国水科院总工程师高占义。

记者：宁夏引黄古灌区入选世界灌溉工程遗产，对宁夏和我国水利文化遗产保护具有怎样的意义？

高占义：古代宁夏引黄灌区不仅是区域灌溉工程，它与长城一样是秦汉以来中国历史进程的重要见证，是古代水利工程的经典，因地制宜的工程技术和行之有效的管理，代表了古代中国水利技术卓越的成就。宁夏古代引黄工程遗产不仅属于宁夏，也属于中国，属于世界，在利用的同时保护好引黄古灌区意义重大。

记者：保护、传承水文化遗产对弘扬先进水文化，提升水利行业文化软实力具有怎样的意义？

高占义：水文化遗产是我国文化遗产的重要组成部分，灌溉工程遗产建筑形式体现出当时人们对河渠特性和自然规律的认识、尊重和合理利用，表现出人与自然和谐的特点，工程管理体制体现了受益群体共同参与建设和管理的社会组织形式。灌溉工程遗产运用了数千年，其中蕴含着丰富的自然哲理、科学思想、文化价值和实用价值。从灌溉工程遗产中汲取经过历史检验的科学理念、智慧，将有助于设计和建造可持续利用的灌溉工程。

记者：目前，我国水利遗产保护的现状如何，面临哪些问题和挑战？

高占义：季风气候和地理特点，决定了水利是中华民族的必然选择。在世界范围内，我国水利遗产类型丰富，数量也较多。但是，由于保护缺乏制度保障，缺乏针对遗产本体维护的专项经费，多数水利遗产处于自然利用和存在状态。古代水利工程每一处都是独特的，它体现在建筑材料、施工工艺、管理制度等方面，一旦被破坏就很难恢复。社会各界应该具有文化自觉，保护和爱护身边的水利遗产。

记者：未来应如何保护好这些历经千年的水利文化遗产？

高占义：从 2014 年开展世界灌溉工程遗产评选收录工作以来，我国已经有 13 处古代灌溉工程列入遗产名录。世界灌溉工程遗产的设立为水利遗产保护提供了一个良好的开端。

水利遗产是在用的活态遗产。我们说“好”的利用就是最好的保护，是传承下去的基本保证。什么是“好”的利用，那就是说功能要持续发挥，重要的遗产元素要保护好。水利遗产见证了中国历史进程中水利的地位与作用，见证了中华民族的创造力与百折不挠的精神，是古人智慧的结晶。今天，我们要从自身做起，自觉保护水利遗产，健全灌溉工程遗产保护与管理机制，使之更好地传承下去。

（《光明日报》2017 年 10 月 12 日 12 版）

扫一扫
阅读全文

冬季里的绿色诗篇

——来自宁夏退耕还林一线的报道（一）

光明日报特派记者　庄电一

一株株杨柳、一排排柠条、一簇簇山桃、一墩墩山杏、一枝枝沙棘、一棵棵云杉，都把自己的根系深深扎进山坡，每一个枝条都长得粗壮有力。昔日一览无余的黄土地，都被这些植株覆盖——这是记者近日在素以干旱少雨、环境恶劣、水土流失严重而闻名全国的宁夏南部山区见到的景象。

“山是和尚头，有沟没水流”“天上无飞鸟，地上沙子跑”，这些昔日描述当地景象的句子，在现实中很难找到踪影了。

虽然是数九隆冬，宁夏大地草木凋零，但记者在这里分明看到了勃勃生机，也丝毫感受不到萧瑟、肃杀之气。乔木、灌木、针叶林、阔叶林、混交林、生态林、经果林，在这里描绘了一幅多姿多彩的壮美图景，演奏了一曲生态文明的大合唱。有的地方，云杉、侧柏、油松、樟子松、落叶松组成可观的阵容，为大地抹上一片浓浓的绿色，以致让人一时忘了这里还是冬季。

10 经济社会新闻　光明日报

电动自行车新国标新在哪里

乡村振兴　供销社能为农民做点啥

冬季里的绿色诗篇

——来自宁夏退耕还林一线的报道（一）

这一切，都是退耕还林的杰作。

退耕还林，是迄今为止我国实施的政策性最强、投资量最大、涉及面最广、群众参与程度最高的生态建设工程，也是全国最大的强农、惠农项目。这项浩大工程涉及全国 25 个省区和新疆生产建设兵团。仅中央为第一轮工程的投入就超过 4300 亿元，全国受益农民 1.24 亿人。宁夏第一轮完成了 1305.5 万亩，其中，退耕地 471 万亩、荒山荒地造林 766.5 万亩、封山育林 68 万亩。

在西吉县吉强镇套子湾村和红耀乡井湾村海拔 1900 多米、年均降水量只有 400 毫米的陡坡上，记者看到，这里的柠条、山桃、山杏、杨柳已经牢牢地把持住了水土，山顶、山腰、阳坡、阴坡都栽植了适宜的树种，构成了水土保持的立体防护网。

站在隆德县神林乡神林村南山的一个山坡上，退耕还林十多年的成果尽收眼底。林草茁壮，地表已经形成一层保存水土的苔藓。记者看到，南北两山上分别镶嵌了两行大字："治理水土流失""加强生态保护"，12 个大字格外醒目，展示着当地人民的壮志豪情。

在彭阳县的麻喇湾，远近的山坡都被各种树木严严实实地覆盖了，几乎看不到裸露的黄土。

退耕还林保持住了极易流失的水土，显现出难能可贵的生态效益。

西吉县林业局负责人告诉记者，过去这里水土流失严重，一下雨便泥沙泛滥，甚至摧毁农田、冲断道路，形成一道道难以逾越的冲沟。现在，山坡上都栽上了树，修建了多道拦泥坝，基本达到了水不下山、泥不出沟的治理水平。

在西吉县境内，有一条时断时续的烂泥河。过去，一下雨便形成一眼望不到头的烂泥潭，泛滥起来更是令人苦不堪言。现在，烂泥河河床还在，只是难得再见烂泥了。

在彭阳县古城乡高甸村，当地将退耕还林与小流域综合治理有机结合，对荒山、荒坡、荒沟进行全流域治理，形成了乔木灌木配套、针叶阔叶结合，有近 10 个树种的万亩混交林。那里的每个山头都修建了一道道水平沟，所有山坡上都是密密麻麻的鱼鳞坑。彭阳县林业局局长韩志琦对记者说："彭阳县的降雨虽然稀少，但都得到了充分利用：小雨，留在鱼鳞坑里；大雨，拦在了水平沟里。由于雨水都被拦截了，地表也就形不成径流了，自然也就没有水土流失了。”

在隆德县神林乡南山，2003 年栽植的云杉已经有 4 米多高了。县林业局的负责人告诉记者，那里的林草覆盖率已经达到 85%以上，长达 47 公里的渝河，已由季节河变成了不断流的河流。不仅如此，县境内发源于六盘山的 7 条河流也都由季节河变成了长流河。过去很少见到的野鸡、豹子、豹猫和许多鸟类纷纷到这里安家落户，种群数量也在迅速增加。

在记者走访的几个县，多位乡亲讲述了二三十年前铲草皮、挖树根的经历。西吉县红耀乡蔡廓坪村 65 岁的王发祥至今还清晰地记得当年的情景：那时，十年九旱，地里没有收成，牲口没有吃的了，家里没有柴草做饭、取暖了，就上山铲草皮，几乎家家户户都有人上山铲草皮。铲下来的草皮，好的喂牲口，不好的就留下来做饭烧炕。近处的草皮被铲光了，就到远处去铲，最远要走十来里路，要花上大半天时间。结果，山上的草越来越少，环境越来越差，风沙越来越大，一下雨就成灾。隆德县沙塘镇新民村 51 岁的张军仁也有同样的记忆：那时，家里一没柴烧了，就上山铲草皮，两三天就得去一次。铲到最后，越来越难铲了，许多山坡上都无草可铲，费半天劲也只能铲到一小堆。由于无草可食，许多山坡都无法放牧了。

如今，生态环境好转了，农民也用上了太阳能、煤气灶等清洁能源，上山铲草皮的事再也没有发生，过去的噩梦也一去不复返了。

已经在隆德县沙塘镇新民村当了 16 年村支书的李佐弼兴奋地对记者说，现在，村周边的树长起来了，草也长起来了，风沙小多了，我们的日子越过越兴旺了。

韩志琦说，彭阳县最好看的季节在四五月份，那时，桃花、杏花、刺槐花、柠条花漫山遍野地开放，山上山下都变成了花海。近几年举办的山花节，前来赏花的人一年比一年多，有许多人甚至从北京、上海远道而来，去年的游客达到 100 万人。生态旅游，成为一个炙手可热的新产业。

扫一扫
阅读全文

（《光明日报》2018 年 01 月 17 日 10 版）

不重蹈毁林开荒的历史覆辙

——来自宁夏退耕还林一线的报道（二）

光明日报特派记者　庄电一

退耕还林，会不会在完成验收、停止补贴之后重新毁林开荒、前功尽弃，重蹈30年前发生的历史覆辙？这是记者此次实地采访要重点了解的。

这里提到的“历史覆辙”，是1982年至1986年，联合国粮食计划署和我国有关部门在宁夏贫困山区西吉县联合实施的“2605项目”。实施这个项目的目的，是通过退耕、造林、种草来遏制水土流失，进而改善生态环境，促进相关行业的发展。为了推进这个项目，联合国粮食计划署无偿向当地提供了小麦、干面条、牛肉干、牛肉罐头、椰枣等食品。这个具有试验特点的项目很成功，有关部门的验收表明：项目完成后，林草覆盖面积大幅度上升，土壤侵蚀总量大幅度减少，生态环境显著改善，当地燃料奇缺的状况也有所缓解，而这些成效也充分说明生态环境恶化的趋势并非是不可逆转的。

10 经济社会新闻　光明日报

国之重器的实力与担当

——解读国企改革发展的成绩单和路线图

做农民工的代言人

不重蹈毁林开荒的历史覆辙

“三道防线”杜绝给农民工“打白条”

然而令人始料不及的是，还没等项目继续发挥生态效益，就遭受了毁灭性的破坏：大片大片的退耕地又毁林复耕了，几年退耕还林的成果和科研取得的数据以及据此取得的经验都毁于一旦。

记者走进西吉县大堡村，见到了当年“2605项目”的亲历者何汉忠。53

岁的何汉忠，当年还是20出头的小伙子，他对当年的往事至今还记忆清晰：由于他家的耕地也被列入“2605项目”，所以他也吃到了联合国粮农组织提供的椰枣、空心面和牛肉罐头。项目完成时，栽的树都有两米高了，长得好的都可以当椽材了。项目验收后不久的一天晚上，听说村里有人上山砍树了，全村人就都上山了，几乎没落下一家。也有人前去阻挡，但挡都挡不住，只一夜工夫，承包地里的树就全砍光了。何汉忠也与村里其他人一样，将原来自家3亩地上的树全部砍下来、拉回来当柴烧了。没过多久，全村五六百亩一度林草茂盛的山坡地就种上了庄稼，又恢复了几年前的面貌。

像大堡村这样一夜毁掉几年退耕成果的悲剧，几乎曾在西吉县各地同时上演。

“2605项目”通过验收了，原来的援助也停止了，退耕农民的衣食马上就成为最现实的问题。没有生活出路的农民，又打起原来退耕地的主意，零打碎敲蚕食退耕的成果。据几位村干部介绍，先是割草，后是毁林，先是偷偷摸摸地挖，后是大张旗鼓地砍。县里迅速成立“林草管护办”，组织大量人力分头阻止，但还是鞭长莫及，力不从心。结果，除了国有林场和部分集体林场的退耕林地外，农民承包的30多万亩退耕地全部“复辟”了——又变成靠天吃饭、收成微薄的耕地。

如今说起这段往事，何汉忠还是一脸无奈：“没办法，我们这里条件太差了。没有补贴了，我们就要断顿，还得从土里刨食。”

“2605项目”的教训太深刻，历史的悲剧不能重演！

1999年开始试点、2002年在全国大规模实施的退耕还林工程，与20世纪80年代在西吉县实施的“2605项目”颇为相似。那么，退耕还林工程会不会重蹈“2605项目”的覆辙？一旦停止补贴，退耕农民会不会再向退耕地“开刀”？记者带着这些疑问，于2005年年底深入到宁夏退耕还林最集中的南部山区进行了深入采访。

之所以选择在那个时间节点采访，是因为当时我国确定的退耕还林工程的周期是8年，各项补贴也是在8年后完全停止，也没有做出进一步的计划。眼看工程再有两三年就到期了，那么，退耕还林取得了哪些成效？国家的补贴还能延续吗？如果停止了补贴又会出现什么问题？对此，退耕农民、社会各界和有关部门都很关心。

2006年1月7日，《光明日报》在突出位置刊登了《退耕还林：补贴到期之后怎么办》，引起国家有关部门和社会各界的高度关注。国家林业局和国家发改委就此先后派人到宁夏考察，其中，国家林业局时任副局长李育材专程赶到西吉县调研，称在宁夏、在西吉取到了真经，可以为中央决策提供重要参考。随后，国务院决定，将退耕还林补助再延长一个周期，以巩固退耕还林成果。

一转眼，又过去了十多年。记者带着心中的牵挂再一次对退耕还林进行了专门采访。

在采访中，记者欣喜地发现：原来人们普遍担心的毁林开荒在所有地方都没有出现，退耕还林工程也没有重蹈“2605项目”的覆辙。

原因何在？

原因有很多：国家对退耕还林的补贴，又延续了一个周期，不仅确保退耕农民在一个时期内衣食无忧，而且为他们成规模地劳务输出、培植后续产业、积蓄发展后劲创造了良好的机遇和条件，也让农民有了一定的经济基础；部分地区的退耕还林，在发挥生态效益的同时，也在产生经济效益；各种扶持政策和“输血”“造血”措施，大幅度地提高了农民的收入，农民人均收入比十几年前翻了几番；大规模的生态移民，减轻了人口对环境的压力，让脆弱的土地得以休养生息；除了土里刨食，当地挣钱的路子也越来越多，就是外出打工也比耕种贫瘠土地收入高得多，人们对开荒的兴趣越来越小了；太阳能、电磁炉、煤气灶等新型能源的广泛使用，农民无须再上山砍柴做饭、取暖了；更为重要的是，许多农民理解了国家退耕还林的初衷，对退耕还林的意义有了认识，也不想再干自毁家园的蠢事了。

西吉县大堡村的何汉忠、牛生永在回答记者的询问时，以十分肯定的语气说：“毁林开荒的事，再不会出现了，我们不敢再毁林了，也没有必要再毁林了，我们这里的生态环境会越来越好！”

（《光明日报》2018年01月18日10版）

扫一扫
阅读全文

这篇大文章还没有“收笔”

——来自宁夏退耕还林一线的报道（三）

光明日报特派记者　庄电一

综合新闻 03
人社部详解新措施——
全方位支持农民工返乡创业
“农民工拿不到工资，找工会”
这篇大文章还没有“收笔”
——来自宁夏退耕还林一线的报道（三）
绿色崛起，江西有“三招”

退耕还林工程，是生态文明建设的大手笔。对生态环境来说，这是由破坏向保护的转变，从水土流失向水土保持的跨越，构建生态安全的巨大屏障，可以称得上千秋伟业。对退耕农民来说，这是改变他们生活状况、提高他们生活水平、改变他们生产方式的德政工程。

事实证明：宁夏退耕地区的植被正快速恢复，植被覆盖率明显提高，水土流失面积大幅减少，冰雹、沙尘暴等灾害性天气也在减少。正因为退耕还林产生了如此显著的生态效益，国家在完成21世纪初启动的退耕还林工程之后，又在2015年开始了新一轮退耕还林。

退耕还林工程涉及宁夏153万农村居民，涵盖宁夏大部分贫困人群，退耕补贴款也成为他们稳定的收入，人均享受补贴近5000元。退耕后的前8年，退耕补贴占这些农户家庭总收入的14.6%~25.4%。还有10%以上的退耕农户，主要依靠这些补贴生活，退耕补贴占家庭总收入的80%以上。此后，随着其他收入的增加，退耕补贴所占比例有所下降，稳定在8%以上。

西吉县红耀乡林业站站长刘宝明告诉记者，全乡在第一轮退耕还林工程中共退了33760亩，在新一轮退耕还林工程中，全乡2015年退了7606亩，2016年退了4686亩，退耕涉及全乡95%的农户。

宁夏彭阳积极推进退耕还林，全县林木保存面积由1983年的27万亩增长到目前的203万亩，初步形成以山杏等乡土树种为主的绿色生态屏障。图为2017年11月8日，造林工人在茹河流域工作　　新华社发

红耀乡蔡廓坪村45岁农民李炳新家的52亩山坡地全退了，两年的补贴拿了2.6万元。他将剩余的6亩地全部种上了马铃薯，又承包了30亩农田，靠制作水泥板收入1万多元，他们一家在2016年实现了脱贫“销号”。同村的王发荣近两年拿到退耕补贴款2.7万元，5年工期结束后，补贴款可以拿到4万多元。有人替他算了一笔账，补贴款相当于他8年到10年种地的总收入。

退耕还林，也解放了农村的生产力。65岁的王发祥退了44.3亩山坡地，家里腾出了两个劳动力去县城打工。他家在耕种剩余的10亩地之余，又养了9头牛，过上了让村里人羡慕的日子。大堡村村民何汉忠对退耕还林“一往情深”：“如果没有退耕还林，我家不仅吃饭成问题，孩子上学也愁人，更不能外出打工。”退耕农户已由最初的被动退变成主动要求退。隆德县沙塘镇新民村村支书李佐弼告诉记者，农村许多工作都有很大难度，而抓退耕对他来说是最容易推动的工作。

退耕指标成了香饽饽，各县、各乡、各村、各户都希望多拿到一点退耕指标。李佐弼向记者透露：第二轮退耕本来没有他们村的份，经过他积极争取，有关部门给他们下达了1000亩的退耕指标，结果他们村一下子退了1600亩，除此之外，还有一个自然村的400亩坡地等着退。

据沙塘镇林业站站长曹向国介绍，全镇还有4000亩可以退耕。记者在采访中了解到，许多耕地虽然没有列入退耕还林的范围，但实际上已经“退耕”了，也就是说被农民毫不留恋地弃耕了。因为这些广种薄收的山地收入太可怜，已经激不起农民耕种的热情了。

“希望把该退的坡地都退下来。”“工程到期了，能不能延长补贴，再给一些补贴?”“补贴标准能不能再提高一点?”“如果到期不再补贴了，能否将退耕地纳入生态补偿范围，并适当提高补贴标准?现行的补贴标准不足以维护生态建设的需要。”这是退耕农民和林业工作者的愿望，也是记者在采访中多次听到的呼声。

记者注意到，宁夏的退耕还林工程看重的是生态效益，所选的也基本是耐旱树种，很难产生经济效益。其中，经果林不足1%，带来的经济收入很有限。

西吉县的山桃核虽然可以加工成挂帘、沙发垫等工艺品，但很难作为产业来开发，收入很有限。隆德县神林乡南山的山桃2017年取得丰收，平均亩产达500公斤，每亩可有四五百元的收入，但也没有形成规模，没有创造可观的经济效益。尤其值得注意的是，无论是退耕农户，还是相关部门，利用退耕还林成果创收的意识不够强，创收的路子还没有开拓出来。

最被人看好的是彭阳县的红梅杏，去年每市斤卖到10元钱，全县仅这一项收入就超过5000万元，展示了经果林发展的良好前景。彭阳县林业局局长韩志琦说，经果林兼顾生态效益和经济效益，在有条件的地方应该引进适宜的树种，进一步扩大经果林面积，逐步由以生态效益为主向生态效益、经济效益并重转化。

要实现生态效益、经济效益齐头并进，还有许多文章要做。有数据显示，随着农村经济迅速发展、退耕补贴调整降低、补助资金陆续到期，退耕农户的收入与宁夏农村平均收入的差距逐渐拉大。

旧问题一个个解决，新问题一个个出现。解决这些问题，需要理论创新、观念创新、思路创新、举措创新。

退耕还林这篇大文章，还要继续做下去，现在还不是“收笔”的时候。

扫一扫
阅读全文

（《光明日报》2018年01月20日03版）

宁夏西海固：泾河源头活水来

——宁夏中南部城乡饮水安全工程系列报道（一）

光明日报记者　王建宏

光明日报
GUANGMING RIBAO

习近平就气候变化《巴黎协定》正式生效致信联合国秘书长潘基文

宁夏西海固：
泾河源头活水来

学习贯彻党的十八届六中全会精神
中央宣讲团首场报告会在京举行

我科学家再创量子保密通信新纪录

在宁夏固原市境内，有一条蜿蜒逶迤的战国秦长城。往日的烽火狼烟、兵戈铁马早已消失在历史深处，只留下这巨龙般的斑驳残垣，诉说着千年的风雨沧桑。

专家学者在这里发现了一个惊人的秘密。包括这段长城在内的留存于宁夏境内各时期的长城遗迹，与400、300、200毫米等降雨线神奇重合。这些像黄色飘带一样起伏于黄土丘陵间的古长城，勾画出了宁夏的自然区划。

在这段战国秦长城南部50公里开外，坐落着曾留下毛泽东不朽诗句的六盘山。六盘山山高林密，松涛漫卷，降水丰沛，是著名典故“泾渭分明”中“泾河”的发源地，因此得名的泾源县亦是青山秀水、甘泉汩汩，被誉为中国西北高原上的绿岛。

秦长城以北200公里外，是穿山越谷、从黑山峡涌入宁夏北部平原的黄河。她从中卫南长滩村进入宁夏后，性情温顺，款款流淌，银线织锦，浇灌出名扬天下的“塞上江南”。

然而，被夹在六盘山区与塞上江南之间的一块焦渴的高地，则赤地百里，千沟万壑，是素有“苦瘠甲天下”之称的西海固。

(一)水　困

干旱缺水是宁夏西海固群众祖祖辈辈挥之不去的梦魇，常常要到几公里外驮水　图片由宁夏水利厅提供

西海固“十年一大旱，三年两头旱”。据《固原水利述要》记载：从1582年到1950的368年间，西海固出现严重干旱63次，平均5.8年1次；而1950年至20世纪80年代的近30多年中，严重旱灾达8次，周期缩短为平均每4.8年1次。每遇大旱，干山枯岭沿途到处可见驴驮人抬、远途拉水的悲壮场面。而每次政府的送水车进村时，则成了一切生灵的节日，人们提着水桶、排着长队等待每人一天三五斤的救命水。

干旱缺水，一直是祖祖辈辈的西海固人挥之不去的梦魇。曾几何时，人们在这片干渴焦灼的土地上盼水、找水，因水赤贫潦倒，因水悲苦泣泪。

人畜共饮，水安全无法保障

翻开宁夏扶贫攻坚史的历史画卷，一条最醒目、最持久、最不屈不挠的主线就是解决“水问题”。新中国成立以来，一批又一批水利工作者，一代又一代山区干部群众，在这片沧桑多难的黄土地上打井、打窖、修库筑坝、建设中小型人饮工程，谱写

了宁夏水利建设者可歌可泣的历史壮歌。

党中央、国务院历来对西海固地区的缺水问题十分牵挂。从20世纪70年代开始，国家先后投资在宁夏建成了固海扬水、盐环定扬水、扶贫扬黄灌溉、固海扩灌等一批水利工程，有效解决了部分地区群众的饮水困难。但由于宁夏中南部的原州区北部、西吉、彭阳、海原南部等地山大沟深，黄河扬水对距离如此之长、扬程如此之高的这些地带“鞭长莫及”，致使该地区群众的生活、生产和生态用水长期没有可靠稳定的水源保证，成为中国水资源最为匮乏的一块枯塬。随着气候变暖、人口剧增、部分水利工程逐渐老化，一些已经解决了“吃水难”问题的地方再度出现水荒。

(二)决　策

历史，总是充满了机缘巧合。

1952年，59岁的毛泽东来到河南开封的黄河岸边视察，面对新中国“南旱北涝”的现实，他说：“南方水多，北方水少，如有可能，借点水来也是可以的。”“南水北调”这一宏大的战略构想由此开始孕育。

1972年，西海固“家无隔夜粮、冬无御寒衣”的贫穷、落后景象牵动了周恩来总理的心，国务院火速向西海固派遣医疗队、抗旱队，宁夏南部山区掀起了第二次兴修水利的热潮。就在这一年，“南水北调”中线工程的重要水源地——丹江口水库建设接近尾声，两年后将实现“高峡出平湖”的奇迹。此时，宁夏老一辈水利专家吴尚贤等首次提出了宁夏西海固地区的“南水北调”设想：把水资源较为丰富的泾河水，通过截引的方式，穿山越沟，引入清水河，解决清水河上段部分地区农业生产用水和城市生活用水问题。但由于当时的历史条件局限，自治区作出先建固海扬水工程，后考虑“引泾济清工程”的考量。

20世纪80年代，自治区再次组织专家论证，制定出高线、低线两个引水方案，将工程更名为“六盘山引水工程”。当其时，辐射陕甘宁三省区的盐环定扬水工程开工，泾河引水仍然未被提上国家水利建设议程。

到了 20 世纪 90 年代，旱魃疯狂地在宁夏中南部山区肆虐。1992 年，固原地区发生了 20 世纪最严重的旱灾，旱情超过民国十七年（1928 年）大旱。此后的年景亦是干旱接踵，连年成灾，山区群众吃水极度困难，党中央、国务院万分忧心。在宁夏人民的热切盼望中，清华大学等全国著名水利专家云集塞上，再次对六盘山引水工程进行勘察、论证，提出了“走直线打长洞”的引水方案。但考虑到宁夏扶贫扬黄灌溉工程（“1236 工程”）开工建设，财力有限，工程第三次搁浅……至此，经过近 30 年论证、被宁夏人民热切期盼的“泾河引水”梦，伴随寒来暑往经历着漫长曲折的三上三下。

旱情铺天盖地
抗旱的消息像一条条饥饿的虫子
爬上了报纸的头条
和八点钟的电视新闻
久违的雷声
已榨不出一滴狂喜的泪
亲人们，心急如焚
任干旱的刀锋
在大地的肌肤恣意妄为

这是长期生活于西海固的诗人王怀凌眼中的 1995 年“西海固影像”。

是年，西海固大旱，王怀凌加入到抗旱队伍中，平生第一次涉过清水河，蹚着将近一拃厚的烫土向东部山区进发。沿途所见所闻令他触目惊心：他看到了嘴唇上结着一层血痂的挖甘草的女人，提着水桶站在路边的灰头灰脸的老人，跟着送水车精疲力竭的鸟雀，还有那些每天在学校能领到一碗水的孩子们——因为一碗水，山区学校入学率空前地达到百分之百。

“我才知道，同在一片蓝天下，在一个建制县域，人的生存条件竟有这么大的差距。尽管我的老家六盘山区还很穷，但不至于缺水到如此严酷的程度。1995年，对我的人生和创作而言都具有里程碑的意义。”写下了著名的《大旱的四月》《西海固民间倒影》等组诗和系列散文的王怀凌追忆。

中庄水库是宁夏中南部城乡饮水安全水源工程的主调节水库，是实现和保障整体工程安全供水的“核心”和“咽喉”工程

“非无水也，有水而不能用也！”饱受缺水之苦的人们一任发源于六盘山的泾河水冲出群山，浩浩汤汤，兀自东流，只能发出苦涩而无奈的喟叹。

(三)落 定

不以事艰而不为，不以任重而畏缩。群众的渴望越急迫，党中央的关怀就越深切。

新世纪以来，六盘山特困地区群众的饮水难问题，得到习近平、李克强、胡锦涛、吴邦国、温家宝等中央领导的极大关注。建设好重大民生饮水工程，彻底拔掉西海固贫困的根子，实现全面建成小康社会的目标，化作从中央到地方坚如磐石的信心与无尽的情怀。

2004年初夏，宁夏旱塬上走来一位年近古稀的老人，他是时任十届全国人大常委会副委员长兼秘书长盛华仁。又值大旱，老人查看群众水窖，询问老乡生计，匆匆步履间掩饰不住深深的焦灼。此后，盛华仁年复一年十到宁夏，为西海固的一草一木、一羹一饮殚精竭虑。他深情地说：“我是宁夏人民选出来的全国人大代表，虽然退下来了，但是我总觉得还有一些事没有做完，没有做好，没有完全尽到责任。我总想竭尽所能，为宁夏发展和宁夏人民的幸福多做一些力所能及的事情。”

党心民意汇聚，使命更兼深情。

几年里，《关于解决宁夏中南部干旱带农村饮水安全问题的建议》等 4 个“水建议”被全国人大列为重点督办建议，众多与盛华仁一样关注这片热土的中央、全国人大、国务院、全国政协领导将关怀化作春雨，推动“泾河引水”这一跨世纪民生工程走在梦想成真的路上。

2008 年金秋，承载着世纪风雨，宁夏回族自治区迎来了 50 周年华诞。

为一揽子解决宁夏经济社会发展的瓶颈问题，国务院出台了 2008 年《国务院关于进一步促进宁夏经济社会发展的若干意见》。《意见》指出：“改善这一地区的基本生存条件，既是一项长期的战略任务，也是一项极为紧迫的民生工程。要加大扶贫攻坚力度，把解决这一地区的生存和发展问题，作为促进宁夏发展的重中之重。”其中，“研究适度开发泾河水资源，抓紧开展固原地区城乡水源工程（即六盘山引水工程）前期工作，合理规划和建设部分水资源调配工程”醒目在列。从根本上解决宁夏中南部地区资源型缺水、工程性缺水、水质型缺水问题，缓解水资源供需矛盾——宁夏最大的民生工程迎来历史性机遇。

2009 年春节前，刚刚挂牌成立的宁夏水务投资集团进入“战时状态”，他们与水利、发改、勘察设计、固原地方的一批专家领导踏风雪、冒严寒、反复论证、夙兴夜寐，第四次启动了泾河引水工程。

从启动到审批立项的 4 年多时间里，数百位中国水利水电专业领域的翘楚、相关部委专家来往穿梭于荒塬枯岭，激烈争论、呕心沥血，为制订出更加科学合理、具有前瞻性的设计方案夜以继日地工作。该设计方案与“水资源、水供给、水生态、水环境、水工程”五位一体的宁夏水安全保障体系建设一脉相承，将六盘山东麓丰沛的泾河水向北输送至中南部山区，通过水源调蓄利用，近期与北扬黄河水、当地库井水构建“南引北扬、丰枯补剂、联合配置”格局，远期结合大柳树水利枢纽，将进一步改善区域水资源优化配置和承载力。

2011 年 7 月，项目建议书通过国家发改委立项批复，可研报告于 2010 年 8 月上报水利部，2012 年 7 月经国家发改委批复；初步设计报告于 2013 年 7 月经自治区发改委批复。项目审批涉及的环评、土地预审、水资源论证等 18 项支撑要件于 2012 年 5 月前全部经国家环保部、国土部、黄委会等国家部委和自治区有关部门完成审批。

“令人吃惊的缺水现状，山区群众的贫困程度，还有一代代宁夏水利人不舍不弃的坚持，是加快项目落地的‘情感推手’。”宁夏水务投资集团总经理顾耀民说。

2012 年 6 月 3 日，宁夏中南部城乡饮水安全水源工程奠基仪式在原州区开城镇和泉村中庄水库建设现场隆重举行。

2013 年 7 月初步设计报告批准后，工程全面开工建设。

四十年祈盼，百万人心愿。宁夏中南部地区城乡饮水工程，这个汇聚了几代宁夏水利人智慧和心血的宁夏版“南水北调”世纪工程，终究落定开工。她的决策开工见证了中国国力的增强和一个民族地区的沧桑巨变，成为中华民族伟大复兴路上的生动注脚。

（《光明日报》2016 年 11 月 05 日 01 版）

扫一扫
阅读全文

解渴西海固

——宁夏中南部城乡饮水安全工程系列报道（二）

光明日报记者　王建宏

金秋的六盘山，清流潺潺，层林尽染。10月8日，宁夏固原中庄水库，村民喜聚，锣鼓喧天，一片欢腾。随着通水按钮的启动，泾河水从龙潭水库长途跋涉、一路汇聚六盘山麓水脉至此的清流经净化处理，奔向百万受水区群众的家中——中南部城乡饮水安全工程正式通水！

宁夏回族自治区主席咸辉在致辞中说，工程的竣工投入使用，将全面优化宁夏水资源配置格局，有效缓解中南部地区水资源瓶颈制约，从根本上解决六盘山集中连片贫困地区群众的饮水安全问题，对完善区域水利工程体系、保障生态安全、打赢脱贫攻坚战、促进全区经济社会发展将起到历史性重大作用。

泾河龙腾，涤荡去旱魔，甘泉润万家；

清流汩汩，孕育出希望，旱塬满生机。

西海固，迎来了中国扶贫史上的历史性时刻：告别“渴”的悲辛史。

（一）

泾源县城南20公里处，以魏征梦斩泾河龙君、柳毅传书等民间传说秀名远播的六盘山东麓老龙潭，更是钟灵毓秀、飞湍流翠。

这里每年为中南部城乡饮水工程输送一半的水量。

“无数飞泉大小珠，老龙潭底贮冰壶。汪洋千里无尘滓，不到高陵不受污”。公元1790年，奉命勘察泾水源头的清人胡纪漠留下这样的诗句。

如今，堪当工程取水“首部枢纽”重任的龙潭水库，经过加固改造，抬高了取水水位，达到1916米。她将湍湍飞泉拥揽入怀，薄雾飘逸，群峰倒影，既绽放“高峡平湖”新风姿，又书写“问水哪得清如许，为有源头活水来”新诗句。

百姓之心为己心，一枝一叶总关情。在宁夏中南部山区群众的心里，公元2016年是个大事、喜事连连的吉庆之年。

7月18至20日，中共中央总书记、国家主席、中央军委主席习近平第三次来到西海固。习近平总书记满含深情地察看村舍房屋、一草一木，一路算收入、看生计、叙产业，嘘寒问暖，平和深情。他拉着村民的手说，全国还有5000万贫困人口，到2020年一定要实现全部脱贫目标，这是我当前最关心的事情。固原脱胎换骨的变化，增强了我们打赢脱贫攻坚战的信心。

2月1日，农历腊月二十三，中共中央政治局常委、国务院总理李克强到这里考察慰问。李克强冒严寒登上中庄水库大坝，察看宁夏中南部城乡饮水安全工程建设情况。他说，西海固因严重缺水苦甲天下，历史上落在贫困最后面，现在要走在脱贫最前列。要通过建设好重大民生饮水工程，彻底拔掉西海固贫困的根子。

6月10日，泾河水历经11天、74公里的长途跋涉，跨流域注入固原中庄水库，实现了宁夏境内首次“南水北调”。

中南部城乡饮水安全工程建设，关系到西海固能不能与全国同步全面实现小康，使命光荣，时间紧迫，任务艰巨。工程在困难重重的条件下如期贯通，靠的就是“不到长城非好汉”的宁夏精神！

中南部城乡饮水安全工程，是自治区受益范围广、受益贫困人口多、建设最为紧迫、艰巨的“一号”民生工程。工程总投资39.36亿元，包括水源和连通工程两部分，共有12条隧洞、3座水库、7座截引工程、7座水厂、35座泵站、92座调蓄水池、1200公里各级管道等设施。该工程将丰沛优质、水位相对较高的六盘山东麓泾河水截引、调蓄后，沿途汇入策底河、暖水河等7处截引工程，向固原市原州区、彭阳县、西吉县输送；另扬黄河水至中卫市海原县，建成发挥效益后，年供水量可达3980万立方米，可解决原州、彭阳、西吉、海原4县（区）44个乡镇603个行政村113.53万城乡居民饮水安全问题。

中南部城乡饮水安全工程，是宁夏水利史上迄今最大、最复杂的系统工程，有宁夏版“南水北调”之称，工程管道架设于千沟万壑间，其间要穿越河流、铁路、高速公路、六盘山断裂地震带，才能将水源源不断输送到干渴的地区。

然而，将40年的期盼变为现实，人们的梦想和雄心却面临着前所未有的挑战。

（二）

36.5公里长的12条隧道建设历尽艰辛、意外重重；在沟壑纵横的复杂地形上布设长距离输水“动脉”，管理调度、技术要求属全国难题。近8000名建设者在中国大西北的塬峁沟梁间铺散开来，中国一流水利工程专家、技术人员和70家在工程建设领域富有实力与经验的施工、监理单位云集于此，用智慧、汗水和使命，夜以继日、呕心沥血，逾越一个又一个技术障碍，书写了西海固扶贫史上的动人画卷。

工程建设穿越六盘山地震裂隙带，八成地质属Ⅸ类和Ⅹ类软岩，被称为“凿洞天敌”的地下水又恣意汪洋，狭小的隧洞洞径加上强透水腐蚀，极易出现塌方事故。“如此复杂地形条件下的长距离管道有压输水，在全国当属首例。”宁夏水务投资集团董事长杨国介绍。

输水洞最长的大湾隧洞乃关键控制性工程。越长，就意味着风险越高，过程越艰辛。隧洞施工至500米处时，遭遇岩石断层，稀泥从断层处倾喷，人员无法靠近，机械陷入泥浆，施工人员奋战20多个小时，才用倒链把机械抢救出来。随着掘进的深入，更棘手的围岩破碎带频频出现，松动的大小岩石不断坠落，为确保安全，钻孔、装药、爆破、拉渣……一个循环进尺由正常情况下的 2 到 2.5 米减少到 0.5 米，2 米长的进度需要施工 12 个小时。由于隧道太深，爆破产生的有害气体无法排出，需佩戴防毒面具作业。有时施工人员持续两天都无法换班休息，极度疲劳时站着就能睡着。

胭脂川、白家村隧洞断面小、埋深浅、穿越 7 条地下水丰富的断层破碎带，突如其来的涌水更增加了施工的难度，随时潜藏着塌方的危险。该隧道群施工中遭遇了 5 次突发涌水，大水顷刻间淹至洞顶，每小时最高涌水量达 400 立方米，一天达到 1 万立方米，相当于一个 10 万人的县城一天的用水量。秋冬涌水更加冰寒刺骨，20 多台水泵不间断作业，建设者戴着防尘口罩、穿着防水连衣裤在泥泞中一班接一班地干，有时还伴随着掌子面塌方、大量破碎渣石奔涌的险情，常常是裤腿挂着冰碴，不少人患上严重的风湿病。

漫长的隧道群施工险象环生，翻山越沟的连通工程则“拦路虎”重重。

连通工程点多、面广、线长，1200 公里长的主管线，加上 4500 公里长的支管线、入巷入户管线，相当于从银川铺设到深圳一个来回，而且是在千山万壑间进行，梁顶到沟底的最大高差超过 400 米。上梁，没有路，管材、混凝土只能靠装载机、挖掘机蚂蚁搬家般起吊挪运至山梁，即使从早到晚不间断作业，一天运送至山梁的管道不过十几根，最多能浇筑 2 到 3 个镇墩，西吉县海拔近 2000 米的下坪梁，仅梁顶施工就持续了一个多月。下沟，多为沙砾石层，排水量大且困难，流沙不断涌埋，只能火速开挖，火速跟进排水、安装、回填等工序，全天候处于紧张忙碌的“战时状态”。往往是辛苦到天黑收工，次日天亮回到工地，发现百余米的管道像柴草一样漂浮起来。

长达 4 年的工程建设，大多在湿陷性黄土地区进行，对管床的基础处理、管道安装、土壤含水参数要求严苛。而每年 7 到 9 月工程建设的黄金期，又恰逢中南部山区的雨季，往往一个月施工时间不到半个月。连绵阴雨不但阻隔工期，还成倍增加工作量：除了一次次返工，建设者们要对黄土进行晾晒，要像钉钉子一样打地桩应对湿陷性黄土沉陷这一高原施工难题。保障工期完成的办法只有一个：雨一停歇即马不停蹄地追赶，架上夜灯突击抢工，不休不眠。

而这项自治区最大的水利民生工程，征地、移民资金达3.8亿元，仅水务投资集团面对的征地农户近1万户，移民搬迁近200户，连通工程涉及的各县征地群众超过2万多户，施工中的社会协调难度之大，管理运行、调度要求之高，工程技术难题之多，在宁夏水利工程建设史上罕见。

（三）

一个个层出不穷的“新难题”，必须用出奇制胜的“新点子”加以破解。

一个由自治区政府，自治区水利、发改、财政、国土、环保、林业等相关厅局，固原市及中南部各受益县为主体的三级管理、督查、保障体系应运而生。自治区政府每年将此工程列入“三重一改”重大工作推进机制中，项目法人单位宁夏水务投资集团抽调技术骨干专门成立了项目建设分公司，构建了科学的精细化质量管控体系、严密的安全生产管控网络、287个廉政风险点动态监控预防机制，将责任细化到人，进度分解到天，质量监管到岗，重点标段蹲点制、质量飞检制、每周存在问题清单督办制、月度例会制、季度通报制、年度奖罚制等一系列配套制度，使工程顺利通过了水利部安全生产标准化项目法人一级评审达标，并得到国家相关部委的一致好评。

宁夏水务投资集团还联合项目参建方与全国一流的10余家科研院所联合攻关，开展了水源工程隧洞外水压力、水土腐蚀性、管材比选等专题研究，引进先进的“浅埋暗挖”、地质预探、小导管超前支护等新技术，使施工一路破障前行，且未发生一起人员伤亡安全事故。

“早一天通水，就早一天解渴，早一天脱贫致富。”每一位工程建设者，都怀揣着这样一种情怀。建设中，方案不断得到优化，科学、合理、前瞻、人本的“特质”贯穿始终。

比选优化方案，采用“就近取水”。仅将海原受水区水源变更为黄河水。

2013年11月18日，经过建设者近200天的日夜奋战，西吉县城应急供水工程正式通水，曾经引起国务院总理高度关注、多年困扰西吉县城10万居民的“喝水难”“水难喝”问题终于成为历史，该工程落地时间比原计划整整提前了3年。

2016年1月28日，海原连通总管工程正式通水，滔滔黄河水翻山越岭、长途跋涉274公里，通过15级加压泵站，上跃近千米，历史性地进入水贵如油的海原县城，海原县21.85万群众逐步告别“吃水难”，喝上“放心水”。

自工程开工建设以来，自治区不断优化水资源配置，“成熟一片、审批一片、建设一片、受益一片”的科学人本思路使得项目沿线群众纷纷提前受益，感受党中央、国务院和自治区党委、政府的深切关怀。

【作者手记】

金秋的六盘山区，青山明净，幽泉涧鸣。曾经的昼夜奋战、冒死抢险，曾经的栉风沐雨、单调坚守，曾经的激情、悲伤、坚忍、欢笑……已伴随春风冬雪消逝在过往岁月中。

但是一种追求，一种情怀，一种“不到长城非好汉”的精神，却镌刻在沟岔山梁，历久弥新。

李昌盛，宁夏水务投资集团副总经理、工程建设现场“总指挥”，这个生长于西海固、有着军人性格的硬汉子，每当重大节点工程竣工通水，他都会抑制不住地流泪。逝者如斯，伴随着工程的开工、建设、贯通、试通水，李昌盛已步入了人生的知天命之年。5年来，他带着中药罐儿驻守在工地上，奔波于施工现场间，行程超过40万公里，几次在冰雪泥泞的崎岖山道上与死神擦肩而过。天寒地冻、过度劳累，致使他严重的腰椎间盘突出疾病一再复发，每一次都是拖延到“动不了”时才不得不去医院。2014年冬天，正值建设的关键期，李昌盛86岁的老母亲不慎骨折，因年事高无法手术，家里又无人照料，他就把母亲悄悄接到原州区，在工地旁租了一间房子请亲戚护理，即便如此，也很难在忙碌的间隙侍奉敬孝。

“我是土生土长的西吉人，每次回老家，乡亲们唤着小名追问工程情况，都会增加我肩上的责任。”李昌盛说。

一寸管道，万千艰辛。沿着崎岖的山路前行，沟岔山梁布满了密如蛛网的管道，汩汩水脉温润奔流，向散居在大山深处的人们送去生命之源、生产之基、生态之要。沟壑纵横，梁峁起伏，西海固，该珍藏了多少感人的水故事？

2015 年 12 月，海原总管道试通水，遭遇了历史上 50 年一遇的极寒天气，最低气温陡降至零下 28 度。在荒无人烟的野外，近百名工程建设者穿戴着军大衣、军棉帽，沿着 75 公里长的管线一字排开，试水、巡查、抢险，夜以继日，近一个月里大多数时间只能在车上休息两三个小时。山风呼啸，大雪纷飞，很多人手上长满了冻疮，却丝毫不敢马虎，稍有差池就会导致送水失败。2013 年冬天，西吉总管试通水的一个多月里，建设者们亦是夜不能寐，连续作战。“攻坚战”队伍里有自治区水利厅领导吴洪相、白耀华；有固原市委常委、副市长方彦以及海原县、西吉县的相关领导；有自治区水利厅水务投资集团杨国、顾耀民、李昌盛……身先士卒出现在急难险重的第一线，集全区之力推进水利第一民生工程，是该项目工程如期“交卷”的重要原因。

“有时候他们坐在地上就睡着了，这些人真是豁出命在干。”西海固老百姓赞叹。

泾源县六盘山镇庙湾村寂寂的沟梁上，往日艰辛忙碌的身影、穿梭不息的车辆已不在，散落于隧洞旁的简易房已拆除，只见泾河水不舍昼夜、潺潺北流。

这里曾是中铁隧道集团一处有限公司的建设现场。“把支部建在项目上，让党旗飘扬在工地上”。这里，曾组建了该集团宁夏中南部水源工程项目党支部，工地上飘扬着鲜红的党旗，250 多名建设者用“铁军精神”护卫。

2012 年冬天，项目部十几平方米的简易房里，举行了一场俭朴的婚礼。项目经理于海伟与相恋数年的同事汤中群喜结良缘，已经一年多未与儿子谋面的父母从黑龙江远道而来。了却了一桩心事，老两口满心欢喜，回到家乡的次日，即为于母办理退休手续，打算待小儿子安居黑龙江后，老两口含饴弄孙享天伦。谁料短暂的相逢，却是永远的别离。途中，于海伟父母不幸遭遇车祸，父亲粉碎性骨折，母亲当场撒手人寰。工期紧，千头万绪，安葬完母亲，托付好父亲，于海伟又匆匆踏上返回项目部的归程。

悲痛折磨得于海伟长夜难眠。但是，人们似乎察觉不到这个东北后生的苦楚：施工进度被安排得井井有条，留给同事们的总是积极向上的力量，每当遇上险情工人们不敢靠近的时候，他总是冲在最前面。一年多后，于海伟的女儿出生，没有公婆的帮忙，妻子只好辞职回云南婆家养育孩子。此后的两年内，于海伟和亲人团聚的方式与他的婚礼一样独特：两次与远在东北的父亲相约于彩云之南，加起来却不到半个月。

2013 年 12 月 26 日晚八时许，是于海伟又一个刻骨铭心的日子：当一名技术员感觉异样，返身走进项目总工程师杨明住的简易房时，竟然发现自己的战友斜靠在书桌前的椅背上，心脏已停止了跳动。

书桌上，堆积着攻克工程技术难题的论文、专业书籍和文件；电脑屏幕上，定格着“2 号胭脂川隧洞施工方案总结”。

这年年初，杨明请了短暂的婚假回家乡成婚，初夏，远在哈尔滨的妻子到项目部探亲，这对新婚夫妇相聚的日子总共不到 20 天。岁末年尾，人们看到平时总是最后熄灯的杨明睡得更晚了，连续数日熬夜赶写材料，准备回家迎接一个新生命的到来。然而，31 岁的杨明，这个勤勉、敬业、忠厚，总是笑语朗朗的小伙子，在生命枝头正灿烂绽放的时候，就这样悄悄走了。

2015 年 5 月 17 日，中铁隧道集团项目部承担的 2 号胭脂川和 4 号白家村隧道终于贯通。数百名男子汉紧紧拥抱在一起，热泪盈眶。

“从踏上西海固的那天起，我们就领略了这个项目超乎一般工程的意义。隧道贯通的那一刻，我似乎看到杨明站在我身旁，和大家一起自豪，欢笑，流泪。”

心香映碧波，青山驻忠魂。

人生无价，青春无悔，青史为证！

西海固脱贫致富“明星工程”

——宁夏中南部城乡饮水安全工程系列报道（三）

光明日报记者　王建宏

泾河源头的龙潭水库

远古时期，宁夏境内孕育了两个灿烂的生命：一是发源于泾源县六盘山东麓的泾河，为黄河二级支流，河水婉若游龙，经通谷、过山塬，润泽400多公里；另一个是清水河，长300多公里，为宁夏境内除了黄河之外最大的河，流域曾经林木繁密、水草丰茂、河水清幽，更得“蔚茹水”之美名。

沧海沧田，随着气候变化和人口的迅速增加，泾河水风采尚存，清水河却逐年贫瘦。从上游固原开始，到同心、海原，河谷两岸草木日渐凋零，大部分地区童山秃岭。整个流域PH值年均在7.3到8.1之间变化，下游矿化度年均最高达10200毫克每升，已经是一条“小则无益于稼穑，大则有害于生息”的苦水河。

千百年来，两条河在各自命运轨道上运行，或甜或苦，从无交集。

公元2016年，人类一项水利工程打通了泾河与清水河的经脉。

6月10日8时56分，宁夏中南部城乡饮水安全工程中庄水库下闸蓄水现场，输水隧洞口闸门渐渐被水流冲腾起来，泾河水像千千万万蓄势已久的白兔，争先恐后，拥挤着，跳跃着，涌出闸门，泻入中庄水库，静待输入宁夏最贫困地区干渴的肌体，送入西海固的千家万户。

西吉河冚水厂

2016 年 10 月 8 日，宁夏中南部城乡饮水安全工程全线通水。自此，宁夏的水格局被重新布置，河畔黄土丘陵里的百姓把生存的艰难和生命的喜悦联结为一个整体——西海固 113.53 万群众，从此共饮一河水。这将改变他们世代生活的姿态，改造生产的方式，扭转思考的方向。

（一）有水，就有生存权

秋日的清晨，西吉县兴隆镇兴隆村村民单维德家里，水在烧水壶里翻滚，发出“突突”的声响，水蒸气在房间里氤氲一片。单维德开始泡茶，茶叶在透明玻璃杯中一遇到开水，开始做自由体操，恣意伸展，杯中顿时翠色盈盈。“这风景多好看啊，我现在天天看都看不厌。”单维德毫不掩饰自己对杯中景色的贪恋。单维德轻啜着酽香的茶水，将守着苦咸水过日子的岁月冲进记忆深处。

泾河水是感性的，她的到来颠覆了缺水时代的生存经验。拉水用的水囊大缸另作他用，各家各户拆了锁的水窖有了新的使命，储蓄的雨水，浇灌着房前屋后艳艳的花朵，青青的瓜菜，甜美的桃、李、杏；洗衣机、热水器、电水壶的使用价值被重新唤醒；最直接的实惠是人均每年 500 元的水费支出省了下来。

（二）有水，就有发展权

在西吉这个小县城，房地产业有一个奇特的现象：2010 年至 2011 年，全国大兴土木，城镇化建设飞速增长，而西吉县城却寂寂无声，很难见到4层以上的建筑物。2016年，当全国特别是三、四线城市房地产业去库存成为主流，西吉县房屋销售面积却出奇地比上年同期增加了60%。

这是中南部城乡饮水工程引发的“蝴蝶效应”。

2013年11月28日，西吉县城应急供水工程正式完工并通水，一直困扰12万西吉县城人民的吃水难问题得到解决，过去供人饮的机井水被置换出来，经济社会发展有了基础动力。

西吉县是宁夏中南部城乡安全饮水工程中最主要的受益区，每年引水量为1590万立方米，占总引水量的40%。自20世纪90年代境内唯一地表径流葫芦河断流后，当地百姓只能靠天吃水，然而沟道水、小泉水、机井水，量少质差，吃水解困成了当地最大最迫切的社会问题，更勿提生产力的提升。

水让西吉改颜换貌，脱胎换骨。建筑企业纷纷在此投资，两年内，宾馆、超市、商贸城、建材市场雨后春笋般成长，7层以上的建筑拔地而起。原生态美景火石寨也借水之力吸引并留下了更多的游客，2015年旅游人次两年内增长了4倍，达到20万人次。2016年，前三季度接待游客80万人次，实现综合性收入5.4亿元。

水成了西吉县百姓脱贫致富的催化剂，激活了蓄势已久的发展能量。2011年，西吉县在人均占有5.8亩土地的优势下，初步提出了农业发展“五百产业工程”，由于水瓶颈的存在，“五百工程”跛足而行。如今，全县利用置换的浅表水和库井水发展种植业、畜牧业，2015年底，冷凉蔬菜已经发展到13万亩，牛存栏28万头，羊50万只，以前驮水的重劳力驴成了脱贫致富的好帮手，也已经发展了3500头，其相关产业链正在续接中。

水是生产之要，但因为无水可用，过去西吉县的工业几乎是空白，曾经引进的企业也不断关闭。有福建客商来此考察后感慨：“我们那里一天下的雨够我们生产一年，你们这里一年下的雨不够我们生产一个月。”

而如今，13家企业在这里茁壮成长。

（三）有水，就有了未来

2016年1月28日，宁夏中南部城乡饮水安全海原连通总管工程正式通水，海原县21.85万群众喝上“放心水”，窖水、机井水作为备用水源，腾出来饮牛羊。海原县在曹洼乡及周边乡村种植3万多亩紫花苜蓿，大力发展草畜产业，又采取“公司+基地+农户”的模式，实现产供销一体化，激励农民多养牛羊。通水以来，海原县曹洼乡脱烈村牛羊数量翻了一番，有了水的支撑，该村脱贫销号指日可待。

据估算，泾河水的到来为固原地区至少置换1000万立方米水。彭阳县置换出800万立方米，据此可以巩固和增加2万亩设施农业，产值可达2亿元以上；原州区因此每年可置换地下水360万立方米，190万立方米仍可以用以高效生态农业。固原地区高效利用地表水、合理利用地下水、科学调度黄河水的用水格局更加清晰可循，未来生态旅游业和生态农业耦合发展的路径渐渐浮现。

有水，就有希望。宁夏中南部城乡安全饮水工程破除了中南部地区水资源的瓶颈制约，有效解决了六盘山集中连片贫困地区群众的饮水安全问题，随着供水网络化和水务管理城乡一体化的跟进建设，工程效益将逐渐释放。

然而，近忧已解，必思远虑，若干年后，固原地区是否会重蹈历史上“无水——寻水——引水”的噩梦呢?

“固原地区的水问题归根结底是生态问题。我们敢引并且能引来泾河水，底气来自固原人民持续几十年在六盘山地区大搞生态建设，良好的生态涵养了这股清流。未来也只有尊重和维护好六盘山地区的生态环境，才能保障水利开发项目为固原地区社会永续发展服务。”固原市副市长方彦说。

放眼宁夏南部山区，许许多多的村庄正受益于中南部城乡饮水安全工程，乘车翻山越沟，水到之处村舍错落有致，红瓦新墙，庭无尘杂，人们精神饱满，交谈中尽是脱贫致富的心劲和打算。

宁夏：为全球防沙治沙贡献中国经验

光明日报记者　王建宏

光明日报

经济社会新闻 07

就业形势总体稳定

收入跑赢GDP了吗

漠河铁路上的"伐木工"

宁夏：为全球防沙治沙贡献中国经验

"埃及和宁夏气候条件相似，非常期待宁夏在防沙治沙方面取得的经验可以帮助埃及。"几个月前，埃及总统安全事务顾问法耶扎·艾布·纳佳在与宁夏回族自治区主席咸辉会面时，诚邀宁夏专家到埃及指导交流。近年来，已有89个国家的政要、专家到宁夏考察。

宁夏农科院常年设有防沙治沙的"国际班"，举办过7届"阿拉伯国家防沙治沙技术培训班"，1届"阿尔及利亚防沙治沙技术培训班"，"取经人"来自全球21个国家，累计已近200人。

这是全球治理体系中的中国经验，也是世界生态建设中的宁夏贡献。

科学施治　提供示范

查看谷歌地图，会发现全球与宁夏同纬度的地方大部分都是沙漠、戈壁、沙地、草地，而宁夏则三面环沙，被大片黄色区域包围。在腾格里沙漠南缘，则有两条平滑的"绿色平行线"嵌入黄色地带。"绿色平行线"是长60公里、宽500米的"五带一体"防风固沙体系，包括固沙防火带、灌溉造林带、草障植树带、前沿阻沙带、封沙育草带。

宁夏林业厅厅长马金元说：“在宁夏，防沙治沙一开始就嫁接高端智慧、坚持科学治沙。”“绿色平行线”两侧的草方格固沙技术便是由中国科学院与当地职工群众共同探索形成的经验，获国家科技进步特等奖。

2008年，国务院正式批准宁夏建设全国唯一的省级防沙治沙综合示范区。自此，宁夏承担起了示范的重任。

8年探索，成效卓著。在盐池县，有200多万亩沙化土地得到有效治理，50万亩流动沙丘基本固定，120万亩退化草原植被得到恢复，全县森林覆盖率和植被覆盖度分别达到31%和65%。

在毛乌素沙地，“治沙英雄”王有德带领国有林场职工探索出了外围灌木固沙林，周边乔灌防护林，内部经果林、养殖业、牧草种植、沙漠旅游业“六位一体”沙区经济模式。近十多年治沙成效超过2000年以前30年总和。

有为善治　点沙成金

2003年5月，宁夏在全国率先实行全境封山禁牧。十多年来，政策一以贯之。

禁牧封育以来，天然草原植被覆盖率由35%提高到62%，草层高度由19厘米增加到30.1厘米，重度沙化草原面积由禁牧前的634.4万亩减少到246.76万亩，初步实现“草原绿起来、产业强起来、农牧民富起来”的阶段性目标。

在位于盐池县高沙窝镇的中民投宁夏（盐池）新能源综合示范区，光伏面板星罗棋布。这里正建设光伏扶贫电站，总装机2000MW，总投资156亿元。

距此向北百余公里，在一片叫作红墩子的沙地里，宁夏本土企业宝丰集团投资300亿元建设光伏发电和枸杞种植项目，规划发电功率3GW，共10万亩枸杞扶贫田。

除了大规模的巨量投入，宁夏一批中小农牧企业也沙中淘金。“3年时间，一片荒芜的沙地已成为年经济效益1800万元的瓜菜种植基地。”在平罗县陶乐镇庙庙湖移民新村，宁夏华泰农业科技公司董事长林伟光告诉记者，6000多亩沙地可带动当地移民增收1000多万元。

因地制宜　宜沙则沙

防沙治沙，有时需要改变沙漠，而有时则需要保护其原始形态。

2016年9月，国家旅游局宣布同意宁夏创建“国家全域旅游示范区”。沙坡头、沙湖这些“沙”字头的景区每年吸引着大量四海宾客。

“防什么沙？防的是直接造成危害的沙。治什么沙？治的是已威胁到重要资源和人们生存的沙。”宁夏林业厅计财处处长徐忠说。

治了一辈子沙的王有德在白芨滩治沙林场留了一大片曲线优美的原始沙山，与金黄色的麦草方格形成强烈反差，让人感慨人类改造自然的伟大力量，同时又警示人们敬畏自然、顺应自然、尊重自然。

不乱作为亦是最大作为，科学治沙、宜沙则沙，宁夏正在人沙和谐的理念下绘制美丽中国的宁夏画卷。

（《光明日报》2017年01月24日07版）

扫一扫
阅读全文

宁夏治沙人

从“一棵树”到“几片林”

光明日报记者　王建宏

黄沙滚滚不见路，跟着驼铃找宁夏。这是60多年前，被沙所困的宁夏的真实写照。天高云淡木成荫，山水叠翠景宜人。60多年后，宁夏实现了人进沙退的逆转，沙化土地面积减少2584平方公里，森林覆盖率增至2015年的12.63%。

寒风凛冽，百余亩“天使林”“师生林”等公益林在阳光下傲然挺立，与一片片、一坡坡幼林一道，默默抵御着风沙的侵蚀。紧邻银川河东机场的这片万亩荒滩是“全国治沙英雄”王有德退休后二次创业的“主战场”，3年来由他发起创建的宁夏沙漠绿化与沙产业发展基金会已募集资金近1300万元，其中个人捐款340万元，近千人因治沙英雄的精神感召聚集于此，在银川市东大门合力植起一道千余亩的绿色屏障。

04 综合新闻
厦门：用心呵护未成年人成长
海军新型训练舰戚继光舰入列服役
宁夏治沙人 从“一棵树”到“几片林”
青海海西州实现整体脱贫
专项脱贫有的放矢
法治中国行
铲除侵蚀农村基层政权的毒瘤

王有德退休前是灵武白芨滩国家级自然保护区管理局党委书记、局长，40年来，他坚守着“宁肯自己掉下10斤肉，也不愿意让生态建设落了后”的信念，创造了世界闻名的“白芨滩治沙路径”。他率先引入市场机制破解造林成本“倒挂”难题，将“要我治沙”变成“我要治沙”，带领宁夏白芨滩防风固沙林场干部职工一起战沙魔，在黄河东岸营造了63万亩绿色屏障，阻挡住毛乌素沙漠向西侵蚀。

因为治沙，王有德先后获得“全国先进工作者”“全国优秀共产党员”“全国治沙英雄”、新中国成立以来最具影响力劳动模范、“双百”感动中国人物等称号。

事实上，宁夏治沙人早已不是“一棵树”，而是“几片林”。宁夏三面环沙，东邻毛乌素沙漠，西毗腾格里沙漠，北接巴丹吉林沙漠。有沙的地方，就有抗沙勇士。

在宁夏东部，毛乌素沙漠边缘的盐池县曾经沙害严重，只要一场大风，上了房顶的沙子和沙漠连成一片，村民晚上回家可以沿着沙坡走上自家房顶。白春兰，盐池县沙边子村一介农妇，和丈夫冒贤带着铁锹、树苗，背着孩子，一头扎进人称“生命绝缘带”的沙窝子。长期超负荷劳累，丈夫走了；10年后，一起治沙的大儿子也走了。白春兰誓死不改初衷，用一片3800亩的林地，铸就了一座感天动地的丰碑。

同样在盐池县，青山乡“沙漠村”刘记窑头村在一次次被沙龙逼迫几经搬迁后，再次陷入生存绝境。这一次，老支书刘占有带领全村老少百余口背着树种树苗、干粮咸菜，迎着滚滚黄沙向霸山为王的交通路障——横亘在村头的大沙坝“宣战”。驴和牛驮着树苗、裤腰带上拴着树苗，全村人9年植树不辍，直到满坡披绿、沙龙缴械。

宁夏西头的中卫市是中国的“西风口”。从2011年起，宁夏香岩产业集团公司董事长杨飞在腾格里沙漠南缘采取生物措施、工程措施和农耕园艺措施相结合的手段进行固沙，综合防沙治理改善原始沙漠共计1万亩，使这里成为集生态、治沙、观光旅游、设施农牧业生产一体化的农业产业沙漠园区；宁夏万齐集团负责人万立军投入创业积攒的资金，用两年时间在荒无人迹、沙砾成丘的原始戈壁上打造了一个占地5000亩的原生态苹果基地。

在宁夏北部，平罗县70岁的“煤老板”王恒兴立志栽树治沙“反哺”

地球。2008 年，他带人扛着铺盖挺进毛乌素沙漠腹地，一住 8 年，花掉 1.9 亿元。如今，曾被无垠黄色霸占的庙庙湖已身披 335 万株乔灌木，一派生机；为支持自治区移民搬迁，马波将 7500 亩草场置换到平罗县东面的大沙漠里，携亲带友，立沙障、插风墙，8 年的光景，硬生生在一片沙地里建起一条长 4 公里、宽 300 米的绿色屏障。如今，他将自己的治沙、育苗技术毫无保留地传授给周边的农民，义无反顾地成为毛乌素沙漠治理的带头人。

面对神秘莫测的沙漠，宁夏的治沙人从被迫抗争到主动出击，从“穷治沙”“治沙穷”到资本介入，从“老典型”到“新面孔”……在与沙漠的持久战中，宁夏治沙人前赴后继、不断涌现，正在筑起新时期的治沙长城。

（《光明日报》2017 年 02 月 22 日 04 版）

扫一扫
阅读全文

宁夏石嘴山：“黑城”到“绿城”的蝶变

光明日报记者　王建宏

石嘴山是宁夏的“东北”。不仅是因为其地理位置在宁夏北部，更主要的是石嘴山市曾经也是宁夏的“工业长子”，在转型发展中同样面临着与中国东北相似的情况。近年来，石嘴山市发轫产业、民生、生态三大转型，从昔日“满天黑烟、满城黑灰”的“黑城”，出落成“一城绿色半城湖”的“绿城”。

产业从“地下”到“地上”

贺兰山脉与黄河交汇之处“山石突出如嘴”。

50多年前，石嘴山只是一个百余人的荒僻小村，大批煤矿工人和“三线”建设者们涌向这里。40多年后，有一位福建客商在石嘴山投资100多万元建起了部分厂房，一场沙尘过后，厂房四周被狂风吹得七零八落，客商最终撤资离去。

04 综合新闻
宁夏石嘴山:“黑城”到“绿城”的蝶变
“匹配度分析法”配出好班子
“关爱儿童,反对拐卖”宣传活动举办

半个世纪，石嘴山因煤而立、因煤而兴，也因煤而衰。最辉煌的时期，这里的工业产值曾占宁夏的半壁江山，但生态却呈恶化态势。采矿区附近90%的天然植被遭到破坏，资源枯竭之时，这座城市留下大片“疮疤”和采煤沉陷区。

宁夏石嘴山，这个昔日的“塞上煤城”，完成了向山水园林现代化城市的转型　　娄广臣摄 / 光明图片

不改变以煤为主的“黑色产业”，生态转型就是一句空话。近年来，该市处置“僵尸企业”90多家，累计淘汰落后产能351万吨，单位GDP能耗下降14.6%。破旧立新，现代物流和文化旅游业加快发展，启动建设中阿物流园、石嘴山保税物流中心（B型）、奇石山文化旅游区等项目。

短短几年，石嘴山市在全国67个资源枯竭型城市转型绩效考核中，从2013年第52位跃升到当前的第16位，从达标等次跨入良好等次，居西部同类城市前列。

在石嘴山市，非煤产业比重已超过60%，一煤独大、依煤而兴的工业格局正在改变。石嘴山市实现了产业从“地下”向“地上”的华丽转身。

城市由“煤城”变“美城”

石嘴山市东部曾有一片湿地，由于几十年的煤炭生产，长年累月堆积成为“两座大山”——一座矸石山，一座粉煤灰山，被讽喻为“镇守”城市的两头“黑熊怪”。一刮风，全城便笼罩在黑风之中。21世纪的最初几年，石嘴山环境空气质量曾在全国113个重点污染监控城市中排过倒数第四。

痛定思痛。市委、市政府决定将“生态立市”作为第一战略，坚定不移推进生态转型，积极修复和改善老工业基地生态面貌。

“我们以创建全国文明城市为龙头，统筹推进国家森林城市、国家园林城市、国家卫生城市、全国法治城市、全国‘双拥’模范城市‘六城’联创，着力做好造林绿化、水系优化、城市美化‘三篇文章’，使城市外在形象和内在品质不断提高。”石嘴山市委书记彭友东说。

声势浩大的春秋季全民义务植树活动在石嘴山市展开，在贺兰山东麓的石头缝里、在盐碱泛滥的白僵滩上、在主干沟渠和道路两侧，不惜代价增绿褪黑，建成了大武口森林公园等一批城市“绿肺”和田园林带，使昔日的煤城由黑变绿，由绿变美。

就在 5 月 11 日，石嘴山市决定，城市西侧贺兰山保护区内的所有矿产资源开发项目一律停止开采，依法有序退出；露天开采的矿山，要全部完成覆土绿化、生态修复；保护区内的洗煤厂、储煤场，一律停止生产经营，拆除设施，恢复植被……从“踏破贺兰山阙”到保护贺兰山，这座意为“黑色骏马”的绵长山脉将作为天然屏障，更好地抵挡沙漠侵袭。

与石嘴山市园林局局长张建华一起登上城市高楼上的观景台，只见巍巍贺兰山推门而至，不息黄河水蜿蜒北去；曾经的粉煤灰山和矸石山早已被覆土绿化、置石造景，成为“中华奇石山”，污水横流的滞洪区则成为星海湖国家湿地公园；星罗棋布的湖泊和绿地纵横交错、镶嵌在城市之间。

塞上煤城石嘴山，完成了向山水园林现代化城市的完美转型。

（《光明日报》2017 年 06 月 02 日 04 版）

扫一扫
阅读全文

宁夏银川：

循环农业推动绿色发展

光明日报记者　王建宏

秋日的银川平原碧空如洗、云淡风轻，黄河滋润下的永宁县望洪镇增岗村一派醉人的田园风光。

“就在前几年，瓜蔓、秸秆堆全部堆在渠沿上，任由其腐烂发霉，不光恶臭难闻招蚊蝇，还传染病菌。”8 月 15 日，康润丰农业专业合作社负责人黄彪告诉记者，本来秋天是享受丰收的喜悦时节，几年前走在田间却不得不捂着鼻子皱起眉。

2013 年，黄彪流转 1500 亩土地，办起了一个集蔬菜种植、储存、销售为一体的专业合作社，辐射面积达 3000 亩，带动了村民增收致富。但作物收获后堆积如山的蔬菜秸秆却成了他的心病，也严重影响了村民们的日常生活。

经济社会新闻 07

减税降费不断　企业负担轻了

“复兴号”将在京津冀开行22.5对动车组列车

2016 年 4 月，在银川市农牧部门的支持下，合作社引进了一台秸秆生物制肥机，建设了制肥车间和秸秆堆放场，开始了变废为宝的“秸秆革命”。昔日臭气熏天的蔬菜秧、烂秸秆，通过生物制肥变成了有机肥料。

“我们已处理 2000 亩的秸秆，制成

有机肥600吨。自治区农技推广总站进行养分含量监测，结果显示达到了商用有机肥养分含量标准。”不仅如此，黄彪欣喜地说，每亩秸秆制出来的生物肥料还可以节省化肥成本80元。

如果说康润丰农业合作社实现了种植业内部的农业循环，那么，记者走访的宁夏壹泰牧业则推动着种养殖业之间的绿色发展。

“空气中飘着淡淡的牛粪味”过去象征着闲适的乡村生活。然而，当规模化养牛场的存栏量高达上万头时，就没有那么浪漫了。

“如果牛粪处理不好，方圆几公里都臭不可闻……”壹泰牧业下属企业宁夏壹泰丰生态肥业有限公司总经理刘兴平说，壹泰牧业目前每年产生粪便近6万吨，企业专门成立肥业公司，利用牛粪研制开发出了新一代生态型有机肥料。

“从隔壁的养殖场运过来，进这个发酵槽，添加微生物腐熟剂和功能菌，深度发酵后，生产出优质的生态有机肥。”刘兴平带领记者沿着流程走了一圈，只见牛粪被加工成粉末状、颗粒状的生物有机肥，装袋后码得整整齐齐。

生态肥厂区内，一个大型沼气工程正在施工。这项工程专门处理液体粪污，产生的沼气作为颗粒有机肥干燥加热的燃料，沼渣用于生产固态有机肥，沼液还可以生产沼液有机肥。

壹泰牧业与饲草基地的农户互动合作，通过置换或者补差结算，使农户在种植青储玉米时全部使用这些有机肥，减少了化肥的使用、改善了土壤条件。用生态有机肥种植的优质牧草，再用于饲喂肉牛，从而实现全链条的闭合循环。

在银川，循环农业已经打破水陆界限。在灵武市梧桐树乡李家圈村，“陆基生态渔场”颠覆了过去单一的种养模式。70亩鱼塘、6个流水养殖槽，外塘养水，槽内养鱼，养殖量和效益都数倍增加。鱼塘与物联网结合，鱼类粪便集中收集后，既可以制成有机肥，也可以直接施用到距离一步之遥的稻田里，使“废水”变成了“肥水”。

在政府倡导下，银川市实施了一批秸秆还田、粪污入池、变废为宝等循环农业项目。截至目前，全市进行秸秆综合利用的企业、合作社有 44 家，年回收处理秸秆 26.55 万吨，其中有机肥生产企业 8 家，年产有机肥 18.06 万吨。畜牧粪污无害化处理的养殖场有 109 家，每年无害化处理粪污 56.2 万吨，其中有机肥生产企业 4 家，年产有机肥 3.04 万吨。银川市有 28426 户村民建设并使用沼气池，每池每年可为农户节约生活用能 800 元，降低化肥农药投入成本 300 元，两项合计每户节约 1100 元以上。

（《光明日报》2017 年 08 月 17 日 07 版）

扫一扫
阅读全文

生态文明建设利在千秋

光明日报记者　王建宏　高建进　胡晓军　陆　健

欢庆党的十九大 特刊

生态文明建设利在千秋

为锦绣中华铺陈幸福底色

更好的日子，先要共建才能共享

北京市教委：

深化基础教育改革硕果累累

北京启动新增优质学校建设计划

“十九大报告提出‘生态文明建设功在当代、利在千秋’，作为一名来自林业战线的党代表，我感到非常激动。”10月18日上午，一走出北京人民大会堂，中国林业集团公司歙县披云山庄基层员工晏文娟代表兴奋地对记者说：“我们一定要用自己的青春岁月，为祖国增绿，装点壮美河山。”

党的十八大以来，在以习近平同志为核心的党中央坚强领导下，中国站在全人类发展的新高度，开创了全球绿色发展新格局。从西部边陲到东南沿海，从北国边疆到南海之滨，神州大地，江山如画，一幅天蓝、地绿、水净的绿色画卷，正在“美丽中国”铺陈开来。

站在新的历史起点，建设生态文明这一关乎中华民族永续发展的新征程已经开启。代表们在讨论中表示，一定要按照十九大报告的要求，牢固树立社会主义生态文明观，推动形成人与自然和谐发展现代化建设新格局。

为锦绣中华铺陈幸福底色

浙江省委常委、温州市委书记周江勇代表说，“七山二水一分田”一直被认为是温州发展的资源短板，进入生态文明新时代，却成为最大的优势和潜力所在。改革开放30多年来，温州充分做好“一分田”文章，推动沿海地区加快发展，取得显著成绩；对西部山区则以保护为主，现在“七山二水”的生态优势、后发优势更为明显。

“我们将在党的十九大精神指引下，坚定不移沿着‘绿水青山就是金山银山’的路子走下去，用绿色发展理念做好‘七山二水’的文章，坚定走好‘生态优先、绿色崛起’的路子，推动温州区域发展更平衡、更充分、更全面，让温州百姓共享生态文明，奔向全面小康。”周江勇代表表示。

“先设环境底线，再定发展上限。宁夏中卫市抢抓国家‘信息丝路’计划和军民融合发展机遇，坚持以转型发展推动绿色发展，摒弃粗放发展惯性，在沙漠边缘发展云计算产业，已建成3个具有世界领先技术的大型绿色数据中心。”中卫市委书记何健代表说，我们将按照十九大精神，努力建设立足西部、面向全国的国家大数据综合试验区，立足于云存储，从前端的云制造和后端的云服务着手延长产业链，从而形成聚集效应，促进集群发展，以生产方式的转变推进生态文明建设。

福建省2014年被中央确定为全国首个省级生态文明先行示范区，2016年又成为全国首个国家生态文明试验区。福建省环保厅厅长朱华代表说，我们要充分发挥国家生态文明试验区改革“试验田”作用，把“清新福建”这张亮丽名片擦得更亮。

位于赣东北的上饶自古就有“上乘富饶、生态之都”的美称，今年10月，上饶市被国家林业局批准入选“国家森林城市”。上饶市委书记马承祖代表在接受记者采访时说，上饶把绿色产业发展作为发展要务，深入推进国家生态文明试验区建设，坚决把好招商引资“关口”，不论多大的项目，只要不符合环保要求，一律不引进。未来还将继续把创新作为引领发展的第一动力，大力发展“生态+现代工业”“生态+现代农业”“生态+现代服务业”，着力加快旅游、大数据、大健康等产业发展。

牢固树立社会主义生态文明观

生态文明建设，早已超越环境保护本身，成为一场生产方式、生活方式、价值观念和社会文化的系统性变革。

晏文娟代表工作的安徽歙县森林覆盖率达82.64%，空气质量优良，是中国“百佳深呼吸小城”。她说：“我们那里以前是荒山野岭，随着徽州国家森林公园免费对外开放，现在人人都可以在公园的西干山上漫步，享受绿水青山的生态红利。”

“绿色发展要从生活的点滴做起。”晏文娟代表说，新安江一水串起了披云山庄和千岛湖。位于新安江上游的披云山庄倡导绿色环保、杜绝餐饮浪费、垃圾分类处理、排污严格达标，这些都不是空喊的口号、作秀的标语，只有这样，才能保护好下游千岛湖这颗江浙大地上璀璨的明珠。

在温州市的“大水缸”所在地文成县，多年来“宁舍两百亿，不污一缸水”。当地老百姓说，这里的水能洗胃、空气能洗肺。如今，这里吸引着越来越多的都市人，生态经济不断壮大。山区百姓不再“捧着金碗去讨饭”，而是捧上了“绿色饭碗”。周江勇代表说，他们将继续加大生态系统保护力度，加快培育绿色发展新动能。

“十九大报告指出，推进能源生产和消费革命，构建清洁低碳、安全高效的能源体系。”国家电网宁夏电力有限公司董事长、党委书记赵亮代表说，他们公司坚持提供安全、清洁、经济、高效的电力，全面推动新能源健康有序发展，助推宁夏打造全国首个新能源示范区，构建现代能源体系。

“树立‘生态价值观’才能进一步凝聚起生态共识。”马承祖代表说，上饶市将继续把生态文明纳入社会主义核心价值观教育，积极倡导资源节约、环境友好的消费文化，广泛开展绿色企业、绿色校园、绿色社区、绿色家庭等争创活动，使生态文明建设成为全社会的自觉行动。

用最有力的举措推动生态文明建设

据何健代表介绍，在宁夏，“生态立区”已被确定为三大战略之一。今年，自元代以来已有数百年开采历史的贺兰山采煤活动被自治区党委、政府果断叫停。在宁夏回族自治区空间规划（多规合一）试点中，对空气、水、土壤等多种要素，山、河、林、田、湖、草等多种生态类型进行“全覆盖”。

只有实行最严格的制度，才能为生态文明建设提供可靠保障。福建省借力新环保法实施，通过严格环境执法，守护绿水青山。朱华代表说，我们把日常监管和专项执法相结合，建立“四不四直”执法机制，不定时间、不打招呼、不听汇报、不要陪同，直奔现场、直接排查、直接取证、直接曝光，坚决打击违法排污和环境犯罪行为。

“福建省将在探索和推进生态环境保护社会共治中，构筑起横向整合相关部门环保的监管责任和优势资源，纵向推动形成紧密的政府、企业、社会的生态环境保护联动机制。通过横向上‘联起来’，纵向上‘动起来’，发挥‘1+1>2’的作用。”朱华代表表示。

“我们加大了环保制度创新和环境执法力度，组建了‘环保警察’，坚决做到铁腕治污。”马承祖代表说，上饶将继续严守生态环境质量“只能提高，不能降低”的底线，坚决淘汰落后产能。

严惩重罚，用最有力的举措推动生态文明建设，中国经济社会发展必将更显绿色、更有活力。

（《光明日报》2017 年 10 月 20 日 06 版）

扫一扫
阅读全文

沙尘暴“遗忘”了宁夏

庄电一

生态文明 09

我们的耕地被化肥“喂瘦”了吗

群策群力 拒绝“垃圾围村”

乡村春韵

沙尘暴“遗忘”了宁夏

以往春季，沙尘暴都会成为宁夏的“不速之客”，频频光顾西部这块历尽沧桑的大地。这也难怪，因为宁夏三面环沙、降雨偏少、植被稀疏。但是，近年来人们却意外发现：不但沙尘暴很少光顾宁夏，就连扬沙、浮尘天气也不多了。

最近，笔者专门到宁夏气象局了解情况。据气象专业人士透露：去冬今春以来，只在1月25日观测到一次扬尘天气，而且只是在位于风口的中卫市沙坡头区和中宁县出现了短时、轻微的沙尘暴。

宁夏气象局高级工程师王素艳提供的一组数据表明，扬沙、浮尘、沙尘暴天气在宁夏呈现显著减少的趋势。20世纪60年代，宁夏的沙尘天气每年平均达到60天，70年代甚至达到79.2天，而近几年扬沙、浮尘天气一般减少到只有几天。至于沙尘暴，就更是“稀罕物”了——2015年在宁夏一次都没有出现过，2016年也只在位于腾格里沙漠边缘的中卫市局部地区出现过一次。

因为沙尘暴很久没有“驾临”，许多宁夏人居然忘了沙尘暴降临时的恐怖场面。在银川，问一问七八岁的小学生，许多人竟不知道沙尘暴为何物，因为他们几乎都没见过沙尘暴。

莫非是沙尘暴把宁夏“遗忘”了?

二三十年前，沙尘暴还是宁夏的“常客”啊！那时，沙尘暴一来就遮天蔽日、摧枯拉朽、封堵道路、吞没农田，甚至吹折电杆、掀翻屋顶、刮散羊群、夺人性命，导致航班延误，造成经济损失，让人呼吸困难、烦躁不安。

宁夏灵武白芨滩国家级自然保护区地处毛乌素沙漠西南边缘，图为工人们正在进行防风固沙的工程
光明图片/视觉中国

仿佛是在转眼之间，宁夏的生态环境就变了，沙尘暴来袭的次数越来越少，危害也越来越小。

是什么让沙尘暴“遗忘”了宁夏？显然，这既不是大自然对宁夏的恩赐，也不是狰狞的沙尘暴突发了“善心”。

我们可以从以下变化中找到端倪：以往，脆弱的草场上随处可见苦苦觅食却仍然饥肠辘辘的羔羊；现在，所有的羊只都被圈进羊圈，舍饲养殖取代了野外放牧。以往，挖甘草、抓发菜、铲草皮的大军比肩接踵，使得本就缺乏绿意的草场经过一次次“浩劫”后变成死气沉沉的焦土；现在，几乎所有草场都恢复了最初的宁静，人为的破坏越来越少，也越来越轻。以往，各类施工工地毫无遮拦，运输车辆尘土飞扬；现在，采取的遮盖表土、洒水降尘、封闭运输等防尘措施，从源头上控制住起沙扬尘。当然，强对流天气减少、强冷空气南下次数减少，也是宁夏沙尘暴减少的重要因素。

专家到大西北考察风沙源时作出了科学判定：现在的宁夏，只是沙尘暴的通道，不是沙尘暴的源头——而且，这个通道如今也不那么畅通，农田防护林及其他日益繁茂的植被对起源于新疆、甘肃和内蒙古西部地区的沙尘暴构成了不小阻力，让“沙魔”很难为所欲为。

可见，生态环境好了，沙尘暴没有容身之地，自然也就抖不起威风，只好“躲开”宁夏。

最近，自治区政府又提出，要把生态文明建设融入经济社会发展全过程，坚守土地、资源、环境的底线，走生产发展、生活富裕、生态良好的发展之路，进而把宁夏建设成为全国生态文明示范区。

真心希望沙尘暴永远地“遗忘”掉宁夏。

（《光明日报》2017 年 03 月 18 日 09 版）

扫一扫
阅读全文

水润中卫，黄沙“称臣”

庄电一

生态文明 09

守望森林 传承绿色

——2016“中国生态英雄”群像素描

处理城市垃圾不能小打小闹

水润中卫，黄沙“称臣”

乡村麦浪

宁夏回族自治区的中卫是个神奇的地方：黄河从市内穿境而过，留下了悠久的灌溉历史，孕育了当地的繁荣；而来自腾格里的沙土在空中弥漫，又制造了不少生态灾难，让人饱尝风沙之苦。

中卫，到底是人类休养生息的乐园，还是风沙肆虐的苦难之地？恐怕不同时期、不同地域、不同人群，会对这个问题有截然不同的答案。

沙漠边缘、黄河之滨的自然状况，既让中卫人深得黄河灌溉之利，又饱尝风沙之害。风沙肆虐时，沙丘不断向市区推进，接触最“亲密”时，距县城只有4公里。漫天的黄沙如影随形地困扰着那里的农田和居民。

对不期而遇的洪水，人们可以筑坝设防，尽可能防患于未然；面对漫天飞舞、随时降临的黄沙，人们则往往束手无策，只能眼睁睁地看着它摧毁家园、糟蹋财富。

往事如烟。经过几代人持续不断地治理，中卫的生态环境有了根本改观。现在，封锁道路、环绕住宅的，不再是漫漫黄沙，而是四通八达的水系；护卫大道、扮靓新区、倒映蓝天的，是一汪汪清水。

水是城市的灵魂，没有水，城市就缺少灵气。要让城市灵动起来，就要做好“水”的文章。

“沙漠水城”“花儿杞乡”“休闲中卫”，这是中卫确定的城市定位。虽然建市只有短短十余年，但中卫已开始整合沙漠、河道、湿地资源，将其变成旅游、休闲的硬件，充分彰显沙与水的独特优势。

大自然是神奇的，有沙的地方往往也会有水。绵延不绝的腾格里沙漠给中卫提供了丰富的自然渗水，延续千余年的引黄灌溉工程则在中卫营造出成片的湖泊湿地。于是，颇有眼光的中卫人将水引到市区，在城区建成长达5000米的景观水道，让城市拥抱黄河，让水系维系城市，城市品位因此得以提升。15.9%的森林覆盖率和36.6%的城市绿地，更是让这座崛起在沙漠边缘的城市绿得格外抢眼，生机活力无限。

宁夏中卫市沙坡头旅游景区　光明图片／视觉中国

如今，漫步在中卫市区，常常会与静静流淌的水道不期而遇，一汪汪清水不时映入眼帘，碧绿的青草掩盖住漫漫黄沙。市区新建的几大场馆在门前预留了大片场地，形成宽阔的人工湖泊，吸引着大量鸟类前来嬉戏。从湖水中间的通道穿梭，人的心情也会变得格外愉悦。

水系滋润着中卫，黄沙随即“俯首称臣”。中卫一跃成为全国著名的旅游城市，境内的沙坡头更是全国闻名的5A级旅游景区。如今，沙坡头支线机场的兴建，更为天南地北的游客前来观光提供了便利。

看来，把“迪拜国际改善居住环境最佳范例奖”“中国人居环境范例奖”“中国最佳绿色生态城市”等十余项“桂冠”戴在中卫的头上，也算是实至名归、恰如其分。

（《光明日报》2017年05月20日09版）

扫一扫
阅读全文

鼠患不除，树无宁日

光明日报记者　庄电一

编辑部：

记者最近在宁夏南部山区采访退耕还林时多次听到一些“咄咄怪事”。

“一棵有胳膊粗的树不知为何枯黄了，人们轻轻一提就连根拔起。原来，它已经没有多少根了，大部分树根都被啃光了。”“有的地方刚栽活的树苗，没几天就莫名其妙地看不到了。在附近一挖，在土洞里居然找到许多摆放整齐的树苗，原来它们被神不知鬼不觉地从地下抽走了。”

是谁有这么大的神通？当地人不无忧虑地向记者报上了它的大名：鼢鼠。如果要说出全名，它就是“中华鼢鼠”和“甘肃鼢鼠”。当地人称之为“哈哈”或“瞎瞎”。这两种鼢鼠都是我国黄土高原上特有的物种，在其他国家很少发现。

10 综合新闻
光明日报
消费大数据折射经济转型升级轨迹
体细胞克隆猴为何重要
广西师范学院公开招聘
部分二级学院院长、科研管理处处长公告
鼠患不除，树无宁日

鼠害，是令全世界头疼的灾害。在我国北方黄土高原，鼢鼠的危害又超过了其他任何一种鼠害。鼢鼠，怕光，主要在地下活动，多以树根、草根、农作物根为食，不但对各类林木构成危害，而且对耕地、草原也有很大危害。有资料显示，陕北黄土高原鼠害的发生面积达 200 万亩，每年损失的牧草有上百万吨，每年因鼠害减产和储存不当而损失的粮食达 5000 万公斤。宁夏固原地区地处黄土高原，鼢鼠十分活跃，所造成的灾害也相当严重。近年来，由于大面积退耕还林还草，许多土地不再耕作，也不再深翻，前往劳动、踏查的人大为减少，鼢鼠在那里的生活因此更加“安逸”，加之当地天敌越来越少，鼢鼠“生儿育女”也就更加“肆无忌惮”了。

西吉县林业局负责人向记者报出了一个保守的数字：全县境内，现在至少有上百万只鼢鼠！每一对每年可以繁殖4窝，将两只变成20只。这么多鼢鼠每天要吃喝，得有多少树根、草根、农作物供其啃食啊！

2017年12月下旬，宁夏彭阳县林业和生态经济局、农牧局专门组织6名技术人员到陕西延安的安塞区、延川县考察，了解、学习当地的鼠害防治技术。在新栽树苗根部加装铁丝网套，就是其中一种防范技术。在新栽树苗的根部套上网孔在1.5厘米以下的铁丝网，然后与树根包土一起下埋。这个密度足以阻挡鼢鼠的尖牙利齿，预防效果可以达到98%，有效期也可以达到8年。8年以后，树长得又粗又壮了，鼢鼠也就不能奈何它了。彭阳县林业和生态经济局局长韩志琦告诉记者，每个防鼠隔离网成本是1.5元，如果普遍使用就是一大笔开支。目前，全县制作了五六十万个这样的网套，在新栽的树苗中普遍采用了这项技术。虽然这需要大量经费，也会增加植树成本和额外劳动，但为了确保树木成活，也就在所不惜了。

防治鼢鼠确实有很大难度。早在2004年，西吉县灭鼠采取的是“人海战术”，打的是“人民战争”，布下的也是天罗地网，全县临时组建了151支专业灭鼠队，有3万人加入其中。虽然在短时间内就取得了灭鼠25万只的“辉煌战果”，但那仅是全县的四分之一，大量鼢鼠最后又逃过一劫，继续“潜伏”下来，而灭鼠经费却在此时用完了。“见机行事”的鼢鼠，又开始培养“接班人”。

有关人员呼吁各地、各有关部门认清鼠害的危害性，高度重视鼢鼠的防治工作，尽快采取有效措施，将鼢鼠的密度降下来，将鼠害灾情减下来。各地应该按照安全、经济、有效、简易的原则，综合利用化学、物理、农业手段，捕杀、诱杀、设套、趋避、设防，十八般武器一起上，尽快将鼠害控制在“有鼠不成灾”的程度，确保生态安全。鼠患不除，树无宁日。

（《光明日报》2018年01月25日10版）

扫一扫
阅读全文

“紫色名片”联通世界

光明日报记者　尚文超

光明日报
GUANGMING RIBAO
习近平同美国总统特朗普通电话
长春：用文化标注城市地图
习近平向中国－南非高级别人文交流机制首次会议致贺信
“大同蓝”是怎么来的
“紫色名片”联通世界
伊利乳业走出“国际范儿”

西汉时，张骞出使西域，带回葡萄、苜蓿等作物，并沿古丝绸之路的回程传至宁夏等地区。2000多年后的今天，小小的葡萄成为宁夏的“紫色名片”——宁夏以红酒文化搭建起沟通世界的桥梁。

宁夏贺兰山东麓的一片狭长地带，是业界公认的世界上最适合种植酿酒葡萄和生产高端葡萄酒的黄金地带之一。这里种植着60多万亩葡萄，有百余座酒庄，每年约1.2亿瓶葡萄酒从这里销往全世界，创造综合产值达200亿元。

经过多年的经验积累，宁夏走出一条“小酒庄、大产区”的发展模式。宁夏葡萄产业局副局长徐军介绍，从种植到加工到文化传播及酒文化旅游，“一颗小小的葡萄贯通起宁夏的一二三产业”，种植、加工葡萄解决了10余万人就业，几十个旅游酒庄促进了全域旅游，同时“浅沟种植”也减少了水土流失。葡萄酒酿造产业成为支撑宁夏发展的重要绿色产业之一。

在“一带一路”的建设过程中，宁夏抓住契机，不断拓展葡萄酒酿造业这个世界性产业，加强同世界的沟通合作。

“现在，荷兰、英国等欧美国家的消费者可在当地的超市、商场购买到来自宁夏贺兰山东麓的葡萄美酒，我们生产的一种酒在欧洲市场可以卖到65欧元。”宁夏张裕摩赛尔十五世酒庄总经理阮仕立说。作为中国葡萄酒产业领军企业，张裕集团选择了将最好的酒庄建在宁夏贺兰山东麓。

在产业“走出去”的同时，技术也在不断被“引进来”。“格鲁吉亚的葡萄酒文化已有8000多年历史，作为世界新兴产区，我们将在引进种苗、融合技术的基础上，借‘一带一路’的东风，将贺兰山东麓葡萄酒带到世界。这不仅仅是产品的推广，更是一种文化的传承和交流。”徐军介绍，在“一带一路”建设背景下，宁夏与美国、法国、澳大利亚等产区建立了交流沟通、培训学习的多种渠道和平台，推动许多先进理念和技术在宁夏落地。“随着‘一带一路’建设的推进，宁夏将有更多的产业走向世界。”徐军充满信心地说。

（《光明日报》2017年04月25日01版）

扫一扫
阅读全文

宁夏葡萄产业成为“紫色名片”

光明日报记者　王建宏

9 日上午，宁夏举办贺兰山东麓第三届葡萄春耕展藤活动，以场景历史剧、春耕展藤节等方式，弘扬和传承独特的葡萄农耕文化。

经济社会新闻 07

如何让贫困户真正受益

“加快建立军民融合创新体系”研讨会在京举行

我国将加快健全心理健康服务网络

茶叶质量安全监管将加强

“中国妇女儿童慈善奖”表彰大会举行

挑战·应对·担当

宁夏贺兰山东麓冬季需要对葡萄藤蔓进行压埋、春季出土展藤，这有别于世界其他任何地域，既是宁夏葡萄产区重要的园艺措施，也是独特的农耕文化。近年来，宁夏贺兰山东麓葡萄酒以品牌价值 140.96 亿元，从数百个国家地理标志产品中脱颖而出，荣登 2016 中国品牌价值排行榜。贺兰山东麓是业界公认的世界上最适合种植酿酒葡萄和生产高端葡萄酒的黄金地带之一，2013 年被编入《世界葡萄酒地图》。目前，全区葡萄种植面积达到 62 万亩，其中酿酒葡萄 54 万亩，综合产值近 200 亿元。既有张裕、长城等国内葡萄酒大企业落户宁夏，也有保罗力加、轩尼诗、桃乐丝等国外企业在宁建设酒庄。先后有 40 多家酒庄的 230 款葡萄酒在国内外各类大赛中获得奖项，成为宁夏独具特色的“紫色名片”。

（《光明日报》2017 年 04 月 10 日 07 版）

扫一扫
阅读全文

宁夏之美

韩银梅

光明文化周末 15
致意毛乌素沙漠的最后一座沙山
呼伦贝尔，梦予绿色
一场旷日持久的家园保卫战
宁夏之美

总有远方的朋友这么问我：“你们宁夏很荒凉吧？到处都是沙漠吧？出门要骑骆驼吧？”宁夏之所以被人如此想象，是因为它是个被腾格里沙漠、毛乌素沙漠、乌兰布沙漠所围裹着的三面环沙的西部地带，也是全国荒漠化最严重的省区之一。20 世纪六七十年代，即便是首府宁夏银川市，除了稍宽一些的主街道和三层高的百货大楼标志着它是城市之外，到处是低矮的小民房，到处是土路泥巷，天空动辄会掀起红色的沙尘暴，西北风一刮便是数月，这个被沙漠包围着的城市确实有着“沙”的属性。

半个世纪以来，沙漠的边缘不断出现着治沙的人，他们的行为堪比古代移山的愚公。为了保护家园，他们顽强不屈地与沙魔战斗，留下了不少人进沙退的事迹。数年前我采访过治沙英雄王有德，他就是宁夏治沙行列的领军人物。从一个夹着铺盖卷来到林场工作的年轻人，到快要退休的白芨滩国家级林业保护区管理局局长，这个过程对他和他带领的治沙团队来说，可谓一路荒凉，一路壮美。“治沙英雄”是国家授予他的光荣称号，也是他的人生之写照。

除了“战沙”，人们还想出了更加科学地利用沙漠变沙为宝、与沙和谐相处的好办法来。在各级政府的大力支持下，宁夏沙化地区如今多已成为国家A级旅游景区：如沙波头、沙湖、哈巴湖、白芨滩国家级自然保护区等。沙漠一旦被降伏，它就像春风秋雨或寒冬的雪花，将其诗意的一面呈现给人。其实，沙漠向来蕴含着美，唐诗中就有许多关于沙漠的描写：王昌龄的“大漠风尘日色昏，红旗半卷出辕门”（《从军行》）；高适的“大漠穷秋塞草腓，孤城落日斗兵稀”（《燕歌行》）；萧纲的“沙飞朝似幕，云起夜疑城”（《陇西行》）；杜甫的“一去紫台连朔漠，独留青冢向黄昏”（《咏怀古迹》）……因了沙，战争的惨烈也被诗意化了。

时过境迁，如今的宁夏回族自治区，早已从多年前的“小土妞”成长为一位成熟、优雅的女性，再也不是你想象中荒芜贫瘠的模样。许多外地朋友初来乍到便惊呼：宁夏居然这么美，太值得一来了！如果你挥之不去的总是一幅骑着骆驼穿越沙漠的景象，那一定是某个旅游景点的体验项目。如今，宁夏的沙化地带除了以植物逼退风沙外，还变沙为宝，和那些靠山吃山、靠水吃水的地方一样，沙漠治理也早已进入产业化、旅游化。

作为宁夏银川市人，我更是见证着这个城市的成长，她从半个世纪前那光秃秃的“沙土小城”，变为眼下仅生态公园就不计其数的绿色之城，生态绿化工程已然蓬勃地覆盖到城市的大小街道。每到夏秋季，无论你走在自家的小区院内，还是大街上的人行道边、幽静的小路，抑或是湖岸观水、渠边散步，空气中总飘荡着绿植与花卉的清香，仿佛置身于湿润的江南。近年来，雾霾侵蚀着许多城市，而宁夏银川近年来的空气指数却保持良好。城市环境好了，市民也在此地愉快地生活，建设自己的家园。

大漠金沙、黄土丘陵、水乡绿稻、林翠花红……生活在这片土地上的人们在获得幸福感的同时，也不忘回顾走过的路，思考人与自然的关系，继而在心中描绘一幅更加美丽的宁夏画卷。

（《光明日报》2017年03月24日15版）

扫一扫
阅读全文

以生态文明理念统领“多规合一”

王丛霞

2017 年 1 月，中共中央办公厅、国务院办公厅印发了《省级空间规划试点方案》，提出在海南、宁夏试点基础上，将吉林、浙江等 7 个省份纳入试点范围，探索建立省级空间规划体系，以系统解决规划冲突以及因规划冲突引发的一系列资源短缺、交通拥堵、环境污染、生态恶化等问题。“多规合一”作为构建省级空间规划体系的重要手段和重大亮点受到了学术界的广泛关注。“多规合一”是指推动国民经济和社会发展规划、城乡规划、土地利用规划、生态环境保护规划等多个规划相互融合、统一筹划，合理解决现有诸项规划自成体系、内容冲突、缺乏衔接协调等问题的规划机制与体系。“多规合一”的核心是从发展战略高度协调各项规划，最终为人的全面发展营造良好的环境。立足理论与实践，我们认为，“多规合一”不能仅停留在“术”的层面，更应提高到“道”的高度。

理论 11

为党的事业发展 提供坚强有力的组织保证

发展21世纪马克思主义的着力点

以生态文明理念统领“多规合一”

“多规冲突”的思想根源在于各类规划的本位主义突出

“多规冲突”是我国经济社会发展到一定阶段的特殊产物，其思想根源在于各种规划各自为政，审批管理自成体系，出发点和落脚点基于自身的职责定位，导致目标和原则缺乏一致性和协调性。国民经济和社会发展规划、城乡规划、土地利用规划的指导思想过分强调经济增长而忽略了对发展的生态环境根基的有效保护，而生态环境保护规划作为配套规划，即使设立了环规的约束性目标，但当经济发展目标与环保目标发生冲突时，生态环境保护往往要让位于经济发展，致使生态环境问题难以得到根本解决。由于各类规划缺乏约束框架和统筹指导，难以对地方发展形成统一科学的空间开发指引，导致地方发展目标导向模糊，土地资源错配、“一女多嫁”现象十分普遍，无形中加剧了地方发展的资源供求矛盾。“多规合一”表面上体现的是解决“怎么合”的问题，实质上是解决各种规划目标和原则与社会发展总目标和原则协调一致的问题。而要解决这一问题，亟待确立具有“统领性”的规划理念，并将其切实体现在各种具体的规划实践中。

以生态文明理念统领“多规合一”的战略意蕴

习近平总书记多次强调，考察一个城市首先看规划，规划科学是最大的效益，规划失误是最大的浪费，规划折腾是最大的忌讳。这是从战略高度对规划重要性作出的深刻阐释。当前，国家大力倡导将生态文明理念融入经济社会发展的全过程和各方面，为以生态文明理念统领“多规合一”奠定了基础。生态文明理念是马克思主义生态观在我国当代经济社会发展实践中的集中体现，是蕴涵丰富文化、道德、价值等内容的观念体系，具有明显的基础性、前提性、引导性和约束性等特征。以生态文明理念统领“多规合一”，既是对不同层面利益协调内在需求的回应，又是对生态文明建设外部需求的顺应。从前瞻性视野来看，尊重自然、顺应自然和保护自然的生态文明理念把握了人类社会发展的总体趋势，有利于实现天人和谐的终极目标，是实现中华民族永续发展的精神向导。从系统性层面来看，以生态文明理念统领“多规合一”，既是对规划制定中由于生态文明理念的“空场”导致生态环境恶化问题持续“在场”的积极回应，也是对新发展理念的贯彻落实，有利于将“绿水青山就是金山银山”落到实处。从全局性的角度来讲，以生态文明理念统领“多规合一”，着眼于人类整体利益，以利益协调为切入点，是实现国家治理体系和治理能力现代化的必然要求。

以生态文明理念统领“多规合一”的思路策略

以生态文明理念统领“多规合一”的核心要义在于实现省级空间规划体系的生态化转型，促使经济发展与环境退化相“脱钩”、生态环境管理从“应急反应型”向“预防引导型”转变。“多规合一”是一项系统工程，在规划编制报批、执行落实、评估调整等环节，都应强化生态文明理念的启迪、引领、指导作用。要遵循国土开发与承载能力相匹配、集聚开发与均衡发展相协调、分类保护与综合整治相促进、资源节约与环境友好相统一的理念和方法。在规划顶层设计方面，要协调好规划期限的“长度”、空间尺度的“宽度”、规划内容的“高度”之间的关系。在规划目标体系设计方面，要协调好各类规划所涉及的行业发展现状、生态环境状况、地方发展水平之间的关系。在将生态环境保护规划融入“多规合一”体系方面，要协调好生态环境保护规划的相对独立性特点与融贯性特点相结合的关系。在规划制订主体、规划落实主体、规划评估主体的生态意识培养方面，要协调好人的主体性与自然的先在性之间的关系。在法律制度保障方面，要协调好国家立法与地方立法相配套、行政管理法规与专业技术规范相配套的关系。

（作者：王丛霞，宁夏中国特色社会主义理论体系研究中心）

（《光明日报》2017 年 07 月 21 日 11 版）

扫一扫
阅读全文

第四部分

十九大时光

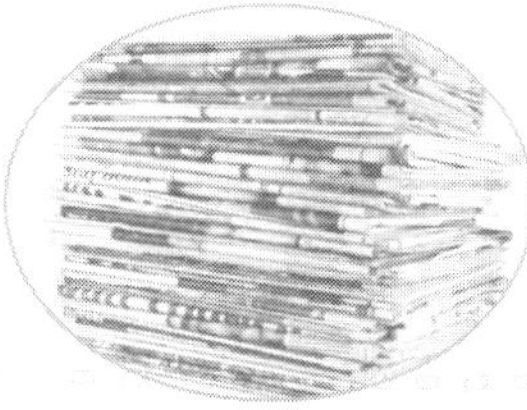

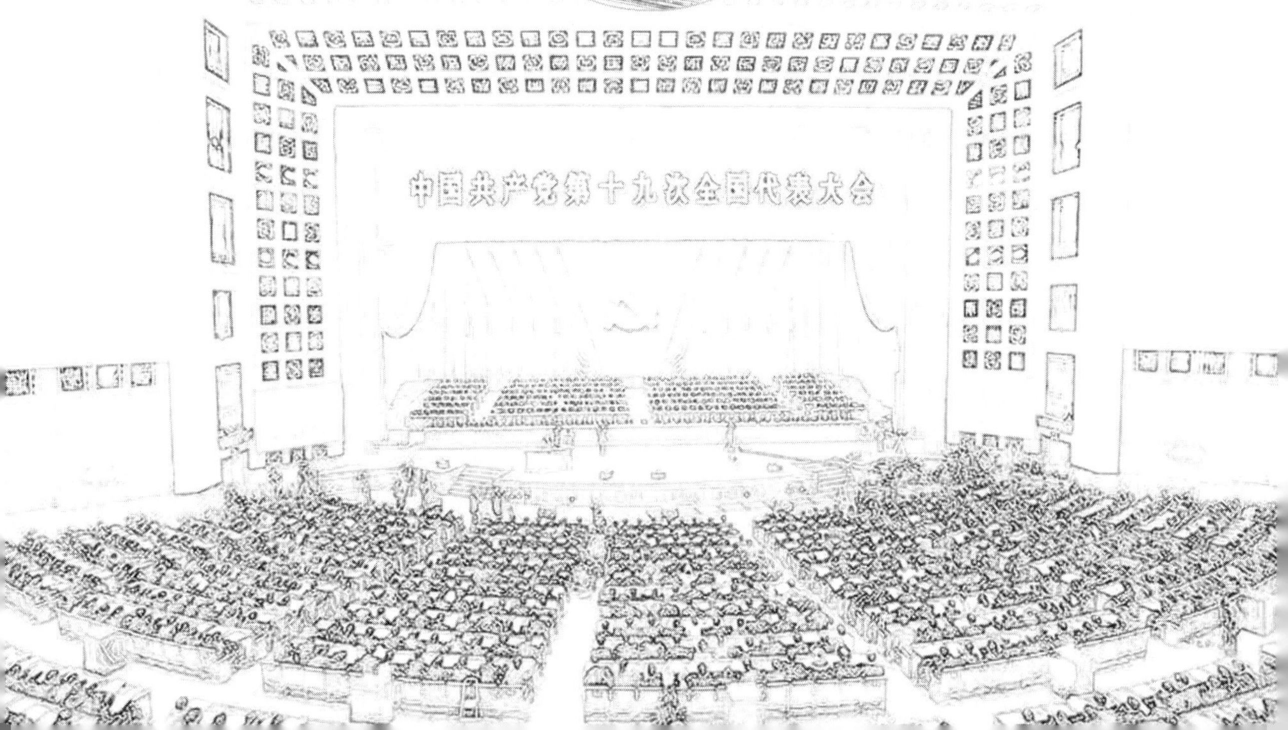

俺们听到了党中央对农村农民的关怀

——宁夏回族自治区党委书记石泰峰到固原市石羊村宣讲党的十九大精神

光明日报记者　王建宏　　光明日报通讯员　马晓芳

“石泰峰书记用老百姓听得懂的大白话、大实话，把十九大精神送到了俺们村，大家非常激动，听后很振奋。”10 月 29 日，位于六盘山集中连片特困地区的宁夏固原市原州区石羊村，村支书马万勤和全村党员在村部听了党的十九大代表、宁夏回族自治区党委书记石泰峰的宣讲后兴奋地说。

石羊村现有人口 821 户 3061 人，其中，建档立卡 110 户 321 人，已脱贫 44 户 163 人。近年来，石羊村依托村民创建的富源肉牛养殖专业合作社，统一金融管理、出栏进栏、饲料调剂、技术服务等，使肉牛养殖成为当地群众脱贫致富的主导产业。

02 要闻
光明日报
深入学习贯彻党的十九大精神
忠诚履行党中央赋予的重大政治责任
阔步走进中国特色社会主义新时代
文艺与时代同频共振
海南习近平新时代中国特色社会主义思想学习研究中心成立
福建：十九大文件及学习辅导读物第一时间送到基层
俺们听到了党中央对农村农民的关怀

当天一早，石泰峰来到石羊村富源肉牛养殖专业合作社，进牛棚、看饲草、问市场，与致富带头人交谈，详细了解肉牛养殖、草畜产业带动群众脱贫增收情况及产业发展中遇到的问题，并到农户家中了解村民家庭收支、脱贫政策落实和产业发展情况。随后，石泰峰来到石羊村村部，为大家宣讲党的十九大精神。

村支部宽敞的会议室内座无虚席。石泰峰走到党员群众中，与大家交流，询问收听收看十九大的情况。“俺18号和24号上午啥都没干，专门守着电视看十九大开幕和闭幕哩！”“村上已经组织学习了，俺还做了笔记呢。”村民们热情回答，气氛热烈。

石泰峰结合参加党的十九大的亲身经历，介绍了党的十九大的盛况。他说，党的十九大是一次十分重要的会议。习近平总书记作了一个好报告，大会选出了一个好的中央领导班子，选出了一个党的好领袖，确立了习近平新时代中国特色社会主义思想这一新思想，描绘了实现中华民族伟大复兴的新蓝图，提出了一系列好政策。围绕这些方面，石泰峰用通俗易懂的群众语言，深入浅出地对十九大报告，对习近平新时代中国特色社会主义思想、中国特色社会主义进入新时代、“两个一百年”奋斗目标等进行了解读。当石泰峰讲到十九大提出要“实施乡村振兴战略”“第二轮土地承包到期后再延长30年”“打赢脱贫攻坚战”，农村的发展会越来越好，老百姓的日子会更加红火时，党员群众热烈地鼓起了掌。

石泰峰说，党的十九大最大的亮点、最大的贡献就是把习近平新时代中国特色社会主义思想确立为党的指导思想。现在我们国家正在强起来、老百姓正在富起来，过去的5年，石羊村也发生了巨大变化，人均收入基本翻了一番。之所以有这些变化，根本上是因为有习近平新时代中国特色社会主义思想的科学指引。

石泰峰说，党的十九大提出了一系列有温度、有力度、惠民生的好政策，让广大农民看到了农村发展的广阔前景，看到了将来的美好生活。大家要紧跟时代，坚定信心、大显身手、大干一场，把村里的肉牛养殖、饲草、劳务产业搞得更兴旺，提高收入，早日过上全面小康生活。十九大描绘的幸福生活前景等不来、要不来，要靠我们自己去创造。村党支部要发挥好战斗堡垒作用，选好“两个带头人”，带领群众脱贫致富。广大农民要自力更生、勤劳致富，创造更加幸福美好生活。“要让农民成为让人羡慕的职业，让农民有尊严地过上好日子。”石泰峰话音未落，会议室里再次响起热烈的掌声。

“从十九大报告中，从石书记的宣讲中，俺们听到了党中央对农村农民的重视和关怀，听出了信心和决心。”村里的致富带头人马德章激动地说，现在党的政策这么好，他要甩开膀子大干一场，再流转些土地，带领村民把地种好、把养殖搞好，早日致富奔小康。

（《光明日报》2017 年 10 月 30 日 02 版）

扫一扫
阅读全文

深刻领会十九大精神丰富内涵 在新征程上阔步前进

——学习贯彻党的十九大精神中央宣讲团在宁夏、安徽、黑龙江宣讲

光明日报记者 王建宏 李陈续 赵洪波 张士英 见习记者 李睿宸

11 日上午，宁夏人民会堂座无虚席。中央宣讲团成员、中央农村工作领导小组办公室主任、中央财经领导小组办公室副主任韩俊作党的十九大精神宣讲报告。宁夏回族自治区党委书记、人大常委会主任石泰峰主持报告会。

报告会以视频会议形式召开，宁夏各市县区分别设立了分会场，共 3600 余人收听收看了报告会。

04 要闻
加强产学研合作 打通创新链条 促进创新发展
李克强出席东亚合作领导人系列会议 并对菲律宾进行正式访问
全国政协举行仪式纪念孙中山诞辰151周年
当"幸福来敲门"
深刻领会十九大精神丰富内涵 在新征程上阔步前进

报告会上，韩俊结合自己参与党的十九大文件起草的亲身经历和学习思考的切身体会，从中国特色社会主义进入新时代、习近平新时代中国特色社会主义思想是党的理论创新的新飞跃、建设我国社会主义现代化强国的新蓝图、我国社会主要矛盾的新概括、新时代党的建设的新要求等五个方面，以翔实数据和大量实例，对党的十九大精神进行了系统全面、准确精彩的阐释。

韩俊的报告从历史的纵深和国际大视野出发，紧密联系宁夏发展实际。韩

俊指出，宁夏在东西部扶贫协作、生态移民、深化农村土地制度改革等方面创造了很多新经验，为中央决策部署提供了许多重要参考。宁夏第十二次党代会提出的实施创新驱动、脱贫富民、生态立区战略与党的十九大精神高度一致。要按照党的十九大的新部署、新要求，扎实推进“三大战略”，决胜全面建成小康社会，为实现中华民族伟大复兴的中国梦贡献宁夏力量。

石泰峰在主持报告会时说，学习宣传贯彻党的十九大精神，是当前和今后一个时期的首要政治任务。各地各部门要以中央宣讲团来宁宣讲为契机，深入学习、深刻领会党的十九大精神，切实在学懂弄通做实上下功夫，坚决维护习近平总书记的核心地位，自觉以习近平新时代中国特色社会主义思想武装头脑、指导实践、推动工作。要按照党的十九大作出的新部署新要求，深入思考新时代宁夏的发展，把重大问题想清楚、搞明白，把贯彻落实措施定扎实。要紧跟新时代、适应新时代，梳理问题，完善思路，研究政策，推动各项工作向党的十九大作出的战略部署聚焦聚力。要不忘初心、牢记使命，振奋精神、实干兴宁，决战决胜全面小康社会，开启全面建设社会主义现代化新征程。

听完报告，宁夏机场公司党委副书记付荔生说：“这场报告十分精彩、特别解渴，为我们学懂、弄通、做实党的十九大精神进行了深入辅导，也为我们立足本职岗位，学习宣传贯彻党的十九大精神提供了明确路径。”

11 日下午，韩俊来到银川市永宁县闽宁镇原隆村，与当地干部群众就学习贯彻党的十九大精神进行深入交流。今年 38 岁、承包了一个光伏大棚种蘑菇的原隆村村民刘小耐向韩俊提问：“中央在农民就业创业方面有哪些保障？”韩俊说：“十九大提出实施乡村振兴战略，乡村怎么振兴？要靠产业发展。为像你这样有企业家精神的农民提供良好条件，优化农村创业的环境，让每一个想创业的农民都能受惠，是个大课题。”韩俊进而从发挥龙头企业作用、深入挖掘产业潜力和产业链整合三个方面提出了建议。

（《光明日报》2017 年 11 月 13 日 04 版）

扫一扫
阅读全文

深入学习贯彻党的十九大精神
加快建设绿色高端和谐宜居新银川

——访宁夏回族自治区党委副书记、银川市委书记姜志刚代表

光明日报记者　王建宏

“党的十九大是在我国全面建成小康社会决胜阶段、中国特色社会主义进入新时代的关键时期召开的一次十分重要的大会。这次大会提出新时代中国特色社会主义思想，作出中国特色社会主义进入新时代的重大政治判断，对统筹推进‘五位一体’总体布局、协调推进‘四个全面’战略布局作出了新的部署，为全党全国各族人民实现中华民族伟大复兴的中国梦提供了根本遵循和行动指南。”宁夏回族自治区党委副书记、银川市委书记姜志刚代表在接受记者采访时说，银川作为宁夏首府，将坚持以新时代中国特色社会主义思想为指引，全面学习贯彻十九大精神，紧紧围绕自治区第十二次党代会要求，坚持“绿色、高端、和谐、宜居”城市发展理念，加快建设国际化、现代化、智慧化、人性化城市，着力打造“丝路明珠、魅力银川”，推动银川向更高质量更高水平的发展迈进。

04 要闻

十九大报告为实现中华民族伟大复兴的中国梦提供了科学的行动指南和强大的精神力量

深入学习贯彻党的十九大精神
加快建设绿色高端和谐宜居新银川

采访十九大的中外记者感受中国科创动力

姜志刚说，要突出山清水秀、环境优美，加快建设绿色银川。十九大报告指出，我们要建设的现代化是人与自然

和谐共生的现代化，既要创造更多物质财富和精神财富以满足人民日益增长的美好生活需要，也要提供更多优质生态产品以满足人民日益增长的优美生态环境需要。这是顺应我国社会发展主要矛盾变化作出的重大决策部署。银川素有“塞上湖城”美誉，但生态整体依然脆弱，保护好生态环境是我们必须担当的政治、经济和社会责任。我们将秉持新发展理念，坚持走生态优先、绿色发展之路，深入实施生态立市战略“五年行动计划”，把山水田林路湖草作为生命共同体，大力推进“蓝天、碧水、净土”三大工程，着力构筑绿色生态圈，让绿色成为银川的鲜明底色，为子孙留下可持续发展的“绿色银行”。

姜志刚说，要突出国际化、现代化，加快建设高端银川。十九大报告指出，必须坚持质量第一、效益优先，以供给侧结构性改革为主线。习近平总书记2016年在宁夏考察时指出，越是欠发达地区，越需要实施创新驱动发展战略。进入新时代，面对新一轮科技和产业革命，坚持高端化发展方向是大势所趋。银川在产业结构、人才资源、科技水平等方面，对整个宁夏都具有引领性、代表性和指向性，必须高起点定位、高水平谋划、高端化发展。我们将以高端人才为支撑，大力实施创新驱动战略，以高端制造业、高新技术产业、高端生产型服务业为引领，积极发展新业态。同时，积极参与“一带一路”建设，发挥综合保税区优势，让银川融入世界，推动经济转型升级、高端发展。

姜志刚表示，要突出安全稳定、文明有序，加快建设和谐银川。十九大报告提出，加强和创新社会治理。社会和谐稳定是我们决胜全面建成小康社会、建设社会主义现代化强国的重要目标，也是重要保障。银川是全国文明城市，这个称号包含民族团结、社会稳定、城市文明、安全有序等各方面内容。我们将着力维护民族团结，唱响“中华民族一家亲、同心共筑中国梦”的时代主旋律，创建全国民族团结进步模范市；着力加强社会治理创新，最大限度增加和谐因素，最大限度减少不和谐因素，不断增强人民群众安全感；着力建设更高水准的文明城市，实现文明程度与幸福指数双提升。

十九大报告强调，党的一切工作必须以最广大人民根本利益为最高标准。姜志刚说，要突出健康快乐、生活幸福，加快建设宜居银川。建设宜居城市，就是要为老百姓创造服务优质、生活便捷、就业充分、文化繁荣的生活空间，让群众住得好、收入好、保障好，过上更加幸福、更有尊严、更加美好的生活。住得好，就是切实加强城市建设和管理水平，最大限度利用好“水、路、树、房”四种元素，把“好山、好水、好风光”融入城市，进一步丰富和彰显文化特色；收入好，就是坚决落实脱贫富民战略，让老百姓的钱袋子越来越鼓，花钱更有底气，生活更加殷实；保障好，就是统筹抓好教育、医疗、卫生、文化、社保等民生事业，让改革发展成果惠及全体人民。

“伟大的事业必须有坚强的党来领导。我们将坚定不移全面从严治党，用新时代中国特色社会主义思想武装头脑、指导实践、推动工作，突出政治建设，严守政治纪律和政治规矩，在政治立场、政治方向、政治原则、政治道路上同以习近平同志为核心的党中央保持高度一致。”姜志刚表示，要建设高素质专业化干部队伍，加强基层组织建设，持之以恒正风肃纪，保持惩治腐败的高压态势，不断提高党的执政能力和领导水平，为加快建设绿色高端和谐宜居银川提供坚强保证，努力实现经济繁荣、民族团结、环境优美、人民富裕，全力实现全面建成小康社会的目标。

（《光明日报》2017 年 10 月 20 日 04 版）

扫一扫
阅读全文

宣讲有高度有温度　学习有所悟有所得

——宁夏、海南、山西、新疆生产建设兵团等地深入基层宣讲党的十九大精神

光明日报记者　王建宏　王　瑟　杨　珏　王晓樱　　见习记者　秦伟利

从塞北边陲到南部沿海，从内陆腹地到戈壁高原，连日来，宁夏、海南、山西、新疆生产建设兵团等地创新宣讲形式、丰富学习载体，分层次、全领域、多形式开展党的十九大精神宣讲活动。通过透彻深入的宣讲、鲜活生动的解读，推动学习宣传贯彻党的十九大精神往深里走、往实里走、往心里走。

11 月 13 日，宁夏固原市原州区三营镇文体广场上，四邻八乡的村民围坐在一起，认真聆听用“固原话”宣讲党的十九大精神。“我们开展党的十九大精神‘万人千场’宣讲活动，积极动员领导干部、理论骨干、十九大代表、基层干部和基层能人，把十九大精神讲清楚、讲明白，让老百姓听得懂、能领会、可落实。”固原市委讲师团副团长海明贵说。

04 综合新闻

宣讲有高度有温度 学习有所悟有所得

——宁夏、海南、山西、新疆生产建设兵团等地深入基层宣讲党的十九大精神

分享中共执政经验　探索全球治理正道

让十九大精神像金达莱花一样在基层绽放

为不断扩大理论宣传的广度、拓展集中宣讲的深度，宁夏以党委（党组）理论学习中心组学习、区管领导干部学习宣传贯彻十九大精神专题培训班等形式，推动各级领导干部带头学习、带头研讨、带头宣讲。宁夏回族自

治区党委书记石泰峰深入原州区头营镇石羊村、宁夏大学、银川市兴庆区新水桥村为村民、高校师生作辅导报告；自治区主席咸辉到贺兰县金山乡、宁夏医科大学、宁东能源化工基地宣讲党的十九大精神。宁夏还组建了以党代表、自治区党委理论学习中心组成员、区市县三级宣讲团成员为主的各级宣讲团，进企业、进农村、进机关、进校园、进社区、进军营宣讲 1600 场次，受众达 21 万人。各市县区通过“大喇叭”“口袋书”“明白纸”“文化墙”等，用通俗的语言和群众易于接受的形式，把党的十九大精神送进千家万户。

初冬的海岛，温暖如春。夜幕降临，海南省昌江黎族自治县七叉镇多个村委会门前热闹了起来。一支十九大精神宣讲小分队用乡亲们熟悉的黎族语，以生动有趣的方式宣讲党的十九大精神，从习近平新时代中国特色社会主义思想到党的战略方针，从老百姓最关心的脱贫致富到全面建成小康社会等都做了详细阐释。

宣讲团成员吉求忠拉家常似的跟乡亲们说：“习总书记说了，必须树立和践行绿水青山就是金山银山的理念，我们要多种树，多造林，还要护好林，让村子变得越来越绿，越来越美！”

像这样在宣讲的通俗化、大众化、互动化上下功夫，用群众听得懂、听得进的语言和喜闻乐见的形式宣讲党的十九大精神，海南还有很多。澄迈县针对老年人较多且存在听力和语言障碍的现状，专门组建宣讲团，用地方语言向老人们宣讲十九大精神，使老人听得懂、悟得到。东方市组织黎话、海南话、军话等特色宣讲队伍，通过通俗易懂的表达方式和多种宣讲形式面向基层宣讲十九大精神。白沙县组建黎语苗话宣讲团、娘子宣讲团、青年宣讲团等，开展基层巡回宣讲。十九大的“大道理”进入了海南寻常百姓家。

11 月 15 日下午，学习贯彻党的十九大精神省委宣讲团在太原理工大学开讲。山西省委宣讲团成员，阳煤集团党委书记、董事长翟红联系实际，深入浅出地对十九大精神进行了精彩的宣讲解读。“山西是一个资源型地区，煤、铝、镁等矿产资源都很丰富，怎么实现转型？就是要按照十九大精神和省委、省政府部署，建设资源型经济转型发展示范区、打造能源革命排头兵、构建内陆地区对外开放新高地。”翟红说。

党的十九大胜利闭幕后，山西全省上下迅速掀起了学习贯彻落实十九大精神的热潮。近日，山西省委办公厅、省政府办公厅印发了《关于在全省开展万名干部大调研的工作方案》，要求参与大调研的领导干部，一方面深入宣讲十九大精神，一方面总结基层新鲜经验，把情况摸透、把问题找准、把举措搞实，进而推进当前工作、谋划明年思路，转变干部作风、提高工作本领。同时，山西省委宣传部、省高校工委决定开展高校“百千万”师生十九大精神进基层宣讲活动，组织百名理论骨干深入地市、千名教师结合思政课教学改革深入基层宣讲解读十九大精神，组织万名学生深入机关、企业、社区、农村开展实践体验活动。

党的十九大胜利闭幕以来，新疆生产建设兵团各机关、各师部宣讲团深入基层，与团场职工面对面宣讲十九大精神，引起了强烈反响。

11 月 24 日，兵团领导干部学习贯彻党的十九大精神第一期培训班在五家渠市兵团党委党校开班，兵团党委书记、政委孙金龙在开班式上强调，要突出“关键少数”，切实学懂弄通做实党的十九大精神，把广大党员干部特别是各级领导干部的思想进一步统一到党的十九大精神上来，确保习近平新时代中国特色社会主义思想在兵团落地生根。

兵团第九师团结农场五连职工叶尔兰·巴拉特听了有关“三农”政策的宣讲后，高兴地说：“第二轮土地承包到期后再延长三十年不变，这是天大的好事，我要好好计划一下家里的生产，种一些经济作物，更快富裕起来。”兵团第三师叶城二牧场三连牧民买买提·托合提说：“牧场宣讲员以‘双语’形式，从我们生产生活中的点滴变化讲起，深入浅出，令人振奋。我要守护好我们的美丽家园，放牧增收。”

兵团第九师团结农场孙龙珍民兵班宣讲员陈婉迪利用集训休息时间深入研究党的十九大报告：“把党的十九大精神讲清楚、讲明白，让职工群众听得懂、能领会，才能增强宣讲的针对性、实效性。”

（《光明日报》2017 年 11 月 30 日 04 版）

扫一扫
阅读全文

从工业摇篮转向创新摇篮

——访宁夏石嘴山市委书记彭友东代表

光明日报记者　王建宏

“石嘴山作为资源枯竭型老工业城市，随着煤炭等资源逐步枯竭，曾经依赖的资源优势不复存在，创新驱动引领转型发展是唯一出路。”宁夏石嘴山市委书记彭友东代表说，十九大报告提出加快建设创新型国家，这与石嘴山的转型发展不谋而合。只有大力推进创新驱动发展，才能有效破解发展难题，增强发展新动能，打造石嘴山经济升级版。

近年来，石嘴山市深入实施创新驱动战略，大力推进中国科协创新驱动助力工程示范市建设，建成科技成果转化服务中心石嘴山分中心，建立25个国家、自治区级科研机构和4个国家级科技产业化基地，127项科技创新成果达到自治区先进及以上水平，103家企业成长为高新技术企业和科技型中小企业，科技对经济增长的贡献率提升到48.6%；推进全国小微企业创业创新基地示范城市建设，2016年专利申请量增幅居全宁夏第一，培养引进了一批急需紧缺人才。

彭友东说，我们将以党的十九大精神为引领，牢固树立抓创新就是抓发展、谋创新就是谋未来的理念，在实施创新驱动战略中奋勇争先，真正发挥创新的第一动力作用，着力打造石嘴山经济升级版，推动石嘴山由宁夏工业摇篮向技术创新摇篮转变，以创新引领转型发展。把培育发展新动能作为主攻方向，以全国老工业城市和资源型城市产业转型升级示范区建设为抓手，做好“浴火重生”“腾笼换鸟”“无中生有”三篇文章，加快调结构、促转型。把科技创新作为全面创新的重中之重，大力实施科技创新“双倍增”行动计划、创新驱动助力工程，加快产学研用一体化建设步伐，建立市场主导、政策引导、企业主体、利益共享的产学研合作创新模式，推动市场主体协同创新。把人才作为支撑创新发展的第一资源，坚持不求所有、但求所用，不求常在、但求常来的柔性引才机制，进一步完善政策措施，吸纳更多的高校毕业生和高技能人才来石嘴山落户发展。把打造风生水起的创新生态作为重要保障，深化“放管服”改革，激发市场活力和社会创造力。

（《光明日报》2017 年 10 月 22 日 10 版）

扫一扫
阅读全文

在创新事业中凝聚人才

——访宁夏回族自治区党委组织部常务副部长李泽峰代表

光明日报记者　王建宏

“十九大报告指出，要坚持党管人才原则，聚天下英才而用之，加快建设人才强国。”宁夏回族自治区党委组织部常务副部长李泽峰代表在接受记者采访时表示，创新驱动说到底是人才驱动，创新的竞争实质是人才的竞争。人才是创新的第一资源，没有人才优势，就不可能有创新优势、科技优势、产业优势。想要在科技创新方面走在前列，就必须在创新实践中发现人才、在创新活动中培育人才、在创新事业中凝聚人才。

“人才对宁夏经济社会发展引领作用进一步凸显，人才是第一资源、第一驱动、第一优势逐步成为全区上下的共识。”李泽峰说，近些年，宁夏出台了一批政策制度，示范带动各地各部门制订了一系列区域、行业、系统人才专项规划，形成了上下贯通、衔接配套的人才发展政策体系，打造了“海外引才百人计划”“国内引才312计划”和“塞上英才”工程“三驾马车”，建设了自治区煤化工、葡萄产业、设施农业、生态纺织、枸杞产业等一批产业人才高地，推进了银川人才管理改革试验区、石嘴山高技能人才培养基地等区域特色

欢庆党的十九大 特刊

脱贫攻坚　为人民群众谋幸福

在创新事业中凝聚人才

接受有质量的教育 让每个孩子都能

转变思想 培育可持续致富能力

让美丽与发展同行

脱贫路上 一村一户一人都不能少

三次援疆只为心中的不舍

人才项目建设，自治区人才工作专项资金三年翻两番。

“加快建设人才强国，就西部欠发达地区而言，最根本的就是立足学习贯彻党的十九大对人才工作提出的一系列新思想新论断新要求。”李泽峰说，要实行更加积极、开放、有效的人才政策，鼓励引导优秀高层次人才向西部地区流动；要把人才工作资源开发放在科技创新最优先的位置，努力造就一批世界水平的科学家、科技领军人才、工程师和高水平创新团队，同时注重培养一线创新人才和青年科技人才，深化人才发展体制机制改革，破除人才流动、使用、发挥作用的体制机制障碍，让创新创业人才得到合理回报等。“要努力打造具有比较优势的西部人才高地，汇集一批能够抢占科技制高点的创新力量，为实现经济繁荣、民族团结、环境优美、人民富裕提供坚强的人才保障和智力支撑。”李泽峰说。

（《光明日报》2017 年 10 月 21 日 09 版）

扫一扫
阅读全文

欠发达地区也能发展云计算产业

——访十九大代表、宁夏中卫市委书记何健

光明日报记者　王建宏

“中卫是西部欠发达地区，发展滞后、发展层次不高是最大实际。要赶上全国发展步伐，确保与全国同步建成全面小康社会，必须牢固树立创新发展理念，大力实施创新驱动发展战略。”党的十九大代表、宁夏中卫市委书记何健在接受记者采访时说。

近年来，中卫市抢抓国家“一带一路”倡议机遇，立足自身资源优势，以体制机制创新为核心，以产业转型升级为目标，以创新能力提升为支撑，大力培育创新发展、转型发展新动能，取得了明显成效。特别是紧紧抓住中卫的自然优势、地理优势，大力发展云计算产业，引进亚马逊 AWS、奇虎 360 等国际国内云计算龙头企业，形成了聚集效应，呈现出良好发展势头，正逐步形成转型发展的新引擎、新亮点。

学习贯彻习近平新时代中国特色社会主义思想·特刊

往实里走 往深里走 往心里走

传承红色基因　争当发展先锋

培养“第二个一百年”的主力军

盯住新时代新目标 在新本领上下功夫

欠发达地区也能发展云计算产业

何健说，十九大报告为我们加快推动云计算产业发展坚定了信心、指明了方向，提供了重大机遇。我们将进一步创新观念、创新思路、创新举措，坚定不移把云计算产业发展下去，带动中卫经济转型发展。

“中卫的自然条件与美国凤凰城相

近，我们要学习借鉴凤凰城发展的经验，找准中卫云计算产业发展的定位、方向、路径和举措，高起点、高标准做好云计算产业发展顶层设计。”何健说，要对标一流，着力打造一体化国家大数据中心示范区，建设数据存储和灾备基地、军民融合产业基地、云制造基地、云应用基地，以规划引领中卫云计算产业科学、健康发展，努力打造中国的凤凰城。

何健介绍说，在十九大精神指引下，中卫将在抓好园区基础设施、数据中心等重大项目建设的同时，加大招商引资力度，积极引进一批云存储、云制造、云服务项目，做好产业延链、补链工作，加快构筑上下游衔接、存用造一体的云计算产业生态系统；以智慧社会建设为引领，充分挖掘大数据商用、政用、民用和军用价值，加快推进政务云、医疗云、环保云、旅游云等云应用项目建设，真正让数据“用”起来、“热”起来，释放经济效益；大力实施军民融合发展战略，加快推进西部军民两用飞艇基地、北斗导航位置服务宁夏数据应用中心、中卫防务装备展等项目建设，打造一体化国家军民融合大数据中心示范区。

体制机制创新激发潜能和活力。何健表示，中卫将整合优化部门职能，设立云计算大数据产业发展服务局，从规划布局、政策引导、协调服务等方面为云计算产业发展提供服务；积极构建政府引导、社会广泛参与的多元化投融资机制，探索设立云计算创业投资基金、云产业发展基金，鼓励引导更多的投资主体加入云计算产业发展；制定完善云计算产业招商引资优惠政策，在土地使用、电力供应等方面让利于企业，吸引更多的云计算企业落户中卫；建立健全以云计算为龙头的科技创新体系、以创业创新为引领的孵化基地，完善人才引进机制，引导各类创新资源和创新要素向西部云基地聚集。

（《光明日报》2017年12月11日05版）

扫一扫
阅读全文

国家电网宁夏电力有限公司董事长、党委书记赵亮代表：

让贫困农民乐享“新农村、新电力、新服务”

光明日报记者　王建宏

中国共产党人的初心和使命，就是为中国人民谋幸福，为中华民族谋复兴。我们将模范履行央企责任，服务决胜全面建成小康社会，让贫困农民乐享“新农村、新电力、新服务”。回去以后，要加快新一轮农网改造升级，高效完成生态移民、光伏扶贫、新增机井通电项目等配套供电工程，为实施乡村振兴战略、农民奔小康提供充足的电力保障；大力推进光伏扶贫，完善光伏扶贫电站并网绿色通道，全力服务宁夏6个贫困县以及3个生态移民点的光伏扶贫试点项目；继续实施技能扶贫，对贫困村青壮年进行电工“进网作业许可证”取证培训；全力支持教育扶贫，全面实施支持宁夏永宁县闽宁镇“精准脱贫”助学工程和吴忠红寺堡区团结村“金秋助学”工程；精准推进驻点扶贫，全面完成国网宁夏电力承担的15个定点扶贫村、建档立卡1334户、3737人的脱贫任务。

特刊
加油干

（《光明日报》2017年10月25日 11版）

扫一扫
阅读全文

脱贫攻坚是贫困地区最大的政治

——访宁夏中卫市委常委、海原县委书记徐海宁

光明日报记者　王建宏

学习贯彻习近平新时代中国特色社会主义思想·特刊

往实里走　往深里走　往心里走

从人民群众关心的事情做起

西安市长安区：

脱贫攻坚是贫困地区最大的政治

“西海固苦瘠甲天下，作为西海固的‘海’，海原县贫困人口多、贫困程度深，是宁夏脱贫攻坚的主战场。”宁夏中卫市委常委、海原县委书记徐海宁对记者表示，我们要学习贯彻好党的十九大精神，把脱贫攻坚作为最大的政治任务、最大的民生工程、最大的责任担当，确保到2020年现行标准下全县贫困人口实现脱贫、贫困县摘帽，与全国一道进入全面小康社会，并乘势而上，开启现代化建设新征程。

“面对一方水土养活不了一方人的现实，我们将聚焦增加贫困人口收入，做好‘有土’‘离土’两篇产业增收文章。”徐海宁介绍说，“有土”方面，将紧盯草畜、马铃薯、枸杞中药材、瓜菜“四大特色产业”，加快培育引进龙头企业，推广“华润基础母牛银行”模式，加强农企合作、农超对接，推进规模化、标准化生产，延长产业链条，促进一、二、三产融合发展。“离土”发展方面，将围绕劳务输出、交通运输、刺绣剪纸、特色餐饮“四大离土品牌”，通过政策支持、技能培训、创业就业孵化，出台创业就业政策，引导大众创业、万众创新，推动“离

土”产业向技能化、专业化、组织化方向发展，做大做强劳务经济。

徐海宁说，“水”“路”“房”是海原县脱贫攻坚的三大短板，我们要聚焦改善贫困地区基础设施，着力解决好饮水、行路、居住三大难题。在饮水上，要抢抓宁夏实施西海固脱贫饮水、西线扶贫引水、高效节水灌溉“三大水利工程”的重大机遇，优先保障人畜饮水，统筹解决农业用水，把有限的水资源管好用好，全面解决缺水问题。在道路上，要加快建成海同高速，争取开工建设海原至中卫、海原至平川高速，彻底打通对外大通道；加快实施县内干线公路升级改造和贫困村通村公路，形成“内连外通”路网体系。在住房上，要大力实施农村危房改造销号工程，确保明年实现所有农村危房全改造、全销号，全面解决群众饮水、出行、住房等困难。

“教育、医疗、社保是三大民生基础，我们要聚焦提升公共服务保障水平，让群众更有获得感。”徐海宁表示，教育扶贫是阻断贫困代际传递的治本之策，我们要加快发展学前教育，巩固义务教育均衡发展成果，积极发展职业教育；加大教育扶贫力度，对建档立卡贫困家庭孩子，实现从幼儿园到大学的全程资助，绝不让一个孩子因贫困辍学、掉队。要把医疗扶贫作为防止因病致贫返贫的关键之举，推进健康海原建设，加快公立医院改革，建设标准化乡镇卫生院、农村卫生室，健全“三位一体”的医疗联合体，建立医疗救助基金，实行家庭医生签约服务，保障建档立卡贫困户、五保户住院看病少花钱、基本不花钱。要把社保扶贫作为帮助贫困群众兜底的有效防线，突出“老病残”三大群体，扩大养老、医疗、失业保险覆盖面，完善城乡低保、农村五保、灾害救助制度，加强临时救助、专项救助，最大限度地减少返贫。

作为十九大精神落地的关键枢纽，县区一级抓工作的落脚点在哪里？徐海宁认为，只有激活源头活水，发展才具有不竭动力。他条分缕析地向记者讲道，党的十八大以来，海原县注重发挥改革、激励、基层组织三大作用，增强了可持续发展动力。下一步，改革上，要狠抓农村土地承包经营权等确权改革，把农村“死资产”变成“活资本”；深化农村金融改革，组建村级互助担保基金，运用产业发展基金贴息农民贷款的“金融扶贫模式”，解决群众贷款难、贷款贵问题。激励上，要注重扶贫同扶志、扶智相结合，在全县开展“脱贫明星”“扶贫明星”为主题的评先活动，激发贫困户脱贫内生动力。基层组织建设上，开展“不忘初心、牢记使命”主题教育，将强力推进“两学一做”学习教育常态化制度化，开展农村党组织“三大三强”行动，推广实施“两个带头人”工程，不断深化“四抓四比双争竞赛”活动，建强“一线指挥部”，不断提升基层组织带动群众脱贫致富的能力和水平。

（《光明日报》2017 年 11 月 23 日 08 版）

扫一扫
阅读全文

以创新驱动破解传统资源型经济困局

——访宁夏石嘴山经济技术开发区党工委书记、惠农区委书记梁福祥

光明日报记者　王建宏

“创新驱动是推动惠农区由工业摇篮向技术创新摇篮转变的根本之道，要全力激活创新引擎，培育新动能，形成新优势，以创新驱动经济发展再焕新机。”宁夏石嘴山经济技术开发区党工委书记、惠农区委书记梁福祥表示，作为石嘴山市经济的重要一极，惠农区将全面贯彻落实党的十九大精神，以创新驱动发展战略破解传统资源型经济困局，加快建设创新之城。

“作为老工业城市，惠农区的经济要发展，必须依靠产业转型升级，牢固树立‘煤城不能再靠煤，靠山不能再吃山’的意识，认真做好‘浴火重生’‘腾笼换鸟’‘无中生有’三篇文章。”梁福祥说，在创新方面，紧紧扭住科技创新这个牛鼻子，大力实施科技创新“双倍增”行动计划，支持企业建立重点实验室、技术研究中心等研发机构，力争通过三年的时间，所有规上企业都建立研发机构；积极培养现有本土企业家、本土人才，围绕重点产业、重点领域和重点项目，引进一批科技领军型人才、高端技术人才和创新型人才、科技创新团队，以人才引项目、以人才促创新。在改造传统产业方面，做好

学习贯彻习近平新时代中国特色社会主义思想特刊
往实里走 往深里走 往心里走
打好“三张牌” 奋力促转型
当好十九大精神宣传实践引领者
河南项城：以文化品牌为镀金名片
以创新驱动破解传统资源型经济困局

“有中生新”的文章，通过技术改造、两化融合、延链补链等综合施策，引导基础较好的企业创新产品、提升品质、打造品牌，向价值链高端发展，让老产业焕发出新活力。在培育优势产业方面，按照全产业链理念，加强信息技术在生产制造、市场服务等环节的集成应用，谋划实施一批带动能力强的技术改造项目，促进优势产业向高端化、智能化、绿色化方向发展；兼并重组过剩产能、落后企业及僵尸企业，减少无效和低端供给；大力发展新技术、新产业、新业态、新模式“四新”经济，积极引进培育全域旅游、互联网+、现代物流等新兴产业，做好“无中生有”文章。

梁福祥认为，市场需要什么样的创新，企业最敏感。只有让企业在科技创新大潮中当主力、唱主角，才能从根本上解决科技与经济“两张皮”问题。我们要引导企业将着力点转向自身的创新，面向科技前沿、市场的主战场和工业重大需求搞创新，努力将产业链向“微笑曲线”两端延伸，提升产品附加值；鼓励企业家主动参与行业标准的制定，将技术优势转化为标准优势，采取积极措施及时把短板补起来，抢占行业发展的制高点；做好“借梯登高”和“借资发力”两篇文章，特别是通过高位嫁接、兼并重组等，提升企业发展层次；在人才引进和科技研发上加大投入，大胆开展技术创新、产品创新、管理模式创新，努力当好创新投入的主体、创新活动的主体、创新成果转化的主体。

“发展‘四新’经济，建设‘创新之城’，都要靠有效投资来拉动，靠项目来支撑。”梁福祥介绍说，下一步，惠农区将持续加大招商引资力度，培育发展新动能，改造提升传统动能，积极引进一批有益于新旧动能转换的大企业、好企业及大项目、好项目，积极引进和培育一批“四新”经济，使其成为惠农区经济发展的新引擎；加大对产业项目的谋划和支持力度，积极谋划和筛选好符合国家和自治区产业发展导向、对产业转型具有重大带动作用的重大项目。

实现经济持续健康发展，就要寻求发展环境上的突破。梁福祥说，惠农区将深入推进简政放权、放管结合、优化服务，降低企业制度性交易成本；

加快推进一窗受理、一网办理、多证合一等改革，为企业提供保姆式的服务。同时，进一步改善城市环境，实施治水治土治气“三治工程”，确保空气质量得到有效改善，境内水体及黄河水质得到有效保障；完善综合交通、生态保护、绿色能源、智慧信息等，以更好的教育、更好的医疗、更好的交通、更好的公共服务，提升城市对创新人才的吸引聚合能力。

（《光明日报》2017 年 12 月 12 日 08 版）

扫一扫
阅读全文

“在工程一线迎接十九大”

光明日报记者　王建宏

光明日报 09
迎接党的十九大特刊
十九大时光
“在工程一线迎接十九大”
美丽乡村收获生态红利
“山歌传唱好政策，唱出咱的好日子”
“四美”村的喜悦

“这个标段共 13 公里，从开工以来，我们一天都没有休息，10 月 25 日前必须完工，以确保冬灌不受影响。”指着眼前的工地，盐环定扬黄工程更新改造项目五干渠上段渠道砌护二标段项目经理石文全对记者说，“十九大召开期间，正好是工程的冲刺阶段，我们将奋斗在工程一线，确保让老区人民尽早用上‘生命水’。”

10 月 13 日，刚刚经历过一次十几摄氏度降温的宁夏盐池县，山脊上依然可见残雪融化的雪水。

走进山峦峁梁间，一个个火热的建设场面与骤降的气温形成强烈反差——横跨陕甘宁三省区革命老区的扶贫工程正在实施更新改造，完工后将为盐环定革命老区筑起新时期的脱贫脊梁。

生命工程

“过去，这儿常常是人与牛羊共饮一坑积水。”惠安堡镇狼步掌村村民杨建萍说。

正在紧张施工的陕甘宁盐环定扬黄工程更新改造项目是革命老区的一项脱贫工程　　王建宏摄 / 光明图片

20 世纪七八十年代，宁夏的盐池、甘肃的环县、陕西的定边，就像一块拼在一起的标本，把三省区最干旱缺水的地带剪贴在西北大地上。盐环定地区年降雨量不足 300 毫米、蒸发量却是降雨量的 7 倍。

高氟水引起的地方病发病率高达 70%，佝偻病让人“低头看不见脚尖，抬头看不见蓝天”。人缺口粮、畜缺草料、地缺籽种问题十分突出。直到 1988 年 7 月，陕甘宁盐环定扬黄工程开工建设，8 年多后，水上旱塬，这个项目成为亚洲最大的人饮工程。

不少人至今还记得，乡亲们从十里八乡赶来，捧起甘甜的黄河水喜极而泣。水到之处，麦浪翻滚、瓜果飘香，亘古旱塬实现脱胎换骨。到 2016 年，工程运行 20 多年、机电设备接近寿命极限，盐环定扬黄工程更新改造项目提上议事日程。

提标改造

在党中央、国务院的亲切关怀下，盐环定扬黄工程更新改造项目顺利立项，并实现当年审批、当年开工。

“改造一个工程，比新建一个工程的难度高出数倍。”宁夏水利工程建设管理局局长窦元之说，盐环定扬黄工程更新改造项目需要在原址上施工，且原有工程还要继续运行，确保几十万亩良田和 70 多万人的饮水不受影响。

按照正常建设进度，盐环定 18 座扬黄泵站更新改造工程需 5 年时间才能完成。然而，面对老区人民脱贫攻坚的历史重任，宁夏党委、政府向中央承诺，5 年工程 3 年完成，确保尽快发挥工程效益。

盐环定扬黄工程更新改造成为宁夏水利建设史上最为紧迫、艰巨的民生水利工程。2017 年春节，当家家户户沉浸在阖家团聚的欢乐中时，宁夏水利部门的 50 多名专业技术人员冒严寒、踏风雪，奋战在荒郊野外，开展地质勘查等相关工作。

在吴忠市利通区扁担沟镇新建的四泵站施工现场，项目部副经理任海新告诉记者，新建泵站与正在运行的老泵站相距不足百米，且新泵房设计建设位置恰好穿过老渠道。为了不影响老泵站运行，需要新开挖一条导流明渠。开挖过程中遇到最大的岩石块相当于一栋 400 平方米的别墅那么大，为了避免传统爆破法产生的冲击力使老泵站受损，首次采用了二氧化碳致裂技术，结合人工破碎锤，把震动和冲击降到最低。

仅导流明渠的开挖和修建，就耗时一个月。“我们投入了数倍的原料、机械等，所有人员加班加点，确保把延迟的工期追回来。”任海新说。

脱胎换骨

这是一次脱胎换骨的改造。改造后，将减少运行管理人员 80 至 100 人，工程运行管理费用每年可节省 630 万元，泵站能源单耗下降 35%。

“过去，一个水闸需要两人常年看护，10 公里范围内荒无人烟。”宁夏水利工程建设管理局副局长蒋昊良说，那时候开闸要用扳手拧，放水量需要用水尺量、凭经验控制，5%到 15%的误差难以避免。此次改造后，闸门开启仅需一个按钮，在电脑前就能实现。

一系列信息化措施，将使工程单位供水效率从当前的 70%提高到83%以上。节约出来的水，在不增加用水配额的情况下，将有效解决 50 万人饮水困难问题，保障 44 万亩农田的节水灌溉。

“这将是一个经得起检验的民心工程，赶上了，就是一种幸运，也是一种使命。”蒋昊良介绍说，施工一线的党员在工程开工时就被编入两个临时党支部，党的十九大期间，一线党员将在晚间集中学习党的十九大精神，以崭新面貌投入工作，确保老区脱贫工程按时完工。

扫一扫
阅读全文

（《光明日报》2017 年 10 月 17 日 09 版）

工友们的精神头可足啦

——兰州铁路局迎水桥机务段职工学习十九大精神见闻

光明日报记者 王建宏　光明日报通讯员 程 杰

“经济大发展，世界排第二，粮食万亿多，创新成果丰，看蛟龙入海，瞧悟空来了……”兰州铁路局迎水桥机务段银川整备车间的文艺骨干卢洁，在工作间歇宣讲十九大精神，自编的宣讲词，不时引起工友们会心一笑，引发了大家学习十九大精神的浓厚兴趣。

迎水桥机务段有职工3200多人，分布在宁夏中卫、银川、大武口和甘肃平凉等地的182个生产班组中，乘务流动人员占到六成以上。近段时间，机务段党委为了学习好、宣传好、贯彻好党的十九大精神，从机务段挑选出

学习贯彻习近平新时代中国特色社会主义思想 特刊
往实里走 往深里走 往心里走
把大学的根深扎在泥土中
归根结底还是要让群众过上好日子
铸牢中华民族共同体意识
工友们的精神头可足啦

在演讲比赛、知识抢答赛、文艺会演、主持人竞赛中有特长的120名职工，按照“说得清、讲得明、会解答、氛围活、听得进”的要求，进行了为期一周的宣讲专题培训。

“我们还建立了宣讲员QQ群和专家团联通微信群，最大限度让宣讲员把职工想听的讲清楚，想知道的说明白，让党的十九大精神在一线班组落地生根、开花结果。”迎水桥机务段党委书记张占军说。

为了让工友们坐得住、听得进、能

明白，宣讲员充分发挥自身特长，精心编制宣讲提纲。全段有名的微视频制作专家、客车队副司机杨柳青说：“我身边的工友都是火车司机，碎片化的时间多，我就先试着做了一个5分钟的‘铁哈哈的高铁梦’小视频，把十九大精神、宁夏首条高铁建设和平日大家谈论的热点问题串到一起，结果引发了大家极大的兴趣，大伙儿天天催问下一个视频啥时候发。”

这些活跃在生产一线班组的宣讲员们，通过260多场宣讲活动，把十九大精神播撒进了工友们的心里，转化为生产动力。迎水桥整备车间主任曹兴华高兴地告诉记者：“十九大以来，工友们午休时间不再打扑克，全都围在班组里听宣讲，那精神头可足啦！本月初到现在，我们车间的生产效率同比提高20%。”

（《光明日报》2017年11月24日08版）

扫一扫
阅读全文

第五部分

红船初心

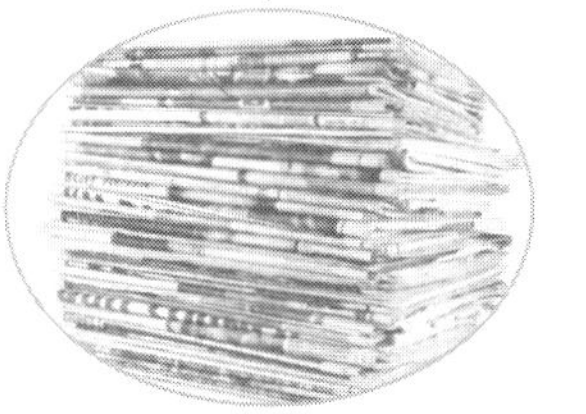

宁夏召开自治区党委常委会议

弘扬“红船精神” 传承红色基因

光明日报记者 王建宏

12 月 8 日，宁夏回族自治区党委书记、人大常委会主任石泰峰主持召开自治区党委常委会议，学习重新刊发的习近平同志 12 年前在《光明日报》发表的署名文章《弘扬“红船精神” 走在时代前列》，传达学习弘扬“红船精神”座谈会精神，研究贯彻落实意见。

会议指出，要大力弘扬“红船精神”，让“红船精神”永放光芒。“红船精神”集中体现了中国共产党的建党精神，昭示着中国共产党人的初心，是中国革命精神之源、党的先进性之源。要充分认识学习弘扬“红船精神”的重大意义，增强学习弘扬“红船精神”的思想自觉和行动自觉，激励宁夏广大党员干部不忘初心、牢记使命、永远奋斗，走好新时代的长征路，为实现党的十九大确定的目标任务、谱写新时代宁夏发展的新篇章而不懈努力。要深入学习领会“红船精神”的深刻内涵和时代价值，发扬开天辟地、敢为人先的首创精神，坚定理想、百折不挠的奋斗精神，立党为公、忠诚为民的奉献精神，在继承弘扬“红船精神”中永葆党的先进性和纯洁性，不断激发为中国特

04 综合新闻

宁夏召开自治区党委常委会议

弘扬“红船精神” 传承红色基因

“现代战争，首先在作战实验室打响”

居民点单 政府办事

“市场能做好的交给市场去做”

色社会主义事业而奋斗的信念和力量。

会议强调，要大力弘扬“红船精神”等革命精神，做到学在深处、谋在新处、干在实处。要深化对“红船精神”等革命精神的学习宣传，推动“红船精神”成为每一名党员干部的精神滋养。要通过学习弘扬“红船精神”，引导广大党员干部坚持不懈用习近平新时代中国特色社会主义思想武装头脑，树牢“四个意识”、增强“四个自信”，坚决维护以习近平同志为核心的党中央权威和集中统一领导。要从“红船精神”中汲取强大力量，不断强化首创精神、奋斗精神、奉献精神，进一步理清思路、明确任务、完善举措，深入学习贯彻党的十九大精神，把自治区第十二次党代会的部署落到实处，为开启宁夏全面建设社会主义现代化新征程打下坚实基础。

根据贯彻落实意见，宁夏将学习弘扬“红船精神”纳入各级党委（党组）理论学习中心组学习计划，作为干部教育培训的重要内容，由自治区党委宣传部牵头举办弘扬“红船精神”理论研讨会，宣传教育引导广大党员干部准确把握“红船精神”的核心特征、科学内涵和历史地位；将学习弘扬“红船精神”等中国革命精神纳入主题教育，广泛组织开展看一次展览、听一次党课、学一次党章、观一次专题片、瞻仰一次革命旧址、重温一次入党誓词活动，从灵魂深处筑牢广大党员干部信仰之基；将学习弘扬“红船精神”与“不到长城非好汉”精神结合起来，深入挖掘宁夏红色资源，深度挖掘蕴含其中的革命精神，把红色资源利用好、把红色传统发扬好、把红色基因传承好。

（《光明日报》2017年12月12日04版）

扫一扫
阅读全文

宁夏：

四条高铁将联网全国各地

光明日报记者　王建宏　张永群　任少博

04 两会新闻

逾九成网民对两会持正面评价

四条高铁将联网全国各地

目前，西藏、宁夏是全国仅余的两个没有通高铁的省份，宁夏铁路通车里程、复线率也相对较低。3 月 7 日，宁夏代表团媒体开放日上，高铁成为媒体关注的焦点话题。

记者提问：宁夏未来将如何融入全国高铁网络？

宁夏回族自治区主席咸辉代表：在对外联络的通道上，宁夏主要布局有四条铁路：第一条是银川到西安的银西高铁，全长 617 公里，目前已全线开工建设，计划 2020 年全线通车；第二条是中卫到兰州的高铁，全长 218 公里，其中在宁夏境内的里程为 48 公里，已获国家发改委正式批准，力争今年上半年开工，“十三五”末建成；第三条是包头到银川的高铁，总长 508 公里，宁夏段有 114 公里，已列入今年计划，力争“十三五”末建成通车；第四条是太中银铁路定边到银川段的扩能改造计划，准备在“十三五”内完成。

四条铁路建成后，宁夏将与全国高铁网络全面接轨，向东与长三角，向南与珠三角，向西与兰白经济区，向北与京津冀全面贯通。

（《光明日报》2017 年 03 月 08 日 04 版）

扫一扫
阅读全文

“红船精神”：实现民族复兴的精神支撑

蒋文龄

红船劈波行，精神聚人心。96年前的这条红船，开启了中华民族走向伟大复兴的光辉历程。由此而生的“红船精神”，成为中华民族发展史上一座永不褪色的精神丰碑。“红船精神”是在中华民族内忧外患、社会危机空前深重的特定社会历史条件下产生的，它集中体现了中国共产党的建党精神，是中国革命精神之源，昭示着中国共产党人的初心。一部波澜壮阔的中共党史，就是一部中国共产党人为实现中华民族伟大复兴不懈奋斗的历史。“红船精神”见证了党“开天辟地、敢为人先”的创立史，开启了党“坚定理想、百折不挠”的奋斗史，蕴含了党“立党为公、忠诚为民”的初心。

红船初心 特刊

“红船精神”：实现民族复兴的精神支撑

以初心赢民心 打赢脱贫攻坚战

大地之子黄大年

“红船精神”的形成与发展，伴随着中华民族伟大复兴的历史进程，是实现中华民族伟大复兴的精神支撑。

首先，诞生了一个伟大的政党，从此实现中华民族伟大复兴有了主心骨。中共一大的召开，缔造了一个全新的领导力量——中国共产党。纵观中国近现代史、中国革命史，不难发现，中国共产党的成立，是开天辟地的大事变，是历史发展的必然结果，是大浪淘沙的必然结果。中国有了中国共产党，是中国、中国人民、中华民族的一大幸事。

中国共产党一经成立，就把实现共产主义作为党的最高理想和最终目标，义无反顾肩负起实现中华民族伟大复兴的历史使命，使历经磨难的中华民族结束了内忧外患、积贫积弱的悲惨命运，不可逆转地开启了不断发展壮大、走向复兴的历史进程。96年来，党团结带领人民历经千难万险，付出巨大牺牲，敢于面对曲折，勇于修正错误，攻克了一个又一个看似不可攻克的难关，创造了一个又一个彪炳史册的人间奇迹。如果没有中国共产党的领导，我们的国家、我们的民族不可能取得这样的成就，不可能取得今天这样的国际地位，中华民族伟大复兴的中国梦也不可能由愿望正在变为现实。

其次，选择了马克思列宁主义，从此实现中华民族伟大复兴有了全新的指导思想。中国共产党成立以前，中国有各种救国方案，地主阶级抵抗派提出“师夷长技以制夷”的思想，农民阶级洪仁玕提出《资政新篇》的治国方案，洋务派主张“中体西用”的思想，资产阶级维新派提出走君主立宪之路，资产阶级革命派发动辛亥革命、提出走资本主义民主革命道路，资产阶级实业派提出“实业救国”的思想，先进的知识分子倡导新文化运动、提出“民主、科学”的救国方案，还有无政府主义等思想风生水起。各种各样的方案、道路和主义，都尝试过了，都失败了，都没有挽救危亡的中国，都没能改变中国半殖民地半封建社会的性质。中共一大的召开，在这艘小船上，我们坚定地选择了把马克思列宁主义作为自己的指导思想，这是一个全新的正确选择。96年来，我们党从来没有怀疑过马克思主义的真理性，从来没有动摇过对马克思主义的信仰与追求，总是在科学总结成功经验和失败教训中，不断解放思想，与时俱进地推进理论创新。有了这个先进的科学理论，中华民族伟大复兴伟业就蒸蒸日上。

再次，开辟了一条全新的道路，从此，实现中华民族伟大复兴有了正确方向。方向决定道路，道路决定命运。从鸦片战争到中国共产党成立期间，中国人在苦难中觉醒和奋起，积极探索中国应该走什么样的道路、朝什么样的方向发展这个根本性问题。人们进行了很多尝试，君主立宪制、多党制、总统制都试过了，结果都行不通。中共一大确立了党的纲领和实现共产主义的最高理想，开辟了一条全新的无产阶级革命道路。这条道路，是在对近代以来各种道路的深刻总结中走出来的，是历经千辛万苦、付出各种代价才换来的。这条道路，是我们党紧紧依靠人民，把马克思主义基本原理同中国实际和时代特征结合起来，独立自主走自己的路，是我们党独创的。沿着这条道路前行，我们党才从根本上改变了中国人民和中华民族的前途命运。红船所代表和昭示的是时代高度、前进方向、政治定力，“红船精神”开启了中华民族伟大复兴的正确道路。

再其次，孕育了一种伟大的精神，从此实现中华民族伟大复兴有了持久动力。文化自信是一个国家、一个民族发展中更基本、更深沉、更持久的力量。没有高度的文化自信，没有文化的繁荣兴盛，就没有中华民族伟大复兴。红船以及由此而生的“红船精神”彰显的是一种生生不息的文化力量。精神是一个民族赖以长久生存的灵魂，决定一个民族能走多远。96 年来，中国共产党弘扬并发展“红船精神”，在不同历史时期增添了新的内容，焕发出新的活力。在革命战争年代，有“红船精神”、井冈山精神、长征精神、延安精神、抗战精神、西柏坡精神。在社会主义建设年代，形成了大庆精神、焦裕禄精神、红旗渠精神、雷锋精神、“两弹一星”精神等。在改革开放年代，形成了特区精神、女排精神、航天精神、抗洪精神、汶川抗震精神等。人无精神不立，国无精神不强。党的精神力量积累越来越丰富，我们党就越来越成熟，党和国家的事业发展就越来越顺利。以“红船精神”为源头的这一系列精神集群，已经深深融入中华民族的血脉和灵魂，是中国精神、中国价值、中国力量的重要组成部分，是推动我们党不断攻坚克难、发展壮大的原动力，是实现中华民族伟大复兴的精神动力之源。

一条小船诞生了一个伟大的政党，一条小船承载了一个伟大的梦想，一条小船开辟了一条走向民族伟大复兴的道路。实现中华民族伟大复兴是近代以来中华民族最伟大的梦想。历经建党 90 多年、执政 60 多年、改革开放近 40 年的磨难、探索和积累，我们比历史上任何时期都更接近实现中华民族伟大复兴的目标，比历史上任何时期都更有信心、更有能力实现这个目标。

党的十九大报告指出："行百里者半九十。中华民族伟大复兴，绝不是轻轻松松、敲锣打鼓就能实现的。全党必须准备付出更为艰巨、更为艰苦的努力。"最终实现中华民族伟大复兴中国梦，必须进一步弘扬"红船精神"。党的十九大开启了向着伟大梦想进军的新征程，我们即将迎来建党 100 周年，千秋伟业，百年恰是风华正茂。"红船精神"将激励永远年轻的中国共产党团结带领亿万人民，推动中国号巨轮劈波斩浪，胜利驶向光辉的彼岸。

（作者：蒋文龄，宁夏回族自治区党委党校常务副校长、行政学院常务副院长）

（《光明日报》2017 年 12 月 21 日 05 版）

扫一扫
阅读全文

在发扬“红船精神”中砥砺前行

——访宁夏党校常务副校长、行政学院常务副院长蒋文龄

光明日报记者　王建宏

“‘不忘初心，牢记使命’是十九大报告的醒目主题。”宁夏党校常务副校长、行政学院常务副院长蒋文龄说，十九大之后，需要部署落地的任务很多，日理万机中，习近平总书记带领新一届中共中央政治局常委瞻仰上海中共一大会址和浙江嘉兴南湖红船，回顾党的历史，重温入党誓词，强调要“铭记党的奋斗历程时刻不忘初心，担当党的崇高使命矢志永远奋斗”，意义非凡。

蒋文龄评价说，这是一次具有鲜明导向意义的行动。“习近平总书记带领中央政治局常委专程赴上海和浙江重走‘一大’路，使我想起了五年前的两件事。”

红船初心 特刊
弘扬“红船精神”　做到“三个必须”
在发扬“红船精神”中砥砺前行
把十九大精神讲清楚、讲明白

一是十八大闭幕后，习近平总书记到国家博物馆参观《复兴之路》基本陈列并指出：“每个人都有理想和追求，都有自己的梦想。现在，大家都在讨论中国梦，我以为，实现中华民族伟大复兴，就是中华民族近代以来最伟大的梦想。这个梦想，凝聚了几代中国人的夙愿，体现了中华民族和中国人民的整体利益，是每一个中华儿女的共同期盼。”

这表达出亿万中华儿女的共同心声，成为中国社会的最强音。

坐落在浙江嘉兴南湖革命纪念馆中的陈望道塑像
光明图片 / 视觉中国

二是十八大之后，习近平总书记来到改革开放的前沿——深圳，向莲花山公园山顶伫立的邓小平铜像敬献花篮，传递出我们党为了国家发展和人民幸福勇于变革、勇于创新的不变初心。

“这次重走‘一大’路，就是从我们党诞生的地方寻找‘不忘初心、牢记使命’的动力源泉，为十九大各项工作的落地生根，开了个好头。”蒋文龄说。

总书记为全党即将开展的“不忘初心，牢记使命”主题教育，做了最好的示范。上海的中共一大会址、嘉兴南湖红船是我们党梦想起航的地方。我们党从这里诞生，从这里出征，从这里走向全国执政。这里是我们党的根脉。这次重走“一大”路，给 8900 多万党员、450 多万个基层党组织上了一堂生动的党性教育课，对学懂弄通做实党的十九大精神，努力在新时代开启新征程续写新篇章，指明了方向。

蒋文龄说，一条小船见证了一个伟大政党的诞生。96 年来，我们党团结带领人民取得了举世瞩目的伟大成就，这值得我们骄傲和自豪。实践没有止境，事业发展永无止境。党的十九大擘画了党和国家事业发展的宏伟蓝图，开启了一个崭新的新时代。唯有不忘初心，方可告慰历史、告慰先辈，方可赢得民心、赢得时代，方可善作善成、一往无前。是回望亦是宣示，是追寻亦是担当。这次重走“一大”路，宣示了新一届党中央领导集体强烈的责任感和使命感，展示了时刻不忘初心、矢志永远奋斗的坚定决心，体现了把新时代中国特色社会主义伟大事业、中华民族伟大复兴继续推向前行的坚定信心和决心。

"重走'一大'路，既是追寻初心，也是一种鞭策、一种激励，其目的是让我们追寻精神源泉，汲取奋斗力量，奋力走好新时代的长征路。"蒋文龄说，党的十九大吹响了推进新时代中国特色社会主义伟大事业的嘹亮号角，在新时代实现中华民族伟大复兴的新的长征路上，我们要大力弘扬"红船精神"。

蒋文龄对记者谈到，在新时代发扬"红船精神"，要勇于创新，敢为人先。五年来，我们解决了许多长期想解决而没有解决的难题，办成了许多过去想办而没有办成的大事，推动党和国家事业发生历史性变革，中华民族迎来了从站起来、富起来到强起来的伟大飞跃，迎来了实现中华民族伟大复兴的光明前景。今天，我们站在新的历史方位上，面对更加复杂的世情、国情和党情变化，仍然要不断推进理论创新、实践创新、制度创新、文化创新，夺取新时代中华民族伟大复兴新征程的更大胜利。

蒋文龄认为，在新时代发扬"红船精神"，就要坚定理想、百折不挠。坚定理想信念，坚守共产党人的精神追求，始终是共产党人安身立命的根本。96 年来，中国共产党人之所以攻克了一个又一个看似不可攻克的难关，创造了一个又一个彪炳史册的人间奇迹，根本在于有初心不改、矢志不渝的理想信念。今天，我们比历史上任何时期都更接近、更有信心和能力实现中华民族伟大复兴的伟大梦想。新时代进行伟大斗争、建设伟大工程、推进伟大事业、实现伟大梦想，要付出更为艰巨、更为艰苦的努力，这就要求中国共产党人要有坚定理想、百折不挠的精神，以永不懈怠的精神状态和一往无前的奋斗姿态，向着社会主义现代化强国的目标奋勇前进。

蒋文龄强调指出，在新时代发扬"红船精神"，依然要立党为公、忠诚为民。中国共产党人的初心和使命就是为中国人民谋幸福，为中华民族谋复兴。这是激励中国共产党人不断前进的根本动力。全党要牢记宗旨、不忘初心，永远把人民对美好生活的向往作为奋斗目标，确保党在世界形势深刻变化的历史进程中始终走在时代前列，在坚持和发展中国特色社会主义的历史进程中始终成为坚强领导核心。

“96年前，小小红船承载着人民的期盼，开启了中国共产党人的伟大航程，党的十九大开启了新时代向着伟大梦想航行的新征程。”蒋文龄说，只要我们党把自身建设好、建设强，确保始终同人民想在一起、干在一起，就一定能够引领承载着中国人民伟大梦想的航船破浪前进，胜利驶向光辉的彼岸。

（《光明日报》2017年11月09日04版）

扫一扫
阅读全文

以初心赢民心

——追记倒在扶贫一线的宁夏同心县回族干部李进祯

光明日报记者　王建宏　　光明日报通讯员　和牧川

06 综合新闻
光明日报
以初心赢民心
——追记倒在扶贫一线的宁夏同心县回族干部李进祯
中西部教育发展有了督导监测机制
培养新型城镇化建设主力军
呼应时代　回归价值

“麻烦你让白玉仓赶紧把乡上的电费交了，我那还有几笔扶贫资金要兑付……乡上干部的住房补贴登记表也催着要呢……”

10月25日，宁夏同心县兴隆乡民生保障服务中心主任兼财政所所长李进祯因劳累过度突发心梗。直到被抬上救护车送至医院，他还在和同事谈着日夜操心的扶贫工作。

然而，就在当天下午5时30分左右，李进祯因抢救无效，不幸离世。

李进祯走的那天，同心县兴隆乡天寒地冻，十里八乡认识或不认识的乡亲们都前去送他最后一程。在一个地广人稀的偏远乡镇，有2000多人自发参加一个基层干部的葬礼，这在当地十分罕见——他用一个共产党员的初心，赢得了民心。

“我愿和乡亲们再近一点”

兴隆乡李堡村的李自刚老汉有些懊悔，甚至埋怨乡干部没有第一时间告诉大家李进祯去世的消息。

“李所长去世几天后我才听说，当时就懵住了，我咋也想不通那么好的一个干部突然就走了，说啥也要来送他一程。”

其实，第一次和李进祯认识时，李自刚还劈头盖脸骂了李进祯一顿。李自刚是兴隆乡的老上访户，因为对拆迁补偿不满意，连续上访了七八年。

“别说乡上县上，北京我都去了五回，几任乡领导都为我的事头疼。”李自刚说。因为有些问题迟迟没解决，李自刚和乡干部没少生气。到了后来，很多乡干部都怕见李自刚，一听他来了都躲着走。

有一回，李自刚又和乡干部吵了起来，李进祯听到后，赶紧劝到了自己办公室。“大爷，先进来喝杯茶消消气吧，有事慢慢说么，气坏了身子咋弄。”李进祯劝道。

“你是干啥的？少在这装好人，都是不干好事的贼。”气头上的李自刚狠狠骂着。

李进祯却不急不恼，哈哈一笑说：“我是乡上的会计。大爷，你的事一时半会儿确实也没法解决，我会记着多帮你问问进展，免得您老人家受累跑路。今天先来我这喝茶嘛。”李进祯沏好茶，双手递给李自刚。

看着眼前和蔼的李进祯，李自刚倒有些不好意思，跟着坐进他办公室了……

从那以后，只要李自刚去了乡政府，李进祯都专门把他请进自己办公室，温言细语，热茶相待，帮着李自刚合计他家的事。时不时还主动打电话给李自刚，告诉他事情的新进展。

去年，李自刚的事圆满解决了，李进祯也很高兴，他说：“以后没事就上我那儿坐坐喝杯茶，我那门常开着呢。”

在兴隆乡，李进祯的办公室是干部和乡亲们没事就爱去坐上一会儿的地方。大家都知道李进祯为人厚道幽默，很善于开导人，谁有个难事都爱听他说两句。哪怕有些乡亲生气发牢骚，李进祯永远是一副谦和的笑脸，总能耐心做思想工作。李进祯常给同事说：“群众虽然有时又吵又嚷，有时候也有不对的地方，但我一看见他们，就感觉是自己的兄弟姊妹，年长一点的，就当自己的父母，狠不下心来和他们说重话，能帮一把是一把。”

新生村建档立卡户马俊以前常年欠着外债，住的老屋裂了大缝也没钱修补。“那时候一到周五就犯愁，孩子们回来要给生活费，得东跑西借着打发呢。”马俊说。

2015 年，马俊和另外四户乡亲成了李进祯的帮扶户。第一次到马俊家，李进祯就给他做起了思想工作。

“现在养牛的行市那么好，你也不说贷点钱养牛。”李进祯说。

“你当银行是慈善机构呢，没个可靠人做担保，谁贷钱给我呢。”马俊有些不服气。

“我看主要问题是你自己有没有心气，你要真有这个心，我给你当担保人！”李进祯说得很坚决。

“当时他说这话我有点不敢相信，这年头，亲戚朋友都不敢随便当担保人，李所长能给我做保？”回忆起当初李进祯的话，马俊至今也觉得不可思议。

谁知才过了两天，李进祯就打电话给马俊，说贷款的事办妥了，3 万！

凭着这 3 万元，马俊当年就买了 4 头牛。养了 11 个月，净赚 12000 多元。“我家几年都没见过活钱了，李所长帮我那一下，让我一下振作了。”尝到甜头后，马俊一头扎进了养牛事业，从 4 头到 10 头，再到现在 16 头牛，马俊家三个孩子的大学学费都有了着落。

给贫困户作担保，李进祯就没担心别人还不上钱？

新生村的大学生村官王有刚说：“只要是为老百姓的事，李哥总是先站在对方角度考虑问题，他觉得比起自己作担保的风险，贫困乡亲能脱贫更重要。”

李进祯的电话不光很多干部知道，在兴隆乡就像个群众热线，很多村民有事都直接打电话找李进祯。“他的电话一天到晚都没完，有些事本不该他操心，有些事他完全可以统一给大家说上一次，但只要有人问，他总给人家一遍遍耐心解释。”妻子王学红说。

有一次，妻子看李进祯连续几天都没休息好，趁着他午睡，把他的手机调成了静音。等李进祯醒来发现后，少有地对妻子发了火。看妻子有些委屈，李进祯又立刻觉得很抱歉：“很多庄稼人没有午休习惯，万一人家有事联系不上我该多着急，咱们当干部的要多体谅乡亲呢。”

李进祯工作的近 30 年里，始终工作在最基层。其实，他有好几次机会能调离乡政府，但都自己放弃了。妻子曾问他为啥不愿意离开乡上。李进祯常说：“乡上虽然事多不好干，但大都是和老百姓打交道的事，比起到上面坐办公室，我愿意和乡亲们再近一点。”

一颗永远不变的公心

去世那天，老同事丁海涛面对病床上的李进祯想，这个人胸中似乎只长了颗公心，思量事情，永远先考虑公家、别人。10 年了，从没变过。

其实，岂止是 10 年。在李进祯工作的近 30 年里，一个“公”字是他默默用行动写下的为人准则。

从 1988 年参加工作起，李进祯一直担任乡财政会计工作。从各类惠农补贴和征地拆迁补贴到乡干部的工资发放，从养老保险收缴到后勤保障支出，李进祯是乡上干部和老百姓的“管家”。

特别是这两年打响脱贫攻坚战后，涉及脱贫攻坚的项目资金陡然增加，扶贫资金的核拨兑付笔笔都要经李进祯办理。他的桌子上永远堆着一摞摞票据账单，每天的工作不是伏案核算票据，就是在银行、财政、扶贫等部门间来回跑。

“人家有的乡会计，把票据算完就让各村自己拿去银行兑付，但李进祯从来都亲力亲为，干每项工作都要负责到底，他这种干法，在十里八乡都不多见。”大学生村官王有刚说。

这些年，李进祯把自己的上班时间习惯性地往前调了一小时。“早点去处理完手头上的事，到上班时间就能早早去其他单位办事了。”李进祯总这样说。

在李进祯去世前的三个多月里，他几乎没有一次正常上下班。“李所长办公室的灯总是亮得最早、熄得最晚。”乡政府门房的罗正俊老汉说。

在李进祯手里，每一笔账都清清楚楚。大到全乡 6 个村 4717 户的扶贫资金拨付，小到同事们领用的笔墨纸张，李进祯都会细细记录核对。兴隆乡每月的财务台账，总是最早一个做完。而每年年底对账，乡上的资金账目在他手里没出过一分钱差错。

走进李进祯的办公室，那张破旧的沙发尤其引人注目。五年前这张沙发搬到他办公室时，皮子开裂、下陷厉害，李进祯就拿一厚沓旧报纸垫着。后来坐的人多了，沙发陷出一个坑，他又放上三层垫子继续凑合着坐。

罗正俊好几次开玩笑说：“李所长你管着那么多钱，给自己换个新沙发坐嘛。”“屁股下的东西么，不用那么享受，能凑合着用就行，给公家省两个钱。”李进祯也打趣地说。在他眼里，只有私人的东西当公家的用，但公家的东西绝对不能随便浪费。

以行动践行共产党员的初心

李进祯出生在海原县关桥乡方堡村的一户普通农民家。父母虽没有太高的文化水平，但正直、厚道、朴实的家风在村里却有口皆碑。

李家的小院落，永远被扫得干净整洁。那是李进祯的母亲几十年如一日清早起来的第一件事。哪怕后来年纪大了，老人也依旧坚持亲自打扫。“人勤了日子才过得亮堂。”

李进祯结婚时，日子还过得紧，只给妻子买了一对耳环和戒指。但几年后他的三弟结婚时，他和妻子却毫不犹豫地把房子和几年积蓄的家具、家电都留给了弟弟。李进祯的妻子甚至把这对耳环和戒指一并送给了弟媳。搬出家的那一晚，李进祯和妻儿住进了办公室，三人挤在一张单人床上，却有说不完的话和止不住的欢笑。

“他对物质追求不高，总说我们一家三人快乐健康，比什么都金贵。”现在王学红回忆起那一晚，依旧难忘。

李进祯去世后，妻子每天都会给他写一封信，寄托自己的哀思。“20年来，我们是彼此的桃花源。那里阳光明媚，笑声融融，温馨浪漫。”在妻子和儿子眼里，李进祯是个有百分之百正能量的人。无论是对待妻子还是教育儿子，李进祯总是温和体贴的。

在儿子看来，李进祯是个非常合格的父亲。尽管工作很忙，但只要有空儿，李进祯会经常陪儿子聊天、读书、滑雪、摔跤。儿子也更多地把这个开朗幽默的父亲视为朋友。“17岁的儿子会向老李求教如何写情书，会给他下战书约一场球赛，还会躺在他身上一起读书，每当这个时候我就是那个最开心的观众。”王学红说。

在走访李进祯同事、家人的过程中，一个幽默、乐观、厚道、有责任心的基层共产党员的形象在大家的言语中被勾勒出来。“有很强的党性和人格魅力”，是很多人对他的印象。

在兴隆乡的工作微信群里，李进祯会和大家一样把自己每天的工作行程发出来。“李所长为人幽默也爱好文学，经常把自己的工作编一首小诗发出来。乡上的工作很多是难缠的，但经他一鼓励，总显得举重若轻，大家的干劲就更足了。”同事丁海涛说。

李堡村70岁的李长青是一级残疾人。有一回去乡政府办残疾人登记，家人搀扶着他艰难地上楼。李进祯看到后，二话没说就把李长青背了上去。

“旁人见了我躲都躲不及，你还来背我……”“谁还没个老、没个难的时候。”李进祯笑着说。这事被同事看见后问起来，李进祯叹口气说：“我父母都去世了，看见老年人，不由得就心疼。”

工作生活里，李进祯总是给群众提供帮助，却从不接受乡亲们的回报。

有一次，有个受李进祯帮助的乡亲专门提了一只羊羔看望李进祯。等乡亲出门时，李进祯提上羊就追了出去，把羊绑到摩托车后架上让他拿回去。

“老百姓不容易，咱不能做让群众戳脊梁骨的事，有些东西吃下去不好消化啊。”李进祯回来对妻子说。

还有一次，一名退休职工到李进祯家放了200块钱。李进祯当面推辞不掉，就给他充了200元电话费。妻子问这也不是啥大钱，为啥这么坚决推辞。李进祯说：“他上有老，下有小，又是单职工，咱不能欠人家情。再说，人生一世，钱哪能有个够呢?”

在李进祯看来，人的一生是一条线段。但有很多人因高洁的气节，出众的品行，无私的奉献，一心为民的情怀将自己的人生线段化成一条射线，这条射线在穿越漫长的历史时空后，依然散发着熠熠光彩，这是任何金钱也换不来的荣耀。

如今，李进祯实现了他心中的抱负。52岁对一个人来说太短暂，但留给当地百姓的却是长久的怀念。在27年里的党龄中，他用行动践行了一名共产党员的初心。

（《光明日报》2017年12月17日06版）

扫一扫
阅读全文

“我更愿意和乡亲们近一点”

——追记宁夏同心县兴隆乡民生保障服务中心主任李进祯

光明日报记者　王建宏

1 月底，位于宁夏中部干旱带上的吴忠市同心县残雪斑驳、隆寒逼人。

这片贫瘠干涸的土地将永远铭记，2017 年 10 月，有一位优秀共产党员倒在了脱贫攻坚一线，长眠于他所热爱的这片土地。他就是同心县兴隆乡民生保障中心主任兼财政所所长李进祯。

累　倒

04 综合新闻
光明日报
聚焦地方两会
绿色发展成就生态高颜值
严查查处环保违规违法行为
美丽、绿色、生态成热词
做造黄河、长城、太行三大旅游板块
打好“三大攻坚战”
“我更愿意和乡亲们近一点”
首届“红船精神论坛”征文启事

2017 年 10 月 25 日一早，兴隆乡民生保障服务中心主任兼财政所所长李进祯和往常一样，第一个来到乡政府大院的办公室。一直住在乡政府的同事丁海涛正准备烧水时，看到李进祯的脸涨得紫红，头上渗出豆大的汗珠。丁海涛慌了神，问：“哥，咋了？”“胸口不舒服，疼！”

丁海涛迅速把李进祯送进同心县医院。

上午 10 点多，做完各项检查后，李进祯身体很虚弱，身上插着很多管子。当副乡长马秀梅和其他同事前往县医院看望他时，他心心念念的还是工作：“让白玉仓赶紧把乡上的电费交了，我那儿还有几笔账没做完……单位住房补贴的表，催着要呢……”大家都劝他先别想着工作，看病要紧，但他仍是放心不下，直到被医生制止才没说下去。

11 点多，因病情严重，李进祯又被紧急送往首府银川的宁夏医科大学总医院抢救。

17 时 30 分左右，李进祯生命的钟摆永远停留在了这一刻！

“真不愿意相信这是真的！怎么说走就走了……”李进祯去世的消息传开后，整个兴隆乡都被惋惜、不舍、悲痛的情绪笼罩着。

得知李进祯去世的消息时，兴隆乡党委书记马海军正在福建省学习，他一夜无眠，悲痛地写下：“凝神痴忆音容，泪涌如泉，须臾间，阴阳两隔断，风尘漫漫天地远……”

其实，李进祯倒在岗位上，并非全无征兆。在李进祯去世的前几个月里，乡上的好几位同事都听他说胸口不舒服。大家都劝他去检查一下，可是，他一直忙于整村推进项目、“四个一”产业扶贫项目资金、农资补贴、退耕还林等涉农扶贫资金账目的审核拨付等一系列工作。他总是笑着说：“我农村出身，身体哪有那么娇气，再说了，前一段时间单位体检的时候不是还好好的嘛！等忙过这一段时间我再去查查。”

可是，同事们却一直没等到他说的“这段时间”过去。

公　心

在李进祯工作的近 30 年里，一个“公”字是他默默用行动写下的为人准则。

1988 年大学毕业以来，李进祯一直承担着乡镇的财务工作。从各类惠农补贴和征地拆迁补贴到乡干部的工资发放，从养老保险收缴到后勤保障支出，李进祯是乡上干部和老百姓的“管家”。

特别是这几年打响脱贫攻坚战后，涉及脱贫攻坚的项目资金陡然增加，扶贫资金的核拨兑付笔笔都要经李进祯办理。他的桌子上永远堆着一摞摞票据账单，每天的工作不是伏案核算票据，就是在银行、财政、扶贫等部门间来回跑。

李堡村的会计李彦平和李进祯打交道近20年了，看他这么辛苦，劝他悠着点儿干。李进祯却说："钱迟一天到，老百姓心里有多着急！钱是国家补贴给群众的，咱们得负好这个责！"

李进祯心里装着群众，哪怕是一分钱，他也要让群众及时拿到。一次，兴隆乡民政所所长马强接到县农村信用社的电话，说乡上的良种补贴有30多个错误单。由于手头工作忙，他把这事给忘记了。而常去银行办业务的李进祯没有忘，不仅帮他带回错误单，还天天催马强去办理。

马强说："现在一遇到错误单的事，我就会想到进祯哥的话，群众的事，一分钱也不是小事儿！"

初　心

李进祯走的那天，十里八乡的乡亲们都前去送他最后一程。2000多人自发参加一个基层干部的葬礼，在当地十分罕见——他用一个共产党员的初心，赢得了民心。

"我咋就这么粗心！十来天没见李所长来，我还以为他太忙了没顾上来呢……"当得知李进祯去世的消息，新生村64岁的田自福埋怨自己。

2013年，同心县开展机关干部"结对帮扶"工作，李进祯与包括田自福在内的5户贫困户结起了"亲戚"。田自福家里7口人，3个孙子都在上学，全家人只靠不到一万元的土地流转费和4头牛维持生计。

李进祯太忙，很多人都认为让他帮扶，顶多是"挂个名"。没想到的是，每隔十天半个月，他都要去新生村一趟。平时上班抽不开身，就周末开车拉着爱人和儿子到贫困户家中去。李进祯深入了解田自福家的情况后，鼓励他贷款建牛棚扩大养殖。田自福心里直打鼓，能不能贷到款？赔了咋办？李进祯一次次给他分析市场，打消了顾虑。田自福第一年贷了 10 万元，年底就赚了 15 万元。去年，田自福养牛 68 头，彻底摆脱了贫困。

李进祯的电话不光很多干部知道，在兴隆乡就像个群众热线，很多村民有事都直接打电话找李进祯。“他的电话一天到晚都没完，有些事本不该他操心，但只要有人问，他总给人家一遍遍耐心解释。”李进祯的妻子王学红说。

李进祯始终工作在最基层，他有好几次机会能调离乡政府，但都自己放弃了。妻子曾问他为啥不愿意离开。李进祯常说：“乡上虽然事多不好干，但大都是和老百姓打交道的事，比起到上面坐办公室，我愿意和乡亲们近一点。”

52 岁的李进祯走了，步履匆匆，但他没有忘记为什么出发，没有忘记来时的路。在 27 年里的党龄中，他用行动践行了一名共产党员的初心。

1 月 10 日，宁夏回族自治区党委追授李进祯同志“全区脱贫攻坚优秀共产党员”称号，号召广大党员干部向李进祯学习。

（《光明日报》2018 年 01 月 30 日 04 版）

扫一扫
阅读全文

铁汉柔情

——追记宁夏中卫市中级人民法院执行二庭负责人蒋鑫文

光明日报记者　王建宏

春节，大家依旧沉浸在悲痛中高兴不起来。

时间向前推移20多天，2017年1月11日16时40分，宁夏中卫市中级人民法院六楼会议室，2016年度述职测评大会上，执行庭庭长张广平正在述职："2016年，执行局平均执结率为82.32%、平均法定审限内结案率为71.14%，两项指标最高的个人均是执行二庭负责人蒋鑫文，分别为86.96%、87.50%……"

"鑫文，你听到了吗？即使3个月没办案，你的执结率还是最高的。你一定要挺住啊！"听着报告，坐在会场里的审判员孙天庆在心里默默地祈祷。几乎与此同时，"鑫文走了"的手机信息赫然出现于在主席台就座的副院长郝正智眼前，他的双眼模糊了。

光明日报　要闻　03

李克强主持召开国务院常务会议

听取办理人大代表建议和政协委员提案情况汇报　更好接受监督推进科学决策

部署建立解决农民工工资拖欠的长效机制　切实维护农民工合法权益

通过"十三五"国家食品和药品安全规划　有效保障人民健康福祉

全国接报刑事类警情同比下降21.6%

铁汉柔情

村规家训助推美丽新农村建设

彝山桃花分外红

"钟声响了，爸爸就快回了"

2016年4月以来，"清理执行积案"专项活动、执行案款集中清理活动在中卫中院如火如荼地进行，排查出的几十件积案使执行庭异常忙碌，作为该院执行二庭负责人的蒋鑫文更是忙得连轴转。

其间，张广平发现蒋鑫文总是爱

用手扶右后腰，就劝他去医院检查，他却若无其事地说，不用查都知道是胆囊炎在作怪，吃点药就控制住了。就这样，靠着不离身的消炎利胆片，蒋鑫文执结了一件件案件，送走了一批批当事人。

2016 年 9 月份，积案清理、案款清理活动进入收尾阶段。“那时候我也发现，他每次处理完案子，就累得眼皮都睁不开了，要坐着休息好一会儿。一到银川办案，我就叫他到大医院检查，每次他都说约了当事人，走不开。”中卫中院执行一庭负责人张艳霞说。

9 月 21 日，在张广平的“命令”下，蒋鑫文才答应趁着去银川办案的机会，顺便到医院检查。然而，他没直接去医院，而是跑了两天案子，第三天才在同事的催促下去了医院，回来却说排队的人太多没看上。“直到 9 月 27 日，又去检查，医生说肝已经巨型了，这才住了院。”同事们忆起往事，泪如雨下。次日，他被建议转往上海肿瘤医院。

蒋鑫文出身农家，他清楚群众的疾苦，懂得劳动人民的不易，他一心扑在案子上，只为用法律武器为更多的人找回公道。蒋鑫文心里放不下他的案子，在上海做完微创手术在家没待几天，就到单位上班了。

“我以为他是治病之余来单位看看，直到评查案件时才惊讶地发现他竟然在 10 月还办了 4 件执行异议案件。”孙天庆告诉记者，“做完手术后一个月又去上海复查回来，他到我办公室说执行案子他跑不动了，想来审管办帮着评查案子。”

“12 月初，他已经瘦得没有人形了，还来财务室向我询问他所办的一个案子的执行款打到我院执行专户上没有。”中卫中院出纳小李说。

“12 月中旬，他胃出血住进了中卫市医院，还打电话给我说每个案子的进展情况，说已经约了几个当事人并把当事人的电话号码发给我，叮嘱我联系和接待，一定不要让当事人白跑一趟。”张广平说。

蒋鑫文走了，离开了挚爱的执行岗位，离开了为之付出 28 年的法律工作。

“执行难一直是司法顽疾，如果判决得不到执行，法律无异于一纸空文。”中卫市中级人民法院院长尹效恩说。蒋鑫文情、理、法并重，以生命维护着法律的尊严。

中卫中院民事审判第三庭负责人徐青山记起一件事，那是2004年在柔远法庭工作时，蒋鑫文接手了一起借贷纠纷案件，原告起诉被告索要1100元欠款。时值春节，他和蒋鑫文到被告家送达法律文书时，在破旧的宅院里，看见一位70多岁的老奶奶佝偻着腰，拄着棍子指挥十来岁的孙子和孙女在土坯垒砌的临时锅灶前准备过年的吃食。原来，老人的儿子做生意赔了，外出边打工边躲债，过年都不敢回家。蒋鑫文当天就找到原告，向其详细诉说了被告的家庭遭遇，劝其暂时撤回诉讼，给被告喘息挣钱的机会。但原告丝毫不让步。蒋鑫文说："如果能少要些，这钱我来出。"原告当即答应只要蒋鑫文能掏一半，就不再向被告要钱，蒋鑫文随即拿出550元钱，原告当场撕毁了借条和诉状。而那时，蒋鑫文每月的工资只有1528元。

黄河滔滔，大漠无言。类似这样"法"与"情"交织的故事，开始在中卫这座腾格里沙漠边缘的生态水城传颂。蒋鑫文如骆驼般默默离去，撒下一阵阵驼铃声在空中飘荡。

（《光明日报》2017年02月04日03版）

扫一扫
阅读全文

三十年不变的“长征情结”

——记宁夏隆德县文化馆原副馆长张国勤

光明日报记者　庄电一

红船初心 特刊

三十年不变的“长征情结”

——记宁夏隆德县文化馆原副馆长张国勤

中国共产党人的奋斗观

陈林静：把社区打造成服务居民的平台

记者在六盘山下见到张国勤时，他从宁夏隆德县文化馆副馆长的位置上退下来才几个月。这时他已经62岁了，之所以要“超期服役”，不是因为他留恋这个看似不起眼的“小官”，而是单位有些工作还离不开他，还需要他继续奉献光和热。而对他本人来说，30年前就已形成的“长征情结”，是驱使他退而不休的精神动力。

六盘山是中央红军长征翻越的最后一座高山，隆德县就在六盘山脚下，是全国有名的书画之乡。那天晚上，记者吃过晚饭走上隆德县城街头，看见一家经营书画的店铺依然亮着灯光，便走了进去。一进门就被悬挂在墙上的书画作品吸引住了，因为这些以长征为题材的书法、绘画、剪纸作品艺术水准都很高。店里没有顾客，女营业员发现记者对这些红色题材的艺术品很感兴趣，便热情地带记者到二楼观赏。二楼的红色作品比一楼的更多也更精彩。女营业员告诉记者，这些作品均出自张国勤之手。

张国勤？是当年那位一个人骑着摩托车花一年时间重走长征路的张国勤

吗？他在银川出发时，记者曾在《光明日报》上报道过呢！

时隔多年，天色已晚，但张国勤一听说是本报记者要见他，立即从家里赶了过来。从他创作的红色作品谈起，很自然地就引到了他 2000 年单骑重走长征路的壮举。

六盘山红军长征景区秋景　　新华社记者 王鹏摄

虽然重走长征路早已成为往事，但张国勤说起来仍然很激动，记忆仍然那么清晰。

位于江西瑞金沙洲坝的中华苏维埃共和国临时中央政府大礼堂旧址　　新华社发

在交谈中,记者发现,他的“长征情结”竟然已经延续了 30 年！

1980 年，张国勤从固原师范美术专业毕业，到基层当了一年教师。因为爱好绘画、摄影，他得以被调入隆德县文化馆，很快就被任命为美术组组长。几年后，宁夏决定在红军长征胜利五十周年之际，于六盘山上兴建长征纪念亭。张国勤参与了纪念亭的兴建工作，对长征有了较深的了解，也因此产生了“长征情结”。

有关部门把布展的任务交给了张国勤，领导充满信任地对他说：“给你这个大厅，你来布置。”这让张国勤犯难了：这么大的大厅，需要多少长征的资料啊！而手头掌握的资料实在少得可怜，难以撑起偌大的展厅。也就是从那时候开始，他萌发了重走长征路、收集整理长征资料的想法。他注意到，在此之前，虽然有人重走过长征路，也写下了许多文字，但还没有人系统地拍摄、搜集、整理长征的资料，而这些实物和资料随时都有可能消失，必须及时搜集、拍摄、录制、抢救。

张国勤考虑再三，决定主动承担起这个历史使命。为此，他专门给上级打了报告。隆德县是个贫困县，实在难以在经费上给予多大支持。张国勤决定把家里值钱的东西都卖掉。好在他早年收藏了不少名人字画，因为急等钱用，便全部低价卖出。结果，这些现在可以卖上上百万元的名人字画，当时只卖了 6 万元，有位朋友闻讯给了他 8000 元的资助。张国勤用这笔钱买了摩托车、照相机、录像机。

远在浙江温岭的钱江摩托车厂负责人听说张国勤要骑着他们生产的摩托车重走长征路，很是感动，随即做出决定：如果张国勤能够完成这个壮举，他们将免费为他更换一辆新摩托车，型号由他自己挑选，他们还将在沿线为他提供免费维修服务。但是，还是有人不相信他真的能够走完全程，便提出一个附加条件：每到一地，要发一张照片给他们。

2000 年 5 月 13 日，张国勤重走长征路出发仪式在银川光明广场举行，宁夏回族自治区党委宣传部、文化厅等部门的多位领导都到场了，银川摩托车协会的摩托车队一直将他护送到吴忠。

张国勤沿着中央红军长征的线路逆向行进，由延安直奔瑞金。

这是一次充满艰辛、充满危险、充满挑战的旅行，随时都要面对体力、意志、能力的考验。张国勤多次面临险境，也曾摔下山岗，摔得遍体鳞伤，但稍稍包扎就继续上路。他多次走到荒无人烟之地，孤身闯险，忍饥挨饿；他多次因摔坏摩托车而无法前行，呼叫求援；他常常风餐露宿，一天只吃一顿饭。为了节省经费，他常常借住路边小店，甚至投宿在老乡家。他常常是胡子拉碴，衣衫不整。好在每次车辆出现故障，都有人前来为他免费维修；每次遇到难题，都有人无私地提供帮助。为了节省时间，他多是利用晚上赶路，留出白天时间采访、拍照、录像，到当地宣传部、党史办收集资料，请知情人介绍历史情况，确定下一个目标。

一年后，历尽千辛万苦的张国勤终于来到瑞金。赶到瑞金城区时，太阳已快落山了，他以朝圣般的心情骑着摩托车走遍了瑞金的大街小巷，心情久久不能平静。第二天，他赶往福建连城，经福州一口气赶到浙江温岭。

让张国勤没想到的是，当他赶到钱江摩托车厂时，厂长组织全场职工在大门口欢迎他。一时间鞭炮齐鸣。摩托车厂兑现了承诺，当张国勤骑着崭新的摩托车返回家乡时，包括隆德县领导和张国勤父母在内的数百人一起登上六盘山，为他举行隆重的欢迎仪式。

直到十几年后，张国勤仍然难掩激动："我看到的情景、了解到的故事、学习到的精神，会一直留在我的记忆里，永远也不会抹掉。"

这次人生壮举，他走访了 12 个省区市、220 多个县，总行程 2.24 万公里，历时 376 天。其中，他走访了 500 多个长征遗址和纪念地，在沿途搜集到了 200 多册宝贵资料，拍摄了 360 多卷胶卷，录制了 60 多盘录像带，几乎对长征中所有会师、会议、战役、宿营的遗址都拍了照，仅精选出来的图片就有 3400 多张。此后，他在纪念红军长征胜利 70 周年之际出版了自己单骑走访长征路的纪实摄影集《追逐红飘带》，真实地再现了红军长征的动人画卷及沿线的风土人情。

重走长征路之后，张国勤自觉以长征精神激励自己，任劳任怨地投入工作。他长期致力于非物质文化遗产的挖掘、整理和传承。经过反复试验、揣摩，复活了已在当地消失多年的"染色剪纸"技艺，并通过举办培训班无偿地传授给当地爱好书画、剪纸的群众。2009 年，他所在的文化馆成为宁夏被文化部表彰的唯一单位，他本人也成为宁夏被文化部表彰的三个先进中的一个。

为了进一步挖掘长征文化、弘扬长征精神，张国勤借助"染色剪纸"技艺创作了大量书画、剪纸作品，其中有两幅获得自治区一项大赛的金奖。为了这份挚爱的工作，他多次放弃提升的机会，直到 62 岁才真正退休。

在工作、生活中，张国勤遇到过许多困难，但他从不气馁、不抱怨："天下还有什么事比长征更艰难的呢？那么难走的长征路我也走过了，这点困难又算什么呢？"

现在，张国勤仍在挖掘长征精神、弘扬长征文化。他向记者透露，准备在条件成熟的时候专门举办一个红色作品展，把在职时未能做完的事做好。

（《光明日报》2017 年 11 月 20 日 04 版）

扫一扫
阅读全文

宁夏：

考评机制差异化　干部队伍有劲头

光明日报记者　王建宏

近期以来，经过深入调研、反复征求意见，宁夏回族自治区党委、政府相继出台《关于激励干部想干事能干事干成事的若干意见》《宁夏县（市、区）党政正职综合业绩考核评价办法（试行）》《关于在全区村级党组织中开展“三大三强”促脱贫富民行动的实施意见》和《关于在全区农村基层推广“两个带头人”工程经验的意见》。这“四个重要文件”紧紧围绕习近平总书记系列重要讲话和在宁夏考察时的重要指示精神，明确释放出为敢于担当者担当、为敢于负责者负责的强烈信号，激励干部队伍更有劲头、更有奔头。

04 综合新闻

引发热烈反响
电视纪录片《辉煌中国》

红军遗骸83年后隆重安葬

中宣部授予张劼“时代楷模”荣誉称号

宁夏：
考评机制差异化
干部队伍有劲头

在喀赞其感受原汁原味的文化

考核评价机制是干部干事创业的指挥棒。在宁夏，“塞上江南”的富庶和“苦瘠甲天下”的贫困并存，不同县（市、区）面临的主要矛盾和工作重点也各有不同，通过差异化的考核评价机制，更能体现考核工作的公平性和科学性。

《宁夏县（市、区）党政正职综合业绩考核评价办法（试行）》将宁夏全区22个县（市、区）分为沿黄市辖区、沿黄县（市）、贫困县（区）三个组别，设置了差异化指标。对沿黄市辖区、沿黄县（市）的考核，重点考核经济增长、科技创新、产业转型、生态环境、社会保障、资源消耗等内容；对贫困县（区）重点考核脱贫富民、生态环境保护、民生改善、社会治理等内容。同时对县（市、区）委书记侧重党建和综合指标考核，对县（市、区）长侧重经济社会发展指标考核，充分体现地域和岗位差异。

宁夏回族自治区党委组织部副部长、自治区非公经济组织和社会组织工委书记王少林说，考核评价情况将作为县（市、区）党政正职提拔任用、培养教育、管理监督的重要依据。对坚持原则、勇于负责，敢抓敢管、真抓实干的，予以肯定；对考核成绩列各考核组别末位的，由自治区党委组织部进行约谈；对考核评定为基本称职和不称职的，视具体情况采取相应措施。

《关于激励干部想干事能干事干成事的若干意见》（以下简称《意见》）则从思想、政治、荣誉、待遇等方面提出 10 条举措，探索提出了很多新的办法和措施。《意见》对在脱贫攻坚工作中表现特别优秀、实绩特别突出的贫困县（区）、贫困乡（镇）党政正职，考核记三等功以上或多年获优秀等次的机关公务员、多年被评为先进工作者的企事业单位人员等的选拔任用，分别提出了明确要求；鼓励干部大胆改革创新，对非主观原因且无徇私枉法情形的工作失误或一般性工作偏差等，宽容对待，给予改正机会，帮助总结教训、改进完善，免于问责；对因坚持原则、办事公正而受到造谣、诬陷、诽谤的干部，要调查核实，及时澄清，为其撑腰鼓劲，消除影响，让想干事的有价值感、能干事的有成就感、干成事的有获得感。

（《光明日报》2017 年 09 月 25 日 04 版）

扫一扫
阅读全文

出台文件破除束缚人才发展机制体制障碍

宁夏引才用才在软环境上下功夫

光明日报记者　王建宏

2月9日，宁夏农业有机合成工程技术研究中心主任杨志祥走进实验室，认真检查实验记录数据，他正承担着针对“超级细菌”的抗生素新药研发。一年半前，通过我国向西开放的国家级平台——中阿博览会，加拿大籍华人杨志祥辞职来到宁夏。此前，他曾担任加拿大一家全球知名制药企业的首席科学家。

对此，不少人表示不解，“超级细菌”是当今国际研究前沿，即使到回中国，也应该选择一线城市，为什么要去相对偏远的宁夏？

光明日報
GUANGMING RIBAO
从药品生产、流通、使用全链条发力
我国药品领域迎来重大改革
唤回邻里“曾有的温存”
西安高新区大力推进“文化铸魂”
“神经中枢”里的守夜人
移风易俗重在农民参与
出台文件破除束缚人才发展机制体制障碍
宁夏引才用才
在软环境上下功夫

“虽然宁夏的科研配套、人才基础条件不如大城市，但宁夏求贤若渴的引才诚意打动了我。”杨志祥说。

人才是否可以脱离经济社会发展程度而走出“独立行情”？如何破解引才用才“弱者恒弱”的马太效应？这一直是宁夏苦苦思索的问题。

近日，宁夏党委、政府出台《关于深化人才发展体制机制改革若干问题的实施意见》（以下简称《意见》）。宁夏党委组织部部务委员、人才处处长朱利军说：“《意见》以问题为导向，旨在进一步破除束缚人才发展的思想观念和体制机制障碍。”

银川在经济新常态下提出了“反梯度”战略，不再承接东部经济梯度转移，而是一步接轨产业前沿。经济的“反梯度”，更是人才的“反梯度”。“银川市近年来大力发展新经济、新产业，成立了金融工作局、大数据管理服务局，都需要引进高端专业人才。”银川人才工作服务局局长杨银山说，目前银川市正在根据《意见》制定《银川市高层次人才认定办法》等6个文件，对高层次人才创新创业、综合服务保障工作进行细化分解。

《意见》着重解决政策缺位、越位，不“对症”、不“解渴”的问题。杨志祥加拿大籍华人的身份要进入事业编制是一道坎，如果不打破体制限制，就连取得基本报酬也成问题。对此，《意见》规定，扩大高等院校、科研院所和国有企业等用人主体的自主权，可对引进的急需紧缺高层次人才实行协议工资、年薪工资，经费按现行渠道支付，免去了他们的后顾之忧。

《意见》大刀阔斧破除人才管理行政化倾向——高校教师经所在单位批准，可开展多点教学并获得报酬；鼓励利用网络平台等多种媒介，推动精品教材和课程等优质教学资源的社会共享，授课教师按照市场机制取得报酬；事业单位自主引进全日制博士及以上高层次人才，不受编制总量和岗位结构比例等限制……

在西部欠发达省区，人才总量不足与人才资源浪费并存。《意见》赋予高校、科研院所等科技成果的使用、处置和收益管理自主权，科技成果转化收益，按不低于70%的比例归完成人（团队）所有，激发科研人员的积极性。

近5年来，宁夏林业研究院先后吸引68人次的国际专家。这些具有全球视野、精通国际规则的开放型人才，将进一步推动宁夏融入全球技术大潮。

（《光明日报》2017年02月10日01版）

扫一扫
阅读全文

宁夏银川

党建平台凝聚律师工作“向心力”

光明日报记者　王建宏

“党的十九大报告指出，必须把党的领导贯彻落实到依法治国全过程和各方面。”11月6日，宁夏银川市司法局局长孙旭东说，一名党员就是一面旗，一个党组织就是一个战斗堡垒，只有把十九大精神传递到每一个基层组织、每一名基层党员，才能使党组织的“向心力”坚不可摧。

如何把党的领导贯彻落实到依法治国全过程和各方面？2015年年初，银川市司法局党委针对社会基层组织建设情况，制定了《建立银川市司法局党务工作平台和基层党建工作联络员制度》，借助微平台和QQ党建群设立平台管理员，向所属基层党组织委派党建指导员与基层党建联络员开展对接指导。当前，已委派党建工作指导员37人，设立基层党建联络员37人，覆盖了所有基层党组织。

04 综合新闻

人社部印发《事业单位公开招聘违纪违规行为处理规定》

严肃招聘工作纪律　促进社会公平正义

全民消防我代言　平安风吹暖神州

上海：军地联合办学解除老兵后顾之忧

像小蜜蜂一样撒播爱心

党建平台凝聚律师工作“向心力”

通过党建工作联络员制度“纽带”和“桥梁”作用的快速传导，目前，学习贯彻十九大精神的热潮已经在银川市律师行业全面推开。

在宁夏善知律师事务所，文化室、图书室、电教区等各类配套设施一应俱全，而这些都是党建园地的一部分。该事务所还设置了公示栏，用于公示党支部的活动、展示学习体会等。据负责人王辉介绍，这个律师事务所2016年4月成立，6月初成立了党支部。一年多来，党支部坚持以党建引领律师法律服务工作，以“党建促所建”，以“所建促发展”，各项工作取得了显著成绩。

“我们非常注重加强对青年律师这一党员后备群体的培养，持续增强党支部的工作能力和水平。”王辉告诉记者，该事务所建立了“管委会与党支部联席会议制度”，即党支部书记列席律所管委会会议，律所主任列席党支部会议，同时赋予了党支部书记“一票否决”的权力，并写入律所章程，有效保证了党支部职能作用的发挥。

早在两年多前，“银川市司法局党建微平台”正式上线发布，这也是宁夏首家司法行政党建微平台，十九大一开幕，这一党建平台就进入了“十九大时间”。围绕学习贯彻十九大精神，这个平台发布各类信息143条、原创视频27条、学习类信息120余条、综合类信息26条，共计316条。党建平台的建立，为社会基层党组织的广大党员更好地学懂、弄通、做实十九大精神提供了沟通交流、互相启迪的平台。

（《光明日报》2017年11月07日04版）

扫一扫
阅读全文

“哪里有项目，哪里就有党支部”

——宁夏银川城建集团抓党建促发展纪实

光明日报记者 龚 亮 王建宏 光明日报通讯员 赵建伟 时明霞

时值隆冬，寒风刺骨，宁夏银川城建集团工程有限公司36名党员职工奋战在海原县蒲家山养殖项目工地上。公司把2017年总结会“搬”到工地上，其中一项重要议题是，每个党员畅谈学习十九大报告心得体会。党支部书记王大毅说：“蒲家山养殖项目是一项扶贫工程，党支部要在十九大精神的指引下，发挥战斗堡垒作用，千方百计扶持贫困户养羊致富。”

红船初心特刊

切实搞好“不忘初心、牢记使命”主题教育

秉承红医传统 创新医学教育

“哪里有项目，哪里就有党支部”

——宁夏银川城建集团抓党建促发展纪实

银川城建集团党委书记、董事长雷光新是转业军人，他把抓党建作为指导企业发展和凝聚人心的法宝。银川城建集团的党建要从1984年成立银川市房地产开发公司时说起。当年，公司不足10名党员，贷款8万元起家。今天，公司已发展成为资产数亿元，拥有9个党支部、123名党员、1120名职工的宁夏百强企业。

雷光新透露，银川城建集团发展壮大的秘诀是坚持党的领导。他深有体会地说，在面临重大决策时，企业党组织参与到企业决策中来，并发挥党的政治核心作用，为企业发展和经营指明了方向。

34 年来，银川城建集团党委不忘初心，始终传承红色基因，坚持不懈抓党建，为民企改革发展凝心聚力，形成了自己的党建特色。在集团党委引领下，城建集团由房地产向旅游、休闲农业、电子商务、服务业转型发展，实现了可持续增长。

迎难而上的员工优先入党，率先垂范的党员优先提拔

在城建集团的子公司——银川四季青服装城，商户指着办公室门口的党支部牌子说："看见这块牌子心里就踏实。"这块牌子是 2013 年该项目开工时挂起来的。员工吕宏玉记得，交付项目吹响"集结号"，党员领导干部曹光兴请缨冲到一线，组织安排施工进度，连续战斗三天三夜，无法陪伴即将高考的儿子，"他的担当精神感染着 20 多名青年党员，大家斗志昂扬，没人喊苦喊累，直到工程按期竣工、顺利开业"。

近年来，城建集团项目工地遍及海南、甘肃、宁夏，点多面广，党员分散，而且奋战在项目一线的骨干大多是"80 后""90 后"。城建集团党委提出："哪里有项目，哪里就有党员，哪里就有党支部。"多年来，一些急难险重的任务，党员站出来打硬仗，啃下了一个个硬骨头。

海原保障房项目，党员突击队吃苦在前，顺利完成任务，让群众在天冷前搬进了新房；海南房地产项目，闫亮等党员主动提出到海南工地，节假日很少与家人团聚，但他们毫无怨言。

迎难而上的员工优先入党，率先垂范的党员优先提拔。城建集团中层以上领导干部 99%是党员；集团所属党支部书记和单位经理同等待遇，确保他们有权有责抓党建。"在集团，党员最光荣，广大职工争相入党，去年有 30 多人递交了入党申请书。"城建集团党委副书记曹文辉说。

34 年铸就党建之魂，使企业在困境中不断发展壮大

"不转就是死路一条，慢转也没有出路，不如早转赢得先机。"说起企业

转型之路，城建集团党委书记、董事长雷光新话语坚定。

2014 年，面对经济下行压力，以房地产为主业的城建集团面临重大抉择，雷光新壮士断腕："压缩房地产，向旅游、休闲农业等新兴行业转型。"

"隔行不取利，几十年房地产是老本行，哪怕当最后的守望者。"一石激起千层浪，集团高层一半人反对。

雷光新带领高管多次南下考察，先后 5 次召开集团党委会，统一思想，毅然甩掉房地产标签，向旅游、休闲农业、电子商务、服务业转型。

34 年风雨兼程。"城建集团改革的酸甜苦辣，是一本厚重的教科书，其中最重要的一条经验就是，34 年铸就党建之魂，使企业不断在困境中发展壮大。"雷光新说，34 年来每次遇到困难，党建这股由内而外的内生动力，都会使企业一次次获得新生。

去年以来，黄河小镇、众一农场、葡萄酒庄、五星级农家乐、京东商城银川馆等这些新的经济增长点蓬勃发展，总投资达 5 亿元。截至目前，城建集团房地产份额下降，旅游等四大新兴板块业绩上升到集团总收入的 30% 以上。

强烈的社会责任感超越了一切向钱看，使民企获得了可持续发展的正能量

在激烈的市场竞争下，企业容易出现一切向钱看的倾向，但城建集团交出了一份自己的答卷：强烈的社会责任感超越了一切向钱看，使民企获得了可持续发展的正能量。

寒冬季节，走进海宝龙幼儿园，只见这里党员亮明身份，党员示范班亮出招牌。该幼儿园园长甘红霞很自豪："家长争相把孩子送进党员示范班。"2000 年，企业投资 2000 万元建设海宝龙幼儿园，建成后每年吸收 600 多名幼儿，解决了周边 5 个小区幼儿入托难问题。幼儿园平价收费，但师资配备、膳食安排又是高标准，收入仅够正常运转，教师工资由集团贴补。

“这是集团社会责任窗口，不是赚钱的地方。”雷光新说。

海原县有12万余贫困人口，占全县总人口的26.3%。去年，城建集团携手海原县政府和原州区政府积极打造“飞羊”精准扶贫模式，参与自治区扶贫攻坚战役。城建集团计划投资3000万元，现已投资1500万元，在海原建设蒲家山万只羊场，流转8500亩土地种植畜草，对贫困地区进行产业扶贫。去年9月5日，城建集团又与固原市原州区寨科乡大台村签订发展集体经济合作协议，计划捐助28万元建设规模化羊舍，帮助大台村数十户贫困户脱贫。

银川城建集团还积极参与公益慈善事业。去年，集团社会公益投入达3300万元，帮助2万余社会人员实现就业。多年来，集团累计投入公益慈善事业资金上亿元，纳税4亿元。银川城建集团连续26年被评为“重合同守信用”单位，荣获中国就业和社会保障先进民营企业、自治区“双强六好”党组织等荣誉。

（《光明日报》2018年01月10日05版）

扫一扫
阅读全文

企业一线的“红脸出汗”

——神华宁煤集团气化车间党支部“两学一做”学习教育专题组织生活会侧记

光明日报记者　王建宏

车间党组织是党组织体系的“神经末梢”。近日，宁夏宁东能源化工基地，神华宁煤集团煤基烯烃项目气化装置在湛蓝的天幕前蒸汽升腾，这是世界上最大的也是唯一一套商业化运行的GSP粉煤加压气化装置。就在距此十几米的交接班室内，一场别开生面的“两学一做”学习教育专题组织生活会在这里召开。

气化车间党支部是一个年轻的群体，平均年龄26.8岁，全部为大专及以上学历。但长期的车间工作，让吃苦耐劳的他们形成了质朴直率的语言习惯。

“中澳旅游年”在悉尼隆重开幕
守望铁路隧道的父子俩
《中国遏制与防治艾滋病“十三五”行动计划》
企业一线的“红脸出汗”
因势利导，让乡风文明重归“故土”
依法严惩“村霸”“保护伞”

纪检委员、车间主任景寿堂首先开展自我批评：“工作作风有差距，工作还不够精益求精，有些做得不够深，不够细，例如气化车间现场文明生产与其他车间相比差距很大，远远没有达到公司的管理要求。”

“对员工的日常生活关注不够。2016年4月车间有一位员工因家人发生车祸导致生活困难，我一直没有注意到，直到后来听别的同事说才知道此事。”

会场上带着泥土味，也充满了火药味。

文体委员陈杰反思说：“自己只抓重点工作和紧迫工作，对于基础管理较松懈，存在以嘴巴管理替代身体力行的执行惰性，工作中沉下来的决心不够。”

“技术管理钻劲不足，对出现的问题缺乏洞察力，对系统水质、煤质变化给气化炉的影响研究不透，气化炉裙座鼓包、煤粉系统波动大等问题不能及时从技术上提出解决措施。”组织委员陈鹏程剖析道，对周期性问题重视程度不够，急于“救火”，疏于“防火”。

党小组组长王兴刚自我批评说：“班组管理方法存在问题，主要表现在平时对有些工作安排后自己没有去跟踪。”

讲问题见人见事，这些自我批评饱蘸真诚、辣味十足。

在生产第一线，面临的问题都非常具体，组织生活会上的互相批评更是直截了当、不顾面子、不留余地。

“改善工作条件方面不到位。例如车间经常发生管理人员不能按时下班导致坐不上通勤车，只能自己打车回家。”批评直指党支部书记黄锋。“处理现场问题时工作服被黑水、灰渣等弄脏后坐不上通勤车，应该尽快启用洗澡间和洗衣机，或者配置一些连体服。”

对景寿堂的批评也如连珠炮一般打来：“你对全面整体发展关心不够，特别是党建、团建，文体活动、演讲比赛等，很少参加。”

宣传委员孙微微是支部班子里唯一一位女同志，大家的批评也没有因此变成“微辣”。“自产假结束回到工作岗位上以来，工作效率明显下降，宣传稿件发布率下降，多次出现上报材料不及时，错别字连篇等低级错误。”

正如神华宁煤集团第一督导组组长李兵的现场点评：每位同志都红了脸、出了汗，经受了一次触及思想、触及灵魂的洗礼。

（《光明日报》2017 年 02 月 06 日 03 版）

扫一扫
阅读全文

一次红脸出汗的组织生活会

光明日报记者　王建宏

“做好老旧小区的工作，应该有开拓精神。你工作中脾气急躁，一些老党员的接受能力弱、反应慢，说话语速要放慢一些。”日前，在宁夏银川市兴庆区玉皇阁北街北关社区一间普通办公室里，欧阳育南首先向社区党支部书记秦志萍“开火”，拉开了北关社区组织生活会的序幕。

虽然已至初春，但一场突如其来的“倒春寒”，使塞上大地的清晨更加寒气逼人。尽管70岁以上党员人数占到多半，大家参加组织生活会的积极性依旧高涨，没有一人缺席。

社区党组织作为基层百姓的主心骨，组织生活会聚焦一个时期内社区工作的主要矛盾、解决焦点问题，社区群众对此十分关心。

光明日报 要闻 03

一次红脸出汗的组织生活会

“两学一做”学习教育

两个“圈”成为千亿产值“发动机”

教授当“农民”　农民成“教授”

贫困户王朝新“上墙”记

会议开始，党支部书记秦志萍就鼓励大家“对班子成员批评不用留情面，不要有所顾忌”。

“图书阅览室的书籍更新太慢，老年饭桌的菜品过于单一。”在此前的征求意见阶段，对支部班子的批评十分尖锐。“支部班子对身边党员的宣传过于高大上，没有贴近党员生活。对反面事例的警示教育过于单一，应该正反结合。”

“以后多邀请专业的党课老师，为

我们进行政策解读。年龄越大，越要主动学习，不做‘疲劳党员’‘观众党员’。”由于支部无法满足大家对党章党规的学习要求，老党员们颇有意见。

“有‘好好先生’思想，工作中总怕得罪人。由于年龄偏大，接受新事物较慢，开展工作较为被动。”对支部委员李家敏的批评不绕弯子。

“郭万才参加组织生活不积极，推诿现象严重。”

“徐荣兴联系群众、了解群众疾苦不够；还希望能为小区的旧楼争取保温改造。”

会上，只有揭短亮丑的“冷面侠”，没有遮遮掩掩的“柔情汉”。互相批评一针见血、谈深谈透，自我批评果断真诚、落细落小。

“我退休后理想信念淡薄，有时候找借口不参加社区的活动，面对社会上的不良风气，不仅不去制止，还跟风。”70 岁的老党员郭万才如是说。

蒋学文也亮出了自身的不足：“退休后觉得思想也退休了，跟不上新的发展要求，以后要少找借口，努力改正。”

“上了年纪后，家里事情很多，学习活动总是一推再推。”作为支部里年龄最大的党员，82 岁的征万保自我批评的坦诚丝毫不逊于其他人。

开展了批评与自我批评后，银川市兴庆区玉皇阁北街街道党工委书记马建平点评说：“党员们的剖析诚恳深刻、发言坦荡。尤其是年龄偏大的党员，思路清晰，发言质量较高，尤其难能可贵。”

此次组织生活会还为参会的 26 名楼栋党小组成员进行了民主测评。会议共征集到针对支部班子的意见建议 29 条、班子成员的 41 条。

“红脸出汗”之后贵在行动。党支部书记秦志萍说，针对组织生活会上查摆出来的问题，支部班子已列出问题清单，分清轻重缓急，盯着问题做工作，对马上能改的立说立行，让群众在短时间内看到组织生活会的成效。

扫一扫
阅读全文

（《光明日报》2017 年 02 月 12 日 03 版）

第六部分

文献·综合

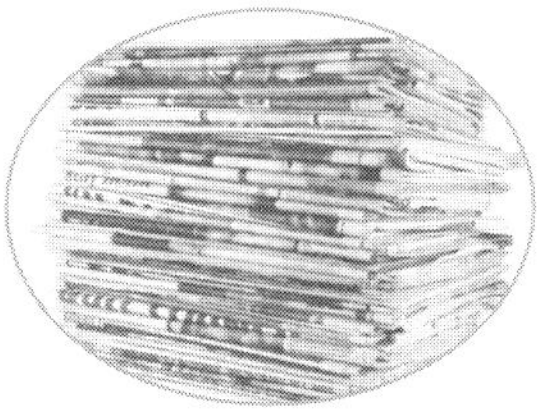

破译远古农业生产“密码”

——聚焦宁夏鸽子山考古新发现

光明日报记者　王建宏

光明视野 05

鸽子山，史前遗址中的一颗璀璨明珠

破译远古农业生产“密码”

——聚焦宁夏鸽子山考古新发现

情约鸽子山

【编者按】远古农业是怎样起源的？一万年前的先民们如何用火、怎样居住？远古人类迄今最小的装饰品是怎么加工出来的？宁夏青铜峡鸽子山考古最新发掘成果给出了寻找这些答案的线索。

2017年9月初，中国著名旧石器考古学家、中国科学院古脊椎动物与古人类研究所研究员、中国考古学会旧石器专业委员会主任高星等中国旧石器考古界专家来到宁夏青铜峡，对鸽子山遗址2017年度考古发掘进行验收。本期光明视野深度解读鸽子山遗迹，并邀请高星和宁夏考古所研究员王惠民撰文，从不同角度找寻一万年前的人类记忆。

2017年，考古界的目光聚焦于宁夏青铜峡鸽子山。随着考古发掘的进一步深入，更多人类秘密正被揭开。

这是考古界首次在西北沙漠边缘地区建立距今约12000年至4200年，即晚更新世末期至全新世早期的文化演化序列。

考古揭开远古先民在原始农业萌生期的生产图景

鸽子山遗址第 10 地点发掘探方　　李鹏摄 / 光明图片

“在 1990 年至 1997 年间，我们在鸽子山发现了诸如磨盘、磨棒之类的对植物种子进行加工的磨器。”宁夏考古所研究员王惠民说。磨盘是以谷物加工为主的器物，在中国发现数量如此之大的磨盘是绝无仅有的。这在某种程度上揭开了距今 1.2 万年到 1 万年之间，这一地区远古先民在原始农业萌生期的生产图景。

在已有的发掘成果中，通过对土壤的浮选，还得到了大量猪毛菜、蒿属、小麦族等可食性的炭化草类植物种子，同时对原地埋藏出土的磨器进行了残留物分析，发现了植物淀粉的残存。

“通过大规模的水洗和浮选，现在已经发现了距今 12000 年前的草类植物种子，这是否具备了早期人类利用或栽培草类植物的迹象？如果具备了这些迹象，那就可以初步判断鸽子山遗址是一处与我们研究中国古代农业起源直接相关的遗址。”中国社科院考古研究所科技考古研究中心主任赵志军认为，鸽子山遗址会为人们探讨农业起源提供重要线索。

研究人员在对筛选水洗探方土样后残留的微小物质进行挑选　　李鹏摄 / 光明图片

这些证据似乎为我们描绘出一幅远古先民进行原始农业生产的图景：随着地球末次冰期最后一个极冷事件新仙女木期的

来临，鸽子山的原始先民们艰难地跋涉在贺兰山山间的旷野上，寻找着食物。由于气温骤降，动物数量减少，许多植物也开始变得矮小，为了生存下去，古人类不得不开始使用一些特殊工具来获取植物种子。在第四文化堆积层出土的植物种子、数量众多的磨食器以及磨食器上的植物残留物等，都为农业起源研究提供了最新的早期材料。

另外，以往研究者认为，年平均温度在 12.75℃至 15.25℃范围之外的区域，不会存在大量的食物生产和加工活动，而鸽子山地区的年平均温度远低于该范围，这刷新了人类当前的认知。

火塘及疑似建筑遗迹展现古人类多样化生存模式

宁夏青铜峡市文物管理所所长李鹏介绍，随着考古发掘的继续深入，鸽子山发掘出了数个结构性火塘。

中国科学院古脊椎动物与古人类研究所博士彭菲认为，火塘的发现弥补了中国考古领域在距今 10000 年到 4800 年或 8300 年这一阶段对西北干旱半干旱区域文化演化认识的缺失。

火塘是一种相对难以完整保存的遗迹，在存在用火行为的旧石器时代晚期遗址中，相当一部分仅发现了用火相关遗存而不是完整的火塘，像鸽子山如此完整和大规模火塘的发现，在世界旧石器考古史上实属罕见。

鸽子山出现的结构性火塘已经具备比较完整的用火结构。而鸽子山出土的数万件烧石也是同期遗址中数量最多的，这更表明多种用火方式与熟食、熟水在这里已经成为古人类成熟的生存方略。

考古人员在发掘出土临时性建筑遗址　李鹏摄/光明图片

彭菲猜测：“远古先民在火

塘边点火、烤肉、煮肉、御寒，甚至可能会把潮湿的地面烤得暖和一些去睡觉。”

在一些火塘旁，一排排疑似柱洞的遗存引起了大家的关注。这种疑似房屋建筑遗迹的柱洞与火塘的分布可能有一定的关系，古人类搭建棚子，在棚子的旁边建火塘，用以居住取暖。

鸽子山遗址考古发现的这些迹象都表明，旧石器时代晚期人类适应环境能力增强，生存模式更加多样化。

最小饰品见证早期人类对美的追求

李鹏告诉记者，鸽子山遗址考古发掘的精细、缜密程度令人难以置信。第 10 地点 1000 立方米探方土样，经过筛选水洗、浮选等环节采集后，竟然发现了直径 1.2 毫米的串珠，比去年鸽子山发现的直径 1.69 毫米的串珠还要小，再次刷新世界范围内旧石器时代最小人工装饰品纪录。

耐人寻味的是，其内孔与自动铅笔的铅笔芯一样细，即使在今天，使用精密车床来加工如此细小的工艺品也是一件难事，人类在 10000 多年前的石器时代，究竟是如何将易碎的鸟类蛋皮制作成如此精美的装饰品的?

近年来，晚更新世人类认知与审美能力的探讨成为考古界的研究热点。鸽子山出土的鸵鸟蛋皮装饰品无论在形态大小还是在制作工艺上，都展示了古人类高超的工艺和精致的审美能力，刷新了人类的认知。

“这个石片上有被连续击打的疤痕，而且呈现出比较规则的放射状痕迹，这是典型的石器时代人类使用过的石制品。”美国匹兹堡大学考古学博士曹俊阳指着一块石片说。

鸽子山出土的两面器和尖状器是在中国发现的旧石器时代最典型、精美的器物。其中，两面器的精美程度绝无仅有，最薄之处仅 1 厘米左右，长宽分别达到 17.8 厘米和 6.6 厘米。据王惠民推断，这是远古先民用来切割、加工兽皮的工具。

“在鸽子山同时发现打制石器和磨制石器，虽然不能推断这群人是一脉相承的，但能说明新、旧石器时代的人类在这里长期繁衍生息。”王惠民解释。

鸽子山考古目前已进入室内整理和实验室分析阶段。专家认为，鸽子山对研究中国西部古人类文化传播、植物采集加工驯化和原始农业的萌生，有着举足轻重的意义。

（《光明日报》2017 年 10 月 30 日 05 版）

扫一扫
阅读全文

鸽子山，史前遗址中的一颗璀璨明珠

高　星

2017年4月12日，中国文物考古界和新闻媒体热切关注的2016年度全国十大考古新发现评选结果揭晓，宁夏青铜峡鸽子山遗址的考古发掘成果从25个入围项目中脱颖而出，成为文物考古界一颗耀眼的明珠。

在此之前，鸽子山遗址并不知名。虽然它在2006年被确立为全国重点文物保护单位，但即使在考古界，也鲜有人知道它的名字、位置和学术价值。2014年，中国科学院古脊椎动物与古人类研究所和宁夏文物考古研究所联合组队，在第10地点开展抢救性考古发掘。连续4年的系统发掘和多学科协作，取得了令人瞩目的重大成就，让考古人惊喜，让学术界震撼。

这项田野工作不但解决了困扰学术界30余年的有关鸽子山遗址地层、年代和文化性质等若干基础问题，还带来了一系列令人惊奇的重大发现和突破性成果。通过精耕细作的发掘，辅之以现代科技手段的精密记录和高分辨率的测年技术，发掘队在约200平方米的区域内辨识出三个年代分别为距今4800年、10000年和12000年的史前文化层位，揭示出旧石器时代晚期向新石器时代演变、过渡的文化序列，获取数万件石制品和大量动物化石，还发现一批用石料、兽牙和鸵鸟蛋片制作的精美装饰品。

出土的石制品包括小巧精致的细石核、细石叶和用细石叶加工而成的工具，精美、对称、两面加工的尖状器，形制多样、用于研磨的磨盘和磨棒，刃口锋利的刮削器、端刮器和锯齿刃器等。在最下面的文化层中揭露出两组呈条带状分布的柱洞，柱洞内多有木炭、石块，应为简易居住性建筑（窝棚）的遗迹。这种建筑遗迹在我国旧石器时代遗址中尚属首次发现，在整个东亚地区也十分罕见，为窥探当时人类的适应生存方式提供了弥足珍贵的资料。数枚直径不足两毫米、难以捏拿的串珠用鸵鸟蛋片加工而成，形圆周正，中心钻孔，造型美观，工艺精巧，是目前世界范围内旧石器时代同类装饰品中的最小者，在昭示制作者独特的匠心和高超的工艺水平的同时，也彰显了发掘工作的精细和缜密。在同层还揭示出一系列用火遗迹，遗迹范围内分布着密集的炭屑、灰烬和烧骨、烧石，有的遗迹显示出火塘的复杂结构，表明当时的人类对火和热能具备了娴熟地控制、利用能力。该遗址出土的磨盘、磨棒数量巨大，造型多样，在同期遗址中鲜有可比者，表明对工具、食物、颜料、皮革等的研磨加工在当时人们的生产生活中占有重要的地位。目前已从部分磨盘、磨棒和石器上成功提取到植硅体、淀粉粒等微体植物遗存，系统的浮选工作也提取到大量炭化的植物果壳和种子。

这些植物材料以及丰富的动物化石是当时人类食物的残留吗？当时这里的人类是否已在狩猎—采集过程中积累了足够的动植物和生态知识，对可以被开发利用的动植物资源进行过某种程度的管理乃至驯化？那些火塘中泛着油褐光泽的木炭、沙土是否包含着更多古人类食谱的信息？相信通过对这些材料的科技检测、分析，未来的研究将会为我们描绘出生活于贺兰山脚下的先民们一幅幅生息劳作的鲜活画卷：他们穿着兽皮衣饰，佩戴着串珠项链，在喷涌的泉水边制作工具、搭建营地、构筑火塘，在炊烟与火光的映衬下分享食物、载歌载舞……

需要指出的是，鸽子山是一个大型旷野遗址群，目前已经发现和标记了15处地点。上述重大发现仅仅来自第10地点。其他遗址，或仅做过有限的试掘，或仅在地表做过调查、采集，地下的文化宝藏和学术谜底，尚待被发现、发掘、研究和破译。因而，目前在第10地点的考古发掘仅仅揭开了鸽子山遗址远古文化遗产和学术价值的冰山一角；未来还会发现什么，不可估量。

“12000~10000年前”，这是鸽子山遗址的关键词，是其最重要的文化遗产与学术价值所依托的时代。这一时期，环境变化和人类演化，都在向“现代”的方向快速奔跑着。当时大自然刚刚挣脱末次盛冰期严酷气候的桎梏，冰雪消融，大地回春，虽然还有新仙女木事件的短暂波折，但自然环境总体上一路向好。人类在这样适宜的气候和生态中，带着百万年文化的积淀，犹如脱缰的骏马，从旧石器时代一头闯入了新石器时代，文化的发展和文明的孕育在加速进行着：许多新的技术被发明和创造，更多工具、用具被制作出来，打制石器开始让位于磨制石器，陶器呈现星火燎原之势，精美的骨器、装饰品成为人类的新宠，迁徙游动的狩猎—采集生计模式渐被定居的农业生产所取代，人口增加，社会复杂化，人类演化进入了一个崭新的时代！

生活在旧石器时代晚期贺兰山脚下的“鸽子山人”就是在这样的背景下登上了历史的舞台。这里山前盆地开阔的地貌环境和生态多样性，不远处的黄河所带来的水汽和石器原料，区域内汩汩流淌的泉水，在丰盛的水草中觅食的动物和丰富的可食性植物果实、种子、根茎，吸引着先民来此制作工具，狩猎采集，宴饮小憩，进而安营扎寨，劳作繁衍，生生不息。随着时光的流逝，他们生产、生活的遗物、遗迹被一层层的沙土掩埋、封存，成就了今天考古学家的业绩，也成为子孙后代珍贵的遗产。有了这样的文化遗产，今天的人们才得以了解、研究古人，才得以凭吊纪念先祖，才得以知晓现时在历史长河中的短暂与渺小，并得以在文化建设和社会发展中注入一份健康、有深厚底蕴的基因，发挥它们知识积累、科普教育和社会名片的作用。过去的历史，正在造福于当代人类！

鸽子山，这颗史前遗址中的珍贵明珠，定将更加璀璨夺目！

（作者：高星，中国科学院古脊椎动物与古人类研究所研究员）

（《光明日报》2017 年 10 月 30 日 05 版）

扫一扫
阅读全文

情约鸽子山

王惠民

鸽子山在三十年前是一个很少有人知晓的小山梁，人迹罕至，随着古人类遗址的发现和种植业经济的发展，鸽子山这个名字已经享誉全国。

1986 年文物普查时鸽子山盆地曾发现过红陶片。1990 年我在调查时发现并采集了近 400 件打制石器。经过观察，部分石制品已经具有晚期剥片技术特征，我撰写了《青铜峡鸽子山遗址调查报告》，推测鸽子山年代可能会在晚更新世末段（略早于距今 1 万年）。这一阶段是旧石器时代向新石器时代过渡的时期，遗址地处三大沙漠与黄土高原的过渡带，考古材料珍贵，可能涉及古人类狩猎采集经济的分化或原始农业的起源等重要课题。从那时起，这片宝地与我结下了不解之缘。

王惠民采集的一件桂叶形尖状器　　李鹏摄 / 光明图片

确定遗址年代是史前考古的首要环节。1995 年前后宁夏考古所与美国内华达山间研究所合作，发现了 8 件磨器（磨棒与磨盘等）和少量两面器与双面加工尖状器，测得第 3 地点的主要文化年代为距今 11620±70~10020±60 年。这正在我对鸽子山遗址年代的预判范围内。

鸽子山遗址的重要性，更体现在田野工作的收获之中。

在 2013 年调查的基础上，2014 年至 2017 年宁夏考古研究所和中科院古脊椎动物与古人类研究所在第 10 地点进行了田野发掘工作（北大和社科院考古所后来也加入团队）。第一次在鸽子山地区距今 1 万年前的地层中发现关键文化遗物：鸽子山尖状器，两面器，蛋皮或骨制、石制装饰品，磨器。最重要的器物主要来自超过 1 万年的地层，与当初对遗址年代与性质的判断基本没有误差。出土器物中还有外直径仅 1.26、1.42、1.59、1.98 毫米的一组精美钻孔蛋皮装饰品，是目前已知世界范围内石器时代最小的人工制品。还初步发现了与宁夏水洞沟 12 地点相似的细石器微型工具，这可能与微型装饰品相关。

发掘与采集数量达到千件以上的磨器是规模性食物加工的有力证据。大量的浮选作业也获取了数千粒植物种子，至少存在 6 个不同植物种属，均可食用，应当是古人类的食物资源。懂得了植物种子的食用和贮藏，创造了植物籽粒的加工工具与方法，植物资源得到强化利用，才具备了植物的驯化与栽培的前提条件，狭义的农业才得以实现。鸽子山的新发现为原始农业起源考古提供了十分珍贵的材料。

万年前远古人类在没有山洞，也没有开凿窑洞的旷野中和荒漠环境下怎样居住，怎样应对北方的寒冷，怎样遮风挡雨，此前我们只能推测、想象。鸽子山第 10 地点在 1 万年前地层中发现了不同水平高度的两组建筑柱洞遗迹，初步解答了沙漠戈壁环境、旷野地区古人类的居住形式，这在国内外考古中也是第一次。

第 10 地点清理了数十处完整的结构性火塘和大量其他用火遗迹，其中往往出土许多烧石，建筑遗迹和用火遗迹有序排列布局和大量的生活生产用品近距离分布，不排除鸽子山的古人类较长时间居址固定的可能性。发掘材料可能对寒旱环境的古人类生存情景复原具有广泛意义。

中国西北乃至中亚除了低山山地洞穴以外，绿洲小环境基本涵盖了古人类遗址的主要生存背景和地貌单元。这些地区保留原生地层不易，但如同鸽子山工作一样，经过仔细的调查，持续关注，还会有更重要的古人类遗迹被发现。鸽子山蕴藏的远古人类源头图景光芒四射，激励我们寻找人类发展轨迹。

扫一扫
阅读全文

（作者：王惠民，宁夏文物考古研究所研究员）

（《光明日报》2017 年 10 月 30 日 05 版）

岩画：“一带一路”沿线国家相互沟通的印记

【编者按】岁月失语，唯石能言。7月16日至17日，2017中国贺兰山国际岩画文化艺术节在宁夏贺兰山下举行，来自中国、意大利、俄罗斯、印度、沙特阿拉伯等国家的200多名岩画专家、艺术大师在这里就岩画保护、文化传承、艺术创新和产业融合进行深入探讨，“一带一路”背景下的岩画研究成为全球岩画专家关注的一个新热点。

人类最古老的通用“语言”

——2017中国贺兰山国际岩画文化艺术节看点

光明日报记者　王建宏

光明视野 05

岩画：“一带一路”沿线国家相互沟通的印记

越是早期的岩画语言全球性越明显

人类最古老的通用“语言”

——2017中国贺兰山国际岩画文化艺术节看点

守护岩中千秋史

传承画里万年魂

7月16日，宁夏银川，分布于贺兰山东麓27个山口和山前洪积扇荒漠草原上的上万幅岩画吸引着全球岩画专家齐聚于此。这些史前印记和分布于全球的岩画资源一起，记录着整个人类的童年。

然而，这些跨越大洲大洋的图像语言却并非孤立存在。专家认为，起源于旧石器时代的岩画文化艺术，是人类文明发展的共同现象，同时又有源与流的不同，很多岩画点、岩画块、岩画线、岩画带及其大区域都有内在的联系，体现了不同时期迁徙人群留存的社会生活片段。

宁夏贺兰山拥抱石处人面像岩画

在美洲发现的甲骨文岩画是商代移民的证据？环太平洋地区的人面像岩画是从贺兰山地区传播出去的？我国北方岩画的斯基泰风格画像表明西亚的塞人文化也波及我国北方草原？专家们的研究说明，在远古时代，先民们已经开始跨越千山万水“遥相呼应”。

正如中国岩画学会会长王建平所说：“岩画是全球最早的历史文化遗产，是‘一带一路’沿线国家最早的文明结晶和文化符号，也是相互沟通的历史印记。”

“贺兰山岩画是北方草原文化的典型代表，也是北方草原民族东西迁徙、南北移动的集结点，它在历史上的东西传播作用不可忽视。”银川市贺兰山岩画管理处党组书记、主任张少志说，国内外专家的研究表明，从宁夏贺兰山岩画到内蒙古岩画，再到环太平洋沿岸的岩画；从甘肃河西走廊的祁连山、马鬃山和黑山岩画到青海的刚察县哈龙沟岩画，再到天山以北的岩画；以及非洲、欧洲的丝绸之路沿线的岩画之间，大多都有联系。

宁夏贺兰山太阳神岩画

宁夏是中国古代北方民族东西迁徙的特殊走廊，又是中国古人类的重要发祥地之一。距今4万多年的水洞沟人生活遗址，是目前国内发现的最早的晚期智人活动遗址。此后，从旧石器时代直到新石器时代不断叠加，使古代的水洞沟人可能与岩画产生了一定的联系。由此也出现了一个历史之谜：水洞沟人从哪里来？他们是否在贺兰山开凿岩画？他们又到哪里去了？是向阴山以东迁徙进入山西、东北，还是向西一带迁入河西走廊、新疆、中亚、西亚一带？沿途留下的记录社会生活的岩画，将是破解这些谜团的钥匙，也是研究丝绸之路沿线人类早期沟通迁徙的“文献”。

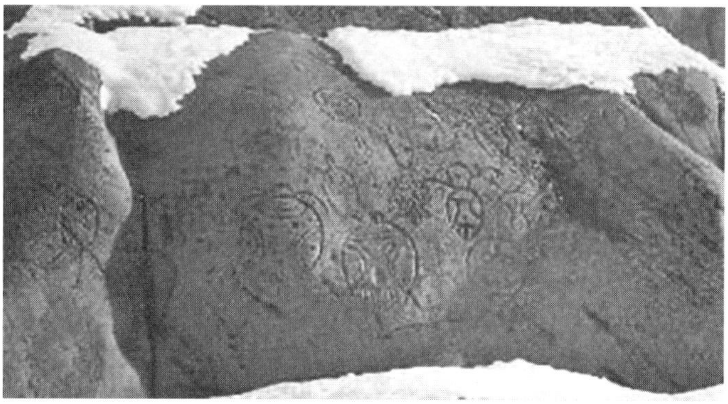

宁夏贺兰山圣壁雪韵岩画

专家们对以岩画为媒介，加强“一带一路”文化交流合作充满期待。第一届国际岩画委员会主席、意大利卡莫诺史前研究中心主任埃玛努尔·阿纳蒂在接受记者采访时说，岩画的研究只有在更大的空间范畴，放在一个更宏大的视野当中，才会更有意义。

中央民族大学中国岩画研究中心主任张亚莎教授认为，岩画作为无文字时代人们交流、记忆与情感传达的“世界语”，自然会成为整个人类史前无文字时期的某种“文字”遗存。

“岩画作为人类共同的母语，是没有国界民族之分的。岩画应发挥文化主导作用，助力‘一带一路’沿线国家的合作与发展。”中央文史研究馆书画院副院长、中国岩画学会常务理事张学智说。

“岩画遗产遍及五大洲，覆盖了‘一带一路’沿线三分之二的国家，虽地域、民族、宗教信仰各不相同，但追溯人类文明起源与对话，是共同目标。”中国岩画学会常务理事、副秘书长乔华认为，应全方位、全时空地去开展岩画研究，探索岩画保护。

宁夏岩画研究中心副研究员、中国岩画学会会员杨惠玲认为，宁夏虽偏居西北一隅，但恰好处在交通孔道上，这在贺兰山岩画的分布和内容中得到了充分投射，说明宁夏曾经、现在也依然是欧亚大草原文化链条中的重要环节。

刚刚闭幕的2017中国贺兰山国际岩画峰会上，以“一带一路”为纽带，对世界各地彼此孤立的岩画遗存与全球岩画进行全面系统的联动研究，已在岩画学者中达成共识。

作为千万年前人类共生的印记和当下连接不同国家的纽带，岩画这一人类最古老的通用“语言”，正在承载着“一带一路”沿线文化交流、沟通心灵、开阔眼界、增进共识的使命，也将推动沿线国家在文化交流共享中结成命运共同体，实现共同发展。

（《光明日报》2017年07月20日05版）

扫一扫
阅读全文

越是早期的岩画语言全球性越明显

——专访第一届国际岩画委员会主席埃玛努尔·阿纳蒂

光明日报记者　王建宏

埃玛努尔·阿纳蒂　　王楠摄/光明图片

从事岩画研究工作64年之久，是全球范围内实地到过并观看过岩画数量最多的人，被誉为"世界岩画之父"，他就是第一届国际岩画委员会主席、意大利卡莫诺史前研究中心主任埃玛努尔·阿纳蒂。在2017中国贺兰山国际岩画文化艺术节上，接受记者专访时，已87岁高龄的阿纳蒂耳聪目明、不乏幽默，眼神中闪烁着智慧的灵光。

记者：您第一次见到岩画是什么时候？

阿纳蒂：那是在1953至1954年间，我当时23岁，在以色列内格夫沙漠考古，主要围绕旧石器时代的遗址。有一天，我吃完三明治，正准备起身工作，忽然发现我刚才坐过的那块岩石上有凿刻的图案，那是我生命中见到的第一幅岩画，这次偶遇改变了我的一生。我在当地刊物上发布了发现岩画的消息，特别是应邀为一份名为《巴勒斯坦探险》的季刊写的一篇文章，让我的发现在欧洲产生了影响。

记者：在分析岩画的工作方法中，有一种以您的名字命名的岩画调查记录模式，也就是“阿纳蒂方法”。您能给我们讲讲这种方法的来龙去脉吗？

阿纳蒂：发现岩画后，在没有人告诉我如何去做的时候，我自己开发出一套方法。先拍摄岩石整体和一些细部，然后用一种半透明的纸描述所有出现的图像，接下来观察每块岩石图像的叠压关系并建立起图像的分段系列。最后，尝试对图像风格与年代进行定义，并寻找凿刻图像的意义和目的。这是一个基础性的分析方法。

记者：您考察岩画的足迹遍及世界五大洲，能给我们讲讲与中国岩画的缘分吗？

阿纳蒂：我来中国已经很多次了，看过贺兰山岩画、中卫大麦地岩画、内蒙古阿拉善左旗岩画、右旗曼德拉山岩画与雅布赖山岩画、青海卢山岩画、河南具茨山岩画等等，我对这些史前遗迹都非常珍视。20年前我来看贺兰山岩画时，还只能步行，没有一条像样的道路，城里面的车也非常少。这些年，除了岩画，我还看到了中国改革开放以来翻天覆地的变化。

记者：很多学者都非常关心岩画的学科归属问题，您认为岩画的研究能不能独立作为一种学科呢？

阿纳蒂：我不认为岩画是一个可以自成系统的学科，它应该是史前与部落艺术的一个组成部分，应该具备历史学或视觉艺术的一般性规律，具有能够沟通美学与人类学这些主要学科的概念。作为人类的一种认知与精神传达的途径，它需要考古学与人类学的背景，这是人文学科的组成部分。

记者：您非常注重岩画研究的“全球性”，这种“全球性”该如何理解？

阿纳蒂：我想这个“全球性”，不仅是指在岩画研究空间范围上的全球眼光与建构框架，而且包括全球原初语言的思维逻辑基础。全球性可分为若干个层面。第一是指地理及空间范畴上岩画分布的全球性；第二是指思维模式与传达上原初语言的全球性；第三是指底层理论支持上的单一人类起源说。比如，在宁夏的贺兰山，有人在一处岩石上凿刻了一些图像，这个岩画制作看起来是完全孤立的个人行为。然而，人们不知道的是，几乎就在同时，在世界各地的其他地区，比如亚洲、欧洲、非洲、美洲的人们，都在用同样的方式制作着岩画图像，同样的手段，相同的色彩，表达着类似的主题。所以这个早期看似孤立偶然的行为，其实是遵循着全球性的文化传统。越是早期的岩画语言，全球性就越明显。在距今至少 4 万年的旧石器时代，全球岩画思维逻辑原型就已经形成，这种思维逻辑与语言结构随着人类的迁徙而不断向全球迁徙，并通过岩画表达，使这个原初语言能够传遍世界。越是后期的岩画语言，越可能是地方文化的产物，即“方言性”更加突出。

记者：在“一带一路”背景下，岩画对人类的沟通交流有什么重要意义？

阿纳蒂：岩画作为无文字时代人们交流、记忆与情感传达的“世界语”，自然会成为整个人类前文字时期的某种“文字”遗存，因此我更注重强调岩画的历史性。分布于全球各地数量极为庞大的岩画资源，本质上属于历史学的图像档案资料，小到每一幅岩画图像，大到一个数量密集的岩画地点，它们都会对人类的历史记录有所贡献。岩画作为无文字时代人类的特殊图像文字，可能是某个区域或某段时期的图像编年史，也可能是对某些重大历史史实的记录，更可能是某些民族的古代神话记忆。因此，岩画是历史学的源泉，是建构一个真实的世界史的档案库。由于岩画遍布全球，我们可以通过岩画知晓全球不同地区、不同时代、不同民族的神话传说、信仰仪式、风俗人情。岩画资源与有文字的历史时期不同的是，它的“档案”是图像，而且这种视觉图像艺术是“无国界”的，艺术图形不仅能让不同民族、不同人种的人们理解情感与思想，还能够让不同时代的人们彼此交流感情，获得美好的享受。

（《光明日报》2017 年 07 月 20 日 05 版）

扫一扫
阅读全文

守护岩中千秋史　传承画里万年魂

——国内外岩画专家建言新时期的岩画保护与开发

光明日报记者　王建宏

“贺兰山蕴千秋史，不朽文明在画中。”2016 年 8 月，闻名中外的贺兰山岩画曾遭受超 50 年一遇的特大山洪，贺兰山 3 块岩画遭受撞击出现白点，11 块岩画被山洪冲击移位，被泥沙掩盖。如今站在贺兰山下，来自国内外的岩画专家无不为此感到痛惜。

岩画是世界各地原始先人们用来传承、保存自己历史、神话和精神经历的方式，被誉为“原始的语言”“文字前的文字”“人类最古老的艺术作品”。原始艺术 99%的内容都由岩画构成，岩画成为原始艺术领域中数量最多、内容最丰富、也最具有世界性的艺术门类。

然而，即使岩画凿刻于坚硬的石头上，但因其绝大部分裸露于旷野之上，风吹日蚀，保护异常困难。

“每天我们都在遗失大量承载重要历史片段的岩画遗产，而这些片段流失之后，我们将再也无法知晓和理解其中的意味和内涵。失去这些宝贵的档案资料，我们也随之失去隐含在岩画中的历史、信仰、神话和编年史的片段。”中国岩画学会理事、中华女子学院艺术学院副教授朱利峰认为，岩画的保护和记录存档显得尤为重要。

朱利峰说，随着现代科学技术的进步，岩画保护正在表现出与时俱进的特点。全球很多地方都在运用物理、化学方法以及资源的数字化来对岩画进行技术保护，非洲和澳洲、斯堪的纳维亚半岛在这方面成绩显著。俄罗斯科学院考古研究所所长、岩画研究专家叶卡捷琳娜·戴弗列特也系统介绍了利用 3D GIS 识别和保护岩画的具体实践。

广西崇左境内的左江花山岩画文化景观于 2016 年成功进入世界文化遗产名录，实现了中国岩画类世界文化遗产零的突破。三峡大学艺术学院巴楚艺术发展研究中心副主任、中国岩画学会会员黄亚琪说，左江 80 多个岩画点与其所在的环境，共同反映了壮族先民的稻作文化内涵。核心要旨是对岩画景观文化遗产进行有效的“整体性保护”，在对岩画点进行保护的同时，还要考虑到其分布区内赖以存在的自然和文化环境。

四川大学历史文化学院考古系教授、中国岩画学会常务理事李永宪认为，岩画是不可移动的文化遗存，是移动的人群和流动的历史留存至今的多类图像遗存中的一种，任何地区的岩画都有它特定的文化背景和区域性。因此，开展岩画的保护工作需要认真对本地文化进行研究。

当前，岩画界出现了“应用岩画学”方向，更加注重岩画作为一种资源的经济、文化和社会效益。第一届国际岩画委员会主席埃玛努尔·阿纳蒂在接受记者采访时表示，科学的开发会产生良好的效果，但这种开发必须小心翼翼。

专家认为，将岩画作为民族艺术资源进行文化创意产业的开发拥有广阔的市场前景和可挖掘的潜力。虽然我国岩画数量为数可观，但与之相关的文化产品却寥寥无几。中国岩画在当代文化艺术领域的缺席，是世界文化艺术传播的缺憾，亟待进行有效的开发，让世界通过岩画艺术了解更古老的中国，也让中国的远古艺术融入世界的文化潮流。

著名艺术大师韩美林也从岩画中汲取营养。采访现场，韩美林向记者展示了受贺兰山岩画启发而形成的点、线笔法，寥寥几笔便勾勒出颇具中国画意象的牛头。他感慨地说：“没有岩画，就没有我的今天。一看到贺兰山岩画，我便心生敬意。”

针对岩画未来的应用方向，朱利峰说，岩画的文化产业开发可提升实体游览地在保护、展览、教学、研究、出版等方面的效益，若进一步将岩画素材的附加值加以运用，充分调动其全方位的文化价值，研发各类衍生品进行推广，不仅有文化传播的意义，更能带动特色文化创意产业的发展提高，增加地方文化产业的收入。中国岩画的开发将为中国岩画走进大众审美文化的视野、与国际流行文化对话奠定基础，让史前艺术为开创更好的文化推广模式及创意附加值产业带来新的气息。

（《光明日报》2017 年 07 月 20 日 05 版）

扫一扫
阅读全文

突出区域特色　服务“一带一路”

——宁夏大学贯彻习近平总书记系列重要讲话精神推进西部一流高校建设纪实

光明日报记者　王建宏　　光明日报通讯员　罗进贵

欢庆党的十九大 特刊
突出区域特色 服务“一带一路”
——宁夏大学贯彻习近平总书记系列重要讲话精神推进西部一流高校建设纪实

“我们聚集在贺兰山下，为的是重振西部的辉煌。”宁夏大学的校歌唱出了这个区域特色鲜明的综合高校立足西部、争创一流的坚定志向。

在2017中国—阿拉伯国家博览会期间，宁夏大学自主研发的“智能风光互补节水灌溉系统”与阿曼签订了技术转移协议。宁夏大学充分利用中阿技术转移中心落户银川的机遇，积极参与“一带一路”建设，广泛开展人才培训和科研合作，内容涉及物联网控制技术、食品加工等各个方面。

习近平同志在党的十九大报告中提出，要全面贯彻党的教育方针，落实立德树人根本任务，发展素质教育，推进教育公平，培养德智体美全面发展的社会主义建设者和接班人。

沿着总书记指引的方向，宁夏大学围绕建设“区域特色鲜明、服务地方能力突出、西部一流的高水平教学研究型综合大学”总目标，以立德树人为根本，着力推进西部一流建设，办学成效不断创出新高。

深化改革，向现代化高水平大学迈进

宁夏大学近年来屡跨台阶，成为祖国西北引人瞩目的一座地方高校。2015年成为教育部“全国毕业生就业典型经验高校”，2016年被列为全国高校共青团“第二课堂成绩单”制度试点单位，2017年又先后成为“全国深化创新创业教育改革示范高校”和“全国高校创新创业典型经验高校50强”。

宁夏大学金波湖畔　　宁夏大学提供

2008年，宁夏大学被列为全国“211工程”重点建设高校；2012年，学校成为“中西部高校综合实力提升工程”入选高校；2016年，自治区党委、政府提出：把宁夏大学办成西部一流大学。2017年9月，教育部公布的“双一流”建设高校和建设学科名单中，宁夏大学的化学工程与技术学科位列其中。

在人才和资源的“马太效应”下，作为一个西部欠发达地区的高校，宁夏大学飞速发展的原因何在？

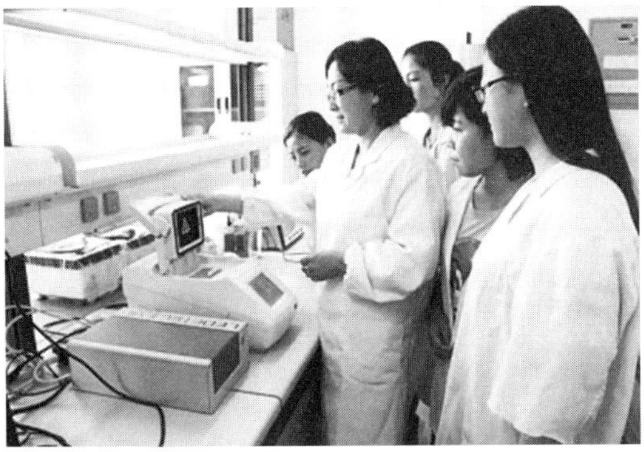

宁夏大学顾沛雯教授指导学生做实验　　宁夏大学提供

深化综合改革，激发内生动力。近年来，宁夏大学着力深化综合改革，加强和改进党对高校的领导，坚持和完善党委领导下的校长负责制，建立健全党委统一领导、党政分工合作、协调运行的工作机制，全面落实全国高校思想政治工作会议精神，加强党的基层组织建设和大学生思想政治教育，积极培育践行社会主义核心价值观，培育优良校风教风学风，强化顶层设计，提高办学质量。

宁夏大学升旗仪式　　宁夏大学提供

人才是核心，机制是关键。宁夏大学强化顶层设计，深化综合改革，陆续实施了“宁夏大学人才队伍建设531计划”“‘贺兰山’学者岗位特聘计划”“优秀中青年教师国际化水平提升计划”“青年教师综合实践能力提升计划”“宁夏大学稳定人才计划”5个专项计划。

宁夏大学红楼秋色　宁夏大学提供

习近平同志在党的十九大报告中提出，加强师德师风建设，培养高素质教师队伍，倡导全社会尊师重教。宁夏大学按照“办大学即办学科、建学科即建队伍，建设西部一流大学必须抓住学科和师资队伍这两个关键”的思路，引才、聚才，充分调动了广大教师的积极性。

直面问题，才能解决问题。宁夏大学坚持问题导向，在重点领域和关键环节实现突破，全面推进制度创新和管理创新，全面提升学校办学实力和核心竞争力。该校还完善校院两级管理体制，转变学校对学院的人事人才管理模式，扩大学院在人才招聘、职称评审、岗位聘任、绩效考核与分配等环节的自主权。

改革仍在深化，宁夏大学从运行机制上正在向一个充满生机、富有效率、更加开放的现代化高水平大学迈进。

面向未来，服务西部经济社会发展

习近平同志在党的十九大报告中强调，加快一流大学和一流学科建设，实现高等教育内涵式发展。把宁夏大学办成西部一流大学，这是支撑宁夏经济社会创新驱动发展的需要，也是整个西部的需要。

宁夏回族自治区党委、政府重点支持宁夏大学建设西部一流大学，集中力量对宁夏大学进行整体扶优扶强，到2025年，要把宁夏大学率先建成宁夏拔尖创新人才培养的示范区、高层次人才队伍的集聚区、科技创新体系的核心区、经济社会发展的智囊区。

宁夏大学“长江学者”杜建录教授（左二）与毕业生合影　　宁夏大学提供

围绕国家“一带一路”倡议，打造服务中阿交流的高端智库。对标西部一流，宁夏大学启动16个西部一流大学重大创新项目（理工农科类10个，哲学社会科学6个），开启西北土地退化与生态修复国家重点实验室“脱培”计划等“引擎”。

宁夏大学重点建设具有国家一流学科基础的民族学、草学、水利水电工程、化学工程与技术4个学科，以期形成与自治区经济社会发展紧密结合的优势特色学科方向。通过打造国内一流的学科团队，产出一批标志性学术成果，到2020年，在全国学科评估排名中，这四个学科要位列西部高校前5名或前20%。

宁夏大学重点建设具有西部一流学科基础的计算机科学与技术、园艺学、生物学、机械工程、理论经济学、生态学等6个学科，以期凝练形成与自治区支柱产业紧密结合的特色学科方向。

为保证学科建设目标任务的实现，宁夏大学大胆创新，试行高层次人才年薪制、协议工资制、项目工资制等多种分配方式和与创新成果挂钩的薪酬激励机制，一批高层次学科领军人才和有较强发展潜力的中青年学科骨干加快汇聚。

历尽千帆，归来仍是少年。即将迎来建校60周年的宁夏大学，培养学子无数，他们心系西部，在不同岗位、各个角落奉献着青春。面向未来，宁夏大学正在建设西部一流大学的道路上砥砺前行。

（《光明日报》2017年10月24日13版）

扫一扫
阅读全文

充分发挥高校优势　助推创新驱动发展

金能明　何建国

习近平总书记在宁夏考察时强调，越是欠发达地区，越需要实施创新驱动发展战略。2017年6月召开的宁夏回族自治区第十二次党代会把创新驱动作为宁夏未来5年发展的首要战略，这对高校智库建设提出了更高要求。

宁夏大学在建设、发展过程中，始终坚持在立足地方中打造优势特色，在服务地方中推动办学质量提升。学校通过承接东西部、连接国内外、政产学研用协同、校地校企合作，主动融入自治区创新驱动发展战略。近五年来，学校共承担各类纵向科研项目1407项，其中国家级重大科研项目12项，国家基金项目338项，自治区项目1059项，承担横向合作项目566项，已基本形成国家重点研发—国家科学基金—自治区项目—横向合作课题协调发展的总体格局，共发表核心及其以上论文3534篇，其中化学领域1篇论文进入ESI高被引全球排名前1%，物理学、生物学、化学等领域3篇论文进入高被引全球排名前3%。

宁夏大学以服务创新驱动发展为己任，立足自身优势，找准定位和接合点，提高站位，积极谋划，主动作为。学校坚持引进与培养相结合，打造西部人才高地，发挥高校汇聚人才协同创新的“桥头堡”作用，形成宁夏大学特色，通过自主创新、集成创新和引进消化吸收再创新，助推自治区产业转型升级、助推全区创新驱动发展。学校依托新农村发展研究院和大学科技园，推动科技成果转化，为自治区特色优势产业和区域经济社会发展提供了重要智力支撑。

近年来，学校承担或参与了《宁夏回族自治区“十三五”脱贫攻坚规划》《宁夏全域旅游规划》等多个重要规划的编制任务。围绕自治区优势产业，出台了促进校地校企合作的《宁夏大学实施创新驱动发展和服务地方若干意见》等系列制度。围绕国家“一带一路”倡议，积极开展决策咨询研究，打造了服务中阿交流的高端智库，中国阿拉伯国家研究院与回族研究院入选“中国智库索引”(CTTI) 首批来源智库。围绕自治区生态移民、精准扶贫等中心工作，在多方面为自治区政府提供了重要的决策咨询。

目前，宁夏大学正着力推进国家一流学科和西部一流学科建设，围绕化学工程与技术、草学、西夏学、回族学等学科形成了学科特色和优势，汇聚了“长江学者”等国家和省部级高层次人才 70 人，博士人数占全区 61%，在学科建设、人才培养、创新平台及团队建设、科学研究和成果转化等方面取得了显著成效。

今后，宁夏大学将继续围绕经济社会需求打造特色优势学科，以需求布局学科，重点建设好“能源化工与化学”学科群，为宁东新型煤化工产业提供技术和人才支撑。落实自治区“双一流”建设方案，重点建设草学等 4 个国内一流学科和园艺学等 6 个西部一流学科，使学科结构布局更加适应地方经济社会发展需求。加强协同创新，提升创新能力，创新科研组织和管理模式。加强与宁煤集团等煤化工龙头骨干企业对接，在协同创新和技术服务中建设煤化工国家重点实验室。围绕生态立区战略、西北生态屏障构筑以及生态文明建设，加大“土地退化与生态恢复国家重点实验室培育基地”建设力度，使其尽快进入国家重点实验室行列。围绕自治区特色优势产业和先进装备制造，积极推进东西部合作，搭建政产学研用平台，积极促进创新成果转化。打造西部人才高地，激发创新人才活力，积极构建“柔性引进”机制，通过聘任等方式，与自治区“后备院士”建立更加密切的持续合作关系，服务学科建设。通过“人才共享”机制构建，与区内龙头骨干企业共享高端人才，推进创新体制改革激发创新人才活力。加强国际交流合作打造创新交流平台，服务“一带一路”和中阿博览会，搭建宁夏连接中外的科技合作交流“桥头堡”。围绕中阿经济、贸易、科技等领域，加快阿拉伯研究院高端智库建设，为自治区党委、政府提供智库成果，提高宁夏在中阿合作中的国际影响力和话语权。

（金能明，宁夏大学党委书记；何建国，宁夏大学校长）

（《光明日报》2017 年 10 月 24 日 13 版）

扫一扫
阅读全文

为国家和地方作实实在在贡献

陈育宁

这五年来，宁夏大学实施优势特色学科争先计划、应用学科提升计划、基础学科振兴计划、新兴交叉学科培育计划等，使学科整体实力达到全国同类“211 工程”建设高校的中上水平，学科结构布局更加有利于发挥优势，形成特色，更加适应地方经济社会发展需求，不仅培养出一批又一批优秀的本科、硕士和博士毕业生，而且为地方经济发展和社会文化事业建设作出了实实在在的贡献。

这五年来，我切身体验到在宁夏大学的重视支持下，国内乃至国际的西夏学进入了一个全新的发展阶段。近日，教育部公布了“双一流”建设高校和建设学科名单，宁夏大学的化学工程与技术名列其中，充分说明了宁夏大学在学科建设方面所取得的长足进步。

这五年来，学校围绕自治区“1+4”优势特色产业、沿黄经济带科技创新改革试验区、现代农业示范园区等重大战略，积极承担一批重大项目，取得一批标志性成果。学校还主动承担国家“三区”（边远贫困地区、边疆民族地区、革命老区）科技人才支持计划项目，对接全区 14 个县（市、区）对应的 97 个生态移民村，开展科技服务，获得了很好的社会效果。

（陈育宁，宁夏回族自治区政协原副主席，宁夏大学原党委书记、校长）

（《光明日报》2017 年 10 月 24 日 13 版）

扫一扫
阅读全文

宁夏彭阳姚河塬商周遗址出土甲骨文

是目前中国发现甲骨文最西北部的一处遗址

光明日报记者　王建宏　　光明日报通讯员　何小红

光明日报
GUANGMING RIBAO
中共中央关于建立国务院向全国人大常委会报告国有资产管理情况制度的意见
（2017年12月30日）
宣传主阵地　百姓文化园
宁夏彭阳姚河塬商周遗址出土甲骨文
紧紧抓住大有可为的历史机遇期

近日，宁夏彭阳姚河塬商周遗址在考古发掘中出土甲骨文，是目前中国境内商周遗址发现甲骨文最西北部的一处遗址。

姚河塬商周遗址位于宁夏彭阳县新集乡红河支流李儿河、小河切割形成的塬地上，面积60余万平方米。2017年6月，经国家文物局批准对其开展抢救性考古发掘工作，目前经勘探发现壕沟、墙体、道路、储水池、水渠、铸铜作坊区、制陶作坊区等遗迹。墓葬区勘探发现墓葬60余座，截至目前已发掘墓葬18座，其中甲字形大墓两座、竖穴土坑中型墓5座、小型墓4座、马坑6座、车马坑1座。另发掘祭祀坑1座、灰坑8座。出土青铜器、玉器、骨器等文物3000余件。

据姚河塬商周遗址考古队队长马强介绍，此次发掘出土卜骨3件，其中有字卜骨1件，出土于甲字形墓葬M13墓道的填土中，质地为牛的肩胛骨，正反面均经刮治上光，正面右下部分有单钻未灼的钻穴，上部有三个经背面烧灼而开的兆痕，正面的左侧兆痕旁有刻辞两行，33字，合文2，共35字。

宁夏彭阳姚河塬商周遗址考古挖掘现场　　资料图片

卜骨刻辞内容大致是卜问派遣两人，分别率 30 人巡查夜、宕等五地有无灾祸。共涉及两个人名和 5 个地名。背面残存钻痕 5 个，其中右侧 4 个上下成列，钻穴内有竖向凿痕，并有灼痕。左侧还有墨书文字，尚未释读。该卜骨钻凿形制与陕西周原遗址所出基本相同。

姚河塬商周遗址自 2017 年 6 月发掘工作开展以来，相继发现了商周时期墓葬、车马坑、祭祀坑、铸铜作坊遗址等重要遗迹。甲骨文在姚河塬商周遗址的发现是商周考古领域的重大发现之一。通观国内出土甲骨文的遗址，均具有都邑性质，这也印证了姚河塬遗址的级别较高、与周王朝保持着密切的联系，对判断整个遗址属西周早期封国性质这一论断提供了强有力的支撑。

甲字形墓葬 M13 墓道填土中出土的有字卜骨　　资料图片

姚河塬是宁夏南部及泾水上游地区首次发现的一处大型西周遗址，功能结构复杂的聚落形态、带墓道的高等级墓葬、掌握高技能工艺的铸铜作坊，出土的青铜器、玉器、瓷器、象牙器等珍贵文物，以及甲骨文为代表的特殊文化产品，都显示其绝非普通居址，而可能与关中的周公庙、孔头沟，北京房山董家林等遗址一样，属于西周大臣的采邑或分封诸侯国所在，即为一个西周封国的都邑遗址。由此可推测，西周王朝对西部疆域的管理与东部地区一样，采用的也是“分封诸侯，藩屏王室”

模式。姚河塬的发掘，对了解西周的政治格局、周王朝与西北边陲地区的关系提供了珍贵的新资料。此外，遗址内发现较多刘家文化类遗存，以及先周文化、殷商文化、寺洼文化遗物，反映了商周之际宁夏南部地区出现过复杂的人群转换及文化变迁，是研究陇山地区与相关区域交流和联系的重要线索。

（《光明日报》2018 年 01 月 15 日 01 版）

扫一扫
阅读全文

宁夏彭阳姚河塬遗址发现西周早期诸侯级大墓

六盘山地区建制史提前近一千年

光明日报记者 王建宏　　光明日报通讯员 何小红

12 月 1 日，彭阳姚河塬商周遗址专家论证会在宁夏彭阳县召开，来自北京大学考古文博学院等单位的多名商周考古专家参加会议。专家认为，姚河塬遗址是近年来商周考古的重大发现之一，对研究先周文化的起源和形成、西周王朝建立后对西部边缘地区的控制管理模式，认识商周时期的西北边陲文化面貌、社会变迁都具有非常重要的价值。

在宁夏彭阳姚河塬遗址还发现了诸侯级大墓，把六盘山地区的建制史从西汉提前至西周早期，提前了近 1000 年。

04 要闻·综合
黄坤明集体会见出席中国共产党与世界政党高层对话会的外国左翼政党代表
中国共产党与世界政党高层对话会举行十九大精神专题研讨会
《丝路山水地图》入藏故宫
600 岁故宫与 19 岁腾讯结成忘年交
宁夏彭阳姚河塬遗址发现西周早期诸侯级大墓

3000 年前西周文化圈最西北的地方

今年 4 月，宁夏文物考古研究所组织 8 家单位，在彭阳红河流域开展区域系统考古调查，发现了姚河塬商周遗址。

记者在现场看到，彭阳姚河塬商周遗址位于塬地的东部，约占整个塬地的三分之一。据专家介绍，遗址面积 60 余万平方米。北以李儿河南岸塬地的断崖为界，南抵小河北岸的塬地断崖，西以一条南北向自然冲沟为界，东到塬地尽头的断崖边，部分与小河湾战国秦汉遗址相交错。遗址区内十字形水泥路将整个遗址分为四个区，东北为第一区，东西 600 米，南北 370 米；西北为第二区，东西 400 米，南北 380 米；西南为第三区，东西 390 米，南北 330 米；东南为第四区，东西 750 米，南北 200 米。

图为考古现场和出土的文物　　边东冬摄 / 光明图片

“这里是周人最西边的大后方，也是目前考古中发现周文化圈最西北的一个点，考古中所发现的制铜作坊是当时的‘高科技’，这样的考古发现为数不多。”北京大学考古文博学院教授刘绪说。

目前，经考古发现，彭阳姚河塬遗址有墓葬、马坑、车马坑、祭祀遗坑、铸铜作坊、制陶作坊、池渠系统、路网、壕沟等遗迹。墓葬区处于遗址的北侧，是一处居葬合一类型的遗址。

现已发掘墓葬 10 座，可分为大、中、小三种，其中甲字形大墓 2 座、竖穴土坑中型墓 6 座、小型墓 1 座。甲字形墓葬为斜坡墓道，其中一座墓道口有殉人。墓室口小底大，深 13 米，二层台及椁顶板放置被拆卸的车辆，出土青铜车器有轭、衡末饰、轴、軎、毂、伏兔、泡饰等，另有玉璧、骨梳、蚌器等。中型墓葬有棺椁、腰坑殉狗，出土鼎、觯、泡等青铜器，柄形器、鱼、蝉、螳螂等玉器，骨簪、骨梳、骨珠、费昂斯珠、绿松石、玛瑙珠等。小型墓仅有一棺，腰坑殉狗。

陕西省考古研究院研究员张天恩认为，墓主人的地位与西周早期齐、鲁、燕诸侯国相当，至少是西周王朝派出的一位重要的诸侯，驻守管控西北边陲战略要地。

“人类的认识不断被新的发现刷新，姚河塬遗址出土的玉器、车马的样式体现出典型的周文化特征，遗址还出土了具有商文化、北方地区文化、寺洼文化等不同文化特征的文物，说明在商周时期，以该遗址为代表的宁夏南部地区同其他文化群落有过较广泛的文化交流和联系。”中国科学院自然科学史研究所研究员苏荣誉说。

把六盘山地区的建制史从西汉提前至西周早期

北京大学考古文博学院教授李伯谦说：“像这样既有遗址又有墓葬的发现，是非常罕见的，其中高规格墓葬，跟中原地区比，既有相像的地方，也有自己的特点，基本上可以看出西周早期到东周早期的传承脉络，从中能看出周人向西北地区发展的情况。”

本次遗址考古队队长马强介绍，遗址发现马坑 3 座，均为竖穴土坑，埋马分两层或多层，上层马骨散乱，下层埋马完整。大型马坑两座，埋葬 6~12 匹马；小型马坑 1 座，有两匹马。车马坑 1 座，马匹在最底层，其上放置 4 辆车，均拆卸放置，车轮置于坑壁下。出土軏、銮铃、泡、軎等铜车马器。

较为特殊的是，有刀把形马坑，12 匹马，吻部均朝向北，刀把处为墓葬。有祭祀坑两处，目前发掘 1 处，呈直筒井状，深 8.5 米。最底部为一个头部着地倒立状的人，系从上部扔下埋入。人之上为两个个体牛骨，骨头有砍砸肢解痕迹，再上有一完整蜷曲的绵羊，蹄骨有绑缚迹象。

甲字形墓葬的墓道东西两侧及墓室西侧有过道连通另外 3 座墓葬，马坑和墓葬呈刀把形的葬制，目前在西周考古中仅见于该墓地。专家还介绍，在遗址中，除发现了非常丰富的西周文化遗存之外，还发现较多的商时期的刘家文化遗存，这是以往发现的遗址中未曾见过的。从出土的陶片、青铜车马器、鼎、觯残件、陶范判断，该遗址从商代晚期延续到西周中期。墓葬均发现牛、羊、马等头骨、肩胛骨殉牲、墓室底部有腰坑殉狗，具有殷遗民的特征。

20 世纪 80 年代，固原中河孙家庄、彭阳新集一带曾零星出土西周时期的陶鬲、铜戈、陶瓮等遗物，如今姚河塬商周遗址的发现，更进一步佐证了，至少在西周早期，周王朝已对陇山（六盘山）东西两侧进行着有效的控制与管理，统治足迹越过了六盘山，把六盘山地区的建制史从西汉提前至西周早期，提前了近 1000 年。

（《光明日报》2017 年 12 月 03 日 04 版）

扫一扫
阅读全文

从这里走近西夏

——我与国家图书馆的西夏缘

史金波

追忆我与国家图书馆半个多世纪的西夏之缘，感慨良多。国家图书馆在西夏文献收藏、保存、整理、服务和研究方面作出巨大贡献。正是因为这些文献资料，我得以走近西夏，走近西夏学。

1962 年我考取中国科学院民族研究所的研究生，师从著名西夏研究专家王静如先生学习西夏文。记得那时到琉璃厂去看书，看到有 1932 年北平图书馆（今国家图书馆前身）出版的《国立北平图书馆馆刊·西夏文专号》。民国时期《国立北平图书馆馆刊》先后出版了 3 个专号，一是《永乐大典专号》，二是《圆明园专号》，三是《西夏文专号》，可见馆藏西夏文文献学术价值之重。《西夏文专号》内容丰富，包括著名凉州碑的发现，黑水城被俄、英探险队的盗掘，宁夏灵武西夏文文献的出土和入藏北京图书馆的经过，还有中、俄、日专家介绍、译释、考究部分西夏文文献的佳作，更有著名佛学专家周叔迦先生整理的馆藏百部西夏文佛经目录等，图文并茂，不啻一部小型的西夏学百科全书。我一边学习、研读西夏文、汉文双语双解的辞书《番汉合适掌

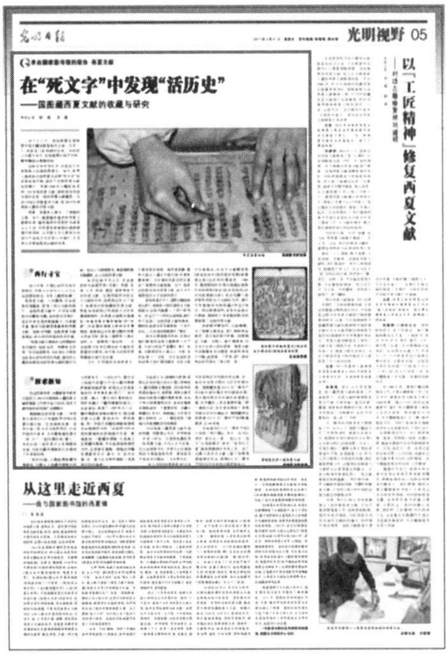
光明视野 05

在“死文字”中发现“活历史”

——国图藏西夏文献的收藏与研究

以“工匠精神”修复西夏文献

从这里走近西夏

——我与国家图书馆的西夏缘

中珠》，一边认真阅读此专号，西夏文识读水平渐长。1964 年王静如先生与著名敦煌学家常书鸿先生，领衔考察敦煌莫高窟和安西榆林窟的西夏洞窟，我负责在各洞窟中搜寻、抄录西夏文题记，并做译释，已能圆满完成任务，其中就有《西夏文专号》作为教科书的功劳。

“文化大革命”期间，我被下放到河南省息县“五七干校”，将《西夏文专号》也带到“干校”。我白天参加“运动”的大小会议，晚上便于宿舍二层床上落下蚊帐，看《西夏文专号》中的西夏文文献。在蚊帐内的昏暗灯光下，夜复一夜地默读、解析已死亡的文字，欣赏古旧的西夏文献图版，颇有青灯古卷的感觉，似乎陶然走进了数百年前的西夏王国。这又像做“地下工作”，白天晚上成了截然不同的两个世界。这段经历使我提早恢复了几年的西夏研究。

后来，“干校”撤销，“学部”（中国社会科学院前身）人员返京，我开始有计划地搜集西夏资料并开展研究工作。当时，国内西夏文资料主要藏于北京图书馆（今国家图书馆前身），北图善本部民语组的黄润华同志为我阅览西夏文文献提供了很多方便。因西夏文是善本书籍，我得以单独在一小房间里阅览。我至今记得黄润华同志第一次提取出西夏文文献时的情景。只见他提来一个稍微泛黄的白布包袱，打开包袱皮后见到黄色牛皮纸的包皮，再打开后，眼前一亮，便是期待已久的西夏古籍。这些装帧考究、古色古香的民族文化遗存，散发着古代文化的魅力，使我领略神奇，感到震撼。

在近 3 个月的时间里，我每天早晨从西郊赶往北京图书馆，“潜伏”于斗室内，盘桓于古朴的西夏文文献之间，悠然自得地整理这批古籍。我每天中午凑合啃一点干粮，下午闭馆后再回所。我将馆藏 120 余部西夏文佛教文献一部部阅览，并仔细登记，全部做了卡片，抄录了部分资料，还将一些西夏文佛经的序、跋、发愿文、题款等，向图书馆申请拍摄成 23 张照片。其中西夏文《现在贤劫千佛名经》有一幅西夏译经图，是中国历史上唯一一幅译经图，上有西夏文标明主译者、助译者和亲临译场的皇帝、皇太后的名字。1979 年我据此撰写了《西夏译经图解》，发表在北京图书馆出版的《文献》第一辑（创刊号）上。此后又发表了《过去庄严劫千佛名经发愿文译证》《金光明最胜王经序跋考》等论文，构架出渺远的西夏佛教史主体框架，为此后我撰写《西夏佛教史略》一书打下了基础。

20世纪80年代，学术风气渐开，长期沉睡在图书馆里的西夏文文献受到越来越多的重视。国家图书馆有意进一步保护这些珍贵古籍，邀我再次整理馆藏西夏文文献。馆藏文献与20世纪30年代已有增减变化，要尽量厘清原委；有的页面断开、顺序散乱的文献要排好次序；有的同一文献断开后，被放置在不同的卷内，要注明、接续，归为完璧；有的残缺页面，要查明残缺的起讫和页数。这是又一次对馆藏西夏文文献进行系统整理。后来我和黄润华同志合写了《北京图书馆藏西夏文佛经整理记》，记述了这次文献整理的概况和收获。

自《西夏文专号》出版以来，西夏文文献释读有了大幅度提升，出土于黑水城、藏于俄罗斯的大量西夏汉文和西夏文文献陆续出版，西夏学呈现蓬勃发展的良好局面。2002年，我与主持《国家图书馆学刊》的王菡女士筹划于《西夏文专号》出版70周年之际（2003年），再出刊一部新的西夏文专号，以期进一步推动西夏研究。当时我们向国家图书馆馆长任继愈先生汇报，先生鼎力支持，并作出具体指示。《国家图书馆学刊·西夏研究专号》由中国社会科学院西夏文化研究中心与国家图书馆合作出版，汇集国内外著名西夏学专家撰著论文，以西夏文文献或文物考释为主，反映最新研究成果。

随着国家对文化投入的加大，国家图书馆对善本书增加了保护措施。2011年，国图制作新的楠木书盒、书柜，睡在布包袱里的西夏文古籍也换上了新装。看到这些珍贵文化遗产有了安身立命之处，而且近年来西夏学由冷门学科逐渐成为学术热点，我感到十分欣慰。

扫一扫
阅读全文

（作者：史金波，中国社会科学院学部委员、西夏文化研究中心主任）

（《光明日报》2017年03月31日05版）

从“有学上”到“上好学”
从“大起来”到“强起来”

——代表、专家热议新时代教育改革发展的新使命

靳晓燕　龙　军　王建宏

【圆桌对话】

主持人：靳晓燕　龙　军　王建宏

嘉　宾：肖国安（十九大代表、湖南省教育厅厅长）

　　　　杜建录（十九大代表、宁夏大学西夏学研究院院长）

　　　　朱益明（华东师范大学国家教育宏观政策研究院副院长）

习近平同志在党的十九大报告中强调，要“优先发展教育事业”。百年大计，教育为本。进入新时代，必须赋予中国教育新的发展要求、发展内涵。本报特邀三位代表、学者，围绕这一话题展开讨论。

欢庆党的十九大 特刊

从“有学上”到“上好学”　从“大起来”到“强起来”

——代表、专家热议新时代教育改革发展的新使命

努力建设我国医学科技创新体系

面向新时代　创造新作品

主持人：党的十九大报告作出了中国特色社会主义进入新时代的重大判断，为我国发展明确了新的历史方位。与中国特色社会主义发展同步，中国特色社会主义教育也进入了新时代。请问如何看待新时代中国教育的新使命、新特征？

肖国安：总体上看，我国已基本解

肖国安

杜建录

朱益明

决了“有学上”的问题，正朝着“上好学”的新的历史目标迈进；已经实现了“大起来”的目标，正朝着“强起来”的目标努力。从“有学上”到“上好学”，从“大起来”到“强起来”，这是一个历史分水岭，也是判断教育发展进入新时代的主要标志。

杜建录：从“有学上”到“上好学”，在中西部地区表现得更为突出。特别是在当前决胜全面小康的关键阶段，中西部教育承担着为当地经济社会发展特别是脱贫攻坚提供人才支持和智力支撑的重要使命。党的十八大以来，中西部教育得到快速发展，经费投入大幅增加，办学条件日益改善，教育教学改革逐步深化，办学水平稳步提高。但是，和东部地区相比，仍然存在较大差距。比如在高等教育领域，中西部有十多个省区还没有部属院校。

朱益明：党的十九大报告中提出的两个战略判断，令人振奋、催人奋进。作为教育研究者，我们必须加紧研究“中国特色社会主义进入新时代”与“人民日益增长的美好生活需要和不平衡不充分的发展之间的矛盾”背景下，国家教育改革与发展的新定位、新使命、新特征。

教育部统一组织新编的义务教育教材在全国投入使用　　资料图片

十九大报告指出，努力让每

个孩子都能享有公平而有质量的教育。这概括了新时代中国教育的新使命、新特征，我们必须对此有全面深入的认识。

主持人：当前中国教育发展水平已经迈进世界中上行列。但对照“人民日益增长的美好生活需要”与当前教育“不平衡不充分的发展”的现状，创造公平而有质量的教育，还面临哪些问题和挑战？

肖国安：当前，教育领域发展不平衡、不充分、不协调，突出表现为质量性、结构性矛盾。质量性矛盾是指优质教育资源总体上仍然短缺，难以满足人民群众更高质量、更加公平的教育需求。结构性矛盾主要表现在城乡教育发展不平衡，农村教育整体还很薄弱；普职教育发展不协调，职业教育的吸引力还不足；人才培养结构不太合理，不能完全适应经济社会发展对人才的需求。

在西藏日喀则市上海实验学校，来自上海市曹阳二中附属学校的美术老师高群斌在教初二的学生绘画技法　　新华社发

进入中国特色社会主义新时代，教育发展呈现出四个主要特征：一是教育供给从总量增长向优化结构布局转变。过去很长一个时期，教育发展的主要任务是扩大供给总量，解决“有学上”的问题。经过几十年发展，目前我国各级各类教育入学率均超过中高收入国家平均水平，基本满足了人民群众“有学上”的需求。按照教育发展规律，在教育规模和普及程度达到一定水平之后，教育供求关系将发生重大变化，从“卖方市场”走向“买方市场”。因此，新时代教育发展必须适应教育供求关系变化，把发展重心从总量增长转到优化结构布局上来，着力推进教育供给侧结构性改革。二是教育质量从片面追求升学向学生全面发展转变。新时代教育发展必须适应人的全面发展需要，满足社会对人才的多层次多样化需求，打破应试教育思维定式，纠正片面追求升学率的错误做法，坚持立德树人，全面实施素质教

育。三是教育公平从机会公平向过程公平转变，努力让每个孩子有同等机会获得适合自身的教育。四是教育资源从重点配置向基本均衡配置转变。在新时代，基本公共教育资源应当实行均衡配置，逐步缩小区域、城乡、校际之间的发展差距，抬高底部、夯实基础，推动每一所学校办出特色、办出水平。

朱益明：中国教育发展水平迈进世界中上先进行列，这是我国义务教育普及成果得到巩固、高中阶段教育基本普及和高等教育大众化发展的结果。我们不能满足于已经取得的成就，还要正视未来的挑战与任务。当前义务教育阶段的“择校热”、高中教育的重应试与高等学校办学同质化倾向明显等现象与问题，本质上还是公平与质量的问题。办好教育，公平是基础，质量是保证，两者互为关联、相互影响。为此，需要在发展中提升公平与质量，以体制机制创新破解公平与质量之间的矛盾。

公平的教育不只是教育机会的提供，更是基于“人民获得感、幸福感、安全感”的主观感受和“不断促进人的全面发展”的实现。公平需要在政府“供给”机会的基础上，转向实现个体“需求”的满足。公平的教育需要国家教育体系中学校类别丰富多样，需要建立适合于每个个体的教育与学习体系。在学校层面同样需要更加丰富多元的课程与教学，实现学生个别化学习和个性化发展，从而改变千校一面、千人一面的教育教学状况。

有质量的教育需要具有中国特色，体现中国要求，展现中国思想。十九大报告指出，要全面贯彻党的教育方针，落实立德树人根本任务，发展素质教育，推进教育公平，培养德智体美全面发展的社会主义建设者和接班人。很显然，中国教育的质量必须紧紧围绕培养什么样的人、为谁培养人、怎样培养人这一根本问题而展开，培育和践行社会主义核心价值观，提升教育质量。

主持人：党的十九大报告明确了新时代教育发展的总体要求，同时对今后一个时期的教育工作进行了全面部署。我们应该怎样具体落实呢?

肖国安：党的十九大报告为今后一个时期的教育工作指明了前进方向，提供了基本遵循。

一要落实立德树人根本任务。培养什么人、为谁培养人是教育的根本问题。二要推进各级各类教育全面协调发展。推动城乡义务教育一体化发展，高度重视农村义务教育；普及高中阶段教育，完善职业教育和培训体系，深化产教融合、校企合作；加快一流大学和一流学科建设，实现高等教育内涵式发展。三要大力促进教育公平。教育发展必须在推进教育公平上精准用力、持续加力，既要拓宽教育公平“量”的维度，在均衡配置资源上出实招，又要厚植教育公平“质”的深度，在提高教育质量上求实效，以教育公平促进社会公平。四要建设一支高素质的教师队伍。教师是立教之本、兴教之源。加强师德师风建设，这是教师队伍建设的核心任务。倡导全社会尊师重教的良好风气，这是教师队伍建设的重要保障。只有在全社会形成尊师重教的浓厚氛围，让广大教师待遇有保障、工作有体面、发展有舞台，才能让优秀教师安心从教，也才能吸引更多的优秀人才加入到教师队伍中来。

建设教育强国，加快教育现代化，办人民满意的教育。其中，建设教育强国是总体发展目标，加快教育现代化是推进路径，办人民满意的教育是检验标准，三者内在统一、密不可分。

杜建录：历史证明，一个国家要完成迈向现代化强国的历史转型，不仅需要雄厚的经济基础支撑，还必须有强大的文化软实力。这种软实力突出表现在文化自信上。而文化自信的养成在一定程度上也要靠教育，要通过各种教育方式，让青年人了解五千年中华文明史、了解中国近代屈辱史，了解党领导人民站起来、富起来、强起来的奋斗史，激发青年一代的自豪感、幸福感，使民族自信发自内心深处，由感性认识升华到理想信念。

朱益明：在开放的时代，中国教育更需要自信，要有勇气和能力把中国教育的成功范例、有效经验和理论观点传播到世界各地，在构建人类命运共同体的进程中提高中国教育的参与度，扩大中国教育的影响力。

（人物肖像：郭红松绘）

（《光明日报》2017 年 10 月 22 日 05 版）

扫一扫
阅读全文

农民“跨省看戏”来

——宁夏率先实现贫困地区村综合文化服务中心全覆盖

光明日报记者　王建宏

“盼的是天心顺国泰民安，何一日息干戈海清河晏……”秦腔《麒麟山》高亢的唱腔传过山湾，67岁的吴军科不由地加快了脚步。9月29日，得知宁夏彭阳县杨坪村综合文化服务中心有秦腔大戏的消息后，吴军科特地从邻近的甘肃省镇原县王咀村走了近十里山路赶来。

吴军科“跨省看戏”，得益于2016年宁夏全面启动的文化扶贫工程贫困地区村综合文化服务中心建设。

为把宁夏建成全国贫困地区基层公共文化服务体系示范省区，宁夏回族自治区成立文化扶贫工程实施领导小组，由自治区党委宣传部牵头，文化、新闻出版广电、体育、发改、财政、扶贫等各部门参与，建立部门统筹协调、齐抓共管、共建共享文化扶贫工作机制。

从2016年9月谋篇布局，到2017年3月开工建设、9月底全面完成贫困地区9县（区）606个村和555个功能提升村建设任务。至此，宁夏率先在全国贫困地区实现了村综合文化服务中心全达标全覆盖。

02 综合新闻
光明日报
十九大代表风采
带领百姓致富的为民好书记
扎实推进 步履铿锵
行走在高压线上的创新能手
深圳：引领式创新再争先
农民“跨省看戏”来
——宁夏率先实现贫困地区村综合文化服务中心全覆盖
二〇一七年诺贝尔化学奖揭晓

“要树立像抓经济工作一样抓文化

建设的工作理念，达成物质脱贫与精神脱贫一起抓的思想共识，目标同向，步调一致。”宁夏回族自治区党委常委、宣传部部长赵永清要求。

今年3月22日，宁夏文化扶贫工程贫困地区村综合文化服务中心建设工程开工仪式在西吉县举行。贫困地区村综合文化服务中心参照中宣部“百县万村”综合文化服务中心示范工程“七个一”标准，即：一个文化活动广场，一个文化活动室，一个简易戏台，一个图书（电子）阅览室，一套文化器材，一套广播影视器材，一套体育健身设施。

彭阳县整合4个闲置学校、5个旧村部和3个村部闲置空地改建文化活动室和文化广场，降低了建设成本；隆德县整合乡村旅游、美丽村庄、农村社区等公共设施资源，规划布置，补充完善文化活动室等设施……各县因地制宜，采取盘活存量、整合资源的办法，对各村已有的宣传文化、党员教育、图书阅览、体育健身、社区服务、老年饭桌、电商服务、闲置学校和村部空地等公共资源进行整合，促进优化配置、高效利用、共建共享。

这几天，在海原县，一场“喜迎十九大，文化扶贫行，送戏进乡村”的文化惠民下乡活动在全县30多个新建示范性村综合文化服务中心举行，拉开了“花儿唱响海原大地”系列文化活动序幕。

（《光明日报》2017年10月05日02版）

扫一扫
阅读全文

家国豪情神州共庆　全民联欢四海同乐

——全国观众眼中的鸡年春晚

光明日报记者　王建宏　苏　雁　周仕兴　李晓东　朱伟华

春晚早已成为一年一度的“现象级”话题。

除夕夜，万家团圆时，欢聚守岁间。本报驻地记者分头采访，实时收集了全国观众对鸡年春晚这道“年夜饭”的反响。

国家记忆　家国情怀

宁夏回族自治区固原市泾源县大湾乡杨岭村，回族村民马德忠一家围着火炉看完了所有春晚节目。“六盘山是红军翻过的最后一座大山，去年是红军长征胜利80周年，今年的晚会节目里就有百岁老红军给大家送祝福。”马德忠颇为自豪地说，“2016年7月，习近平总书记来到俺们村，还和我握过手。自那以后，我就天天看新闻，看到好多大事喜事都出现在晚会上，我特别激动。”

02 综合新闻

关爱道德模范　彰显道德之美

别样的团圆

“走年”：飞驰列车上的团圆饭

家国豪情神州共庆　全民联欢四海同乐

江苏省苏州市吴中区文艺名家、叶圣陶研究中心主任周民森认为，今年的央视春晚，不管是内容还是形式，都与观众贴得很近，很接地气，有好听的歌曲、好玩的互动环节、好看的节目，是一道很合老百姓口味的“文化大餐”。

桂林理工大学党委书记张学洪说，2017 年春晚节目内容格调高雅，表现形式创新，弘扬了正能量，体现了向善向上，把中华优秀传统文化和社会主义核心价值观元素通过舞蹈、歌曲、语言类节目等巧妙完美地展现在全世界观众面前，真正体现了中国精神、中国风格、中国气度和中国自信。

“今年春晚集思想性、艺术性、观赏性为一体，与全国观众共同分享一年来的大事、喜事、家国事，是人们共同的欢乐和温暖记忆。”宁夏文化厅干部周文君说，文化最大的魅力是鼓舞人们、激励人们、感召人们，这样一台精彩的春晚也唤起了人们对未来的新期待。

开放包容　群艺荟萃

“东西南北中、全民大联欢。”晚会一开始，上海、四川凉山、广西桂林、黑龙江哈尔滨四地分会场也精彩亮相。四地分别以光、火、水、冰为主题，代表了不同的地域文化，与主会场共同构成色香味俱全的“年夜饭”。

“四个分会场让人看到了开门办春晚的可喜成果。今年是春晚举办 30 多年来首次走进黑龙江，感受尤其深刻。”哈尔滨市南岗区社区干部张敏说。哈尔滨分会场的演出充分体现了哈尔滨的冰雪文化，展示了黑龙江省多姿多彩、缤纷亮丽的北国画卷。

四川凉山彝族自治州是全国最大的彝族聚居区。西昌学院副院长曲木伍各说，参演央视春晚是向全世界发出“美丽凉山”名片的一次重要机会，再现了凉山彝族的原生态生活场景、展现了真实祥和的彝族人民生活气息。节目中，彝族崇尚的火元素被运用到极致，观众通过屏幕着实感受到了“水火交融”的震撼。

钦州学院党委书记赵君说，壮族、彝族、藏族、蒙古族等多民族的歌舞，让观众印象深刻。晚会注重文化熏陶和实践养成，把跨越时空的思想理念、价值标准、审美风范转化为人们的精神追求和行为习惯，不断增强广大人民群众的文化参与感、获得感和认同感，有利于形成向上向善的社会风尚。

苏州市民间文艺家协会主席叶正亭说：“今年春晚在地域文化上有扩展，既有来自新疆的小品《天山情》，也有来自浙江的滑稽戏小品《阿峰其人》，通过这些精品力作，我们能感受到祖国方言的丰富、习俗的多彩。”

文化之魂　语言之美

宁夏作协副主席、宁夏师范学院副院长郎伟说：“今年的语言类节目占比最大，相声、小品、诗歌朗诵都有，这是充分展示语言之美的节目，在带给观众欢乐的同时，有利于弘扬中国优秀传统文化。”

让苏州大学文学院党委书记孙宁华印象最深刻的是相声《新虎口遐想》。“《虎口遐想》是30年前的春晚相声，今年新说反腐，既有意思，又有意义。”孙宁华认为，春晚年年办，每年都在创新，只要坚守“文艺创作为人民”的原则，植根于中华优秀传统文化，春晚就会打动百姓。

广西师范大学计算机信息与工程学院学生但思源是一名“90后”，虽已“经历”过21次春晚，今年却是第一次真正完整看完了春晚。他说，往年总是被“抢红包”打断，而今年自己被春晚牢牢地吸引住了。如今的春晚更像是一场中华民族“魂”的展示秀，对于我们年青一代来说，是一次难得的理解品读我国优秀传统文化的机会。

（《光明日报》2017年01月28日02版）

扫一扫
阅读全文

一座值得一看的县级博物馆

——宁夏彭阳博物馆印象记

庄电一

彭阳县建成博物馆了？这可是个不小的新闻！因为宁夏目前建成的县级博物馆还很少，更何况彭阳县地处南部贫困山区，目前还是脱贫攻坚的重点县，而它建县的历史只有 30 多年。2017 年 12 月 28 日正式开馆的当天，笔者就远途奔波、兴致勃勃地前去参观，颇有一点“先睹为快”的想法。

果然，彭阳博物馆没有让笔者失望。笔者在“贪婪”地浏览了馆内所有展品之后，对彭阳博物馆刮目相看。笔者听到有人兴奋地对馆长杨宁国表示，这个博物馆，是应该高看一眼的。

10 文化新闻

光明日报

一座值得一看的县级博物馆

——宁夏彭阳博物馆印象记

让收藏迸发时代正能量

2018年“我们的中国梦·文化进万家”活动在河南兰考启动

山东“文化惠民”13件实事基本完成

中州学刊

建筑面积达 11200 平方米的彭阳博物馆，是一座集文物收藏、展览、研究为一体的综合性博物馆，目前开设了 6 个展厅，展出的文物有 2000 多件，藏品有 7000 余件。其中，属于国家一级文物的，就有 12 件，二、三级文物则多达 560 件。

杨宁国自豪地对记者说，无论是建筑规模，还是馆藏文物，在宁夏都是数得着的。除了宁夏博物馆、固原博物馆两家省级博物馆之外，第三个就要数彭阳博物馆。在固原市，除了固原博物馆，它可以排第二，而在宁夏县级博物馆中，

馆藏人驼纹牌饰　　彭阳博物馆供图

馆藏波斯银币　　彭阳博物馆供图

它就可以当之无愧地排第一。这也充分反映出当地政府对文化工作的支持和对文化传承的重视。

兴建如此规模的博物馆，是有充分的理由和依据的，是与当地极为丰富、极为珍贵的历史资源和出土文物相匹配的。

在彭阳，有一部基本完整的通史。

笔者了解到，彭阳县不仅发现了距今数千万年前的古脊椎动物化石，而且发现了距今3万年前的旧石器时代石器。至于新石器时代遗址那就更多了，仅已经发现的就有四五十处之多，且都发现了那一时期的文物。在彭阳县发现的距今几千年人类居住的窑洞式房屋，依然保存了白灰墙裙，坚硬、光洁、平整，真实地反映了当时人类的生存状态。最近在彭阳县姚河塬发现的西周时期的诸侯王级的墓葬群及大量出土文物，更是颠覆了“周文化未过陇山”的结论，证实早在西周早期，周人就已经翻越了六盘山。而到了春秋战国时期，秦惠文王消灭了长期驻扎在彭阳一带的义渠，彭阳及周边地区更是被正式纳入中原的版图。至今，战国时期修筑的秦长城，还横卧在彭阳的大地上。彭阳还是历史名人荟萃之地，有资料显示，秦始皇、汉武帝、唐太宗、成吉思汗、忽必烈等都曾到过彭阳一带，东汉史学家班彪所作的《北征赋》，也记述了他亲临彭阳的经历和感慨，赋中也点出了“彭阳”这一地名。三国西晋时期著名医学家、史学家，有针灸鼻祖之誉的皇甫谧，就出生在彭阳县。唐宋元明清时期，彭阳县的经济、文化都得到了发展。汉代城郭、北魏造像、北宋石窟、明清驿道，都在这里留下遗迹，也丰富了彭阳的文化内涵。到了当代，彭阳县又孕育了比较丰富的红色文化。中国工农红军万里长征曾经过这里，毛泽东曾夜宿彭阳县古城镇下岔沟、乔家渠的农家，并在当晚修改了在六盘山上吟咏的《长征谣》（即《清平乐·六盘山》的初稿）。尤其值得珍视的是，当地至今还保存着新中国成立之前的一些革命遗迹。

彭阳博物馆现在开设了“茹水遗珍”“红色记忆”“今我彭阳”等6个展厅。其中，“茹水遗珍”分为史前、先秦、秦汉、北朝隋唐、宋金元、明清6个单元。笔者看到，这里有远古时代的古生物化石，有新石器时代的玉琮、石器、彩陶罐，有春秋战国时期的铜短剑，有战国时期刻有铭文的铜戈，有夯筑长城的木夯，有汉代的三足两耳圆鼎，有与彭阳建县历史有关的汉代朝那（读作 zhū nuó）鼎，有西汉时期精美的人驼纹牌饰，有北魏时期的一佛二菩萨石造像，有唐代双鸾瑞兽花鸟铜镜，有北宋的刻花梅瓶，有在当地出土、可作为中西交流物证的波斯银币……其中的石器、玉器、铜器都有相当的存量。

这里还陈列着距今数千年的葡萄种子。那是专业人员在彭阳县打石沟新石器时代遗址的发现。那次，共发现了25种已经炭化的植物种子，其中就有葡萄，这可以说明，早在几千年前，彭阳一带就已经栽植葡萄了。据文献记载，葡萄引进到我国古代中原地区有两种说法，一种说法是汉代贰师将军李广利在伐大宛时带回来的，一种说法是张骞出使西域后带回来的，有人据此断定，引进葡萄的时间不会早于公元前119年，而彭阳县出土的葡萄种子，可能要为这些说法打上一个问号了。

博物馆的许多展品，都令人眼前一亮，驻足细品。

1999年，笔者到彭阳县采访，抽空看了当时还放在库房的文物，便被他们珍藏的许多珍品“惊艳”了一回，也以《偏远穷县藏奇珍——宁夏彭阳县出土文物参观记》为题做了报道，并就他们建一座博物馆的愿望在报上公开发出了呼吁。没想到，此后，他们的重要考古发现一个接着一个，出土文物也从2000多件增加到7000多件，而有档次、有品位、有内涵的博物馆也真的建成并向公众开放了。

这确实是一件可喜可贺的事，也是颇有“新闻价值”的事。

（《光明日报》2018年01月09日10版）

扫一扫
阅读全文

在“死文字”中发现“活历史”

——国图藏西夏文献的收藏与研究

光明日报记者　杜　羽　方　莉

18个大小不一的包袱摆在国家图书馆古籍馆修复组办公室。打开一个，里面是几张残破的旧纸。有的纸上印着方块字，有的能看出是手写的，横竖撇捺点规规矩矩。

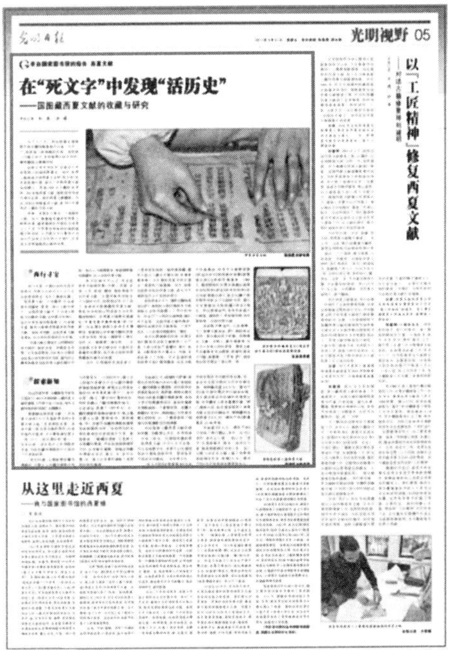
光明视野 05
在“死文字”中发现“活历史”
——国图藏西夏文献的收藏与研究
以“工匠精神”修复西夏文献
从这里走近西夏

这些文字并非汉字，而是近千年前党项人创造的西夏文。如今，世界上能系统识读西夏文这种“死文字”的学者屈指可数，留存于世的西夏文献也很稀少。凭借1929年入藏的20多种、100余卷西夏文献，国家图书馆成为国内首屈一指的西夏文献藏家。而这18包正待修复的文献，是2015年国图新入藏的西夏文献。

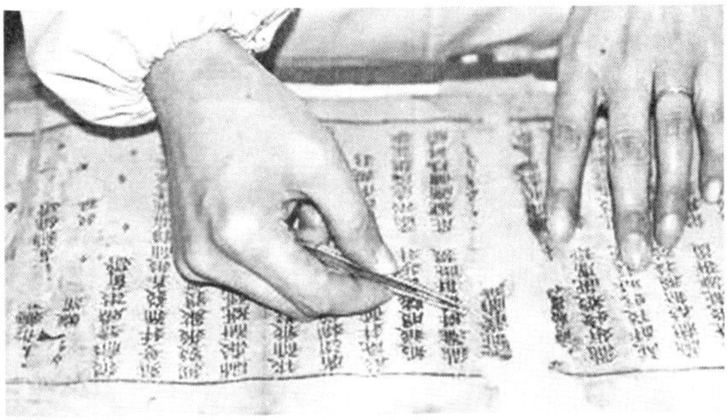

修复西夏文献　　国家图书馆供图

西夏一直被世人视为一个神秘的王朝。如今，随着越来越多的西夏文献被发现，越来越多的西夏研究成果公之于世，在西夏的神秘面纱逐渐被揭开的同时，以西夏文为元素的文创设计产品也正在年轻人中流行，古老的文字更是焕发出新的生机。

西行寻宝

2015年春，中国社会科学院学部委员、西夏文化研究中心主任史金波得到消息：有私人藏家收藏了一批西夏文献。几经辗转，史金波联系到藏家，看到了部分文献的照片。这批西夏文献中，不仅有8册较为完整的书籍，还有数百页残片，是近年来发现的数量最大、内容最丰富、版本与装帧类型最多的西夏文献。他初步判断，这批西夏文献是真品，而且具有很高的学术价值。

“西夏文献主要是宋元时期刻印或写就的，每新发现一种都弥足珍贵。”在史金波看来，无论是从文物安全还是从研究利用的角度，国内的公藏机构都是这些珍贵文献的最好归宿。他马上与国图联系，希望国图能说服藏家，出让这批西夏文献。

20世纪80年代以后，史金波曾多次赴俄罗斯（苏联）、英国、法国、日本、美国、德国、瑞典等地寻访西夏文献。在俄罗斯科学院东方文献研究所，他看到过用12个高大、宽厚的书柜储藏的西夏文献，那是20世纪初以科兹洛夫为首的俄国探险队，在西夏古城黑水城遗址（今属内蒙古额济纳旗）的“收获”；在法国吉美国立亚洲艺术博物馆，他看到过存世最完整的西夏文泥金写经，那是八国联军入侵北京时，从一座佛塔中掠去的……史金波既为有幸目睹如此丰富的西夏遗存而喜

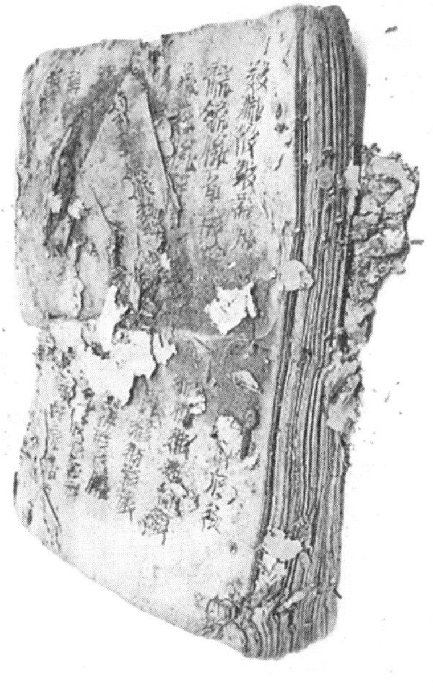

待修复的新入藏西夏文献　国家图书馆供图

悦，也不免为这些珍贵典籍流失海外而伤感。

当年，在列强的竞相争逐中，宁夏灵武发现的一批西夏典籍，最终大部分入藏北平图书馆（今国家图书馆），为中国的西夏学研究奠定了重要的文献基础。如今，抢救这批新发现的西夏文献，成为当代国图馆员义不容辞的责任。

获知消息后不久，国图古籍馆副馆长萨仁高娃和少数民族语言文献组组长全桂花就踏上了西行的列车。经过 27 个小时的长途奔波，她们终于见到了这批西夏文献的真容。刚好史金波正在当地参加一个学术会议，三人在旅店里就展开了鉴定。

因为长期流散在民间，呈现在他们眼前的这些文献破损十分严重：大部分纸张严重糟朽、絮化、粘连，文献表面有大量尘土、污迹，有的还嵌入了谷粒。但史金波研读的结果令他们感到振奋：这些文献不仅是真品，而且不乏童蒙读物《碎金》《杂字》和西夏谚语集《新集锦合辞》这样的珍稀善本。1909 年，俄国探险队在黑水城遗址就曾经发现两种《碎金》抄本和刻本《杂字》《新集锦合辞》，现在均藏于俄罗斯科学院东方文献研究所，国内仅有敦煌研究院收藏《碎金》残页。经过艰难谈判，还有史金波从中斡旋，国图终于用有限的购书经费获得了这批珍贵文献。

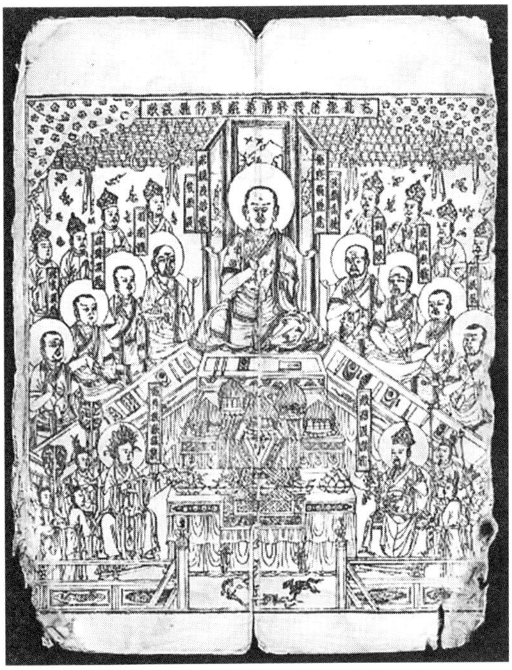
国家图书馆藏西夏文《现在贤劫千佛名经》前的西夏译经图　　史金波供图

谈妥购买事宜时，已近傍晚。为了保障文献安全，萨仁高娃和全桂花一直在旅店里守护着。按照规定，文献一旦购入，就不得离身，而且至少有两人同时看管。

携带文献外出就餐有安全隐患，轮流吃饭也不可能，就靠着一个苹果，萨仁高娃和全桂花度过了难忘的一夜。

探索新知

经过西夏学者、古籍修复专家的反复研讨，2015年国图新入藏西夏文献的修复工作将于近日启动，而对文献内容的研究则已先期展开。

刚接触这批西夏文献，三页西夏文刻本《大白伞盖陀罗尼经》发愿文就引起了史金波的注意。虽然只是三张无首无尾的残页，但这件海内外孤本，不仅像普通发愿文一样，许下了刻印佛经的“愿心”，而且记述了成吉思汗之孙阔端的史迹，为研究藏传佛教的历史提供了许多新材料。

“我们知道，元朝是尊崇藏传佛教的，而蒙古人的藏传佛教信仰与西夏有关。13世纪中叶，蒙古宗王阔端代表蒙古汗廷与藏传佛教萨迦派领袖萨迦·班智达在西夏故地凉州（今甘肃武威）举行了‘凉州会盟’，确立了蒙古对吐蕃的统治，同时也确认了藏传佛教的地位。”史金波说，西夏于1227年灭亡后，藏传佛教的影响余绪犹存，据这篇发愿文记载，掌控凉州一带的阔端，拜广学密咒的藏传佛教高僧等觉金刚国师为师，“这说明当时这里的最高统治者阔端不仅是一般地接纳、了解藏传佛教，而是真正信奉藏传佛教，并且延请高僧国师为师，近身接受熏陶。阔端这种藏传佛教的学识、修为，为‘凉州会盟’这一重大历史事件铺垫了思想和信仰的基础”。

史金波认为，阔端将与萨迦·班智达会谈的地点选在吐蕃人影响较大、藏传佛教长期浸染、信仰浓烈的西夏故地凉州，使萨迦·班智达感受到凉州浓重的藏传佛教氛围，有助于双方的理解和信任，是会谈能够水到渠成的一个重要原因。在藏文典籍《红史》中，将阔端记为西夏杰廓王的转世，从一个侧面体现了阔端与西夏佛教信仰的渊源。

对这批新入藏西夏文献价值的判断，待整理公布后，学界将进一步深入研究。而国图收藏的第一批西夏文献，不仅已正式出版，而且全部数字化，学者可以在国图网站方便地查阅利用。特别是其中的活字印刷品，广为各界关注。

“宋人沈括的《梦溪笔谈》中有毕昇发明活字印刷术的记载，但一直没有发现早期汉文活字印刷实物。国图藏西夏文《大方广佛华严经》是中国早期活字印刷的实物，是中国发明活字印刷术的重要证据，在书籍史上具有重要价值。”萨仁高娃介绍，在目前发现的十多种西夏文活字印刷品中，国图藏的这部西夏文《大方广佛华严经》数量最多，达60多卷。

史金波在《大方广佛华严经》中发现了两行题记，其中一处可以译作“选字出力者”。他认为，“选字”应是指拣字、排字，“选字出力者”就是指拣排活字的工匠。这个记载与活字在文献上留下的种种痕迹相互印证，使得《大方广佛华严经》为活字本的证据更加充分。

（《光明日报》2017年03月31日05版）

扫一扫
阅读全文

以“工匠精神”修复西夏文献

——对话古籍修复师刘建明

光明日报记者　方　莉　杜　羽

修复师刘建明小心翼翼地整理破损的西夏文献　　方莉摄

走进国家图书馆古籍馆文献修复组的办公室，只见修复师刘建明小心翼翼地整理着一包包破损的西夏文献，他正在为修复新入藏的西夏文献做着准备。早在2003年，作为中国境内收藏西夏文献最多的单位，国图就曾启动西夏文献修复工程，对当时馆藏西夏文献进行全面修复，那时刘建明就是修复小组的成员。日前，记者专访了这位颇有经验的“全国技术能手”，请其讲述西夏文献修复中的故事。

记者：2003年启动的西夏文献修复工程是近年国家图书馆四大修复工程之一。这一批西夏文献是如何修复的？留下了哪些经验？

刘建明：2003年3月，国图启动西夏文献修复工程，从调研、论证到修复完成，历时一年，是我国第一次大规模对西夏文献进行修复。这批西夏文献虽整体保存良好，但很多卷册有不同程度的残损，其中数十卷佛经在折口处断裂，造成书页顺序错乱，难以连贯，而且破损散开的小残片为数不少。修复西夏文献最大的困难在于，修复人员都不认识西夏文，难以确定文字的顺序，修复工作难以起步。在这种情况下，我们邀请西夏学专家史金波先生自始至终参与修复工作，对文献的顺序、缀合和价值保护进行判定和指导。

当时我们第一次用“挖镶”的方法，把西夏文献散片做成了一本小书。过去，我们在修复古籍时，通常会将那些无法复原的残片统一装在一个口袋里，既不美观，又容易进一步破损。在修复西夏文献时，我们准备好一本空白的线装书，根据残片的大小，先在书页中“挖”出相应的区域，再把碎片“镶”进去。这样一来，书页基本保持平整，不会像粘贴剪报一样凸凹不平，而且每一页纸镶嵌一张西夏文献残片，便于翻阅。

那次西夏文献修复，我们还第一次制作了完备的修复档案，全面记录修复过程和前后对比；并在修复过程中对西夏文献进行跟进整理和研究，出版了《中国国家图书馆藏西夏文献》《国家图书馆西夏文献中汉文文献考释》《国家图书馆学刊》《西夏研究专号》等著作和论文。西夏文献的修复充分体现了文献专家与修复专家、先进技术与传统工艺、修复与研究的结合，为此后修复其他少数民族语言文献积累了不少成功经验。

记者：2015 年最新入藏国图的西夏文献修复与 2003 年的修复工作有何不同？目前的修复进展如何？

刘建明：相比 14 年前的修复，新入藏西夏文献的修复工作难度更大。这批文献的破损程度更为严重，许多经卷上留有水渍、霉斑，或者粘有厚厚的污垢，有的书页纸张已呈棉絮状，有的书页都粘在一起，成了“书砖”。

为了顺利启动和有效开展修复工作，去年 6 月，国图古籍馆召开了专家咨询会，邀请史金波先生、国图研究馆员黄润华先生等 5 位专家为我们出谋划策。在会上，专家们提出了遵循先易后难的原则逐件开展，加强修复人员、研究人员与管理人员的及时沟通，做好修复档案工作，出版相应的修复与文献研究论著等意见和建议。在充分吸纳专家意见和上一批文献修复经验的基础上，我们将为每一件文献研究制定详细、可操作的修复方案，计划用 3 到 5 年时间把这批文献全部修复完毕。

目前，我们已经从书库里提取出3包待修复的文献，正在开展前期准备工作，包括纸张检测、制作补纸并染色，与民语组共同研究每件文献如何编号、如何制作装具等等。这批文献修复不能求快求量，不能把摊子铺得太大，不可盲目地干，一定要扎实稳妥地把修复工作做好，为保护和研究这些珍贵文献打好基础。

记者：西夏文献的修复过程充分体现出古籍修复这个行当“慢工出细活”的特点。您从事古籍修复工作这么多年，有哪些心得体会？

刘建明：古籍修复是一项传统的技艺，是个经验活。每个修复师都是在日复一日地拆书、洗书、补书、折页、喷水、剪页、压平、捶书等十余道工序中慢慢成长起来的。比如喷水这道工序，用多大力气、与书距离多远才能喷出雾状的水，这都是经验。这些技术和经验依靠历代修复人员以“口传心授”的方式传承下来，使古籍修复工作充满了浓重的经验色彩。

我1980年进入国图古籍馆修复组工作，从事古籍修复工作已经有37年，修复各类文献有1000来册。刚入行时，很幸运地被称为“国手”的古籍修复大家张士达先生带我。那时候我才18岁，对古籍修复没什么了解，根本就坐不住。当时已是80多岁高龄的张先生总是教导我，干我们这行一定要耐得住性子，自己要多琢磨。他身上那种耐心细致、执着认真、精益求精的作风对我影响特别大。比如，他会为了找一张更合适的补纸花费三五天时间，他修补过的书基本看不出补过的痕迹。这大概就是现在所说的“工匠精神”。

随着时代变迁，新技术的发展为这项古老技艺带来新的曙光，新鲜血液的加入也使这项事业后继有人。我们看到，现在从事古籍修复的年轻人大多受过专业的学科训练，知识结构更加完整，运用科学技术的能力更强，只要经过一段时间静心苦练，将这种“工匠精神”代代传承下去，必定能在实践操作中成长为成熟的修复师，为古籍修复作出更大贡献。

（《光明日报》2017年03月31日05版）

扫一扫
阅读全文

距今一万年前后的人们已经有爱美意识了

——2016 年度全国十大考古新发现揭晓

光明日报记者　李　韵　鲁博林

一年一度的“全国十大考古新发现”是文博考古界的盛事，不仅年复一年地吸引着业内人士的目光，也不断在大众舆论中引发热烈的讨论。

“2016 年度全国十大考古新发现”评选结果于 12 日揭晓。为此，本报特邀请北京大学文博考古学院资深教授、本次评选的评委会主席李伯谦，对今年评选出的十大项目逐一点评。

光明日报　光明视野 05

距今一万年前后的人们已经有爱美意识了

——2016年度全国十大考古新发现揭晓

宁夏青铜峡鸽子山遗址

【亮点】出土的鸵鸟蛋皮装饰品，革新了我们对万年前人类认知水平和复杂技术能力的认识。

【简介】宁夏鸽子山遗址地处腾格里沙漠东南缘的荒漠中。

经过 2014~2016 年的发掘，鸽子山遗址首次在西北沙漠边缘地区建立了距今约 1.2 万年至 5000 年，即晚更新世末期至全新世早中期的文化演化序列；初步获得了一些植物遗存，这对于研究该地区晚更新世末期古人类对植物资源的强化利用，乃至该地区的农业起源都有重要意义。

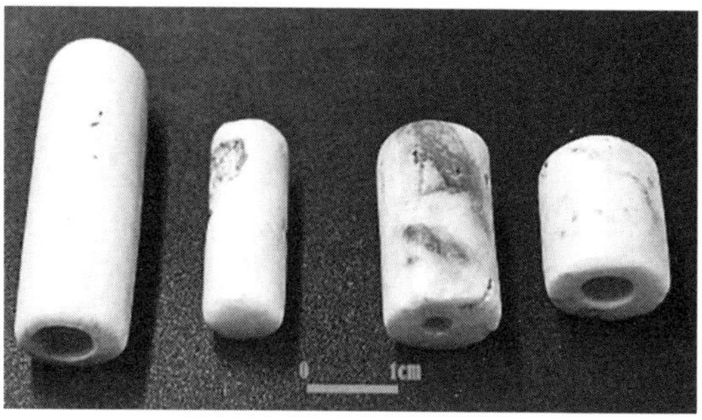

宁夏青铜峡鸽子山遗址出土的方解石穿孔装饰品　　新华社发

此外，数十处结构性火塘及疑似建筑遗迹为研究人类生存模式、生计能力和对气候的适应行为及居址空间利用提供了重要材料。

【专家点评】这是一个很典型的从旧石器时代向新石器时代过渡的遗址。在距今一万年前后的地层中发现了串珠，说明那时的人们已经有了爱美的意识。另外还发现了火塘，是古人做饭、取火取暖的遗存。

（《光明日报》2017 年 04 月 13 日 05 版）

扫一扫
阅读全文

做有温度的委员　提有高度的提案

光明日报记者　王建宏

150 万网友点赞，近 9000 网友评论——这是全国政协十二届四次会议期间，一件关于“提高教龄津贴，让一线教学的教师不吃亏”的提案受到的关注度。会场内外产生如此强烈的共鸣，就连提案人全国政协委员、宁夏回族自治区卫计委主任马秀珍也说：“没想到。”

“委员头衔不是花环，而是扛在肩上的责任。群众的支持、社会的关注，既是肯定，也是鞭策和激励。”今年是马秀珍担任全国政协委员的第 5 个年头。5 年来，马秀珍始终告诉自己，要心向民生、扑下身子接地气，做一名有“温度”的委员。

光明日报

凝聚强大正能量　撸起袖子加油干

——热烈祝贺全国政协十二届五次会议开幕

焕发时代华彩的中华文脉

改革争在朝夕　落实难在方寸

国际社会看好中国发展现状和前景

打通改革落实“中梗阻”

做有温度的委员　提有高度的提案

全国政协十二届五次会议今日下午3时开幕

“每一件优秀的提案，都离不开深入的调研。”马秀珍总是利用各种下乡和调研的机会，用心倾听群众的愿望和呼声，了解群众的利益诉求。

当好委员，不仅要有履职的热情，更需要履职的专业素养。宁夏相对偏远，在新经济、新产业、新业态发展方面相对滞后，这就要求政协委员不仅要“下接地气”，还要“上接天线”。马秀珍注重学习各种前沿的新理论、新知识、新资讯，每一次发言、每一件提案、每一份报告，她都要认真查阅大量资料，对照工作实际，分析问题所在，提出解决方案。

“建议将大数据发展列入国家战略，加快大数据安全立法，抢占‘大数据浪潮’先机。”2014年3月，在全国政协十二届二次会议上，马秀珍提交了《关于将大数据的发展作为国家战略的建议》。正是这件有“高度”的提案，令马秀珍走进了同年6月召开的全国政协双周协商座谈会。她在会上关于“利用大数据技术提升政府治理能力”的多项意见建议被工信部采纳。

2015年，马秀珍邀请全国政协副主席、九三学社中央主席韩启德和360公司董事长周鸿祎到宁夏中卫调研，形成《关于在宁夏中卫建立国家战略数据灾备基地的建议》，以直通车的方式报中共中央政治局常委、国务院总理李克强，并得到总理批示，批转国家发改委研究办理。

全国政协委员的履职之路上，马秀珍共向大会提交提案38件，涉及医改、司法体制改革、教育事业发展、生态环境保护、大数据发展战略、脱贫攻坚等内容，均得到国家相关部委的一一答复，多项建议得到国家相关部委的重视、采纳，推动了相关问题的解决。

作为医疗卫生系统的一名工作人员，马秀珍的一些提案跟本职工作息息相关，比如她提出的《关于以支付制度改革推动医疗资源优化配置的建议》，建议探索建立21世纪现代化城乡三级医疗网模式，使人人享有基本医疗卫生服务，使有限的资源发挥最大的效益，体现公立医疗机构的公益性，控制医疗费用增长，推动医疗服务质量提高。

马秀珍对教育、民生问题情有独钟。诸如加强中小学生阅读、稳定农村教师队伍建设、预防校园暴力、提高贫困地区妇幼医疗服务水平等内容，都曾出现在马秀珍的提案里。

全国政协十二届五次会议开幕在即，带着12件涉及司法改革、企业农民工职业健康监护、加强少数民族地区妇幼健康信息化建设等内容的提案，马秀珍又踏上了委员履职的征程。“我将继续为百姓代言，为发展献策。”马秀珍说。

扫一扫
阅读全文

（《光明日报》2017年03月03日01版）

西部艺术家文献展在银川举行

作品源于对西部土地的情感

光明日报记者　王建宏

04 综合新闻
课后三点半　孩子谁来管
青海玉树启动《格萨尔》史诗抢救保护规划
免疫衰老加速 老年艾滋病发展
《资本论》指引 中国经济学理论创新
新疆兵团题材美术作品展亮相国博
西部艺术家文献展在银川举行

从18日在宁夏银川当代美术馆举行的新闻发布会上获悉，该馆将于3月19日至6月3日举办“雨滴的阅读——西部艺术家文献展”。本次展览邀请20位根植于西部的艺术家，通过画作、手稿、视频和文献等形式，全面呈现其艺术创作历程。

“西部苍茫与神话并存，这次展览的作品都源于艺术家对这片土地的情感，他们在这片土地上静心坚守、以心创作实属难得。”银川当代美术馆艺术总监谢素贞说，这些作品，有的体现着西方绘画与东方美感的美好相逢，有的在天马行空的突兀与和谐中彰显古风传承，有的在既观照现实又超越现实之外，呈现出一种经由视觉媒介二次呈现的视觉经验……他们用各自不同的绘画风格，在西部这片土地上守护着艺术的初心。

展览期间，银川当代美术馆还将在每周末安排公共教育活动，参观者可以体验“木刻版画”、陶艺空间、画笔寻“主”记等活动。

扫一扫
阅读全文

（《光明日报》2017年03月19日04版）

宁夏大学：

西部高校的“黑骏马”

光明日报记者　王建宏

贺兰山色青嵯峨，长风荡云生翠波。6月23日上午8点，光明日报、光明网首届“招办主任光明大直播”走进宁夏大学，在招办主任罗进德带领下，信息工程学院院长高玉琢、数学统计学院副院长刘国军、化学化工学院院长倪刚、机械工程学院副院长张波、后勤集团副总经理马彦峰等与广大网友实时互动，介绍了宁夏大学学科建设及办学情况。直播的观看量达17.7万，点赞数7.9万，互动留言量719条。

06 教科新闻

全国多省市高考分数线划定

哈尔滨工业大学：培养航天人才的摇篮

中国传媒大学：更看重考生综合素质

宁夏大学：西部高校的“黑骏马”

2017年全国部分地区高考录取分数线

北京物资学院：培养现代物流管理者

云南师大传媒学院实行全员导师制

■ 招办主任话招生

增减有据　把握未来

宁夏大学有全国唯一的国际化的葡萄酒学院，有网友抛出了问题：“葡萄酒专业是热门专业，但为什么今年的招生人数却在去年200人的基础上下调至120人？”

罗进德说，学校是基于对就业趋势的判断，主动降低招生计划去适应供需关系。

“当然，有减也有增，比如信息工程学院的NIIT项目。”罗进德补充说，宁夏大学立足国际视野，认真分析IT主流技术及发展趋势，与印度国家信息学院（NIIT）合作办学，引进NIIT教育资源和课程体系，增加了相应专业的招生。

专业可调　来者可追

大一结束时，学生可以二次选择专业。比如，今年全校有307名学生申请转专业，304名如愿以偿。原则是文理不能互转、不同批次的不能互转，在大一期间有挂科、受纪律处分的不能转。

立足西北　接轨国际

宁夏大学虽地处西北，但很有国际范儿。多年来，先后为40多个国家培养了2000多名留学生。目前，学校先后与国内外上百所知名高校结成实质性交流合作关系，每年有近300名学生赴国外交流学习。

罗进德说，机械工程学院卓工班的学生可以去马来西亚深造，阿拉伯语专业学生可以赴埃及苏伊士运河大学等大学，农学院的学生可以去美国密苏里州州立大学、俄亥俄州州立大学，葡萄酒学院的学生可以去法国完成后面两年的学业计划，国际教育学院的HND国际班可以去英国学习两年。

在职业生涯的长河中去选择专业

“宁夏大学哪个专业就业最好?”这是众多网友最关心的问题。

对此，罗进德说：“要依据学生的兴趣、爱好、特长，尤其是与学生对未来、职业的规划相结合。”比如，若选择继续深造，建议在本科专业的选择上，最好选择“宽口径、厚基础”的专业。像理工科的可以选择数学，因为新材料、计算机、金融这些专业领域，要读到博士层面需要有扎实的数学功底，如果本科阶段有了扎实的基础，那么到了硕士、博士再选择的余地就会很大。

■学校名片

地方大学的“三级跳”：1958年建校的宁夏大学经省部共建、“211”工程重点建设，办学质量、综合实力大幅提升，2016年开启了“西部一流”建设进程，正在实现漂亮的“三级跳”，被教育界誉为“塞上明珠，人才摇篮”。

（《光明日报》2017年06月24日06版）

扫一扫
阅读全文

宁夏学前教育毛入学率首超全国平均水平

光明日报记者　王建宏

“过去农村娃大都在沟渠边玩泥巴，现在咱农村的幼儿园和城里的没啥两样了。”31日，宁夏泾源县兴盛乡兴盛村村民班玲花说。村民口中的这些变化在宏观数据上得到了体现——2016年宁夏学前教育毛入园率达77.94%，首次高于全国77.4%的平均水平。这也意味着宁夏学前教育毛入园率长期远低于全国平均水平的情况，得到了改变。

据介绍，学前教育普及水平一直是宁夏教育事业的短板。近年来，宁夏持续加大学前教育投入，按保基本、广覆盖要求，先后组织实施了两期“学前教育三年行动计划”，累计投入幼儿园建设资金14.6亿元，新增幼儿学位13.7万个，基本构建起覆盖城乡、布局合理的学前教育公共服务体系。

02 综合新闻

光明日报

“模范列车”上高原

——记沈阳铁路客运段进藏列车乘务组

欧洲回应特朗普限制难民和移民入境新政

中央文明办发布1月“中国好人榜”

圣彼得堡“欢乐春节”拉开序幕

中国民航局：真情服务让出行更文明

宁夏学前教育毛入学率首超全国平均水平

在不断加大幼儿园建设力度的同时，宁夏通过探索创新办园体制，完善政府购买学前教育服务机制，积极吸引社会力量投资办教育，大力扶持普惠性、低收费民办幼儿园发展，有力推动了民办学前教育的发展步伐。

目前，宁夏民办园在园幼儿已占全区在园幼儿总数的56%，比2006年提高了36个百分点，“政府主导、社会参与、公民办并举”的办园体制已经建立。

扫一扫
阅读全文

（《光明日报》2017年02月01日02版）

银川市西夏区

校地共建变“人才存量”为“产业增量”

光明日报记者　王建宏

“基地为我们免费提供办公场地，还专门铺设网络专线，支持我们的跨境电商项目顺利推进。”1 月 3 日，在宁夏银川（西夏）大学生创业就业孵化基地，23 岁的王政告诉记者，这个项目入驻才 6 个月，就实现日均营业额 3000 美元，带动大学生就业 25 人。

银川市西夏区是名副其实的“宁夏大学城”，辖区内有 17 所高职院校，在校学生 12 万余人。过去，高校多、学生多，消费人口少、可产生税收的单位少被认为是西夏区发展的劣势。“大学生是最有激情、最有创造力的人群，激活这支年轻的队伍，就可以变劣势为优势。”西夏区委书记雍辉说，近年来，西夏区扎实开展校地合作，使电子商务、文化创意等产业蓬勃发展，推动“人才存量”变成“产业增量”。

06 教科新闻
我国科学家研究成果引起全球关注——
饲用抗生素替代品有望找到
汽车尾气“年检神器”不靠谱
艾比湖马鹿十年来首次拍到
校地共建变“人才存量”为“产业增量”

西夏区与宁夏大学创新创业学院合作共建了宁夏大学创客空间，将大学生创新创业训练计划项目、学科竞赛等与创客空间有机结合，激发学生的创新创业灵感，提升创新创业效率；与北方民族大学合作建立北方民族大学大学生创业孵化园暨西夏区青年创业孵化基地，通过引入高校自主创业资源和对外招商引资，形成大学校区、科技园区、公共社区“三区”合一的科技创业园区；与宁夏工商职业技术学院签订了10年的战略合作协议，重点扶持发展电子商务等业态，2015年被宁夏回族自治区认定为“首批大学生创业孵化园”。

“近年来，仅北方民族大学创业孵化园区就有100多名大学生自主创办企业，年实现营业总额1.5亿元。安排实习学生5000余人，带动就业1000余人。”北方民族大学创新创业学院院长王福平说。

针对产业单一、发展物理空间受限、创业成本高等问题，西夏区政府还投资建设了西夏区创业谷，为有想法、有创意的年轻人提供了优质的物理空间和政策扶持。目前，宁夏电商谷各电商企业销售额总计已8亿元，直接解决就业500余人，间接带动就业2000余人。

（《光明日报》2017年01月04日06版）

扫一扫
阅读全文

宁夏率先实现1∶5万地质灾害详查“一张图”

光明日报记者　王建宏

记者王建宏日前从宁夏国土资源部门了解到，宁夏地质灾害1∶5万详细调查接图及综合研究成果近日正式投入应用，实现了宁夏地质灾害调查数据的空间网络信息管理。目前这项工作走在了全国前列。

从2015年3月至2016年6月，宁夏投资2900多万元，先后对全区1∶5万地质灾害详细调查遗留区进行补充调查，对22个县（市、区）地质灾害详细调查接图存在争议的地段进行了复查，对重要地质灾害点、隐患点的分布状况、环境条件、发育特征、分布规律、形成机理等进行重点核查地质研究。其间，编制宁夏地质灾害详细调查综合研究报告及相关图件，开展了宁夏地质灾害气象预警区划，汇总、集成、更新宁夏地质灾害数据库，完成重要地质灾害点测绘138处，重要地质灾害点勘查41处，共查明地质灾害2680处，不稳定斜坡955处、地面塌陷20处。

宁夏1∶5万地质灾害详细调查“一张图”，采用多层次结构设计开发，升级了宁夏地质灾害综合信息平台，建立了宁夏1∶5万地质灾害数据库，提供网络信息数据服务。其分类查询、统计，数据更新、系统维护和管理等模块，可为宁夏地质灾害防治与管理提供技术支撑。

中国地质环境监测院教授级高工、副总工周平根说，宁夏完成的1∶5万地质灾害详查“一张图”，总结了宁夏地质灾害在区域、空间和时间上的分布规律，系统分析了宁夏各类地质灾害的形成机理，进一步提升了宁夏地质灾害防治工作精细化、数字化、科学化管理水平。

扫一扫
阅读全文

（《光明日报》2017年01月06日06版）

纪录片《贺兰山》将在央视首播

解读我国西北文化地标

光明日报记者　王建宏

“驾长车，踏破贺兰山阙。”岳飞的《满江红》，使贺兰山成为祖国西北一座重要文化地标。由宁夏回族自治区党委宣传部与中央电视台科教频道联合出品的六集纪录片《贺兰山》，近日将在中央电视台科教频道黄金时段首播。

该片由金铁木担任总导演，以一座名山为地理坐标和文化符号，从“山魂”“水脉”“家园”“丝路”“融合”“共生”六个视角和层面，选取了宁夏这片土地上最具历史感和生命力的故事，全景式地展现了宁夏政治稳定、社会发展、民族团结的新风貌。

04 文化新闻

营造风清气正的社会文化环境

山西施行文物建筑构件保护办法

一家地方文化院团何以登上艺术高峰

传统文化与社会热点类图书受欢迎

故宫130件紫砂珍品宜兴“探亲”

解读我国西北文化地标

知名作家写儿童文学

贺兰山位于宁夏与内蒙古阿拉善盟的交界处，它与大兴安岭、阴山、祁连山，共同构筑了中国北方天然的地理分界线。在历史上，贺兰山一直是游牧与农耕两大文明交流、融合之地，也是古丝绸之路的重要支点，有着重要的战略和文化价值。

（《光明日报》2017年01月14日04版）

扫一扫
阅读全文

两亿元专项资金建设“双一流”大学

光明日报记者　王建宏

16 日，宁夏西部一流大学和一流学科建设启动会在宁夏大学举行。宁夏每年将新增高等教育专项资金两亿元建设“双一流”，其中 1 亿元将用于把宁夏大学建成西部一流大学。

“宁夏作为一个高等教育相对落后的省区，如果还继续抱着旧的思维方式、旧的办学理念，融不进‘双一流’建设潮流中，别说争先进位，甚至还有掉队的危险。”宁夏回族自治区副主席姚爱兴在会上说。据了解，宁夏将通过重点建设，推动宁夏大学、宁夏医科大学、北方民族大学、宁夏师范学院相关学科分别进入国内一流和西部一流行列；推动宁夏大学率先建成区域特色鲜明、服务地方能力突出、西部一流的高水平教学研究型大学。

宁夏大学校长何建国表示：“建设西部一流大学，是一个追赶发展、提升内涵的历史性机遇，我们将抓住学科和师资队伍两个关键点和着力点，努力补好短板、实现突破，打牢西部一流大学建设根基。”

（《光明日报》2017 年 01 月 17 日 06 版）

扫一扫
阅读全文

宁夏西海固首次开出煤炭专列

光明日报记者　王建宏

11日，编组47辆的两列煤炭专列满载着6000吨煤炭，从宁夏固（原）王（洼）地方铁路王洼站开出，在固原站整编后驶向郑州铁路局略阳西、首阳山。春节后，随着全长36.96公里的固王地方铁路与全国路网联通，宁夏西海固首次开出全程经由铁路运出深山的煤炭专列。王洼煤业是当地支柱企业，年产煤炭600多万吨，主要销往上海、成都及湖北、甘肃等地，在脱贫攻坚中扮演着重要角色。固王铁路开通后，由银川货运中心固原营业部与企业办理装车质量联检交接，企业日装车将达到6列，保守预测年内铁路运量逾300万吨，对于这一地区的脱贫攻坚具有重要意义。

（《光明日报》2017年02月12日02版）

扫一扫
阅读全文

宁夏：

丝路列车传播传统文化

光明日报记者　王建宏

“瞧，这面人儿和动画片上的一模一样。”71岁的孙福保是宁夏唯一的面塑工艺非遗传承人，前几天，他被邀请至银川开往杭州的K1805次“丝路驿站—银川号”品牌列车上，用他灵巧的双手捏出哆啦A梦、猪猪侠和大公鸡，引来小朋友们的“围观”。

近年来，兰州铁路局银川客运段针对列车单程运行时间长、空间狭窄局促等特点，把传播优秀传统文化贯穿到现代客运服务中，使旅客的无聊时间变成了领略优秀传统文化的绝佳时机。

银川客运段“丝路驿站”品牌列车的开行是贯彻落实国家“一带一路”战略、加快铁路服务宁夏经济社会发展的具体实践。目前，已有7趟品牌列车，这些列车在软硬件设置上将丝路文化、西夏文化、黄河文化、边塞文化、红色文化等深度融合，体现了宁夏独特的历史文化、地域特色和风土人情。在“丝路驿站”系列品牌列车打造之初，银川客运段就在各次品牌列车增设文化书屋，向旅客免费借阅中国优秀传统文化图书。

光明日报

文化新闻 09

文化类节目何以赢得口碑

第二届国家大剧院

黄梅戏艺术周将办

三千年前的“情人节”

涅槃重生

用传统文化

开启开学第一课

宁夏：

丝路列车传播传统文化

“在火车上也能体验到这种传统的文化娱乐形式，我觉得这个元宵节过得很有意义。”返校大学生陆晓菲从列车工作人员手里接过猜灯谜赢得的小奖品，喜悦写在脸上。据介绍，在春节、元宵节、清明节、端午节、中秋节、重阳节等有不同的风俗习惯的传统节日，“丝路驿站”品牌列车都要根据自身特点，积极开展列车上的春晚、元宵喜乐会、“粽”情端午、心向明月等文化活动，并将中国传统文化中的戏曲、面塑、糖画、剪纸等艺术表现形式搬上火车。在不同时节，流动的“文化驿站”潜移默化地唤醒了深埋中国人基因的优秀传统文化情愫。

（《光明日报》2017 年 02 月 14 日 09 版）

扫一扫
阅读全文

彭丽芳的最后一个春运

光明日报记者　王建宏

2月18日12:15，银川至上海K1331次列车正点驶离银川站。彭丽芳熟练地推起售饭车，一头扎进了紧邻着餐车的16号硬座车厢。虽然只有短短的不到30米的距离，彭丽芳却走了半个小时，每走一步几乎都使出了“洪荒之力”。

“最近几天，出行的农民工和学生很多，用餐需求也大了。”2月的西北大地依旧春寒料峭，彭丽芳的后背却湿了一大片。

彭丽芳所服务的K1331次列车，从大西北出发，历时27小时36分钟之后，到达长三角核心城市上海。庞大的务工客流占据了近期乘车旅客的一大半，对彭丽芳来说，这是她现在最珍贵的“风景”。50岁的彭丽芳再走一趟车就退休了，她的心情和拥挤车厢里的空气一样：五味杂陈。

经济社会新闻　07

文化服务业何以实现两位数增长

彭丽芳的最后一个春运

谋定而动　实至势成

文化惠民“看得见　摸得着　乐得欢　传得好”

“听惯了车厢里嘈杂的呼噜声、唠嗑声，以后的生活里没了这些声音，可能得花好长时间去适应。”在挤得水泄不通的车厢里，彭丽芳推着小餐车像“泥鳅”一样往前钻，“啤酒饮料矿泉水，瓜子花生八宝粥，还有便宜实惠的方便面、水果罐头和小面包……”她说要让乘车旅客尽可能全面地了解所售货品的种类，方便旅客购买。22 年前她刚开始干这份工作的时候，觉得车上人多、不好相处，就一直盼着退休，没想到真的要离开了，倒有一些不舍得。

走到 18 号车厢，才走了三节车厢，彭丽芳已精疲力竭。有旅客抱怨："老乡，嫩（你）看看嫩（你）看看，都这么多人了，嫩（你）还拥（推）个车往过挤。""咦，老乡，俺不挤过去，嫩（你们）多人吃得上饭吗?"在布满浓浓的山东味儿的车厢里，彭丽芳这个土生土长的银川人的口音也随机应变起来。

等回到餐车稍作休息，已经是两小时之后了。"开车的时候刚好十二点一刻，正是午饭时间，我得保证将新鲜的饭菜送到旅客手里。"彭丽芳擦了擦额头的汗珠。

闲下来的时候，她会和她的小徒弟杨雪待在一起，教她口布折花、服务礼仪、中西餐摆台。"这是我师父的学习笔记，她都留给我了。这里面记录了好多业务知识，有了它，我能少走不少弯路呢。"杨雪边说边展示着厚厚的学习笔记。

记者翻了翻笔记，从餐饮服务专业的理论知识到前台服务操作基本功，再到学习心得，记得满满当当。

"铁路发展得越来越好，对服务质量的要求也更高、更精细，所以必须活到老、学到老。"彭丽芳说。

2 月 19 日 18:17，列车经过简单休整，从上海返回。20 日 23:57，列车将到达终点站银川，到站后再过几分钟，将是今年春运的最后一天，也是彭丽芳职业生涯中的最后一天。

（《光明日报》2017 年 02 月 20 日 07 版）

扫一扫
阅读全文

宁夏内蒙古携手

跨区域联动保护长城

光明日报记者　王建宏

文化新闻 09
有"院"无"剧"难题如何解
记录孔府各时期藏书刻书情况
1700余首歌曲展我军光辉历程
跨区域联动保护长城
非遗直播秀黔西南服饰文化
将加大电影数字母版收集力度
中俄纪录片展与高峰论坛开幕

6月10日是我国第一个"文化和自然遗产日"。近日，宁夏和内蒙古的银川市、吴忠市、阿拉善盟、鄂尔多斯市共同建立长城保护工作联席会议制度，通过跨区域联动更好地保护长城。

"在长城'三关口'段，放炮开矿不但破坏了贺兰山的生态环境，往来拉矿的货车对长城的影响也越来越大、堆积在沟口的废矿料也越来越多，一旦有山洪暴发就会对长城造成极大威胁，由于涉及两省区的监管审批，必须实现区域、部门间的联动，才能形成合力。"银川市文物管理处负责人张艺明说，长城作为宁夏、内蒙古两个自治区的省界，以墙顶中心线为界，各管一边的管理保护体制，给双方工作都带来诸多不便，在不断更新的行政区划过程中，变更频繁的交界地段往往容易造成管理保护的真空地带。

据悉，宁蒙毗邻地区（银、吴、阿、鄂四盟市）长城保护工作联席会议，旨在加强长城保护职能部门之间协作，发挥各自优势，形成工作合力，努力探索建立、完善长城保护工作长效机制。第一次联席会议以"长城资源保护、联防联动共享"为主题，各成员单位集中审议了《宁蒙银、吴、阿、鄂四盟市长城保护工作联席会议制度》，探讨交流了各辖区长城管理工作经验。

（《光明日报》2017年06月10日09版）

扫一扫
阅读全文

中国戏剧节首次走入宁夏

光明日报记者　王建宏

记者王建宏从13日在宁夏银川举行的第十五届中国戏剧节新闻发布会上获悉，本届中国戏剧节将于6月18日至7月5日在银川市、石嘴山市、青铜峡市三地举行。这也是中国戏剧节首次走入宁夏。

中国戏剧节是一项全国性戏剧展演活动，每两年举办一次，是我国展示戏剧创作成果的重要平台。第十五届中国戏剧节以“艺术的盛会·人民的节日”为宗旨，以“中国梦·宁夏情”为主题，荟萃了全国21个省（市、区）27支院团的27台优秀剧目。参演剧目关注当下题材、关注群众喜闻乐见的故事和内容，涉及昆曲、京剧、越剧、秦腔等22个剧种，参演院团有国有院团，也有民营院团，众多戏剧界的领军人物将在不同的剧目中担当主角与观众见面。其中，由宁夏创排的秦腔《王贵与李香香》、舞剧《花儿》、京剧《庄妃》和儿童剧《菲亚·飞呀》等4部剧目也将参加展演。

光明日报
文化新闻 09
非遗如何“飞入寻常百姓家”
怎样让今天的孩子拥有自己的儿歌
中国话剧诞生于1900年
中国戏剧节首次走入宁夏
展示江西作家整体风貌
推进国内外电影研究合作

扫一扫
阅读全文

（《光明日报》2017年06月14日09版）

不见面　马上办

宁夏银川实现“指尖上”的证照管理

光明日报记者　王建宏

1日，银川市朝阳老年公寓法人代表秦启法与银川市行政审批服务局的工作人员进行视频连线，在线为养老机构设立许可证加盖了电子印章，几分钟后，秦启法就领到电子证照。不用与审批人员见面，不用往返奔波，他的老年公寓就可以运行了。当天，银川市“证照云”平台正式上线，实现了“指尖上”的证照管理。

据悉，“证照云”平台是银川市从去年开始着手研发，以国家电子证照管理规定为技术规范，以“纸质证照电子化、审批流程闭环化、电子证照共享复用”为工作目标，整合行政审批形成的各类证照信息资源，开发建设的具有证照制作、在线提取、信息存储、自动核验、重复利用等功能的电子证照共享服务平台。

04 综合新闻

从救命“天渠”到致富“金渠”

——贵州遵义大发渠迎来发展新机遇

我国法官员额制改革全面完成

最高法首批入额法官共367名

不见面　马上办

宁夏银川实现“指尖上”的证照管理

“证照云”平台的上线将为办事群众带来更多便利：为促进创业就业降门槛，简化流程和申请材料，大幅放宽了市场准入；减轻各类市场主体负担，群众办事和行政成本实现了双降，扩展了云证照的服务能力；促进了全社会信息化的信用体系建设；以“互联网+政务”理念拓展了公共服务的外延，解决了群众办事“多头跑路”的问题，杜绝了“奇葩证明”“循环证明”，为群众提供更加人性化便利服务。

相较于传统审批而言，“证照云”平台会把每一个企业办理的不同证照，根据不同类别归集到系统中，在企业办理其他审批时，就不用重复提交证照，企业办事也不用带纸质证照。监管部门在对市场主体进行日常监督管理时，可以通过网络登录到“证照云”平台，随时查阅企业“云证照”的情况，从而实现“指尖上”的证照管理。

据了解，银川计划分三批推出“云证照”，第一批“云证照”有《养老机构设立许可》《药品经营许可》《医疗器械经营许可》《社会团体法人登记》等11类15项许可事项。

银川市行政审批服务局网络技术安全处处长保银生介绍，银川“智慧政务”板块已有“网上审批”“掌上审批”“审管互动”“网上预约”“证照云”等多项功能。不久的将来，将有更多审批事项实现全网通办“不见面、马上办”的审批。

（《光明日报》2017年07月04日04版）

扫一扫
阅读全文

给留守儿童一份不缺席的爱

光明日报记者　陈　鹏　王建宏

08 两会特刊

给留守儿童一份不缺席的爱

三医联动
关系医改成败

建立青少年
视力健康体系

提高公民健康素养
防范错误知识传播

东北全面振兴需要文化支撑

10 岁的露露是安徽省岳西县石关乡大桥组的一名留守儿童。2 月 9 日，当露露的妈妈要离家远赴浙江杭州上班时，她追着妈妈乘坐的车跑了 200 多米。后来，露露在作文里这样写道：“妈妈，我不想让您走！”

每当留守儿童的身影出现在新闻报道里时，人们的心里多半不是滋味。

亲情缺失：对儿童心理影响严重

教育部《2015 年全国教育事业发展统计公报》显示，2015 年，我国留守儿童数量为 2019.24 万人，尽管数量比之前有所减少，但一些问题并未解决。

全国人大代表、宁夏回族自治区同心县王团镇罗家河湾村村医马玉花告诉记者，去年当地一个留守儿童在玩耍过程中手指头被大门夹住，“送到我那儿时，食指已经血肉模糊了”。

宁夏中南部贫困地区土地贫瘠、十年九旱，一方水土养活不了一方人。罗家河湾村有一百来户人家，70%的村民都外出打工。马玉花代表表示，因为照看留守儿童的爷爷奶奶精力不够或忙于农活无暇照顾，意外事故时有发生。

比起发生在身体上的伤害，心理上的隐痛更难以言说，亲情缺失最为严重。

数据来源：教育部

2016年5月，全国政协教科文卫体委员会组织调研组前往河南、四川等地对留守儿童问题进行专题调研。调研数据显示，河南省父母打工在外一年以上的留守儿童占全省留守儿童总数的56%以上，每周能与父母联系一次的孩子仅占全省留守儿童总数的24%。调研组在四川省邛崃市夹关镇实验小学发现，一个留守儿童写的心中小秘密竟是“我想采茶挣钱，去看爸爸妈妈”。

全国政协委员、华中师范大学党委书记马敏表示，长期远离父母，容易造成留守儿童情感冷漠、性格孤僻偏执、缺乏安全感，如果心理变化无法得到正确引导，将不利于他们的成长。

补上短板：加强民办农村寄宿制学校建设

解决留守儿童问题，学校的作用不可忽视。据悉，2015年，河南省有农村义务教育寄宿制学校7490所，比2011年增加了500所。

对此，全国政协委员、河南财经政法大学教授邸瑛琪认为：“目前农村公立寄宿制学校接收留守儿童数量有限，民办寄宿制学校是为留守儿童提供教育服务的主力，但缺乏制度与资金的支持。”

学校宿舍、食堂等附属设施落后，功能室不齐全；文体活动场所配套设施薄弱；校园文化生活贫乏，教学和后勤保障人员普遍配备不足，且专业化素质较低——这一系列问题成为制约农村民办寄宿制学校发展的硬伤。

邸瑛琪委员建议，加大对农村寄宿制学校特别是民办学校的投入，改善农村寄宿制学校落后状况，制定出台吸引高素质教学和教辅人才良性流入的政策，切实保障留守儿童的受教育权利。

在马玉花代表看来，应该加快农村小学及乡镇寄宿学校的信息化建设，方便留守儿童通过电话、视频等方式与父母进行亲情交流。

多策并举：政府主导全民关爱

宁夏灵武市白土岗乡泾兴生态移民村接纳了宁夏最南端泾源县的7个乡镇，一共593户村民。一些留守的孩子放学后无人看护、作业无人辅导，长期缺失家庭关爱。为此，白土岗乡多次组织志愿者、青年干部对孩子进行学习辅导、心理疏导，还让他们提出“微心愿”。

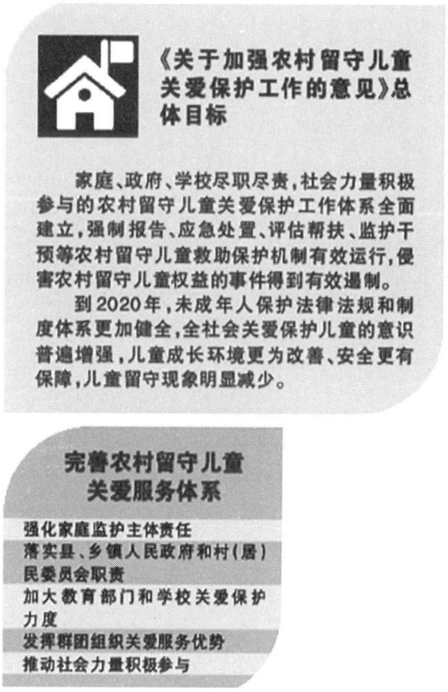

制图：杨震

2016年2月，国务院发布《关于加强农村留守儿童关爱保护工作的意见》（以下简称《意见》），提出发挥群团组织关爱服务优势，推动社会力量为农村留守儿童提供专业服务。

《意见》提出，到2020年，未成年人保护法律法规和制度体系更加健全，全社会关爱保护儿童的意识普遍增强，儿童成长环境更为改善、安全更有保障，儿童留守现象明显减少。《意见》颁布之后，民政部等27个部门建立了农村留守儿童关爱保护工作部际联席会议制度。贵州省提出，落实家庭监护、强制报告、临时监护、户口登记等六项责任任务；安徽省提出，按照家庭尽责、政府主导、全民关爱、标本兼治的原则加大对留守儿童的关爱力度。

对此，邸瑛琪委员认为，应鼓励开展让父母留在孩子身边的创业工程和把妈妈留在孩子身边的“巧媳妇工程”，鼓励父母在本地就业，创造从根本上解决产生留守儿童问题的社会环境。

（《光明日报》2017年03月05日08版）

扫一扫
阅读全文

用好制度把全科医生留在基层

戴秀英

培养全科医生是缓解基层群众看病难的重要手段之一，对于这点，国际上早有共识。2011 年，国务院印发了《关于建立全科医生制度的指导意见》，各省区市积极响应，分别出台相关执行文件。同年，《医药卫生中长期人才发展规划（2011—2020 年）》出台，对全科医生培养提出明确要求，全科医生培训体系、培养模式初步建立。

建设一支数量充足、质量过硬的全科医生队伍，是进一步深化医改、推进分级诊疗制度的紧迫需求。然而，目前全科医生培养依然面临突出问题。一方面，全科医生总量不足。我国目前注册全科的执业医师仅有 8 万余名，

06 两会特刊

宁可丢面子也要挤水分

亲切的问候，殷切的期待

在笔尖上传续中华文明

用好制度把全科医生留在基层

政商共享大数据保障“舌尖上的安全”

占执业医师总数的 4.3%，而英国、澳大利亚、美国等发达国家这一比例高达 30%~50%。另一方面，收入待遇偏低。我国的全科医生月平均收入仅为 2000 元~3000 元，远低于大医院专科医生的收入。

此外，我在调研中还发现，目前全科医生流失现象严重。宁夏乡镇卫生院的全科医生约有 1/3 流失，往往是培养一个，调走一个，岗位缺人现象非常普遍。医疗业务萎缩，医疗服务水平下降，严重制约乡镇卫生院的发展，“小

病不出乡、大病不出县”的新医改就医格局难以形成，农民群众看病还是一窝蜂往大医院跑。其背后，则是全科医生制度建设推进缓慢，全科医生的津贴、养老、继续教育及权益保护问题缺乏相关配套政策，全科医生的培养依然缺乏部门联动的政策机制。

（人物素描：郭红松绘）

我认为，培养全科医生要有共识，更要有好的制度，通过制度保障把全科医生留在基层。要健全全科医学职称系列和评定办法，根据基层实际，晋升标准向接诊量、群众满意度等因素倾斜，为全科医生职业发展提供更广阔的空间；设立全科医生年度岗位津贴制度，依据签约居民数量、接诊量、服务质量、群众满意度等硬性指标，对完成全年各项工作任务的全科医生发放岗位津贴。此外，还要完善相关配套制度，对全科医生的养老、继续教育以及权益保障等设立专项政策，吸引大批卫生人才加入全科医生队伍，担负起本地人民群众健康“守门人”的职责。

建议国家卫计委牵头对全国各地培养全科医生的情况开展专项调研，总结各省区市探索全科医生制度建设的经验和不足，注重建章立制，加快多渠道培养更多合格的全科医生，补齐全科医生不足的短板。

（作者：戴秀英，全国政协委员，宁夏医科大学主任医师）

（《光明日报》2017年03月08日06版）

扫一扫
阅读全文

雨滴的阅读

——西部艺术家文献展观感

眉 伦

在我国西部地区，每位艺术家都像雨滴，汇集起来灌溉西部这片广袤大地的奇花异草。

光明文化周末 09
雨滴的阅读
——西部艺术家文献展观感
花开南国

西部，苍茫与传奇并存，文明的记载独特而多元。而西部艺术家的创作方式和个人风格的形成与艺术家本人的个体经验有着密切的关系。对这片土地的情感使他们游离的想象力落地生根，作品所带来的内涵体现出纯粹的原始力量。宁夏银川当代美术馆正在举行的“雨滴的阅读——西部艺术家文献展”上，20 位根植于西部的艺术家的画作、手稿、视频和文献等，丰富、全面地呈现出艺术家的创作历程，同时也揭示了艺术家作为个体的生活经验和历史记忆，那是欣赏艺术作品之外的另一种收获。

西北这片土地，最是教会人耐得住寂寥，而西部的艺术家们在这片土地上不被市场所影响，仍能静下心来画画，这份坚守实属难得。

“从早期描绘彝族女性到后期描绘城市女性，尽管对象的身份有了重大变化，但隐含其间的一种观望，一种凝视，一种反省，却一直主宰着艺术家的思维。”正如艺术评论家杨小彦所说，四川美术学院院长庞茂琨一直坚持探索古典油画语言在当代文化情境的表达与呈现，将个人的艺术创作熔铸在当下社会现实之中，他总是以凝视的视角来描述现实本身，原本静穆的古典画风也被他赋予了一种别样于日常的观感。现任贵州师范大学美术学院教授的任小林，作品发挥了油画色彩的丰富性，柔和含蓄，绵密的笔触以及人物符号化的丰腴体态，突出了画面的整体温情和慵懒的气氛。他认为慵懒是一种自足的温暖和闲适的美感，人们企图躲避嘈杂的世界，营造自我的内心花园。

洗衣妇（油画）庞茂琨

来自云南的刘仁仙认为绘画就是发现日常生活中的美，别人忽略的，他看到了，尘埃也美。他丝毫不敢怠慢生活赋予的新鲜体验，密切关注身边与自己有关的人与事，作品唤起人们对云南艺术特质所散发的温馨、自然和归宿感的向往。潮湿的云雾、墨色的群山、鱼塘连接着水田，开花的果树连接着通往山脚的泥土路……生于云南大理的苏斌，作品在艺术的表达上充满魔

窗户外面（油画）刘仁仙

如是而居（油画·局部）苏斌

幻的诗意。在他的感觉里，从小陪伴他长大的那些寂静的山脉都是有着灵魂的，尤其在夜晚，它们与星星一样，是可以谈话的对象。他着迷故乡夜晚的色调，充满激情地表达对家乡、对多姿多彩的云南高原的热爱与真诚。

造林（油画）夏炎

在时光流转中，在西北这片土地上，西部艺术家用各自不同的绘画风格，在各自的生活中找到属于自己的艺术素材和动力。静下心来潜心创作，不因市场喧嚣而骚动懈怠，也不因西北荒凉而耐不住寂寞，正是他们的守护初心，建立起西部地区独特的艺术语言体系。

“我们十分关注一直在默默坚持的西部艺术家，以及有才气的年轻艺术家。这次呈现的只是西部艺术中一个很小的点，但希望这个点能慢慢演变成线，再由线演变成面。”银川当代美术馆艺术总监谢素贞说。

雨滴若甘露，荒漠尤渴之。正是西部艺术家如雨滴般地汇聚成河，使得艺术版图上的西部，有了闪光的坐标。

（《光明日报》2017 年 03 月 26 日 09 版）

扫一扫
阅读全文

银川：

文明单位创建引入“负面清单”

光明日报记者　王建宏

经济社会新闻　07

扩大标准制定范围
整合强制性标准

农业绿色发展
五大行动启动

江西多举措保障汛期安全生产

工作人员有门难进、脸难看、事难办等突出问题；室内公共场所和工作场所无明显禁烟标识，无烟区有吸烟现象。这些现象，被逐一列入宁夏银川文明单位创建“负面清单”。记者日前从银川市文明办获悉，该市近日印发《银川市文明单位创建动态管理措施》，实行文明单位创建负面清单制度。

银川市共列出31项“负面清单”。窗口及服务型单位服务项目、办事程序、收费标准等未向社会公布，单位办公场所或公共区域环境卫生脏乱，单位干部职工有发生车窗抛物、乘坐公共交通工具随意插队，这些负面情况在当年测评中都会被扣2至3分不等。

此外，社会治安综合治理被实行“黄牌警告”或“重点管理”，政风行风评议综合考核成绩位居倒数，发生环保违法事件、被环保部门通报处罚等8种负面现象，在测评或复验前24个月内发生的，新申报单位取消参评资格，已是文明单位的将被责令整改1年。

扫一扫
阅读全文

（《光明日报》2017年05月03日07版）

宁夏博物馆文创大赛“复活”馆藏文物

光明日报记者　庄电一

西夏陵出土的鸱吻、妙音鸟、鎏金铜牛，战国时期的虎噬驴透雕铜牌，唐代墓门上雕刻的胡旋舞，雕凿在贺兰山上的神秘岩画……宁夏博物馆极具代表性的珍贵文物，借助正在举行的宁夏博物馆文创设计大赛纷纷“复活”，变成了一幅幅精美的设计图案，进而有望在近期变成承载宁夏历史文化的生活用品、学习用品和颇具观赏性的工艺品：鼠标、U 盘、钱包、时钟、摆件、挂件、胸针、台灯、香炉、屏风、茶具、厨具、书签、书架……琳琅满目的设计，充分反映了设计者的聪明才智。

04 文化新闻
用事例讲述中国故事
扩大与东盟各国的“朋友圈”
西藏文物保护进入智能化时代
宁夏博物馆文创大赛“复活”馆藏文物
国内首家中华文化发展智库平台启动建设

宁夏日前举办的这次文化创意竞赛活动，由宁夏博物馆和宁夏朔方博雅文化科技有限公司承办，共征集到区内外 263 套设计图案，所有作品都以宁夏博物馆馆藏的、具有代表性的文物为基本设计元素，设计图案包括数码产品、家居饰品、生活用品、服饰箱包、办公文具、旅游纪念品、茶饮器具、西夏瓷（复制品、仿制品）、艺术品等 9 大类，充分反映了宁夏及全国当代艺术的创作实力。

（《光明日报》2017 年 05 月 21 日 04 版）

扫一扫
阅读全文

著名法学家吴家麟去世

光明日报记者　庄电一

被誉为新中国宪法学泰斗的宁夏大学原校长、著名法学家吴家麟，于5月3日上午8时在福建省福州市病逝，享年91岁。

吴家麟1926年出生于福州市，1951年毕业于北京大学，随后在中国人民大学研究生班学习，毕业后又在该校任教。在此期间，他撰写了新中国第一本宣传宪法的普及读物《宪法基本知识》，发行总量达95万册，在全国产生很大影响。1961年冬，吴家麟来到创立不久的宁夏大学，教授形式逻辑学。“文化大革命”结束后，他出任宁夏大学副校长，1983年担任校长，1989年卸任。1992年退休后，他又被宁夏大学聘为特聘教授，也被全国许多著名院校聘为兼职教授。

06 教科新闻
光明日报
我国量子计算机研究取得重大突破
2016全国教育经费总投入比上年增长7.37%
著名法学家吴家麟去世
二氧化碳“变”汽油更简单了
我国地球深部找矿突破4000米
在疫情的无声沙场上战斗

吴家麟主编的《宪法学》是“文化大革命”结束后国内第一部宪法学教材。他先后出版了《故事里的逻辑》《审案、破案与逻辑》《法律逻辑学》等重要著作。他还参与了《中国大百科全书法学卷》的编写工作，并任宪法、行政法副主编。他还担任过中国法律逻辑研究会会长、中国宪法学研究会副总干事等职务。

《光明日报》曾经报道过吴家麟的事迹。

扫一扫
阅读全文

（《光明日报》2017年05月04日06版）

《西夏文大辞典》开始编纂

庄电一

宁夏大学西夏学研究院近日表示：西夏学专家、学者盼望已久的《西夏文大辞典》，有望在3年后问世。这部辞典集中了全国近20所高等院校、科研单位30多位专家的学识智慧，将反映西夏学最新研究成果。

西夏文是西夏王朝仿照汉字创造的一种文字，有400多年的使用历史。随着西夏王朝的覆灭、党项族的消亡，西夏文也渐渐从人们的生活中消失。20世纪初以来，随着西夏文献的大量出土，西夏的资料越来越丰富，解读西夏文文献成为深入研究西夏学的关键。因为西夏字是多义项的，西夏字组成词组还会产生更多的义项，没有活的语言可供借鉴，往往难以正确解读，

文化新闻 09
天津滨海新区：非遗保护喜忧参半
纪念贝多芬逝世190周年
藏家赛马过端午
龙舟竞渡庆端午
千人竞逐中国-东盟国际龙舟赛
《西夏文大辞典》开始编纂

西夏学研究迫切需要编纂一部内容丰富、释义准确的《西夏文大辞典》。作为教育部人文社科研究基地，宁夏大学西夏学研究院向教育部申报了编纂《西夏文大辞典》的课题，很快获得教育部的批准。

据悉，正在编纂中的《西夏文大辞典》，是我国少数民族古文字的第一部词典。编纂这部600万字的大辞典，是一项浩大的文化工程。其资料来源涵盖目前发现的所有西夏文文献，既包括印本也包括写本，既有楷书文献也有行

书、草书文献，既有世俗文献也有宗教文献、金石铭文。所收词语包括普通词语、宗教词语、风俗词语、典章制度词语，词组、成语、习语、定型化的短句，也在收编之列。在西夏文文献中出现过的词语，将全部被收录其中。

主持大辞典编纂工作的中国社科院学部委员、宁夏大学特聘教授史金波说，编纂《西夏文大辞典》，是几代西夏学学者的梦想，但因为过去掌握的西夏文文献少、被解读的西夏文文献少、能解读西夏文文献的人少，这个愿望很难实现。现在，流失在俄罗斯、英国、法国、日本等地和分散在我国各地的西夏文献陆续整理出版，西夏学研究成果大量问世，能够释读西夏文的人才成倍增加，编纂《西夏文大辞典》的条件和时机已经成熟。

（《光明日报》2017 年 05 月 31 日 09 版）

扫一扫
阅读全文

我是这样当政协委员的

庄电一

要当个有所作为的政协委员，绝不能挂个虚名！这是我对自己提出的要求，也是我近10年来不懈的追求。

2008年年初我被推选为宁夏九届政协委员，2013年连任宁夏十届政协委员。近10年来，我每年都向大会提交提案。这些年我提交的提案中，有两件被列为重点督办提案，有三件被评为优秀提案，受到自治区政协的表彰奖励。此外，我还撰写了十来件大会发言材料，4次在大会上发言，数十次参加政协调研、视察活动。我因履职积极，被自治区政协机关工作人员称为“铁杆委员”。

协商民主 15
无障碍环境建设：让关爱无障碍传递
——全国政协建言“无障碍环境建设”
互联网，传统文化进校园新契机
我是这样当政协委员的

在宁夏九届政协期间，我向大会提交了《关于采取综合措施治理宁东工业固体废物的建议》。这篇提案最初是我采写的一篇通讯，后来我据此写了一篇书面发言材料，在大会上宣读，引起较大的反响。自治区政协九届政协提案委员会主任张全太在会后专门打来电话，建议我将这篇发言稿改写成政协提案，政协提案委员会争取将它列为重点督办提案。我没有草率从事，更没有把发言稿改头换面交差了事，而是重新调研、梳理，写出更有说服力也更具操作性的提案。自治区政府专门召开专题会议并为此出台了相应的决策。换届后，宁夏十届政协又把它确定为跟踪督办的提案，取得良好的办理结果。

宁夏十届政协期间，我发现宁东“守着煤田用外煤”的情况，又写成《理顺煤电关系，解决供求矛盾，避免无谓的消耗和浪费》的发言材料，并在大会上发言，也引起了广泛关注。

这些年我写了不少提案：《从容面对媒体，妥善利用媒体，正确对待监督》《解决垃圾问题刻不容缓》《珍爱生命，维护健康，莫为人生留遗憾》《关于进一步加强青少年心理健康教育的建议》《关于在水洞沟景区开设高速公路出入口的建议》……作为政协委员，几乎所有我能了解到的、需要引起重视的也适宜提出来的，我都写成了政协提案或大会发言材料。“位卑未敢忘忧国”，我好像真是“以天下为己任”了。

政协委员，应该是研究问题的专家，要敢说实话、善讲真话。既要有敏锐的眼光，又要有强烈的社会责任感，不但能提出问题，而且能为解决问题提出合理化建议，能够开出医治社会弊病的良方。

在提出《关于采取综合措施治理宁东工业固体废物的建议》时，我就感受到了不小的考验：宁东是宁夏的“一号工程”，寄托着宁夏人民再造一个“经济宁夏”的理想。宁东存在的问题能不能揭露、该不该批评？我认为有了问题就应该及时解决，因此，我勇敢地为解决这个问题建言献策。结果，我受到了鼓励、赢得了赞扬。这也说明，只要我们以对党和人民负责的态度调查研究、不掺杂任何私心杂念、所提建议又具有科学性、合理性、可行性，就有价值，我们就没有什么可顾虑的。

当好政协委员，是一门值得不断探索的学问。我已经当了10年政协委员，一直都在学习和探索之中。

10年来，我在政协组织的视察、调研活动中，发现了许多新闻线索，写出了《宁夏高考连续3年无投诉》《校内“育苗”，校外“育树”：北方民族大学形成大学生自主创业孵化链条》等许多有影响的稿件。作为一名身为记者的政协委员，我也“近水楼台先得月”，对政协的活动做了大量的报道，积极宣传人民政协的工作。如，《政协委员“查”公厕》《宁夏：“两会”打破惯例多》《政协委员有界别，参政议政无界别：宁夏政协委员普遍关注民生》《“政协参政议政、民主监督的范例”——宁夏“难点村”的问题是如何解决的》《宁夏政协会：精神食粮足》等，其中有的稿件还获了奖。

我还经自治区政协有关部门推荐，应邀到石嘴山市、吴忠市、平罗县、大武口区、利通区、灵武市，与市县两级政协委员进行业务交流，分享自己如何参政议政、写好政协提案的体会。

作为政协委员，我因为在政协会议和各项活动中比较活跃，也常常成为各类媒体采访的对象，我的一些观点也借助各类媒体得到广泛传播。因为了解新闻工作的甘苦，对这些采访，我总是给予积极配合。《人民政协报》也报道了我的相关活动、发表过我当政协委员的体会。在2017年年初召开的自治区十届政协五次会议上，《宁夏日报》记者还就我当政协委员的经历，对我进行了专访。

政协委员这个特殊的身份，为每一个政协委员提供了一个充分发挥作用的平台，就看我们能否充分利用了。10年来，我在政协委员与新闻记者这两个身份之间转换，发挥了别的记者难以发挥的作用，也发挥了别的政协委员难以发挥的作用。

两届政协委员，是我难忘的一段人生经历，值得回味、值得珍惜的东西有很多。

到现在，我是否已成为一个有作为的政协委员了？我不敢说，但有一句话我还是敢说的：我这个政协委员，不是挂名的，也不是徒有虚名的！

（作者：庄电一，宁夏回族自治区政协委员、光明日报宁夏记者站原站长）

（《光明日报》2017年07月11日15版）

扫一扫
阅读全文

150余位中外学者聚会研讨

第五届西夏学国际学术论坛盛况空前

光明日报记者　庄电一

100多年前，这里发现的西夏文献曾经震惊了世界；100多年后，第五届西夏学国际学术论坛移师这里并就境内黑水城的历史文化进行研讨，同样引起国内外学术界的密切关注。12日开幕的第五届西夏学国际学术论坛暨黑水城历史文化研讨会盛况空前：到会专家学者多，提交学术论文多，展示研究成果多，其规模、成果、影响、研究的领域和深度都有望超过在银川、武威、北京、张掖召开的前四届。

20世纪初，在今内蒙古自治区阿拉善盟额济纳旗境内的黑水城遗址出土了大量西夏文献，被认为是我国100多年来三大文献出土事件之一。也正是这批珍贵文献的出土，催生了西夏学。近年来，这些流失海外的西夏文献陆续在国内出版，极大地激发了国内专家学者整理研究的热情，进而将一度沦为“绝学”的西夏学，变成了国内外关注的热学、显学，也彻底改变了“西夏在中国，西夏学在外国”的局面。

04 文化新闻

明代吴门书札里的“朋友圈”

“不入园林，怎知春色如许”

150余位中外学者聚会研讨

第五届西夏学国际学术论坛盛况空前

本届论坛及研讨会吸引了国内70多所高等院校、科研院所和法国、加拿大、澳大利亚及我国港台地区的150多位专家学者与会，大会收到的学术论文达150余篇，总计超过200万字，充分展示了西夏学及黑水城历史文化研究的最新成果，也昭示了以往曾被称为“绝学”的西夏学的勃勃生机。

本届论坛和研讨会由宁夏大学西夏学研究院和内蒙古阿拉善盟文广局共同主办。在简短的开幕式后，史金波、陈育宁、李华瑞等著名西夏学专家做了学术报告，紧接着，论坛便分成“西夏语言文字”“西夏历史文化”“西夏文物考古”“黑水城文献与历史文化研究”四个组进行分组研讨。本次研讨涉及6大领域，有望推出一批新的研究成果。

（《光明日报》2017年08月13日04版）

扫一扫
阅读全文

宁夏：社火大赛闹新春

光明日报记者　王建宏

04 元宵节专版
谁家见月能闲坐　何处闻灯不看来
古镇里　春味道
开封灯笼张：
彩灯中　古韵俏

正月十五，宁夏“新春乐”第十三届社火大赛暨元宵节主场巡演活动在银川市人民广场启动，来自宁夏五个地级市的30支优秀社火代表队为塞上儿女献上一场文化盛宴。

激昂的《威风锣鼓迎新春》拉开了展演的序幕，富有乡土气息的《传统民俗杂耍表演》《扛社火》《欢庆秧歌》和《黄羊钱鞭》传递着浓浓的年味。当天的巡演项目主要有锣鼓、秧歌、舞龙、舞狮等，表演在保留民间传统特色的同时，又融入现代元素。隆德县观庄乡阳洼村的《扛社火》至今已有100多年历史，青铜峡瞿靖镇的《龙飞凤舞闹新春》在传统舞龙秧歌基础上，将非物质文化遗产保护项目民间南营武术有机融合在一起。

（《光明日报》2017年02月12日04版）

扫一扫
阅读全文

宁夏回族自治区银川市市长白尚成代表：

加快对外开放打造“全域旅游”品牌

光明日报记者　王建宏

08 两会特刊
坚持节水优先 落实绿色发展理念
加快对外开放 打造“全域旅游”品牌
发展工业旅游 助力企业转型升级
科学借助市场力量 提升医疗保障水平
全面两孩时代：如何“生得下、养得好、教得优”
授人以鱼，不如授人以渔

“我国‘一带一路’倡议特别是‘向西开放’战略的实施，将宁夏推向了向西开放的前沿。”宁夏回族自治区银川市市长白尚成代表建议，充分发挥宁夏的区位和空域优势，建设综合交通枢纽示范城市，打造“空中丝绸之路”。

白尚成代表介绍，银川市是42个国家综合交通枢纽之一，也是距雅布赖（编者注：雅布赖，小镇名，坐落在该镇的雅布赖国际导航台是我国西部航路上的一个重要国际导航台）航线最近的首府城市，我国中西部地区城市旅客从银川市出发向西出境，比从北上广出境节省4小时。同时，宁夏气象条件好，年平均日照时间达3000小时，空域和用地条件相对优越。目前，银川河东国际机场三期扩建已建成投运，依托机场建设的银川国际航空港综合交通枢纽工程已启动。

白尚成代表建议，应将银川河东国际机场打造为面向阿拉伯国家的区域性枢纽机场，加大对外航权谈判力度，扩大航权开放范围；支持银川航空口岸实施外国人144小时过境免签政策，加快宁夏对外开放和“全域旅游”发展。

（《光明日报》2017年03月12日08版）

扫一扫
阅读全文

宁夏吴忠：

亮出“塞上体育名城”名片

光明日报记者　庄电一

6月，举办全国沙滩排球巡回赛第四站比赛；9月，举办第六届“黄河金岸”国际马拉松赛——宁夏吴忠市通过举办一系列精品赛事，亮出了“塞上体育名城”的亮丽名片。

吴忠市拥有良好的体育设施和群众体育基础。近年来，吴忠市先后为公共文体项目投资45亿元，除在市区新建了一批标志性建筑及30个中心广场外，还在所辖农村建成了458个健身广场，形成500米广场文化体育圈，几乎所有群众都可以在15分钟内就近进入“健身圈”。为了满足各界群众健身的需求，当地先后成立了游泳、足球、篮球、乒乓球、羽毛球、户外运动等51个单项体育协会、25个体育俱乐部和两个体育总会，每年举办的赛事和健身活动有100多场，几乎周周都有体育、健身活动。

光明日报　文化新闻 09
从莫奈到苏拉热：
180年间西方艺术的“现代之路”
北京现代音乐节开幕
东北烈士纪念馆文献信息中心向社会开放
专家研讨京剧流派的传承与创新
宁夏吴忠：
亮出“塞上体育名城”名片
《四书五经》推广出版座谈会举行

被中国马拉松年会评为“最具人文特色的马拉松赛事”的宁夏“黄河金岸”国际马拉松赛已经在吴忠成功举办了5届，参加竞赛的超过10万人次。与此同时，吴忠市下辖的各县区也都因地制宜举办了丰富多彩的文体活动。群众性体育活动的普及，在一定程度上提高了竞技体育的水平，吴忠市的摔跤、举重、射击、武术、木球、蹴球等十余个竞技体育项目，多次在全国少数民族运动会上获得大奖，凸显“塞上体育名城”形象。

5月19日，吴忠市副市长马中勇在“恒丰集团”2017全国沙滩排球巡回赛（吴忠站）新闻发布会上表示，吴忠市要充分发挥现有优势，推动黄河金岸体育名城建设，进一步提升吴忠市的知名度和美誉度。

（《光明日报》2017年05月22日09版）

扫一扫
阅读全文

中国农工民主党中央常委、宁夏区委会主委戴秀英委员：

办好乡镇卫生院解决农民看病难

光明日报记者　王建宏

“如果不能建立起农民对乡镇卫生院的信任，大病小病都往大医院跑，就会形成大医院人满为患、乡镇卫生院门庭冷落的局面。”中国农工民主党中央常委、宁夏区委会主委戴秀英委员建议，应加强政策引导，办好乡镇卫生院，推进优质医疗资源下沉，让农民就近看病，减少医疗费用支出。

两会特刊 05
文化扶贫助推文化小康
减免高等农林院校涉农专业学生学费
办好乡镇卫生院解决农民看病难
在农业大省建好农业安全国家实验室
期待“部长通道”传出更多好声音

戴秀英委员介绍，按照现行政策，各级医院的收费标准、报销比例不同。以阑尾炎手术为例，在县医院看病个人承担的费用是乡镇卫生院的数倍，到市医院和省医院就医费用更高。如果卫生院办不好，农民被迫去上级医院看病，就会造成看病难、看病贵的问题。

戴秀英委员建议，制定医生职称评定“凡晋必下”制度，促进优质医疗资源下沉，增强基层医疗卫生服务能力。“这样一来，卫生院有了专家坐诊，农民就近在家门口看病，不仅能降低就医成本，而且可以避免因病致贫、返贫。”

（《光明日报》2017年03月05日05版）

扫一扫
阅读全文

尚长荣、郎咸芬获终身成就戏剧家荣誉称号

第十五届中国戏剧节开幕

光明日报记者　王建宏

第十五届中国戏剧节18日晚在宁夏银川市开幕。开幕式上，京剧表演艺术家尚长荣、吕剧表演艺术家郎咸芬被授予中国文联终身成就戏剧家荣誉称号。

据介绍，本届戏剧节以“艺术的盛会·人民的节日”为宗旨，以“中国梦·宁夏情”为主题，一直持续到7月4日。展演期间，将有来自全国27个艺术团体和单位演出的27台剧目与广大观众见面，包括昆剧、京剧、越剧、豫剧、黄梅戏、晋剧、评剧、川剧、秦腔、粤剧、淮剧、高甲戏、闽剧、沪剧、扬剧、漫瀚剧、山东梆子、河北梆子、花鼓戏、花灯戏以及话剧、儿童剧等22个剧种。当晚开幕式上，秦腔现代剧《王贵与李香香》成为首场大戏。

“这是中国戏剧节首次走入宁夏，展演剧目关注当下题材、关注群众喜闻乐见的故事和内容。这次展演不仅是戏剧人的一次大聚会、大交流，更承载着我们对打造共有精神家园、弘扬优秀传统文化、繁荣发展文艺事业、追求幸福美好生活的新期盼、新向往。”宁夏回族自治区党委宣传部副部长、文化厅厅长阮教育说，将把本届戏剧节办成有特色、高质量、群众喜爱的艺术盛会，为实现文化大发展大繁荣起到积极的推动作用。

本届戏剧节期间，还将召开国际传统戏剧论坛首次会议和8场专家点评会，以推动戏剧文化事业发展。

（《光明日报》2017年06月19日01版）

扫一扫
阅读全文

互联网+医疗把便利送到基层

马秀珍

宁夏经济欠发达，贫困地区特别是山区医疗资源匮乏。近年来，随着互联网不断发展壮大，我们利用“互联网+”，让宁夏人民特别是广大山区群众，享受到了更好的医疗服务。我认为，越是艰难、不方便的地方，越要创新、更要突破，而互联网在西部乃至广大基层，都拥有广阔的应用前景。

当前，国家全面推进医药卫生体制改革。宁夏以分级诊疗制度建立为突破口，顺应“互联网+”趋势，本着“让信息多跑腿，让老百姓少跑路”的宗旨，建立起信息平台，畅通上下服务渠道。将电子政务外网铺设到全区各级医疗卫生机构，乡以上覆盖率达到了 90%，并逐步向村一级扩展。同时建立“国家—自治区—市—县—乡”五级远程医疗服务体系，对外接入 13 家国家级医疗单位，覆盖区内 7 家自治区级医院、22 家市县综合医院、196 家乡镇卫生院。实现了远程医疗利用医疗机构慢性病管理智能监测报卡系统和分拣系统，将患者信息实时推送到居民所在基层医疗机构，对高血压、糖尿病患者进行实时体征监测，初步实现了慢性病高危人群全程智能化服务。同时，宁夏整合医疗资源，建设了医疗集团、纵向医联体、县乡村一体化管理、专科联盟等 4 种形式的医疗联合体，促进医联体内的分级诊疗、资源共享。如今，所

健康生活 03

为什么说中医药学是打开中华文明宝库的钥匙

互联网+医疗把便利送到基层

有三级医院、90%的三级专科医院、63.54%的社区卫生服务机构、35%的乡镇卫生院已纳入医联体范围。在医联体内通过互联网，建立“基层检查，上级诊断”“上级出治疗方案，下级执行”的层级诊疗模式。门诊慢性病下沉到基层医疗机构，47 万名慢性病患者因此受益。

在传统远程医疗基础上，宁夏积极探索“互联网+医疗”新模式、新方法，方便百姓就医。例如打造远程专家门诊服务模式，以银川市第一人民医院为依托，向上联通了全国大量优质专家资源，将全国 1.5 万医生资源引入宁夏，覆盖全国顶级医院的全部科室，为疑难、重症的患者提供日常化的互联网视频问诊。向下，联通了社区卫生服务机构的医生和居民，使居民在社区随时可向市一级的专家进行问诊。目前，共联系下级医疗成员单位 60 余家，帮助老百姓在家门口治好疑难复杂疾病。

不仅如此，我们借助互联网，助力健康扶贫。宁夏的贫困人口为 41.8 万人，在致贫的原因中，因病返贫户在所有贫困户里占比较高。由于基本的医疗保障水平比较低，医疗保障的报销门槛高，对一些家庭形成较重的负担，不能及时就诊治疗，小病积成大病导致因病致贫。因此，我们在南部贫困山区的彭阳县，启动了“互联网+精准医疗扶贫”试点，建立低成本高效率的“远程专家门诊”，将专家的服务能力输送到贫困偏远区域的医疗机构。自治区政府还投入 500 万元，依托“卫生云”建设健康扶贫保障“一站式”结算信息平台，建成后将实现社保、卫生、民政、保险等各个渠道报销信息系统的互联互通，贫困患者在一个窗口就可以报销各类看病费用。

宁夏有 600 多万居民，健康管理是个大工程，为此，宁夏探索了互联网+健康管理的方式。建成了覆盖全区 660 万人口的居民健康档案和基层卫生信息管理系统。另外，把互联网慢病管理服务与医生诊断治疗有效结合，医生利用平台进行用药分析、药品不良反应、疾病并发症、治疗效果相关性分析、抗生素应用分析，为患者制定个性化治疗方案。并且利用微信平台帮助基层家庭医生建立了慢病管理平台，让患者完全参与进来，主动学习，提高健康知识，配合长期康复治疗。

（作者：马秀珍，宁夏卫生计生委主任）

（《光明日报》2017 年 10 月 07 日 03 版）

扫一扫
阅读全文